美国文学之父·欧文作品系列

WASHINGTON IRVING
THE CRAYON PAPERS
& ABBOTSFORD
AND NEWSTEAD ABBEY

欧美见闻录

［美］华盛顿·欧文 著　刘荣跃 译

清华大学出版社
北京

内 容 简 介

本书是作者继《见闻札记》之后的又一部优秀的见闻录，内容涉及法国、荷兰、西班牙、美国和英国等。本书由两部作品组成，即《克雷恩札记》(*The Crayon papers*)和《名人故里见闻录》——原名《阿伯茨福德与纽斯特德寺》(*Abbotsford and Newstead Abbey*)。在第一部《克雷恩札记》中，《芒乔伊：或一个幻想者的人生经历》是一个中篇爱情故事，讲述主人公青少年时期的有趣经历。他初次恋爱时的举止风趣滑稽，其情其景生动地跃然纸上。描写法国的《法国旅店》《我的法国邻居》《杜伊勒利宫与温莎堡》和《滑铁卢战场》等几篇散文，短小精致。读者随着作者的笔触，再次领略到他在《见闻札记》中体现出的散文魅力。在第二部的《名人故里见闻录》中，作者主要讲述了游览司各特和拜伦两位文学大家的故乡的情景，真实地再现了当时的种种场面，让读者了解到不少珍贵的细节。

版权所有，侵权必究。举报：010-62782989，beiqinquan@tup.tsinghua.edu.cn。

图书在版编目（CIP）数据

欧美见闻录 /（美）华盛顿·欧文著；刘荣跃译. —北京：清华大学出版社，2021.8
（美国文学之父·欧文作品系列）
ISBN 978-7-302-51698-9

Ⅰ.①欧… Ⅱ.①华… ②刘… Ⅲ.①游记–作品集–美国–近代 Ⅳ.①I712.64

中国版本图书馆CIP数据核字（2018）第265418号

责任编辑：纪海虹
封面设计：万墨轩图书·夏玮玮
责任校对：王荣静
责任印制：丛怀宇

出版发行：清华大学出版社
网　　址：http://www.tup.com.cn, http://www.wqbook.com
地　　址：北京清华大学学研大厦A座　　邮　编：100084
社 总 机：010-62770175　　邮　购：010-62786544
投稿与读者服务：010-62776969, c-service@tup.tsinghua.edu.cn
质量反馈：010-62772015, zhiliang@tup.tsinghua.edu.cn

印 装 者：三河市东方印刷有限公司
经　　销：全国新华书店
开　　本：145mm×210mm　　印　张：13.5　　字　数：307千字
版　　次：2021年9月第1版　　印　次：2021年9月第1次印刷
定　　价：84.00元

产品编号：075714-01

"美国文学之父·欧文作品系列"翻译说明

早在 19 世纪初,曾有一部叫作《见闻札记》(The Sketch Book)的书在英国出版并引起轰动,被誉为美国第一部真正富有想象力的杰作,"组成了它所属的那个民族文学的新时代"。该书中《瑞普·凡·温克尔》等篇章已成为不朽的杰作。作者因此成为第一个获得国际声誉的美国作家,美国文学的奠基人,被誉为"美国文学之父"。英国著名作家萨克雷称他为"新世界文坛送往旧世界的第一位使节"。美国人民为了怀念这位做出突出贡献的作家,在他去世后甚至在纽约下半旗志哀,使他享受到了罕有的荣誉。这位大作家的名字叫华盛顿·欧文。

然而对于这样一位著名作家,过去国内的译介、研究却"不够充分"(参见《中国翻译词典》第 520 页,湖北教育出版社 2005 年版)。就其作品的翻译而论主要集中在代表作《见闻札记》上,只偶尔有其他作品出版。有鉴于此,笔者近几年专门从事欧文作品的译介工作,并获得了一定突破。除笔者翻译的《见闻札记》多次重印、再版外,拙译《征服格拉纳达》和《欧美见闻录》也首次在国内出版。

然而,对于这样一位大家,仅仅翻译、出版他的几部作品显然是不够的,满足不了广大读者和研究者的需求。几年前就曾有欧文的研究者苦于找不到《纽约外史》的译著,向笔者求得电子版译稿从事研究!这位研究者坦言,欧文的文字十分古雅,有些地方甚至比较深奥,不是人人都能轻易把原文读透、读懂的。如果难以洞悉作品字里行间的韵味和意味，怎么能很好地认识欧文、研究欧文呢？因此系列翻译、出版欧文的作品就有了必要。

本系列第一辑包括《见闻札记》《纽约外史》《美国见闻录》和《美国文学之父的故事——华盛顿·欧文传》四部，其中后三部除《美国见闻录》中的《大草原之旅》外，均为在国内首次翻译出版。特别是此次出版的作者的成名作《纽约外史》，颇有阅读和研究价值。这是一部非常具有民族特色的作品，能够让我们更加全面、深入地认识欧文。他二十多岁就写下这部不乏诙谐讽刺和历史知识的书，拥有那么非凡的思考与想象，不能不令人赞叹！《美国见闻录》中的第一部《大草原之旅》，栩栩如生地讲述了欧文随狩猎队员去美国西部探险的情景，颇有情趣。第二部《美国纪事及其他》让我们再次欣喜地读到类似于，同时也并不逊色于《见闻札记》中的优美文章，如《睡谷重游》《春鸟》。作者的文采又一次从这些篇章中充分焕发出来。我们在文章中读到的是美感，是浪漫，是情趣，是梦幻，是对原始朴素之物的依恋。《美国文学之父的故事——华盛顿·欧文传》则让读者从另一个方面了解到欧文的人生经历，其中包含了某些鲜为人知或者不是十分了解的东西。不过本书比较侧重于介绍欧文的生活情况，对于他的重要作品的分析似乎薄弱一些，为此笔者在"附录"里补充了介绍作家作品的相关文章，或许在一定程度上弥补了书中的不足。此书虽然不是欧文的作品，但它是专门介绍欧文生活与创作的作品，所以此次也纳入了本系列。

读者也许要问：我们可以从欧文的作品中读到什么呢？个人觉得，一是他和他作品特有的个性，二是他那独特的创作艺术。我把欧文及其作品所具有的特性称为"欧文元素",并概括为富有文采、不乏幽默、抒情味浓、充满传奇、追求古朴、勇于探索、富于同情几个方面,在本系列的相关文章中对此作了阐述。就创作艺术而论,欧文无疑是一位值得学习的大作家。他在散文随笔的创作上尤其出类拔萃,独树一帜。基于大量翻译欧文作品的实践,我还认为他堪称游记大师,其众多的游记作品艺术高超,十分耐读,这在世界文学作品中是不多见的。

目前,笔者已翻译《布雷斯布里奇庄园》,拟与《欧美见闻录》《征服格拉纳达》和《阿尔罕布拉宫的故事》组成第二辑出版,以便为改变国内对欧文的译介、研究不够充分的局面做出一定贡献。

刘荣跃

2019 年 5 月于四川简阳

美国文学之父的又一部杰作

（译者序）

  在世界文学的殿堂里，有不少璀璨的明星，美国文学之父华盛顿·欧文便是其中之一。他一生勤奋写作，创作十分丰富，尤其是在行旅文学领域，写出了大量散文随笔，独树一帜，颇有个性和特色。说到"见闻录"这样的文学体裁，人们就不能不想到欧文，他当之无愧是这方面的大家，树立了很好的典范。欧文喜欢周游世界各地，并用他那敏锐的眼睛和心灵体察着不同地域的风土人情，再细致入微地诉诸笔端，使得昔日的各种人物、场景栩栩如生地跃然纸上，充满意趣。欧文的不少作品读起来真是一种难得的艺术享受，而这也是我愿意作出较多努力，在欧文的译介上多做些工作的一个原因。第二个原因，便是中国对欧文的译介和研究现在还相对较为薄弱，这个问题在下面将进一步谈到。笔者希望在这方面多一些付出，如果能填补一点空白，作为译者自然深感荣幸。目前已有研究者对本人的翻译工作——尤其是对欧文的译介——予以关注，这是让人欣慰的。多一些人做这方面的工作，欧文及其作品必然会更多地走进读者的心中，从而让人们更多地吸取到其中包含的宽广博大、丰富多彩的艺术营养。我们可以从欧文作品中吸取到的东西太多了，比如，他的优美文采、他的幽默想象、他的宁静淡泊、他的正直善良、他的探索进取、他的谦逊厚道，不一而足。不过正如读《瓦尔登湖》需要有一颗宁静的心，读欧文的散文随笔同样如此，浮躁了绝对不行。读欧文的书会给我们带来宁静，而宁静不正是我们很需要的一种美好的精神状态吗？

本书是华盛顿·欧文的又一部优秀的见闻录，由两部作品组成，即《克雷恩札记》(The Crayon papers) 和《名人故里见闻录》——原名《阿伯茨福德与纽斯特德寺》(Abbotsford and Newstead Abbey)。之所以合并成一本出版，主要是出于篇幅上的考虑，并且内容也都统一在"欧美见闻"这一总体范围之内。相信中文版这样推出是有利于阅读和收藏的。

如前所说，欧文以写作这类文学体裁闻名于世，其代表作《见闻札记》已为我国广大读者所熟悉。笔者也有幸成为该书的译者之一，拙译曾于2003年由广西师范大学出版社出版，2008年上海文艺出版社予以再版（中文书名为《英伦见闻录》）。欧文及其《见闻札记》在世界文学里享有很高声誉。欧文也被称为"新世界文坛送往旧世界的第一使节"，其《见闻札记》被誉为"美国富有想象力的第一部真正杰作"，作品"组成了它所属的那个民族文学的新时代"。此书的情况和特色，笔者在译序《美国文学之父的传世佳作》中有所介绍。

但对于这样一位在世界文学史上占有相当地位的名家，仅仅集中翻译、研究其代表作是不够的，必然受到种种局限。据权威著作《中国翻译词典》介绍，国内对欧文的译介"不够充分"，主要集中在《见闻札记》上。因此，笔者除了已翻译出版不少英美经典杰作外，有志于在对欧文的译介上做些工作。这一方面由于此项工作本身颇有意义，或许可以填补我国文学翻译中的一点空白，让读者更全面深入地走近美国文学之父华盛顿·欧文的世界，并从中汲取丰富的精神营养；另一方面也是由于笔者对欧文及其作品情有独钟，喜爱有加。我觉得翻译欧文的作品是一种难得的享受——这就为从事艰巨的工作打下了很好的基础。搞好翻译一个首要的前提，就是必须喜爱所翻译的作家作品。20多年来，我也译过好几位作家，比如马克·吐温、杰克·伦敦、托马斯·哈代和西奥多·德莱塞等，对他们的作品当然也是很喜爱的。但这些作家在国内应该说已译介得不少，而对欧文的译介却的确还比较薄弱。于是我把翻译的重心移向了欧文，希望通过自己所做的一些工作，让读者更多地了解这位文学名家及其作品。于是继《见闻札记》之后，笔者又在国内首次翻译了欧文的长篇战争历史故事《征服格拉纳达》，此书于2009年12月由上海文艺出版社出版。此外，笔者还曾主编过作者的另一部长篇纪实故事《西部　还没有牛仔》(原名《博纳维尔上尉历险记》)，2008年1月由吉林人民出版社出版。目前这本《欧美见闻录》是笔者奉献给读者的又一部作品。

　　这本见闻录同样体现出了《见闻札记》具有的特色和风格，所不同的是其中包含的内容。它使我们进一步领略、欣赏到作者的风采和魅力。对于一位作家，风格是非常重要的，它说明作家已经有了个性，而没有个性的作家必然谈不上成熟的作家，更不用说伟大了。看看那些伟大的作家们，哪一个没有自己独特的风格与个性？具体到欧文身上，我们也不难看出他所特有的种种"印记"。他的作品富于幽默感和想象力，充满传奇色彩和冒险精神；情真意切，文笔流畅；人物栩栩如生，描写十分细腻，富有文采，等等。这些特征在《见闻札记》中有，在这本《欧美见闻录》同样有。《见闻札记》是作者的代表作，奠定了他文学风格的基础；而后来陆续创作的作品，又使这种风格得到进一步发挥。阅读欧文，研究欧文，只有从他广泛的作品中才能更加全面深入地了解他，认识他。

欧文一生三度前往欧洲，在17年当中写下大量散文随笔和小说故事，而《见闻札记》只是在英国时写下的、主要是关于英国的作品。像《见闻札记》一样，他的不少作品都是散文随笔和小说故事的合集，《欧美见闻录》也不例外。除了颇能体现欧文创作特色、包含散文和小说的这类见闻录，他还写了一些长篇历史故事和人物传记等。

本书是作者有关法国、荷兰、西班牙、美国和英国等的见闻录。《芒乔伊：或一个幻想者的人生经历》是一个中篇爱情故事，讲述主人公青少年时期的有趣经历。他从小富于冒险与浪漫精神，满怀幻想。他初次恋爱时的那种举止和殷勤，真是风趣滑稽，其情其景跃然纸上（由此可看出作家的功力所在）他自以为比所喜欢的女子明智，谁知她却比他懂得更多，让自以为是的他显得非常可笑。作品在幽默诙谐中传达出有益的启示。综观欧文的人生经历和个性，我们可以看出这篇小说颇带有一些自传的成分。《密西西比大计划》描写了商业史上一次有名的关于泡沫经济的事件，我们从中看到当时的人们如何利欲熏心，钱财如何支配着人们的行为。此文形象地折射出近年来在西方爆发的金融危机，是一面很好的镜子，它让我们看到今天的西方又在重演着过去的不幸，而那时的祸根就在于专制统治。欧文是一位描写历史事件的能手，这在本文中又充分得到体现。描写法国的《法国旅店》《我的法国邻居》《杜伊勒利宫与温莎堡》和《滑铁卢战场》等几篇散文，短小精致。我们随着作者的笔触，再次领略到他在《见闻札记》中体现出的散文魅力。法国当时的一些风土人情，法国人与英国人所特有的品性，都栩栩如生地呈现在读者眼前，真是活灵活现！《赖沃德早年的经历》是一篇青少年成长故事。主人公少年时离家出走，到外面的世界去闯荡生活，打猎冒

美国文学之父的又一部杰作

险。但自己一生都当猎人吗？还是做一名律师呢？此时已成青年的主人公面临着人生的选择。故事中穿插着爱恋，颇有情趣，令人回味。在这篇作品中，欧文的浪漫传奇色彩又得以展现出来。《塞米诺尔人》《白种人、红种人与黑种人的由来》和《尼马斯拉的阴谋》是3篇有关印第安人的传说和故事。关于印第安人，欧文在《见闻札记》中曾写过《印第安人的品性》和《波卡罗克特的菲利普》两篇文章，让我们对印第安人这个种族和当时的情况有了一些了解。而从本书的3篇文章中，我们又可对印第安人及其处在殖民时期的状况得到更多认识。我们不无遗憾地看到，在文明的发展过程中，这个人类历史上特有的种族，却由于受到种种掠夺和不幸的遭遇而衰亡下去。印第安人的命运是可悲的，令人同情。难道一个文明的发展总需要另一个文明付出巨大代价吗？这个问题引人深思。《格拉纳达来信》《阿卜杜勒·拉赫曼》和《寡妇的考验》是3篇有关西班牙的作品，作者把我们又带到了西班牙那个神奇的国家。在第一篇文章里，我们看到西班牙庆祝宗教节日的情景，看到这个国家所特有的历史文化。后两篇文章则是不乏可读性的传奇故事。阿卜杜勒·拉赫曼是西班牙伍麦叶王朝的奠基人，他是一位不凡的历史伟人，其正直、善良、仁慈的品格充分显露出来。他最后的忠告颇有意义，简单而有效，如果都能照办必然是大有益处的。最后一篇讲了奇异的司法审判方式，其中暗含着讽刺意味。我们从中看到寡妇的亲戚怎样地居心叵测，再次认识到善有善报，善良正直的人总会有好结果，虽然会经历各种挫折和磨难。这是一个古老的故事，但也确实包含着堪称真理的东西。《克里奥尔村庄》记述了作者在那座具有法国风情的古老村庄的所见所闻。那里的乡村生活多么淳朴自然，古老的文化得以延续。它从一个方面又折射着美国这样一个民族所特有的移民文化。作品描写细腻，让人觉得淳朴、清新、自然，富有情趣。作者的思古幽情又像在《见闻札记》的某些篇章中一样表现出来。我们也看到文明的发展对自然造成的严重损害，末尾的描写令人深思——一些损害自然的现象今天不仍在上演吗？并且在有的地方愈演愈烈！全球气候不断变暖，资源日益缺乏，类似问题已经迫在眉睫。唉，这又是文明的发展所需要付出的惨重代价吗？因而，欧文作品的现实意义便显现于我们面前。最后一篇《一个满足的人》，可以说是法国大革命中许多人的缩影。在那场血腥残酷的革命中，很多人虽然财产丧失，遭遇极大不幸，但他们仍然乐观知足。这是一种积极的生活态度。人生是多变难测的。人不要有太多的奢望，否则会有太多的苦恼。本来我们已为主人公的生活态度感到庆幸，可没想到最后又为他深感遗憾！因为他收回了属于自己的财产重新变得富有后，反而不快乐了，产生了种种焦虑。这又说明，人的快乐幸福不只是建立在财富上面的。不少百万富翁并不幸福，而很多并不富有的人却很幸福，这已是不可否认的事实。读欧文的作品，由于其中包含的思古幽情和传奇色彩，我们会觉得置身于梦幻般的世界中。但有的时候，我们又觉得作者就生活在自己身边，生活在现实世界里，因为他讲述的事情仿佛就发生在我们周围。这便是优秀作品所具有的魅力，这便是大家的创作经久不衰的意义所在。

  在第二部"名人故里见闻录"中，作者主要讲述了游览、拜访司各特和拜伦两位文学大家的故乡的情景，真实地再现了当时的种种场面，让读者了解到不少珍贵的细节，对于深入研究他们是很有好处的。也许我们从其他书籍中已了解到有关司各特和拜伦的某些情况，但从

美国文学之父的又一部杰作

与他们同时代的作家欧文笔下认识他们自然具有特殊的意义。不同的视角必然产生不同的效果。尤其是欧文当时亲自见到了司各特，受到热情接待，彼此的思想、见解、性格等活灵活现地呈现在我们面前，这就难能可贵了。也许欧文的作品中还反映出一些有关两位名人的不为人知的故事。司各特那乐观开朗的性格让人们对这位名家有了更多认识。我们不难看到欧文的这些作品写得同样富有趣味，充满诗情画意，这些都是他特有的创作风格。我们还从一些篇章中读到了有关拜伦的恋情的真实故事，这对于认识他的作品不无益处。

以上对本书作了简要的梳理概述，也表明笔者对作家突出的风格特征的粗浅解读。读者自然可从深入的阅读中，更加充分地领略和欣赏作者的风采。像这样一位世界文学殿堂中的大家，是值得我们去深入阅读的，他的作品中确实包含着丰富而深刻的东西。

欧文为什么被称为美国文学之父？理由很简单，因为他是美国独立以后第一位具有国际影响的美国作家。他的创作创造性地运用民间文学题材，为美国"童年"时期描绘出浪漫主义画像，对后来的美国文学发生了重要影响。尽管在欧文之前，曾有富兰克林和潘恩的散文，以及弗伦诺和亨利·布雷肯里奇的诗作等，但他们的作品文学价值都不是很高，影响不是很大。只有到了欧文这里，美国的文学才引起了世界的关注。他的《纽约外史》曾轰动一时，受到欧洲读者的普遍欢迎，美国文学从此迈出了走向世界的第一步。之后他又因其《见闻札记》的出版，享誉欧洲文坛。因而，欧文成为了第一位为欧洲人乃至世界上广大读者所接受的美国作家。他被誉为美国文学之父是当之无愧的，虽然他的文学趣味带有英国文学的烙印，还算不上纯美国式的文学（在他之后的库珀的风格就大不一样）。而作为一个国家的文学之父，处在新旧的交替时期，欧文的创作带有英国式的烙印也是完全正常的。不过从他开始，美国才真正有了可以称得上是属于自己的、影响深远的文学。欧文的作品之多、数量之大、文学艺术之高超，这在他之前的作家中都是没有的。我们阅读欧文，欣赏研究欧文，不也是一种很好的艺术享受吗？所以笔者能投入大量精力译介欧文是值得的，也是荣幸的！为了让读者能够比较全面、系统、深入地读到欧文的作品，笔者经过分析研究，初步构思了如下一些选题："华盛顿·欧文见闻录系列"（散文故事集，本书即为其中之一）、《华盛顿·欧文精选集》《华盛顿·欧文散文随笔精选》《华盛顿·欧文小说故事精选》《华盛顿·欧文爱情故事精选》《华盛顿·欧文传奇故事精选》、"华盛顿·欧文长篇杰作系列"。希望这些书稿能够陆续得以出版，为读者提供欧文创作成果的大餐。这样的大餐在国内还没有或比较欠缺，值得我们去为之努力（目前读者只是"品尝"到他的《见闻札记》等少数作品）。作为译者，我深刻认识到任务的艰巨性，但它同时也充满了极大的魅力，所以这样的付出是值得的、有意义的。

　　翻译欧文的作品不容易，除了语言古雅外，还时时涉及法语、西班牙语等。好在如今有了互联网，不少问题都可迎刃而解。但由于笔者知识有限，必然有不够妥当的地方。此外本书中还涉及不少诗歌的翻译，这对译者也是一种挑战。笔者在翻译中首先注意力求达意，再现出原诗的意境，同时注意诗的节奏和韵律——我认为这是诗歌翻译应做到的主要方面。但真要做到却并不容易，比如押韵的问题，是否照原诗就能产生好的或与原著相同的效果，这值得我们去研究。东西方文化背景存在着很大差异，同样的方式效果必然是不一样的。不过节奏倒是很重要，诗没有了节奏几乎是不能称为诗的。总之，诚恳希望广大读者对不足不当之处提出宝贵意见，以便进一步完善。

本书根据"The Project Gutenberg EBook of *The Crayon Papers & Abbotsford and Newstead Abbey*"翻译。

刘荣跃

2009 年岁末于天府之国·简阳　一稿

2010 年 9 月于北京东燕郊　二稿

2017 年 5 月　三稿

目录

第一部 《克雷恩札记》
The Crayon Papers

芒乔伊：或一个幻想者的人生经历 / 2

密西西比大计划——"一个空前的繁荣时期" / 46

唐璜：一个关于幽灵的调查 / 80

荷兰人的天堂布鲁克 / 91

1825年法国随笔——选自杰弗里·克雷恩旅行笔记 / 98

    法国旅店 / 98

    我的法国邻居 / 100

    英国人在法国 / 103

    英国人与法国人的品性 / 106

    杜伊勒利宫与温莎堡 / 109

    滑铁卢战场 / 113

    王政复辟时期的法国 / 116

美国人在意大利的研究 / 122

    塔索的人生：但丁肖像失而复得 / 122

做修女的人 / 129

迷人的勒托里雷斯 / 139
赖沃德早年的经历——对主人公自述的记录 / 143
印第安人系列 / 177
    塞米诺尔人 / 177
    白种人、红种人与黑种人的由来——塞米诺尔人的传说 / 181
    尼马斯拉的阴谋——一个真实的记述 / 184
西班牙系列 / 191
    格拉纳达来信 / 191
    阿卜杜勒·拉赫曼——西班牙伍麦叶王朝的奠基人 / 198
    寡妇的考验——或一场通过搏斗的司法审判 / 220
克里奥尔村庄——船中札记 / 233
一个满足的人 / 242

第二部 《名人故里见闻录》
（原名：《阿伯茨福德与纽斯特德寺》）
Abbotsford and Newstead Abbey

阿伯茨福德之行 / 250
纽斯特德寺 / 312
    关于纽斯特德寺的历史 / 312
    到达纽斯特德寺 / 321
    寺中花园 / 327

首耕周一 / 334

老仆 / 337

寺院里的迷信 / 341

安斯利宅第 / 349

湖水 / 372

罗宾汉与舍伍德森林 / 376

乌鸦屋 / 384

白衣小女人 / 390

第一部
《克雷恩札记》
(*The Crayon Papers*)

芒乔伊：或一个幻想者的人生经历

我出生于富有浪漫传奇的景色之中，那是哈得孙河[1]最为荒野的地方之一，当时居住在此的人没目前这么多。我父亲出生于一个古老的胡格诺派教徒[2]的家族，这些家族在颁布废弃白兰地酒的法令时来到此地。他依靠家族中两三代人拥有的祖传遗产，过着舒适独立的田园生活。他是个悠闲快活的人，凡事听其自然，并持有一种让人好笑的达观态度——如此态度使他避免了所有摩擦与不幸，给他增添了智慧。但父亲的这种性格我最不欣赏，因为我是个满怀热情、易于激动的人，常受到新的计划和方案激发；而他则爱用某个糟糕的笑话，让我迸发的热情遭受打击。所以我只要突然变得兴奋时，就会对他的幽默风趣害怕不已。

然而父亲对我的任何奇思怪想都予以纵容，因为我是独子，当然也是家中的重要人物。我有两个姐姐和一个妹妹。姐姐由一个未婚的姑妈监管着，在纽约受教育；妹妹待在家里，是我十分喜爱的玩伴，也是我思想的伙伴。我们是两个富于想象的小家伙，对事情非常敏感，易于从周围一切事物中看到惊奇和神秘的东西。我们刚学会阅读，母

---

1 美国纽约州东部的河流。
2 指16—17世纪的法国新教徒。

亲就把当时的全套儿童文学作品作为假日礼物送给我们：那是包括一些封面镀金、饰以"插图"的小书，其中充满了关于仙女、巨人和巫师的故事。我们当时尽情地读到了多少令人愉快的小说啊！妹妹索菲亲切温柔。她会为《林中的孩子》里的悲哀哭泣，或者为《蓝胡子》里邪恶的传奇故事和令人忧郁的房间内可怕的秘密感到震颤。不过我却渴望着有大胆冒险的事情做。我热衷于模仿英勇的王子的行为，是他让白猫从魔法中解脱出来；或者模仿血统同样高贵、勇敢坚强的人的行为，是他让林中美人从中魔的沉睡中得以苏醒。

我们住的房子，正是那种有助于这类癖好的地方。那是一座古老的宅邸，一半是别墅一半是农舍。最古老的部分用石头建成，其中有一些枪眼，因它在有印第安人时曾被用作家族的堡垒。这座大宅另有各种附属建筑，有的用砖、有的用木建成，视当时的迫切需求而定。因此它充满了隐蔽之处和弯曲地方，以及种种大小不一的房间。它掩隐在柳树、榆树和樱桃树里面，周围是玫瑰和蜀葵，另有忍冬与多花蔷薇爬满每一扇窗子。一窝祖传的鸽子在屋顶上晒着太阳；祖传的燕子在屋檐和烟囱附近筑巢；祖先的蜜蜂在花坛周围发出嗡嗡的声音。在一本本故事书的影响下，我们身边的每一样东西现在都呈现出新的特征，有了一种迷人的趣味。野花不再仅仅是田野的装饰或辛劳的蜜蜂常去的地方，它们成了仙女们的潜藏之处。我们会观察蜂雀盘旋在门廊旁的凌霄花周围，观察蝴蝶飞到蓝色的天空中和阳光照耀的树顶，想象着它们是从仙境来的某些小生命。我会回想起所有读到的关于罗宾·古德费洛[1]的故事，以及他拥有的蜕变能力。啊，我多么羡慕他

---

[1] 英格兰民间故事中的顽皮小妖。

的那种能力！我多么渴望能把自己的躯体压缩得很小很小，能骑在勇敢的蜻蜓身上，能在高高的有芒[1]的草叶上方旋转，能跟随蚂蚁进入它地下的住处，或钻入忍冬根部洞穴的深处！

  我还只是个小孩时就被送到一所全日制学校，那儿大约有两英里远。校舍在一片树林边上，近旁有一条小溪，小溪上方悬垂着白桦、桤木和矮小的柳树。我们这些学校的人住的地方离这儿有一定距离，用小篮子装着各自的餐食赶来。在上课的间歇时间，我们会围聚在一口泉水旁，置身于一丛榛树下面，举行着某种野餐。我们交换具有乡村风味的美食，那是富有远见的母亲为我们准备好的。接着，在我们快乐地吃完后，同伴们就想着去玩，我则拿出一本珍爱的故事书，躺在绿草地上，不久便沉浸在使人着迷的故事里。

  由于我更有知识，在同学们当中我便成了一个很了不起的哲人，很快就让他们像我一样产生想象。我们常常在傍晚放学后，坐在林中某棵倒下的树干上，争着讲一些荒诞的故事，直到北美夜鹰晚上抱怨起来，萤火虫也在暗中发出亮光。这时我们冒险回家。我们会在林里某个阴暗地方产生极大恐慌，像受惊的鹿一样四处奔跑，之后停下来喘口气，并再次于恐慌中跑开，被想象中的可怕东西弄得发狂——那真是多么有趣啊！我们最大的考验是经过一个黑暗偏僻的池塘，那里面长有睡莲，还有牛蛙和水蛇，两只白鹤经常飞来飞去。啊！那个池塘多么恐怖！在靠近它时我们小小的心会跳得非常厉害，我们还会向周围投去多么可怕的目光！假如我们在悄悄过去时，偶然听到一只野鸭溅起水来，或者一只牛蛙从喉部发出嘎嘎嘎的声音，我们就会飞快

---

[1] 谷类植物种子壳上或草木上的针状物。

地跑掉,直到完全跑出林子才停下。然后,待我到了家里,我会把许多冒险经历和想象的恐怖故事讲给妹妹索菲听!

随着我年岁的增长,此种性情有增无减,变得越来越确定。我放任于富有浪漫的想象的冲动里,这想象支配着我的学习,使我的一切习惯都包含着偏爱。父亲观察我,看见我手中总拿着一本书,为我是个实实在在的学生而感到满意。可我读的什么呢?那是一部部小说,一个个骑士故事,一篇篇描写发现之旅的航海记和东方游记。总之,一切无不带有冒险与浪漫的特性。我十分清楚地记得,自己曾怀着怎样的热情开始有关异教神话的学习,尤其是有关森林之神那部分。之后,学校里的书对于我确实变得珍贵起来。周围的环境,被认为颇有助于我这种人的头脑产生幻想。它充满了孤寂的隐僻处,狂野的溪流,庄严的森林,以及沉静的山谷。我常常衣兜里揣上一本奥维德[1]的《变形记》,出去漫游一整天,陷入某种自我幻觉里面,以便把刚读到的情景与周围的场面融为一体。我会流连于悄然穿过密林深处的小溪,自个儿将它想象成那伊阿得斯[2]常去的地方。我会暗中绕过通向林间空地的茂密树林,好像期待突然遇见黛安娜[3]和她居住在山林水泽的仙女们,或者期待看见潘[4]和他的萨堤罗斯[5]们,他们喊叫着、高呼着穿过林地。在夏日正午热得让人喘息的时候,我会躺在某一片宽阔的树荫下面,数小时里陷入沉思与梦想,处于一种陶醉的精神状态。就

---

1 古罗马诗人,代表作为长诗《变形记》。
2 指希腊神话中的水泉女神。
3 罗马神话中的处女守护神、狩猎女神和月亮女神。
4 希腊神话中半人半羊的山林和畜牧之神。
5 指半人半羊的森林之神。

连白日的阳光,我也像神酒一样饮下去,我的灵魂似乎狂喜地沐浴在夏天的湛蓝里。在这些漫游当中,没有任何东西使我感到不快,或者把我带回到现实生活。

我们巨大的林子十分宁静,让人得以展开充分的想象。时而,我会听见远处传来伐木工的斧声,或者他砍倒的某棵树倒下的声音。不过这些杂声沿着那片宁静的风景发出回响时,易于通过人的想象,与其引起的幻觉变得和谐协调。然而总体说来,附近那片树林茂盛的幽僻地方特别原始,荒无人烟。我漫游一整天,也不会遇见任何耕作过的痕迹。林中的松鸡好像绝不会从我走的路上躲开;坚果树上的松鼠会从远处注视我,它目光闪烁着,好像为我不同寻常地闯进来感到惊奇。

对于我生活中这段有趣的经历,我禁不住要详细叙述一番。那时我还根本不知道悲愁,也没有过任何世间的忧虑。书籍我已读过不少,对人也了解得够多,当然已经变得十分明智,不会轻易高兴起来;但尽管有着这一切智慧,我得承认,在回顾那些无知而快乐的日子时——这时我还没成为一个哲学家[1]——我心中是不无遗憾的。

* * * * *

我有望被训练成将投身于人生舞台并与世间展开搏斗的人,这一定是显而易见的。我的指导教师——他监管着我更高层次的教育——也正适合于完成在我心中筑起的海市蜃楼。他名叫格伦科,是个脸色苍白、显得忧郁的男人,大约四十岁。他是苏格兰本地人,受过大量

---

[1] 并非指真正意义上的哲学家,而是指像哲学家那样的达观者、豁达者,在任何情况下镇静理智的人。

教育，致力于根据趣味而非必须对青年进行指导。因为如他所说，他喜欢人的内心世界，乐于研究其早期的冲动。我两个姐姐从城里的一所寄宿学校回来后，同样也被安排接受他的管教，在历史和纯文学方面由他指导阅读。

我们大家不久都喜欢格伦科了。确实，最初我们对他有些反感。他的面容瘦削苍白，口音浓重，不把社会上琐碎的习俗放在眼里，举止也笨拙局促；在初次相识的时候，这些对他都极为不利。但是我们很快发现，在这种似乎没有希望的表象下面，存在着最亲切文雅的性情、最温和的同情、最热烈的善心。他头脑机灵而敏锐。他读各种各样的书，但他与其说是深刻不如说是深奥。他的记忆里储藏着所有学科的内容，其中包含了事实、理论和各种引证，充满可供思考的原始素材。这些东西在他激动之时仿佛会融化，并于兴奋的想象的熔岩里奔涌而出。在这样的时刻，他整个的人会产生奇妙变化。他那瘦削的身躯会变得尊贵而雅致，又长又白的面容会焕发红光，目光里闪现出热切的思考，低沉的声音也显得抑扬顿挫，令人悦耳，使人感动。不过最让我们喜欢他的，是他的仁慈与同情——他即怀着它们进入到我们所有的兴趣与希望之中。对于我们年轻的想象，他不是用严肃的理性的缰绳将其约束控制，而是有点太易于也变得冲动起来，匆匆地和我们一起被卷走。任何感情或想象迸发时所产生的兴奋，他都无法抵挡，并且他易于给年轻人的预想中那虚幻的颜色添加上越来越浓的色彩。

在他的指导下，姐姐和我自己很快进入了更加广泛的学习。不过，当她们怀着喜悦的心情，漫步穿过历史与纯文学那片广阔的田野时，一条更为崇高的道路向我更高的智力展开。

在格伦科的头脑中,哲学与诗奇异地融合在一起。他喜欢玄学[1],爱沉湎于抽象思考,尽管他的那些玄学编织得还算可以,富有想象;他所思考的东西,也常具有我父亲最不敬地称为的"欺骗"性质。就我而言,我是喜欢它们的,尤其是因为它们会让我父亲睡去,并把两个姐姐完全给搞糊涂。我带着惯有的热情,开始学习这一新的学科。玄学这时成了我强烈的爱好。两个姐姐极力陪伴我,但她们没多久就产生动摇,在把斯密[2]的《道德情操论》学到一半时便放弃了。然而我则继续学下去,为自己的能力感到自豪。格伦科为我提供书籍,我满怀食欲对它们狼吞虎咽——如果说并没有消化的话。我们在房前的树下一起散步、交谈,或者像弥尔顿[3]的天使一样各自坐着,对具有一般智力的人无法理解的主题,彼此展开超乎寻常的谈话。格伦科仿效逍遥学派的老贤人,拥有一种贤明的骑士精神,不断梦想着在道德上采取浪漫的冒险行为,梦想着为改良社会制订出辉煌计划。他用奇特的方式对抽象问题举例说明,尤其合我的胃口。他还用诗的语言对这些问题予以表达,并让它们笼罩上几乎是小说的那种魔法色彩。"这非凡的哲学,"我想,"真是多么迷人",它并非像迟钝的傻瓜所认为的让人讨厌、晦涩难懂,"而是有着美酒糖果的永久盛宴,无论你怎么享用都不会过量。"[4]

我觉得极为自鸣得意,因为我与一个被自己视为同古代圣人并驾

---

1 形而上学的另一译名,指涉及超物理的或超经验的某些事物,如深奥难懂的哲学科学。

2 亚当·斯密(1723—1790),英国经济学家。

3 弥尔顿(1608—1674),英国诗人,《失乐园》的作者。

4 引自弥尔顿的诗句。

齐驱的男人，竟然关系如此之好；对于姐姐更加薄弱的智力，我怀着同情之心不屑一顾，她们对玄学一窍不通。不错，我自己试图学习它时也容易卷入云里雾中，而一旦有了格伦科帮助，一切就变得清清楚楚。我的耳朵倾听着他优美的语言，我的想象被他那光辉灿烂的说明弄得眼花缭乱。我想象着诗中那些发光的沙子——在他的思索里贯穿着诗意——在我的想象中，我误以为它们是富有智慧的金矿。我似乎凭着敏捷，吸收、欣赏着最为抽象的学说，对自己的精神力量怀有一种更高的认识，并且相信我也是一位哲学家。

* * * * *

　　我现在就要成人了，虽然我的教育极不正规，是按照自己特有的奇思怪想进行的——我误以为这是我的天赋所产生的动力所致——可母亲和姐妹们却怀着惊奇和喜悦看待我，她们几乎像我自以为的那样，觉得我既聪明又正确可靠。由于我说话有善于雄辩的习惯，她们对我的评价越来越高，这使得我在家中成了一位圣贤和演说家。然而，检验我的哲学观的时刻就在眼前。

　　我们度过了一个漫长的冬天，春天终于异常可爱地显现出来。此时天气温和宁静，四周呈现出美丽的景色，鸟儿发出欢快的叫声，各种鲜花散发出芳香；这一切融合在一起，使我胸中充满了模糊朦胧的感觉和不可名状的希望。我置身于这个季节种种柔和的诱惑里，身心都陷入极其闲散的状态。

　　这时我感到哲学已失去了魅力。玄学——哼！我极力钻研它，从书架上取下一本又一本书，茫然地看过几页，然后厌恶地将它们丢到一边。我在家附近踱来踱去，双手揣在衣兜里面，完全是一副惘然若失的神态。必须有什么东西让我高兴才行，可那是什么东西呢？我游荡到姐妹们的房间,希望她们的谈话会让我开心。但她们都出去了,屋子里空无一人。桌上放着一本她们刚才读过的书,是小说。我以前从没读过一本小说,对于那样的作品怀有一种轻蔑,因为我听说人们普遍看不起它们。不错,我曾说过它们受到广泛阅读;不过我认为它们是不会受到一位哲学家关注的,我也决不会冒昧去读,以免在姐妹们眼里降低自己智力上的优越地位。不仅如此,我还时时拿起一本类似的书,在知道姐妹们看着我时读一会儿,接着把它放下,微微显露出不屑一顾的笑容。此刻,在纯粹觉得无精打采的情况下我拿起这样一本书,翻阅了开头几页。我听见有人过来,便把它放下。我弄错了,并没有任何人,而我所读过的几页吸引着我要再读一点的好奇心。我靠在窗框上,片刻后完全沉浸在故事里。我不知自己站在那儿看了多久,不过我认为看了近两个小时。忽然我听见姐妹们上楼梯的声音,于是赶紧把书塞进胸口,又把另外两本放在旁边的书塞进衣兜内,匆匆走出家来到了我心爱的林里。我在树下待了整整一天,感到迷惑和陶醉;我贪婪地读着这些美妙的书籍,直到天黑得看不清时才回去。

　　读完这本小说后,我把它放回到姐妹们的屋里,并寻找其他小说。她们存有丰富的小说,把在城里所有流行的都带回了家;不过我的胃口需要大量的供应。整个阅读都是秘密进行的,因为我对此有点羞愧,害怕自己的智慧会被人质疑。但正是这种秘密行为给我带来了额外的趣味。它是"暗吃的饼"[1],有着隐秘的恋情所具有的魅力。

　　但是想想,对于一个有我这种气质和性情的青少年,这样的阅读行为一定会有怎样的影响;并且我又沉迷于充满浪漫传奇的景色与季

---

[1] 语出《圣经·旧约·箴言》第9章第17节:"偷来的水是甜的,暗吃的饼是好的。"

芒乔伊：或一个幻想者的人生经历

节之中。我仿佛已进入一片新的生活场面。易燃的情感的导火线在我心中点燃，我的灵魂满怀温柔与激情。从来没有哪个青少年相思病害得像我这么严重，虽然那只是一种笼统的情感，而并没确定的对象。不幸的是，在我们的邻里特别缺少女伴，我徒劳无益地苦苦思念着某个女神，以便把极其令人不安、十分沉重的感情向她倾吐。我曾经真诚地被一位在骑马途中偶然见到的女人迷住，当时她正在一座乡间宅邸的窗口旁读书。实际上我还用长笛向她吹起了小夜曲，但让我困惑的是，我发现她都足可以做我的母亲了。我的浪漫情感受到可悲的打击，尤其是父亲听说了此事，并使之成为家庭中的一个笑话，每当吃饭时总爱提起它。我不久便从这个打击中恢复过来，但也只是又陷入了多情的兴奋状态。我整天在原野里和小溪边度过，因为在人的柔情蜜意里存在着某种东西，使我们意识到大自然的种种美景。一个温和明媚的早晨给我的胸中注入了狂喜。我像奥维德所描写的那个希腊青年，仿佛要将芳香温和的空气吸收和拥抱。[1] 鸟儿的歌声融化着我，使我变得温柔起来。我会数小时地躺在小溪边，编织着一个个花环，思考着理想中的美人，为自己心中充满的各种朦胧情感而叹息。

　　在这种多情的兴奋状态中，有天早上我漫步于原始美丽的小溪边——那是我在一个幽谷中发现的。在一处有个小瀑布，它从岩石间跃入一潭天然的水池，某位诗人大概已把这里选作了那伊阿得斯的常去之处。我正是通常隐退到这儿，畅快地读着一本本小说。今天早上我来到这里时，在水池边上——那是一些光洁的细沙——清晰地发现一个女人最为纤细、精美的脚印。这对于我这样的想象已经足

1　见奥维德的《变形记》第七卷。

够了。连鲁滨孙本人在他孤岛的海滩上发现原始人的脚印时，突然接踵而至产生的想象也不如我的多。我尽力跟踪着脚印，但它们只在细沙地上留下几步，然后便消失在草丛里。我陷入沉思，待在那儿注视着短暂的可爱印迹。显然不是我的任何一个姐妹留下的，她们根本不知道这个我常到的地方，再说脚印也比她们的小些。它因精巧美丽而引人注目。

我的目光偶然瞥见地上已经半枯萎的两三朵野花，它们无疑是从陌生仙女的胸口上掉下去的！这是表明趣味与情操的一种新东西。我把它们作为无价的遗物珍藏起来。我发现，它们那个地点也相当独特，是小溪最美丽的部分。有一棵优良的榆树悬垂其上，树上面盘绕着葡萄藤。她既然能够选择这样一个地点，并且能够以原始的小溪、野花和寂静的地方为乐，一定不无想象、情感和温柔；有了这一切品质，她一定是漂亮的！

可是这个"未知的人"会是谁呢？她就这样过去了，仿佛在早晨的梦里，只留下花儿和仙女般的脚印讲述她的可爱。这当中有个神秘的东西使我迷惑不解，它是那么虚幻缥缈，像那些于孤寂里"从空中说出男人名字的话语"[1]。我竭尽全力要解开这个谜，但毫无用处。在附近，我没听说有任何人留下过这种脚印。我经常来到这个地方，一天比一天给迷住了。想必，从来没有谁的感情有我的这么纯洁和神圣，也从来没有哪个情人处于我这么不确定的状态。我的情形，只能与童话故事《灰姑娘》中那个多情王子相提并论。不过他还可以借助一只水晶鞋充分表达自己的柔情，而我呢，哎呀！爱上的却是脚印！

---

[1] 引自弥尔顿的诗句。

芒乔伊：或一个幻想者的人生经历

想象一会儿是骗子，一会儿又是受骗者。而且，它还是最为狡猾的骗子呢，因为它既欺骗自己，又成为自己那些错觉的受骗者。它像变戏法一样变出"空幻的虚无东西"，给予它们"本地的住所和名字"[1]，然后绝对地屈从于其控制，好像它们实际存在一般。这便是我此时的情形。我曾欺骗自己，在头脑中虚构出空洞的幻象，并与它进行一种虚无缥缈的交流；即使不凡的努马[2]也无法使自己相信，仙女伊吉丽亚[3]徘徊于神圣的泉水并与他在精神上进行交流时，会做得像我那么彻底。我在发现脚印的树下，建了一座乡间别墅。我还建了一座凉亭，常在这儿读诗和浪漫故事，以此度过一个个上午。我在树上刻下一些心和镖，并在树上挂起一只只花环。我的心里洋溢着情感，需要有某个可靠的胸怀，让我的情感释放到其中。没有一个知己女友的情人是什么呢？我立刻想到妹妹索菲，她是我早年的玩伴，是我喜爱的妹妹。她也非常理性，有着恰当的情感，总是把我的话当成神谕来听，对我零星写下的诗加以赞美，好像它们是诗人所产生的灵感。对于这样一位忠诚理性的人，我还有什么秘密呢？

因此一天早上我把妹妹带到自己喜爱的隐避地方。她又惊又喜地环顾四周，看着乡间别墅、凉亭和树上刻下的爱情象征。她把眼睛转向我，询问这是什么意思。

"啊，索菲，"我喊道，紧紧抓住她的双手，认真地盯着她的脸，"我恋爱啦。"

---

[1] 引自莎士比亚的《仲夏夜之梦》。
[2] 活动时期约公元前 700 年，传说古代罗马七王相继执政的王政时代的第二代国王（公元前 715—前 673）。
[3] 罗马传说中的仙女，曾以预言指示罗马第二代国王努马。

她吃了一惊。

"快坐下，"我说，"让我把一切都告诉你。"

她在乡间的长凳上坐下来，我一五一十把脚印的事对她讲了，还把我想象中产生的所有联想都告诉了她。

索菲给迷惑住了。这就像是一个童话故事。此种神秘的显现她在书中读到过，而这样的爱情总是与众不同的人才会有的，也总是幸福的。她彻底陷入幻觉之中，脸色发红，眼睛发亮。

"我猜想她很可爱吧。"索菲说。

"可爱！"我回应道。"她是美丽的。"我尽量推理，以此满意地从逻辑上对事实加以证明。我详细讲述了表现她趣味的东西，她对于自然之美的敏感，她那种喜欢独自静静地思考的习惯。"啊，"我说，握紧双手，"和这样的伴侣在这些景色里漫步，同她一道坐在潺潺的小溪旁，把花环戴在她的额头上，倾听她那与林中低语融合在一起的悦耳声音……"

"太好了！太好了！"索菲叫道，"她一定是个非常讨人喜欢的人！她正是我想要的朋友。我会非常喜欢她的！啊，亲爱的哥哥！你可不能一个人拥有她，你得让我也享有她！"

我把妹妹抱在怀里，大声说："你会的——你会的！亲爱的索菲。咱们都为了彼此而生活！"

＊ ＊ ＊ ＊ ＊

与索菲的谈话使我心中的幻想有增无减，而她对待我这白日梦的方式，又使其与某些事实和人联系在一起，让它更具有了现实的痕迹。我像个神思恍惚的人四处走动，对周围的世界全然不顾，让自己被包围在想象的极乐世界里。在这种状态下，一天早上我遇见了格伦科。

他像通常那样面带微笑和我搭话,讲着一些普通的事情;不过说话当中他停下来,用询问的目光盯住我。

"你怎么啦?"他问,"你好像很激动。发生了什么特别的事吗?"

"没什么。"我回答,有些犹豫,"至少没什么值得对你讲的。"

"不,我亲爱的年轻朋友,"他说,"凡是重要得足以让你激动的事,都值得告诉我。"

"唔,不过我心里想的问题你会认为是轻浮的。"

"凡是能够唤起强烈感情的问题,都不是轻浮的。"

"你对爱情,"我迟疑地说,"你对爱情怎么看?"

这一问几乎让格伦科吃惊。"你把那说成是个轻浮的问题吗?"他回答,"相信我,任何东西都不像爱情充满着如此深远、如此重大的意义。确实,如果你说的是反复无常的怪念头——它仅仅由不能经久的美丽所具有的魅力引起——那么我承认是极其没有价值的。不过,从善良之心所怀有的同情产生出来的爱情,那种因感知道德上的杰出之处而被唤醒的爱情——在对身心之美的思考中这样的爱情不断加深——是一种有助于人心的完善并使其变得崇高的激情。啊,两个年轻的人摆脱了世间的邪恶与蠢行,将纯洁的思想、神情和情感融合在一起,仿佛只有一个心灵——还有什么样的情景比这更接近天使们的交流呢!他们那默然无语的交流多么美妙,眼神多么温柔真诚,无须言语也充满了意味!是的,朋友,假如在这个令人厌倦的世上还有什么值得上天称道的,那便是这种彼此的情感所带来的纯洁欢乐!"

我可敬的老师的这番话,使我不再有更多保留。"格伦科先生,"我大声说,脸红得更加厉害,"我恋爱了。"

"这就是你羞于告诉我的事吗?啊,千万别把这样一个重要秘密向你的朋友隐瞒。如果你的感情是不值得的，那么友谊的果断之手会将它拔掉；如果它是正直可敬的，那么只有敌人才会试图予以扼杀。人的品性和幸福在最大程度上取决于初恋的情感。如果你是让短暂肤浅的迷人东西——比如明亮的眼神，花儿般盛开的脸颊，温柔的声音，或者婀娜的身姿——给吸引住了，我会提醒你注意。我会对你说，美丽的容貌不过是早晨转瞬即逝的阳光，是易于坏掉的鲜花；某个意外会使它变得黯然枯萎，最多它也会很快自己死掉。可假如你爱的是我如下描述的那种人，情况就不一样了：她很年轻，但感情更加年轻；她相貌迷人，但也是心中之美的典范；她声音温柔，表现出高尚的情操；她面容如花儿一般，像早晨呈现出的玫瑰色彩，让美好的日子燃起希望；她的眼神洋溢着一颗幸福的心所具有的仁慈；她性情乐观，对所有善意的冲动感到敏感，并真诚地把自己的幸福分给他人；她泰然自若，不需要依靠别人支持；她的品位高雅，这会让孤独的时刻显示出美的东西，并使其本身的享乐得以更加圆满——"

"亲爱的先生，"我喊道，再也控制不住了，"她正是你描述的那种人！"

"唉，那么，我亲爱的年轻朋友，"他说，亲切地紧紧握住我的手，"上帝做证，你就爱下去吧！"

* * * * *

在这天余下的时光里，我处于某种梦幻般的极度快乐之中，就像人们说的土耳其人在鸦片的作用下所享受到的一般。已经显而易见的是，我多么易于用想象的情景把自己搞迷惑，以至于将它们与现实的情况混淆起来。在眼前的事例中，索菲与格伦科共同促进了我一时的幻觉。索菲，亲爱的姑娘，像通常那样和我一起建造幻想的城堡，纵情于一系列相同的幻想里面；而格伦科呢，则受到我的强烈的情感欺骗，坚信我说的是一个已经见到并认识的人。他们凭着对我情感上的赞同，在某种意义上与我心中"未知的人"联系起来，并继而将她与我亲密的生活圈子联系起来。

傍晚，我们一家人聚集在门厅，享受着凉爽的微风。索菲在钢琴上弹着一支喜爱的苏格兰人的曲子，而格伦科则坐在旁边，一只手托住额头，陷入某一种沉思默想里，这使得他在我看来非常有趣。

"我是个多么幸运的人呀！"我想，"被赐予这样一个妹妹和朋友！我只需要找到那个可爱的'未知的人'，并和她结婚，就会幸福！我的家里有了一位如此高雅的人，将成为一个怎样的乐园！它会成为仙境里一种完美的阴凉之处，掩映在玫瑰和其他芳香的鲜花丛中。索菲将和我们住在一起，与我们一道分享所有快乐。格伦科也将不再像他现在这样是个孤独的人。他会和我们共同拥有一个家，有自己的书房，愿意的时候可以把自己关在里面，与世隔离，以便埋头于自己的思考。他那私人房间是神圣的，谁也不会闯进去，只有我才偶尔到他独处的地方，为了促进人类的发展共同制订出宏大的计划。我们置身于一系列富有理性的快乐和高雅的事务中，日子会多么令人开心啊！有时我们会听听音乐，读读书，有时又漫步穿过花园——这时面对妻子种下的每一棵开花植物，我会露出满意的微笑。而在漫长的冬夜，女人们会一边坐着干活，一边静静地专心倾听我和格伦科讨论玄学上那些奥妙的学说。"

正当我愉快地陷入沉思时，父亲拍了一下我的肩膀，使我吃了一惊。"你这小子着啥迷啦？"他叫道，"我对你说了许多次话，你却一次也没回答。"

"请原谅,父亲。"我回答,"我完全陷入了思考,没听见您说话。"

"陷入了思考!请问你在想什么?我想是你的什么哲学吧。"

"说实话,"姐姐夏洛特说,顽皮地笑着,"我猜想哈里[1]又恋爱啦。"

"如果恋爱了,夏洛特,"我说,有些生气,并回想起格伦科对这种情感热心的赞美,"如果我恋爱了,这是一件滑稽可笑的事吗?难道这个最温柔也最热烈的情感,能让人的心受到冷漠的嘲笑吗?"

姐姐脸红了。"当然不能,弟弟!我也不是有意那样做,或者有意说出什么伤害你感情的事。要是我真猜想到你有了某种真正的恋情,那在我眼里会是神圣的。不过——不过,"她说,面带微笑,好像产生了什么怪异的回忆,"我原以为——原以为你可能又沉迷于某个微不足道的奇思怪想里面。"

"不管多少钱,"父亲大声说,"我都愿意打赌,他又爱上了窗口旁的某个老妇!"

"啊,不!"亲爱的妹妹索菲带着最亲切友好的热情叫道,"她又年轻又漂亮。"

"照我看,"格伦科说,激动起来,"她一定身心两个方面都可爱。"

我发现朋友们让我陷入了一个极大的困境,开始浑身冒汗,觉得耳朵火辣辣的。

"哦,不过,"父亲又大声说,"她是谁呢?她是做什么的?让咱们听听关于她的情况吧?"

这可不是解释这样一个棘手问题的时候。我抓起帽子从家里走了出去。

---

[1] 芒乔伊的昵称。

我一来到户外独自待着时,我的心就责备我。如此对待父亲礼貌吗?——而且是这样一位父亲,他总把我看成是自己一生的骄傲,看成是他希望的支柱。不错,他有时爱取笑我那些热情奔放的想象,对于我的哲学观也没给予应有的尊重,但他什么时候阻碍过我心中的希望了?难道在一件可能影响我整个未来生活的事上,我要对他有所保留吗?"我做错了,"我想,"但是现在弥补还来得及。我要赶回去,把整个心扉向父亲敞开!"

因此我回去了,就在我要走进家门,并且心里充满孝敬、悔悟的话已到嘴边时,我突然听见父亲哈哈大笑,两个姐姐也哧哧地高声笑起来。

"脚印!"他一旦恢复过来就喊道。"爱上了脚印!哎呀,这可胜过了窗旁的老妇哟!"随即他再次让人震惊地大笑着。即便是一声霹雳,也不会使我如此震惊的。原来是心胸单纯的索菲将一切都讲了,这可把父亲爱笑的脾性给充分调动起来。

从来没有哪个可怜的人像我垂头丧气得如此厉害的。所有的幻想都结束了。我静静地从家里走出去,他们的每一个笑声都让我变得越来越渺小。我一直在外面徘徊着,直到家人们都睡了,我才悄悄回到自己床上。然而,这天晚上我彻夜未眠!我躺在那儿,满怀羞辱,考虑着次日早上如何面对家人。想到被人嘲笑我总是受不了,而让我忍受一个已经使我如此兴奋的问题,似乎比死亡更糟糕。有一次我几乎决心起床,给马装上马鞍骑走,我也不知去什么地方。

我终于作出了决定。在下楼去吃早饭前我找来索菲,请她作为一名大使去正式处理此事。我坚持大家要把这个问题忘掉,否则我就不会在餐桌上露面。他们欣然同意,因为无论如何谁也不愿让我痛苦。

他们忠实地遵守诺言,对此事只字未提。不过他们做出的鬼脸,压抑的窃笑,直刺我的心灵。父亲只要看着我的脸时,总是显露出又悲又喜的目光——他极力现出严肃的表情,嘴部也怪怪的——我有一千次宁愿他放声大笑算了。

* * * * *

就在上述让人烦恼的事发生一两天后,我尽可能躲开家里人,独自在田野和树林里漫步。我感到很不对劲儿,情绪低劣,紧张不安。虽然每一片树林都传来鸟儿的歌声,但是我对它们美妙的旋律一点不感兴趣。田野的花在我身边开放,我却没注意到。在爱情上遭到阻碍够糟糕了,不过你还可以逃到诗中去寻求安慰,在让心灵获得平静的诗节里化解悲哀。可是让所有激情——无论它所涉及的对象还是其余一切——都统统给消灭了,驱散了,使得它们就像一个个梦幻似的——或者最糟糕的是,还要转化成一种话柄和笑柄——你能从这样的事里得到什么安慰呢?

我避开见到脚印的那条致命的小溪。现在我常喜欢去的地方是哈得孙河的岸边。我坐在岩石上,凝视着泛起涟漪往下流去的河水或拍打在岸边的波浪,或者观察着不断变化的光亮的云块,以及远山上移动的亮光和阴影。我渐渐悄然恢复了平静,偶尔轻轻舒适地叹一口气,其中没有了痛苦——这表明我的心中又生出了情感。

正当我坐着这样陷入沉思时,我的目光逐渐锁定在一个被水流冲走的物体上。原来那是一只小游船,样式美观,色彩鲜明,装饰华丽。在周围这样一个相当偏僻的地方,出现此种情景真是不同寻常。的确,在这一片河流上是难得看见任何游船的。等它靠得更近一些时,我注意到船上根本没人,显然它是从停泊处漂出来的。空中一点风也没有,小船在明净的河水上漂浮,随着漩涡打转。最后它搁浅了,差不多就停在我坐的那块岩石的底部。我下去来到河旁,把船拉到岸边,对其轻便、雅致的船身和装配它所表现出的品位,加以赞美。只见船上的长凳铺了软垫,长旗是丝绸的。在一个软垫上放着女人的手套,大小和形状都显得精巧,逐渐变尖的手指也很美观。我立即把它抓住,一下塞进胸口。它似乎与那个使我如此着迷的仙女般的脚印相配。

片刻后我胸中所有的浪漫激情又燃烧起来。这不正是童话故事里的一个事件吗?某种无形的力量送来了一只小船,那是某个使人获救的精灵或仁慈的仙女,要把我载去进行什么愉快的冒险。我回想起某种中魔的船只,它由白天鹅们拉动着,把一位骑士沿莱茵河[1]拉走,进行着与爱和美有关的冒险计划。那手套也表明,在眼前的冒险中牵涉到一位美丽的小姐。这也许是防护手套,为的是让我勇于去冒险。在富于浪漫的精神和一时的兴致影响下,我跳上船并升起轻便的帆,让船离开了岸边。仿佛某种支配一切的力量发出低语似的,此时吹起了二级风,让船帆鼓起来了,并且戏弄着那面丝绸长旗。一时间我驾着船漂过陡峭多荫的河岸,或者穿过既深邃又僻静的河湾,然后来到一片广阔的水域,并驶向高大多岩的岬角。这是一个可爱的傍晚,太阳在聚集起来的云块里徐徐落下,使整个天空充满光辉,并映照在河水里。我高兴地产生了各种稀奇古怪的幻想,想象着这只仙女的船会把我载到什么魔岛,或者神秘的凉亭,或者不乏妖术的宫殿。

我沉醉在幻想中,没注意到那些使我大为高兴的灿烂云块,实际上预示着伴有雷暴的大风将要来临。等我觉察到这个事实的时候已经

---

[1] 源出瑞士境内的阿尔卑斯山,贯穿西欧多国。

晚了。乌云骤然升起，同时让天空暗下来。整个大自然的面貌突然变了，呈现出不无威胁的阴沉色彩，预示会有一场暴风雨。我极力让船靠岸，但没等抵达，一阵风便刮来，顿时河水卷起白浪，随即船也遭到袭击。

唉！我根本不是个水手，而保护我的仙女在这危险时刻也抛弃了我。我努力收起船帆，但这样就不得不离开舵。船马上翻了，我被抛入水中。我极力抓住沉船，可是没抓住。我不太会游泳，所以很快发现自己在下沉。我又抓住一只漂浮在旁边的轻桨，它托不起我，我又沉入水中。我的耳边响起水流动的哗哗声和汩汩声，之后我便一切意识都没有了。

我不知失去了多久的意识，只迷惑地觉得自己被移动和弄来弄去，并听见周围有一些奇怪的人们和奇怪的声音；不过所有这些都好像是一个可怕的梦。待我终于完全苏醒过来有了知觉时，我发现自己躺在一间宽大的房间里，屋子的陈设比我所习惯的更有情趣。淡淡的玫瑰色窗帘挡住了早上明亮的阳光，使每一样东西都显现出温和宜人的色调。在离我的床不远处有一只古雅的三脚架，架上放着一篮美丽奇特的花，散发出最惬意的芳香。

"我在哪儿？怎么在这个地方？"

我让大脑回想一下某个先前的事情，以便从它上面追寻实际生活中的线索，直到眼前这一刻。我渐渐想起了那只仙女的游船，我大胆地登上去，开始冒险驾驶，最后船不幸失事。除此外一片茫然。我是怎么来到这儿的？我到了什么陌生地方？住在这里的人一定温和可亲，并且有着高雅的品位，因为他们喜欢柔软的床、芳香的花和玫瑰色的窗帘。

我这样陷入沉思时，竖琴的乐音传入耳里，随即一个女人的声音唱起来。是从下面的房间传出的，由于我的屋子相当宁静，所以我把声调听得一清二楚。大家都认为我的姐妹们很会唱歌，她们也唱得不错；但是这么好的歌声我从来没听到过。这个女人唱得很轻松，效果令人惊讶；她的音调优美地变化着，并且有柔和的回音，此种技能谁也无法达到。如果没有丰富的感情，是唱不出这种效果的。这是用声音传达出来的心灵。我对音乐的影响总是很敏感。的确，我对各种给予感官的影响都很敏感，比如声音、颜色、形体和香气。我简直成了感觉的奴隶。我静静地躺着，屏住呼吸，陶醉于这位塞壬[1]唱出的每一音调里。它彻底使我激动起来，让我的心灵中充满了美妙的旋律和爱意。我凭着奇特的推理，构想着那个看不见的歌手的容貌。如此悦耳的声音和优美的音调，只能从最精巧灵活的器官中发出。这样的器官不属于粗鄙庸俗的人体，它们所属的人体必然是美丽匀称、令人赞叹的。而一个有着如此身段的人一定是可爱的。

　　我再次忙着想象起来。我记起阿拉伯人关于王子的故事，他睡着时被一个使人获救的精灵弄走，带到一个美丽无比的公主遥远的住所。我并不声称自己相信也有类似被弄走的经历，不过我有着根深蒂固的习惯，爱用类似的想象欺骗自己，给周围的现实情况增添上梦幻色彩。

　　那富有魔力的声音停止了，但它仍然在我的心灵周围振动着，使其充满各种温柔的情感。此刻，我心中产生了一种自责的剧痛。"哈，儒夫！"有个声音似乎大叫道，"这就是你坚定不移的感情吗？什么！你这么快就忘了泉水边的那个仙女？难道仅仅一首悠然传入你耳里的歌，就足以把你整个夏天所怀有的柔情像用魔法一样给赶走了吗？"

---

[1] 希腊神话里半人半鸟的海妖，常用歌声诱惑过路的航海者而使航船触礁毁灭。

明智的人会露出微笑——不过我处于深信不疑的状态,我得承认自己的弱点。我对这个突然出现的不忠行为感到有些懊悔,然而我又无法阻挡眼前迷人的魔力。相互矛盾的要求打破了我心中的平静。泉水旁的仙女回到我记忆中,使我联想到其余一切:仙女的脚印、多荫的树林、柔和的回音和原始的小溪。但是那征服心灵的悦耳旋律使我产生出新的激情,这旋律仍然回荡在我耳际,在有着柔软的床、芳香的花和玫瑰色的窗帘的环境中,它更加动听。"不幸的青年!"我个儿叹息道,"让彼此对抗的情感和你心中的帝国——它被一个人的声音和另一个人的脚印激烈争夺着——弄得心烦意乱!"

＊＊＊＊＊

我这样的状态并没持续多久,随后我忽然听见屋子的门轻轻打开了。我转过头去,想看看这座中魔的邸宅里会出现什么居住者:要么是身穿绿衣的听差、样子丑陋的侏儒,要么是面容憔悴的仙女。原来是我自己的男仆西皮奥。他小心翼翼走过来,如他所说,高兴地看见我恢复得这么好。我首先问的是我在哪里?怎么到了这里?西皮奥向我讲述了一个长长的故事,说在我疯野地巡游时,他一直在独木舟里钓鱼;他注意到风暴正聚集起来,我面临着危险;于是他赶紧跑来帮我,正好及时赶到,使我免于葬身水里;他好不容易才让我有了生气,在我失去知觉的时候又把我送到了这座邸宅。

"可是我在哪儿呢?"我重新问道。

"在萨默维尔先生家。"

"萨默维尔——萨默维尔!"我记起曾听说有一位叫这个名字的绅士,最近在哈得孙河对岸离我家有些距离的地方住下来。人们普遍知道他是"法国人萨默维尔",因为他早年在法国生活过一段时间,生活方式和家中的布置也具有法国风味的迹象。事实上，正是驾着他的游船——它先前漂走了——我开始了自己离奇而不幸的巡游。这一切无不是简单明了的事实，有可能将我一直编织着的蛛丝般的浪漫故事彻底破坏；不过幸运的是，我突然又听见了竖琴发出的清脆声音。我从床上坐起来，倾听着。

"西皮奥，"我有点踌躇地说，"刚才我听到有人在唱歌。是谁？"

"哦，是朱莉娅小姐。"

"朱莉娅！朱莉娅！真讨人喜欢！多么好的名字！还有，西皮奥——她——漂亮吗？"

西皮奥笑得合不拢嘴。"除了索菲小姐外，她是我见到过的最美丽的小姐。"

我得说，仆人全都把我妹妹索菲看作是完美的典范。

西皮奥现在要把花篮拿开，他担心它们的气味太浓了。不过它们是那天早晨朱莉娅小姐让放到我房间里的。

那么，这些花儿是我未曾见过的美人用她那仙女般的手指采摘的。那使我耳里充满悦耳旋律的和风，曾经从它们上面吹过。我让西皮奥把花递给我，从中挑选了几朵最精美的放在胸前。

不久萨默维尔先生来看望我。他是我的一个有趣的研究对象，因为他是我那个未曾见面的美人的父亲，并且他们父女俩大概也相像。我仔细看着他。他高大端庄，举止坦率可亲，身姿挺直优雅。他的眼睛呈蓝灰色，虽然不黑，但有时也目光炯炯，富有意味。他的头发梳理得很好，还撒过香粉，从前额上略为梳起来，使其外表显得更加高贵。他说话流畅，不过他的谈话中带有上流社会那种温和的语调；他没有任何大胆奔放的念头，也没有产生种种幻想的东西，而我对这些却是赞美有加的。

最初我的想象有点迷惑,我不知如何从他身心所具有的综合特性中,构想出一幅与我先前所想的那个未曾见过的美人相吻合的模样。然而,我凭借挑选出的一些相似部分,并在这儿那儿略加修饰,很快便勾勒出一幅满意的肖像来。

"朱莉娅一定很高,"我想,"显得优雅尊贵。她不像父亲那样高贵,因为她是在僻静的乡下长大的。她的举止也没那么活泼,声调柔和,带着哀婉,她喜欢哀婉的音乐。她爱沉思,但也不是过分沉思,只是所谓的对事情十分关注。她的眼睛像父亲的一样,但蓝得更纯,并且更加温柔,让人爱怜。头发是浅色的——不完全是淡黄色,因为我不喜欢淡黄色,而是介于淡黄色和赤褐色之间。总之她身材高挑,优雅,给人留下深刻印象,一双蓝眼睛脉脉含情,是个显得浪漫的美人。"这样把她描绘完后,我觉得比先前更爱她十倍了。

* * * * *

我感到恢复得相当好了,想马上走出屋子,但萨默维尔先生不同意。他已早早把我平安的消息带给我父亲,我父亲上午便赶来了。得知我冒过的险后他很震惊,不过高兴地发现我恢复得不错,并热情地感谢萨默维尔先生给予了友好的帮助。对方回答时,只是要求我再做他两三天的客人,以便进一步恢复身体,同时也让我们彼此更加熟悉一些。父亲欣然答应了。西皮奥因此陪同他回家,并给我带来了一些衣物,和我母亲、姐妹们充满深情的信。次日早上,在西皮奥的帮助下,我比平常更加细心地打扮着,然后有些颤抖地走下楼,急于见到我想象中描绘得如此完整的人物原型。

走进起居室时,我发现空无一人。它就像其余的房间一样布置得具有异国情调。窗帘是法国丝绸做的。有一些希腊式的长沙发、大理石桌子、穿衣镜,以及枝形装饰灯。最吸引我注意的,是我看见周围那些具有女性品位的物品:一台钢琴,上面放着大量意大利曲谱;沙发上放有一本诗集;桌上是一瓶鲜花和一张打开的绘画纸,纸上熟练地画着完成了一半的草图。窗口上是一只关在镀金笼子里的金丝雀,近旁就是那只曾被抱在朱莉娅怀里的竖琴。幸运的竖琴!可是那个统治这些精美东西的小小帝国的人在哪儿呢?——她曾朗诵出诗歌,置身于鸟儿、鲜花与玫瑰色的窗帘里。

突然我听见门厅的门一下打开了,随即传来轻快的脚步声、狂放多变的乐音和一只狗尖声的吠叫。一个芳龄15、轻盈欢乐的美少女轻快地走进屋里,她一路吹着六孔竖笛,一只长毛垂耳小狗在她身后顽皮地追着。她的吉普赛人的帽子往后搁在肩头上,浓密而光滑的褐色头发吹成卷形披散在脸旁,头发之间显露出明快的微笑和酒窝来。

看见我时她突然停下,因疑惑而显得美丽无比;她支吾着说了一两句找她父亲的话,便溜出了门,我听到她蹦跳着上楼梯的声音,就像一只受惊的小鹿,那只小狗跟在她后面汪汪地叫着。待萨默维尔小姐回到起居室时,她完全成了另一个人。她悄无声息地跟在母亲旁边走进来,腼腆得可爱。她的头发梳理得很漂亮,脸颊上显露出淡淡的红晕。萨默维尔先生陪伴着母女俩,把我正式介绍给她们。对于我在河流上遇到的意外,他们亲切地询问了不少情况并深表同情,同时还对邻近的荒凉景色讲述了一番——母女俩好像对其非常熟悉。

"你一定知道,"萨默维尔先生说,"我们是优秀的航行家,乐于探索这条河的每一个角落和偏僻地方。我女儿也很喜欢探寻独特的景色,把每一块岩石和峡谷都画下来。顺便说一下,宝贝,把你最近画的那幅美景给芒乔伊先生看看。"朱莉娅照父亲说的去做,她红着脸从画纸里取出一张着了色的素描。看到她画的景色我几乎吃了一惊。那正是我特别喜欢的小溪呀。我的脑中突然闪过一个念头。我把目光投向下面,注意到世上最为神圣的小脚。啊,我多么高兴地确信不疑!我的感情终止了斗争。那声音和脚印不再有冲突,朱莉娅·萨默维尔正是泉水边的那个仙女!

* * * * *

我不记得早餐时都谈了些什么,当时也简直没意识到,因为我的思想完全陷入混乱之中。我真想盯住萨默维尔小姐看,可是不敢。有一次,我确实冒险瞥了她一眼,此时她正好在卷发的掩饰下也同样飞快地看我一眼。我们的眼睛似乎被这碰撞震惊了,随即垂下去。她是因为女性天生具有的端庄,我则因为先前的想象让自己羞怯。然而那匆匆的一瞥,像一缕阳光照进了我心里。

我虽然羞怯,但近旁有一面镜子帮了我,让我看到萨默维尔小姐的身影。不错,镜子只是让我看见她的头后部,她就像一座古雕,无论从任何角度看都是美丽的。可她与我先前构想的那个美人截然不同。她并非是个安详忧思的少女,像我想象的泉水边的那个仙女;也不是个高挑、温柔、脉脉含情、长着蓝眼睛并且显得尊贵的人,像我想象的抱着竖琴的那个歌手。她身上没有丝毫的尊贵;她看起来是个少女,几乎不到中等身材;不过她那含苞待放的青春不无柔情;她像半开的玫瑰一样可爱,散发出无尽的芳香;她的脸上露出微笑与酒窝,以及不断变化的表情所具有的一切温柔魅力。我怀疑,自己还会对任何其他的美给予称赞。

吃过早饭,萨默维尔先生出去处理庄园的事情,让我照顾好女士们。之后萨默维尔太太也料理家务去了,留下我和朱莉娅单独在一起!瞧,这可是我最想遇到的场面啊。我面对着很久以来在心中一直渴望得到的可爱的人。只有我们俩,这是多么有利于情人的机会!我抓住它了吗?我像通常那样一下狂喜起来了吗?根本没有的事!我从来没有那么笨拙窘迫过。

"这是什么原因呢?"我想。"无疑,对这个姑娘我并不会害怕。在智力上我当然比她更强,和老师在一起我也绝不会窘迫的,虽然他有那么多学问。

这一时显得奇怪。我感到假如她是个老太太,我会相当自在的;假如她甚至是个丑女人,我也会对付得很好:正是她的美貌征服了我。可爱的女人几乎不知道,她们在缺乏经验的男青年眼里多么令人敬畏啊!在都市的时髦圈子中长大的男青年,会笑话这一切。由于他们习惯于经常混在女人的社交圈里,在上千次与她们轻佻的调情中让浪漫的心失去活力,所以女人在他们眼里仅仅是女人而已。但是对于像我这样一个易动感情、在乡村长大的青年,她们却是一个个完美的神。

萨默维尔小姐自己最初也有点局促不安,但不知怎的,女人天生很善于恢复镇静,她们的头脑更加机灵,举止更加优雅。此外,我在萨默维尔小姐眼里也不过是个普通的人;在我这个富于浪漫幻想的人看来,她对于围绕自己展开的一系列奇特的想象并未受到什么影响。另外,或许她看到对面营地里的混乱局面,并从这一发现中获得了勇气。不管怎样她是最先开始作战的。[1]

然而,她的谈话只是涉及一些平常话题,显得从容不迫、富有教

---

[1] 最后两句是比喻。

养。我极力用同样方式作出回应,但奇怪的是我办不到。我的思想冻结了,我好像甚至说不出话来。我对自己懊恼不已,因为我希望显得异常高雅。有两三次我希望产生出一个美妙的想法,或表达出一种美好的情感,但结果都太过时,太勉强,太讨厌,这让我惭愧。就连我的声音听起来也不协调,尽管我努力让音调变得温和一些。"事实上,"我心想,"我无法让自己与姑娘们进行必要的闲聊。我的谈话太具有男子气概和强健有力了,不适合于客厅里的装腔作势的闲聊。我是个哲学家[1],这便是原因所在。"

终于萨默维尔太太走进来,给我解了围。我马上松一口气,觉得又非常自信了。"真奇怪,"我想,"另一个女人出现竟然会让我又有了勇气,我竟然更善于应对两个女人而不是一个女人。不过,既然如此,我就要利用一下这个情况,让小姐看到我并非像她大概以为的那样是个大笨蛋。"

我因此拿起放在沙发上的一本诗,是弥尔顿的《失乐园》。这是再幸运不过的事,它给我喜欢豪言壮语的性情提供了一个很好机会。我开始全面讨论起它的长处来,或者说对其长处予以热情赞美。我发表的言论是针对萨默维尔太太的,我发现与她谈话比与她女儿谈话更轻松容易。她似乎能意识到诗中的美,愿意和我一起讨论。可我的目的不是听她谈话,而是我自己谈话。我预料到她要说的一切,以我丰富的观点把她压制下去,然后运用出自作者的长长的引语,予以佐证和说明。

我这样滔滔不绝地说着时,往萨默维尔小姐瞟了一眼,看她反应

---

[1] 此处并非指真正意义上的哲学家,而是指具有哲学家的头脑或思想等。

如何。她面前放着在框子里摊开的刺绣，但她在做刺绣的过程中停下，眼睛盯住下面，仿佛默默地注意着什么。我于自我满足中高兴得满面红光，不过我同时有点不快地记起，我和她单独在一起时她是怎样打败我的。我决定乘胜前进，于是加倍热情地继续讲下去，直到完全把这个话题——或者说我的思想——给说尽了。没等我完全停止，全神贯注地做着刺绣的萨默维尔小姐抬起眼睛，转向母亲说："我一直在想，妈，这些花是刺成素色的还是彩色的。"即使一块冰打到我心上，它也不会那么让我感到寒意。"我真是一个大傻瓜，"我想，"把美好的思想和语言浪费到轻率的头脑和无知的耳朵上！这姑娘对诗一无所知。恐怕她对诗之美是毫无热情的。谁会有一颗真正敏感的心，而对于诗却体会不到吗？然而她还小。她的这部分教育虽然被忽略了，但还有足够的时间弥补。我愿意充当她的老师。我会在她心中点燃神圣的火焰，带领她走过诗的仙境。但毕竟而言，我爱上个对诗一窍不通的女人真是相当不幸。"

＊＊＊＊＊

我这一天过得很不满意。萨默维尔小姐没有再多表现出一点诗的情感，这让我有点失望。"毕竟，"我心想，"我担心她是个轻率幼稚的少女，更适合于采摘野花，吹六孔竖笛，和小狗嬉戏，而不是同我这种气质的人谈话。"

可是说实话，我认为我更多地对自己感到不满意。我想无论在小说中还是童话里，任何男主角初次露面都没有我这么糟糕。当我想到自己与小姐单独一起时，笨拙地极力要显得自在高雅的样子，我就忍无可忍。接着是为了受到一个心不在焉的听者赞扬，我对诗歌发表的那一番无法忍受的冗长演讲！但在这一点上我是不该受到责备的。我当然颇有口才：这样的口才却给浪费了，都是她的错。在我详细阐述弥尔顿的诗之美时，她却想着刺绣的事！她如果不喜欢别人讲述的方式，至少可以赞美诗歌：然而我的方式并不卑劣，因为我曾以最好的方式背诵过一些诗节，母亲和姐妹们总是认为并不比演戏逊色。"啊，显然，"我想，"萨默维尔小姐几乎没有热情！"在这一天中我如此想象着，思考着，大部分时间都待在屋里，仍然觉得没精打采。傍晚是在客厅里度过的，我看着下面萨默维尔小姐的素描画。它们画得颇有情趣，显示出她对大自然的奇特之处观察细微。这些画都出自她的手，其中没有绘画大师的那些精巧的色彩和笔法——小姐们的画只是作为陪衬装饰在一旁。在色彩上也丝毫没有炫耀的和俗气的手法，一切都画得异常真实朴素。

"然而，"我想，"这个小东西，虽然有着非常纯净的眼光，仿佛能看到清澈的小溪里所有优美的形体和富有魔力的自然色彩，但她对诗歌却根本没有热情！"

萨默维尔先生在傍晚快要过去时，注意到我的目光时而移向竖琴，便怀着他那通常的礼貌来理解和满足我的希望。

"朱莉娅宝贝，"他说，"芒乔伊先生想听听你弹竖琴。让我们也听一下你的歌声吧。"

朱莉娅毫不犹豫地立即照办——小姐们通常不会这样，而是用糟糕的音乐让大家付出不小代价。她声音清晰地唱出一支轻快的曲子，把颤音不无趣味地传入我们耳里；她那明亮的眼神和露出酒窝的微笑，表现出她小小的心在与歌声一起跳跃。她那只受到宠爱的金丝雀——它就悬挂在近旁——被音乐唤醒，也突然模仿着唱起来。朱莉娅带着不屑一顾的可爱神气，把竖琴弹得更大声了。

一会儿后音乐变成哀婉的曲调，声音低沉。接着，她先前那种声音的魅力打动着我，然后她仿佛以心对心地在唱似的。她的手指在琴弦上移动着，好像几乎没有碰着它们。她整个的举止和面容都改变了，眼睛显露出最温柔的表情，容貌和身子似乎都变得柔和敏感起来。她从竖琴旁站起身，让它仍然发出颤动的悦耳声；她朝父亲走过去，向他道晚安。在女儿弹唱时他一直专注地看着她。等她来到面前，他便用双手把她光亮的卷发分开，带着父爱低头看她那张天真的脸。乐声似乎仍然迟迟不去，父亲的举动让她闪烁的两眼湿润了。他按照法国人体现父爱的方式吻一下女儿白皙的额头，说："晚安，上帝保佑你，我的小女儿！"

朱莉娅轻快地跑开了，眼里闪着泪花，脸颊上露出酒窝，胸中怀着一颗欢快的心。我想，这是我所见过的体现父爱和子女孝顺的最可爱的情景。

我躺到床上后，脑子里充满了一连串新的思绪。"毕竟，"我心想，"这个姑娘显然是有热情的，虽然她没有被我的口才打动。从外在的种种迹象和证据上看，她对诗不乏感情。她画得不错，对自然颇有鉴赏力。她也很擅长音乐，能深入歌的灵魂之中。真遗憾，她对诗一无所知！不过我们会看看可以采取什么办法？我已经不可挽回地爱上她，下一步怎么办呢？是降低自己，以便与她的头脑保持一致，还是努力让她得到提高，以便在智力上大致与我相当？后者是最为慷慨的办法。她会把我看作是个恩人予以尊敬，我在她心里则会与高尚的思想和诗歌的和谐优美联系在一起。很明显她是不难教的，此外我们年龄的差别也将使我占有优势。她不可能超出十五岁，而我已整整二十岁了。"这样，在我建起这座最令人愉快的空中楼阁后，我睡着了。

*****

次日早上我完全成了另外一个人。我不再为偷看朱莉娅一眼感到胆怯,相反,我会用一个恩人亲切和蔼的目光凝视她。吃完早饭我便发现自己单独和她在一起,就像前一天早上那样,但我丝毫没有感觉到先前的那种笨拙。我为意识到自己在智力上比她高明而欣喜,并且几乎会为这个可爱的小东西的无知感到怜悯——如果我不是也确信自己能够消除她的无知的话。"不过,"我想,"是我开始授课的时候了。"

朱莉娅忙着在钢琴上整理一些乐谱。我浏览了两三首歌,是穆尔[1]写的爱尔兰歌曲。

"这些东西真不赖啊!"我说,轻率翻过几页,微微耸一下肩,以表明我的看法。

"哦,我最喜欢这些歌了,"朱莉娅说,"它们十分感人!"

"那么你是因为诗歌而喜欢它们的。"我说,露出鼓励的笑容。

"唔,是的,她认为它们写得很迷人。"我想。现在是时机了。"诗歌,"我说,带着说教的姿态和神气,"诗歌是能让青少年感到最有趣的一种学习。它让我们感觉到人性中那些温和雅致的冲动,并使人对所有精神上善良高尚的东西和自然中优雅美丽的东西,有着微妙的感知。它——"

我讲述的方式,或许连一位修辞学教授也会觉得荣耀;这时我忽然看见萨默维尔小姐嘴上浮现出淡淡的微笑,她开始翻动起乐谱来。我记起前一天早上她对我的讲述不予理睬的情景。"用抽象理论,"我

---

[1] 托马斯·穆尔(1779—1852),爱尔兰浪漫主义诗人,他的许多怀旧和爱国的抒情诗,诸如《吟游的男孩》都带有传统的爱尔兰曲调。

想,"是绝不会引起她轻率的头脑关注的,要实际一些才行。"碰巧,弥尔顿的那本《失乐园》还放在近旁。"让我向你推荐一下吧,我的年轻朋友。"我用说服性的告诫的语调说,我曾很喜欢从格伦科那里听到这语调。"让我向你推荐这本令人赞美的诗。你会从它里面,在不无智慧的享受上发现远比你喜欢的那些歌更好的东西。"朱莉娅看看诗,又看看我,显露出怪异的疑惑神态。"弥尔顿的《失乐园》吗?"她说。"哦,其中的大部分诗我都背得。"

我没料到自己的学生竟然到了这般程度。不过,《失乐园》是一种学校用书,其最优秀的诗节都是作为任务布置给小姐们背诵掌握的。

"我发现,"我心想,"我不能把她当作一个什么都不懂的新手。她昨天不理睬,并非因为绝对无知,而只是由于缺乏诗情。我要再试一下她。"

我现在决定用自己的学问使她惊讶不已,开始一个也许会让某个学会增光的长篇演讲。蒲柏[1]、斯宾塞[2]、乔叟[3]和老派的剧作家我都稍加涉及,像燕子似的一掠而过。我不把自己局限于英国诗人,也略为提到法国和意大利的诗人们。我很快将阿里奥斯托[4]忽略不提,但是停留在塔索[5]的《被解放的耶路撒冷》上面。我详细讲述了克洛林达这个

---

1 亚历山大·蒲柏(1688—1744),英国作家,其最著名的作品是讽刺性仿英雄体史诗《夺发记》和《群愚史诗》。

2 斯宾塞(1552?—1599),英国诗人。

3 乔叟((1340?—1400),英国诗人,《坎特伯雷故事集》的作者。

4 阿里奥斯托(1474—1533),意大利诗人,代表作为《疯狂的奥兰多》。

5 塔索(1544—1595),意大利文艺复兴后期诗人。其《被解放的耶路撒冷》是一首反映第一次十字军东征的史诗。

人物。"有一个人物，"我说，"你会发现很值得女人研究。它表明在英雄品质上女性能够达到怎样的高度，她们甚至可以参与到男人那些苛求的事务中去。"

"就我而言，"朱莉娅说，温和地利用我说话中的停顿，"就我而言，我更喜欢索夫尼亚。"

这让我大吃一惊。这么说她已读过塔索了！这个被我视为对诗一无所知的姑娘！她进而脸颊有点发红，也许由于一时的激情振奋起来："我并不钦佩那些有着男子气概的女英雄，"她说，"她们力争要有男性勇敢无畏的品质。瞧，只有索夫尼亚才显示出一个女人真正的品质，这些品质使她变得激动万分。她端庄、文雅和谦逊，这与女人是相称的；不过她也具有一切适合于女人的感情力量。她不能像克洛林达那样为了人民去战斗，但她可以为了他们去牺牲。你会赞美克洛林达，可你必定也会更容易喜欢索夫尼亚。至少，"她补充说，好像突然回过神来，为投入这样一种讨论不好意思，"至少这是我和爸一起读这首诗时他所说的话。"

"确实，"我干巴巴地说，为意外地让学生给自己上课感到惊慌不安，"确实，我完全不记得这段了。"

"哦，"朱莉娅说，"我可以复述给你听。"于是她立即用意大利语讲出来。

天哪！我的处境多么糟糕！我对意大利语，就像对萨尔马纳塞葡萄酒那样一窍不通。我这样一个自以为聪明的人将会陷入怎样进退两难的处境！我看见朱莉娅等着听我的意见。

"事实上，"我说，犹豫着，"我——我完全不懂意大利语。"

"哦，"朱莉娅极其天真无邪地说，"我毫不怀疑它翻译得非常美。"

我很高兴现在结束了"授课",回到自己屋里,心中满怀一个恋爱的聪明人发现情人比自己更聪明时的羞辱。"翻译!翻译!"我嘀咕道,随手猛地把门关上。"父亲从没让我学过现代语言,真让我吃惊。它们都很重要。拉丁语和希腊语有啥用呢?没人说它们。可是瞧,我刚在社会上露面,一个小姑娘就用意大利语给我一记耳光。不过,感谢上帝,学会一种语言是不难的。我一回到家里就着手学习意大利语。为了防止将来出现意外,我同时还要学习西班牙语和德语。假如某个小姐再对我引用意大利语,我就会把她掩埋在一大堆高地德语[1]诗里!"

* * * * *

我现在觉得自己像某个大首领,把战火打到了一个防卫薄弱的地方,蛮有把握取胜,面对无足轻重的堡垒只好将部队撤离。

"然而,"我想,"我只是让轻型炮火投入了战斗,咱们要看看用我的重型炮火会怎样。朱莉娅显然精通诗,不过她这样是自然的。诗与绘画和音乐有关,也与女性品质中所具有的轻柔优雅相宜。咱们要试试她在更严肃重大的问题上又如何。"

我感到所有的自尊被唤醒,这自尊甚至一时比我的爱情更加高涨。我彻底下定决心,要把我智力上的优势建立起来,征服这个小东西的智力。然后就该挥舞和善[2]帝国的节杖了,从而赢得她的芳心。

所以,吃饭时我再次出阵,发挥自己的才能。现在我是针对萨默维尔先生说的,因为我要谈的话题,一个像她那样的年轻姑娘不会很

---

[1] 此处的"高地"指德国中南部。
[2] 指统治不严酷暴虐。

懂。我把谈话引到——或者说迫使谈话指向——有关历史学问的脉络上去,讨论着古代史上几个最显著的事件,并伴以可靠合理、无可争辩的箴言。

萨默维尔先生像个获取情况的人那样听着我。我受到鼓舞,继续高兴地从学校的一个辩论的话题讲到另一个话题。我与马里努斯[1]一道坐在迦太基[2]的废墟上,与贺雷修斯[3]共同保卫桥梁,与斯凯沃拉[4]一起把手伸进火里,与库尔提乌斯[5]一道跳入裂开的深渊。我在塞莫皮莱[6]海峡与莱奥尼达斯[7]并肩战斗,并全力投入普拉蒂亚[8]战场;正当需要斯巴达[9]司令官的名字时,我却记不起来了——我的记性是世上最糟糕的。

"朱莉娅宝贝,"萨默维尔先生说,"也许你会记得芒乔伊先生问的那个名字?"

朱莉娅脸色微微发红。"我想,"她低声说,"我想是保萨尼阿斯[10]吧。"

1　古代的意大利教皇。
2　非洲北部,今突尼斯的奴隶制城邦,腓尼基人所建,公元146年被罗马帝国所灭。
3　罗马传说中的一名英雄。
4　传说中的罗马英雄,被捕后将右手伸入祭坛烈火而不动声色,以其勇武慑服敌人。
5　神话中的古罗马英雄。
6　希腊东部一多岩石平原,古时曾是一山口。
7　古代的斯巴达国王。
8　希腊彼奥提亚古代城市,是希波战争期间希腊胜利的战场。
9　希腊伯罗奔尼撒半岛南部城市,古希腊主要城市。
10　古代的斯巴达将领。

这个意想不到的突击，不但没给我带来增援，反而使我的整个作战计划陷入一片混乱，而雅典人却平安无事地留在战场上。我半倾向于认为，萨默维尔先生是想以此对我那种男生卖弄学问的行为给予巧妙打击。但是他太有教养了，极力让我从羞辱中解脱出来。"唔！"他说。"朱莉娅是我们家中有关名字、日期和距离的参考书，她对历史和地理有着特好的记忆。"

我变得穷途末路了，作为最后一着我求助于玄学。"假如她幼年时就成了哲学家一样的人，"我想，"那我就彻底完蛋了。"可我还坚守住战场。我把老师讲的那些篇章和诗节都讲了出来，又用富有诗意的例子予以补充。我甚至比他更加冒险，投入玄学的深处，以致面临困在底部泥潭里的危险。有幸的是，听我说话的人显然没有发觉我在挣扎，无论萨默维尔先生还是他女儿都丝毫没打断我。

等女士们离开后，萨默维尔先生留下来同我一起坐了片刻。由于我不再急于要让人惊讶，所以我就倾听着，发现他的确是个易于相处的人。他相当健谈，从其谈话中我得以对他女儿的品性以及她在什么样的情况下长大的，有了更正确的认识。萨默维尔先生曾投身于世界，投入于所谓的上流社会。他经历过它那冷漠的高雅和放肆的伪善，它那精神上的放荡与感情上的荒废。像世上许多男人一样，虽然他已经偏离本性太远了，再也无法回到上面去，但他还有着不错的品位和感情，可以不无深情地回顾其纯朴的欢乐，并决心让孩子——如果可能——永远不要失去那些欢乐。他严谨细致地监管着她的教育，让她头脑里装满了高雅文学的美好东西，以及既可使她觉得有趣又能使她得到消遣的知识，同时还让她有了让家庭生活圈的人感到愉快、充满生气的种种造诣。他特别努力地把一切时髦的虚伪东西予以排除，即一切虚伪的观点、虚伪的情感、虚伪的浪漫。

"不管她有什么长处,"他说,"她都完全意识不到。除了在感情上外,她是个任性的小东西。然而她没有狡诈的东西,她单纯、直率、温和,她也是幸福的,感谢上帝!"

这便是一个深情的父亲所给予的赞扬,他表达这种赞扬时所显示出的父爱感动了我。我禁不住随意地问他,在高雅文学的美好东西当中,他是否也包含了一点玄学的东西。他露出微笑,对我说没有。总之,晚上我像通常那样躺在枕头上总结一天观察到的情况时,我并非完全感到不满意。"萨默维尔小姐,"我说,"喜欢诗,我因此更爱她了。她在意大利语上比我强,这我同意;可是懂得多种语言又如何呢——除了可以用多种声音表达同样的意思外?独创的思想是大脑中的金矿,而语言只是附属的邮票和钱币,通过它们思想得以传播起来。如果我能提出一个独创的思想,我管她能把它翻译成多少种语言?她或许也比我能够引用名字、日期和地理位置,但那只不过是努力记忆的事。我承认她在历史和地理方面比我准确,可是她对玄学却一无所知。"

此时我已完全恢复过来,可以回家了。然而在离开萨默维尔先生的家前,我不禁想到要和他再谈谈关于他女儿的教育问题。

"这位萨默维尔先生,"我想,"是个颇有才艺、十分高雅的男人。他见过很多世面,总体而言从见过的世面中获得了益处。他有见识,就他所思考的而论,似乎也是正确的。不过,他毕竟相当肤浅,思考得并不深刻。他好像对玄学上的抽象概念一点不感兴趣,而这些概念才是男人特有的精神食粮。我回想起有几次,我对玄学问题充分展开讨论,可却根本记不得有哪一次让他也参与到讨论中。不错,他是专心地听着,并露出了微笑,好像默认似的,但他似乎总是避而不答。

另外，我在热情洋溢的雄辩中曾犯过几次糟糕的大错，可他没有打断我，并指出来予以纠正——如果他通晓所说的问题，他就会那样做。

"瞧，萨默维尔小姐的教育竟然完全由他监管，"我接着想道，"真是太遗憾了。假如能让她有一点时间接受格伦科的监管，那将会给她带来多么大的好处。他会给她的头脑里灌输一些更阴暗的思想，而目前她的头脑中全是阳光。就萨默维尔先生所做的而言，是很不错的，但他只是为有用知识的一棵棵优良植物备好了土壤。她对历史上的主要事实和纯文学的一般发展很精通，"我说，"如果再懂点哲学，她就会创造奇迹了。"

我因此在离开的这天早上，趁机要求萨默维尔先生在他的书房里谈一会儿。等我们单独在一起时，我便把事情充分向他提出来。我首先最热情地赞扬了格伦科所拥有的智力和学到的广泛知识，并把我在更高级的学科上所熟知的一切归功于他。我因此请求推荐他这位朋友，想让他指导萨默维尔小姐的学习，以便逐步引导她的大脑思考一些抽象的原理，养成进行哲学分析的习惯。"而这种习惯，"我进一步想，"小姐们常常是没有养成的。"另外我还冒险暗示萨默维尔先生会发现，格伦科将是他的一位最可贵有趣的朋友，会使他的智力得到促进和发展，会向他打开探索知识、展开思考的天地——对这片天地他也许至今十分陌生。

萨默维尔先生严肃认真地听着。我讲完后，他极其礼貌地感谢我关心他的女儿和他本人。他说，由于这涉及他自己，他担心年龄太大了，无法受益于格伦科先生的指导；至于女儿，他则担心她的头脑不太适合钻研玄学。"我并不希望，"他继续说，"让她的头脑过分紧张，去学一些无法掌握的学科；我只是想让她熟悉力所能及的东西。我并不妄想对女性的天赋加以界定，也远非要纵容那种庸俗的观点，认为女人在知识上天生不适合从事最高级的研究。我只是说有关我女儿的兴趣和才能的问题。她永远不会成为一个有学问的女人，实际上，我也不希望她那样。因为这便是男人所嫉妒的，他们要在身心上都占据优势，而一个有学问的女人总不是最幸福的。我不希望女儿引起嫉妒，或者与世间的偏见相对抗，而只希望她平平安安地度过一生，得到朋友们的善意与好感。在我给她指明的道路上，她小小的头脑已经有了不少思考的东西。眼下她正忙于思考自然史的某些学科，以便意识到大自然的美丽与奇迹，意识到不断展开在眼前的无穷无尽的智慧。我认为女人最可能成为合意的同伴，能够从每个普通的事物中获得令人愉快的话题，最可能感到惬意和满足；她始终意识到在我们居住的这个美丽世界中，起着主导作用的秩序、和谐以及永恒不变的仁慈。"

"不过，"他微笑着补充道，"我不知不觉像演说起来似的，而不只是对你善意的提问作出回答。反过来，请允许我冒昧问一下你自己的追求。你谈到已完成了你的教育，不过你当然对于自学和精神活动有了一个大致的构想，因为你一定知道在兴趣和快乐上，始终让大脑处于活动状态的重要性。我可以问问，你在智力的训练上遵循的是什么规律吗？"

"哦，说到规律，"我回答，"我根本就没有那样的事。我想最好让我的天赋顺其自然，因为当天赋受到爱好激励时总是最富有活力。"

萨默维尔先生摇摇头。"这同样的天赋，"他说，"是一种野性的品质，它与我们最有希望的青年男子们一起失去控制。给它套上缰绳也已成为时尚，以致它现在被看成是非常杰出高贵的动物，需要受到束缚。但这一切都错了。造物主从没企图让这些高尚的天赋在社会上胡闹，让整个体系陷入混乱之中。的确，亲爱的先生，天赋常常易于成为社会无用的长处，除非它遵照规律行事。有时，它对于拥有自己的人会成为一种有害的东西，当然也是非常令人不快的东西。我有很多次机会，看到被视为天才的青年男子们的人生经历，发现他们经常以过早的衰竭和痛苦的失望告终。我也同样经常注意到，这些结果大概都源自完全缺乏规律。在他们的头脑中，没有任何从事正经事务、拥有坚定目的和进行正规应用的习惯；一切都靠碰运气，完全凭冲动和天生的放纵办事，这样天赋当然无不给浪费了，让人陷入严重的困境。如果在这个问题上我讲得让人乏味，请原谅，因为我迫切想让你意识到，这是一个在我们国家相当普遍，并且有太多年轻人都陷入其中的错误。然而，我高兴地注意到似乎仍然激励着你获取知识的热情，并从你高尚的雄心壮志中预料会得到足够的好处。我可以问，这半年来你都学习了些什么课程吗？"

再没有什么问题比这提得更不是时候了，因为近半年来我完全埋头于小说和浪漫故事里。

萨默维尔先生发觉这个问题让我为难，于是凭借他那始终如一的良好修养，没等我回答立即继续谈下去。然而他小心把话转向一边，只是让我说说自己所受教育的总体方式，以及我多方面的阅读情况。然后，他接着讨论对于我这种情形的青年而言是最重要的各个学科，虽然简短但给人留下深刻印象。让我震惊的是，我发现他对我原以为他无知的学科相当精通，而我却对之如此自信地详加论述。

不过，他对我取得的进步非常和蔼地加以赞扬，只是建议我眼下把注意力转向自然方面的科学而非精神方面的科学。"这些学习，"他说，"给人的头脑中装入有价值的事实，同时使其不会过分自信，因为他从中知道知识的领域多么无边无际，我们可能懂得的又是多么微乎其微。而玄学呢，虽然它可以让人的智力活动富有创造性，但却易于用模糊的思考把某些人的头脑弄糊涂。它从不知道自己发展到了什么程度，或者其最受喜爱的理论的正确性在哪里。它使得许多青年人说话冗长，好辩解，并且易于把他们想象中的失常表现，误以为是神圣的哲学带来的灵感。"

我不得不打断他，表示这些话都是实事求是的；我说在自己有限的经历里，命中遇上了一些同类的男青年，他们就是用冗长的话把我压制下去的。

萨默维尔先生现出微笑。"我相信，"他亲切地说，"你会防止这些错误。要避免急躁——年轻人就是容易急着谈话，发表一些刚从学习中得到的粗劣观点，这些观点他并没有很好地消化。要相信，广泛而精确的知识是在人的一生中慢慢获得的；一个青年，无论他多么机智、多么敏捷，他所掌握的都只是一些基础知识，在某种意义上获得了学习的工具而已。不管你过去多么勤勉，你都必须明白，至今你仅仅到达了真正的知识之门。但与此同时你又具有优势，你还很年轻，有大量的学习时间。"

我们的交谈结束了。我走出书房与进去的时候截然不同。进去时我像个要发表演讲的教授，出来时我像个考试没及格并且被降了级的学生。

"很年轻"，还有"到达了知识之门！"这对于一个自以为是多才多艺的学者和造诣很深的哲学家的人，真是极大的奉承啊。

"真是奇怪，"我想，"自从我去了他们家后，我的官能似乎就笼罩上一种魔力。我当然没能发挥自己的才能。只要我着手给人提建议，我就会遇到不利。一定是我在那些自己不习惯的人当中，显得奇异陌生，缺乏自信。真希望他们能听我无拘无束地谈谈！"

"毕竟，"进一步思考后我又想到，"毕竟，萨默维尔先生的话还是很有意义的。不知怎的，这些老于世故的人偶尔也会说出给一位哲学家增光的话来。他的有些普通言论非常中肯，我差不多认为就是针对我说的。他关于学习要有规律的建议十分明智，我会立即付诸实践。从此以后，我的头脑会像时钟那么有规律地运转。"

这个计划我进行得多么成功、在继续追求知识的道路上我进展如何、向朱莉娅·萨默维尔求爱的过程是怎样成功的，这些都可以进一步告诉给公众——假如我对自己早年生活的简单记录，有幸足以能引起任何好奇的话。

密西西比大计划[1]——"一个空前的繁荣时期"

在从英国启航的某次航行中,我曾遇上一队受护送的商船前往西印度群岛。当时天气异常平静。一只只船竞相扬帆,以便赶上一阵有利的微风,直到船体几乎被漫天的帆布遮住。随后微风随落日一起消失,晚霞照耀在上千只帆上——它们无不懒散地拍打着桅杆。

我为这样的美景十分高兴,预料会一帆风顺。但是经验丰富的船长摇摇头,断言这种翠鸟[2]似的平静是"暴风雨前的平静"。事实证明确实如此。晚上突然刮起了风暴,大海汹涌咆哮着。破晓时,我发现不久前还雄伟壮观的船队凌乱地四处分散,有的桅杆折断,有的即使没有张帆也在向前飞奔,许多船只发出危难的信号。

从此,商界里那些平静、明媚的季节——即人们所知的"一个空前的繁荣时期"——时时让我想到这一情景。它们必定是贸易中的暴

---

[1] 有泡沫、幻想计划的含义。此处指在英国金融家约翰·劳(1671—1729)的主持下草拟的开发密西西比河下游殖民地计划。为此目的,劳于1717年创立密西西比公司。但由于疯狂进行投机活动,公司的股票额不得不大量增加;当没有取得预期的利润时,公司最终于1720年破产,导致劳的银行体系崩溃。本篇讲述的即是此次事件的始末。

[2] 一种神话中的鸟,人们认为它即是翡翠鸟,据说当它冬至期间在海上筑巢时,具有平息风浪的力量。

风雨前的平静。这个世界[1]时而会遇到一个这种欺骗性的季节,此刻所谓的"信用计划"发展到极端程度,人人彼此信任。呆账是从未听说过的。通向可靠而迅速的致富大道宽敞明显地呈现在眼前。由于借款容易,所以人们在诱惑之下大胆地向前猛冲。

不无心计的人之间交换的期票[2],在银行大打折扣,银行又让许多造币厂将一个个承诺铸造成金钱。[3]由于人们的承诺无穷无尽,因此大家不难认为,所约定支付的大量资金不久将流通起来。每个人现在嘴上说的钱都数以千计。你听到人们说的话全是巨大交易,有大笔的不动产在买卖,每一笔转让的资金都极其庞大。自然,这一切至今只存在于承诺里。不过相信承诺的人把总计的金额看作是可靠资本,为公众的财富数额之大惊讶万分,因为"社会处于空前的繁荣状态"。

如今投机取巧、满怀梦想或工于心计的人有了机会。他们向无知者和轻信者讲述自己的梦想与计划,用金色的幻想把那些人弄得眼花缭乱,让其疯狂地去追逐一个个影子。一个榜样刺激着另一个榜样,一项投机买卖引起另一项投机买卖,一种泡沫计划产生另一种泡沫计划。每个人都在帮着把风中的上层建筑吹胀,并为他所参与引起的巨大的通货膨胀而惊讶。

投机是贸易中的浪漫行为,它对所有严肃的现实情况不屑一顾,使股票经纪人成为魔术师,股票交易所成为施展魔术的地点。它使商

---

[1] 指商界。

[2] 到规定日期才能领取商品或货币的票据。

[3] 意指财富不是靠生产创造得来,而是采取华而不实的承诺。所以这样的财富是虚假的。

人成为某种游侠骑士,或更确切地说是商业中的堂·吉诃德[1]。缓慢可靠、比例适当的利润,在他眼里不足挂齿。任何"经营",如果不是从投资中获得两倍或三倍的回报,便被认为不值得关注。任何不能让人马上赚钱的生意都不值一做。他坐在那儿面对账本沉思,笔插在耳朵上——就像拉曼查[2]的主人公坐在书房里,面对富有骑士精神的书籍梦想着。他那积满灰尘的账房在眼前渐渐消失,或者变成一座西班牙的矿藏。他寻找钻石,或者潜入海里寻找珍珠。与忽然出现在他想象中的充满财富的地方相比,阿拉廷[3]的地下花园无足轻重。假如这种幻觉永远持续下去,那么商人的生活的确是个金色的梦想;然而它虽然光辉灿烂但却是短暂的。只要出现疑问,"空前繁荣的季节"就将告终。语言的创造被突然削弱。[4]承诺的资金开始化为乌有。随即出现惊慌,整个建立在信用之上、由投机买卖扶持起来的上层建筑,转眼夷为平地,只是留下一堆残骸:

"梦想便是由这样的东西所构成。"[5]

因此,当一个商人处处听到突然获得财富的传言;当他发现银行慷慨大方,经纪人忙碌不已;当他看见投机者们为一张张纸币兴奋得

---

1 西班牙作家塞万提斯所著《堂·吉诃德》中的主人公。喻指狂热的空想家、侠义的人。
2 原文为 La Mancha,待考。
3 神话《一千零一夜》中寻获神灯和魔指环的少年。
4 指没有了过多天花乱坠的承诺。
5 语出莎士比亚的《暴风雨》。

密西西比大计划——"一个空前的繁荣时期"

脸红,充满计划和冒险;当他察觉人们更倾向于购进而非卖出;当贸易溢出其通常的水道,四处泛滥;当他听说商业冒险出现在新的地区,远处有了将商品统统买下的交易中心和流出金子的矿藏;当他发现各种股份公司组建起来,铁路、运河、机车蒸汽机从各处产生;当游手好闲的人忽然成为商人,冲进商业游戏,就像他们卷入法罗[1]桌上的冒险里一样;当他注意到街上闪耀着新的装备,一座座豪宅在投机的魔法中变出来;生意人为突然的成功激动不已,竞相挥霍炫耀;一句话,当他听见整个社会都谈论着"空前繁荣"的话题时,让他把这一切看作是"暴风雨前的平静"吧,并为即将来临的风暴作好准备。[2]

下面我将向公众作一番叙述,讲讲整个商业史上出现过的、用愚蠢办法获利的最难忘的例子之一,而上述言论只是一个序幕。我指的是有名的"密西西比大计划"。此次重大事件已经转化为一则箴言,人人都在谈论它,不过十个商人中大概没一个对此有着清楚的认识。所以我想,眼下我们遭受着信用计划的严重影响,正从其一个毁灭性的幻想中恢复过来,这时对它作一个可信的说明既有趣又有益。

在进入这个有名的幻想故事前,应该讲一讲引发这个故事的人的一点具体情况。1671年约翰·劳出生于爱丁堡[3]。他父亲威廉·劳是个富有的金首饰商,给他留下了价值可观、被称为"劳里斯唐"的不动产,位于离爱丁堡约四英里远处。那时候,金首饰商有时也当银行老板,在这种情形下,父亲最初或许把这个年轻人的思想转到了算计术上面,他对此变得非常精通。所以年纪轻轻的他就颇善于玩各种合并

---

1 一种牌戏,游戏者对庄家一组牌中的顶张下赌注。
2 此段话和此篇文章,对当年世界上出现的金融危机不无参考价值。
3 英国苏格兰首府。

联盟[1]的把戏。

1694年他来到伦敦,由于相貌英俊,说话从容自如,善于奉承,所以他在最重要的圈子里受到欢迎,获得"花花公子劳"的绰号。同样,这些个人的优势,使他在对女人献殷勤方面也取得成功,最后他卷入了与"花花公子威尔逊"——那是他在时髦方面的对手——的斗争,并在决斗中把对方杀死;然后他逃往法国,以免被起诉。

1700年他回到爱丁堡,在那儿待了几年。这期间他首次提出重大的信用计划,指出通过创办银行来弥补资金不足——按照他的观点,银行可以发行一种与整个王国的不动产相当的纸币。

他的计划在爱丁堡引起巨大震惊。不过,虽然政府于金融知识方面尚不够丰富,难以发现那些谬误——劳的计划即建立在这些谬误之上——但苏格兰人的谨慎与怀疑替代了智慧,他的计划遭到否决。就英格兰议会而言,他也同样失败。加之威尔逊之死那次致命的事件仍然威胁着他——他从来没因此获得宽恕——所以他再次去了法国。

法国的金融事务当时处于可悲境地。路易十四[2]时期的一场场战争,他浮华而奢侈的生活,以及他对整个最勤劳的臣民的宗教迫害,耗尽了国库,使得国家债台高筑。但老君王仍然紧紧抱住其自私的豪华生活不放,无法让他削减庞大的开支。财政大臣智穷计尽,为了继续维持王室的堂皇浮华,使国家摆脱困窘,他被迫想出种种造成灾难的权宜之计。

在这样的情形下,劳斗胆提出他的金融计划。它建立在英国银行

---

1 此处指意在取得不法商业利益。
2 路易十四(1638—1715),曾任法国国王,建立绝对君权,企图称霸欧洲。

密西西比大计划——"一个空前的繁荣时期"

的计划之上,而这一计划已经成功运行几年。他直接受到奥尔良[1]公爵的赞同和认可,后者娶了国王的一个私生女。先前,英格兰曾因安妮[2]和威廉[3]的战争而负债,其数额超出了眼下法国正不堪重负地为之呻吟的数额;但英格兰却轻易地承受住了公债,这使公爵感到惊讶。不久劳将整个情况向他作了解释,令他满意。劳认为,那是一个能够给国家源源不断创造无限财富的手段,可英格兰却刚一开始就打住了。他描绘出一幅幅辉煌壮丽的景色,进行着一个个华而不实的论证,公爵被弄得眼花缭乱,以为自己无疑理解了他的计划。法国总审计长德马雷兹可没那么容易受骗。他断言说,劳的计划比政府至此被迫采取的任何灾难性的权宜之计更有害。老国王路易十四反感所有改革,尤其来自敌对国家的改革,因此创办银行的计划被彻底否决。

劳在巴黎逗留了一段时间,由于一表人才,举止大方,善于变通,加之又创立了"法罗银行"[4]游戏,所以过着富足快乐的生活。随后警察局中将达让桑派人带信来,命令他离开法国,宣称"他太精于自己引进的游戏";他的快乐生涯由此终止。

在以后几年里,他从意大利和德国的一个邦迁到另一个邦,每到一个宫廷都要提出他的金融计划,但都不成功。萨瓦[5]公爵维克多·阿马德乌斯——后来当上撒丁岛[6]之王——为他的计划深深打动,但考

---

1 法国中部城市。
2 安妮(1665—1714),英国女王(1702—1714),斯图亚特王朝最后一代君主。
3 威廉(1650—1702),这里应指威廉三世,英国国王(1689—1702)。
4 应由上述"法罗"牌戏引申而来。
5 法国东南部地名,古为一公国。
6 意大利在地中海上的一大岛。

虑一些时间后回答道:"我还没有足够的力量毁灭自己。"

劳狡诈、冒险的生活,他那种似乎模棱两可的生活方式,他输赢很大,并且总是大获成功的赌博,使他无论走到哪里都笼罩上令人猜疑的阴云,也让他受到半商业化、半贵族化的威尼斯和热那亚[1]的地方长官排斥。

1715年的事件让劳又回到巴黎。路易十四驾崩,路易十五还只是个孩子,在他尚未成年期间奥尔良公爵作为摄政王[2]掌管着政府。劳终于找到了自己的人。

各个同时代的人对奥尔良公爵有着不同的描述。他似乎天性很好,但却因不良的教育而堕落下去。他中等身材,随和优雅,面容和蔼,举止坦然友好。他与其说思想深刻,不如说敏捷精明。他那敏捷的智慧和超凡的记忆,弥补了勤学苦读方面的不足。他的才智能够迅速即时地体现出来。他善于轻松愉快、准确恰当地表达自己。他有着生动鲜明的想象,性情乐观豁达,颇有胆识。他的母亲是奥尔良女公爵,她怀着愉快的心情描述他的特性。"在他出生时,"她说,"仙女们被邀请到场,每人都赋予了我儿子一种才能,这些才能他都拥有了。不幸的是,我们忘了邀请一位老仙女,她最后到达,大声说:'他拥有所有才能,只是不能好好利用。'"

如果教导恰当,这位公爵会真正变得非常了不起。但是年幼时他受到迪布瓦神父的监护,那是一个极其狡猾卑鄙的人,靠玩弄诡计得到显要的地位和权力。神父出身卑微,显得可鄙,完全没有道德,极为

---

1 意大利西北部的州及其首府。
2 当名义上的君主未达法定年龄、不在或无能时统治国家的君主。

不忠。不过他说话善于巴结奉承，为人随和，对其他人的种种不端行为都能宽容。他意识到自己与生俱来的卑劣，道德准则堕落，邪恶得以助长，这些对弟子产生了不良影响；他自我贬低，以免让别人鄙视。

遗憾的是他成功了。这个臭名昭著的拉皮条般的人，把那些极端的东西加进了早期的行为准则中，从而使摄政王的成年受到玷污，让他的整个政府管理放肆起来。他喜欢寻欢作乐，而那些本来应该予以阻止的人却鼓励和纵容，从而使他在感官享乐上放荡不羁。他受到的教育是，要对最严肃的责任和最神圣的约束不屑一顾，把美德变成玩笑，把信仰仅仅看作是伪善。他是个冒失的厌恶人类者，对人类有一种极端而嬉戏似的鄙视。他相信面对利益时，最忠实的仆人也会成为敌人；并坚持认为一个正当的人，就是能够巧妙地把自己相反的一面隐瞒起来的人。

他身边有一群像他一样风流放荡的男人，他们在路易十四后来那些伪善的日子里，摆脱了所受到的制约，完全沉溺于骄奢淫逸的生活。这个摄政王在处理完公事后，便关起门来，把所有更加严肃的人和有关事情统统排除在外，以便进行最为陶醉、最为令人厌恶的狂欢。在那儿，淫秽与亵渎成为谈话的调料。他给在狂欢中放荡不已的人，起了一个他的"车轮"[1]的名称，其字面意义是用刑车处死者[2]。无疑，这是意指他们堕落的品质和糟糕的命运；尽管有一个同时代的人断言，它表明了他们多数人应该受到的惩罚。在摄政王的一次晚餐上，德拉布兰夫人曾在场，她对主客的言谈举止感到作呕，在餐桌上说上帝创

---

1 原文为法语。
2 英语 break sb. on the wheel，指"用刑车处死某人"。

造出人之后，拿起剩下的废弃泥土做了侍从和君主的心。

这便是此时主宰着法国命运的人。劳发现他充满困惑，因为财政处于可悲的状况。他已经损害了货币制度——将硬币收回去重新压印，然后予以发行，有名无实地增值了五分之一；这样他就诈取了国家百分之二十的资产。所以，对于任何可能使他摆脱财政困难的措施，他都不可能小心谨慎。他甚至被牵着鼻子走，听从国家破产这一残酷的选择。

面对这些情况，劳自信地提出他的银行计划，即付清国债，增加国家收入，同时减少税金。他提出如下理论，以此向摄政王推荐他的计划。他指出，银行老板或商人所享有的信用，可以使其资产增加十倍。就是说，拥有一千里弗[1]资产的人，如果拥有足够信用，那么他可以将自己资金的交易额扩大到一百万，从中获得那么多的利润。同样，一个能够将王国所有流通硬币吸收到银行的国家，将会是强大有力的，仿佛它的资产增加了十倍。一定要通过存款而非借款或征税的方式，将硬币收回银行。这可以通过不同的办法实现：要么唤起人们的信赖，要么发挥权威的作用。他说，已经开始采用一种办法了。每次国家要重铸货币时，它都一时成为所有收回的货币——它们属于该国国民——的托管者。他的银行将实现同样的目的，即接收王国所有硬币存款，并用纸币作为交换——纸币有着不变的价值，同时会产生利息，是一种见票即付的票据，它不仅替代了硬币，而且证明是更好、更有利的流通货币。

摄政王急切地抓住这个计划。它与其大胆鲁莽的性情和贪婪放纵

---

[1] 古时的法国货币单位及其银币。

的行为相吻合。这倒不是说，他完全成了劳那些徒有其表的计划的受骗人。不过他仍然像许多其余的人一样，不精通金融的奥秘，易于把货币的成倍增加误认为是财富的成倍增加。他不明白在交易过程中，货币仅仅是一种媒介或工具，只代表着不同的工业产品的价值；硬币或钞票以流通货币形式加大发行额，只给这样的产品相应地增加了虚假的价值。劳在追求自己的目标时，利用了摄政王的虚荣心。劳让摄政王相信，对于高级的金融理论他比别人认识得更加清楚，而这样的理论是普通人无法理解的。劳经常声称除摄政王和萨瓦公爵外，没有人能充分理解他的计划。

无疑，这个计划受到摄政王的高官诺阿耶公爵[1]与德安格索大臣[2]极力反对，并且法国议会也给予了同样强烈的抵制。然而，劳得到一位虽然隐秘但却有力的助手，他就是迪布瓦神父，此人在摄政时期掌握了巨大的政治权力，对摄政王的思想产生着有害影响。这个老谋深算的牧师，既野心勃勃又贪婪无度，他从劳那里得到大笔大笔津贴，因此在许多最为恶劣的行为中极力相帮。就眼前这一事例而论，他即设法帮助劳，努力促使摄政王将大臣们和议会的所有抗辩驳回去。

所以，1716年5月2日，劳获得了专利特许证，建立起一家集储蓄、贴现[3]和流通为一身的银行，其商号名为"劳-公司"，经营期限为二十年。资产确定为六百万里弗，分成若干股，每股五百里弗——它们将被出让，其中摄政王贬值的硬币占百分之二十五，公共有价

---

[1] 指诺阿耶公爵第三（1678—1766）。

[2] 德安格索（1668—1751），法国大臣。

[3] 以未到期票据向银行通融资金，银行扣取自提款日至到期日的利息后以票面余额付给持票人。

证券占百分之七十五,当时它们的票面价值已大打折扣,数额总计达一千九百万。银行表面的目的,正如特许证中所说,是要鼓励法国的商业和制造业。银行的金路易[1]和克朗[2]将始终保持同样的标准值,其到期应付的账在要求支付时也将兑现。

最初,银行的交易被限制着,其纸币确实体现了硬币的价值,因此似乎银行实现了所有的承诺。它迅速赢得公众的信任,货币得以广泛流通,商业活跃起来,而这在路易十四不良的政府统治下是不曾有过的。由于银行券含有利息,并保证其价值不会改变,而且有关方面又巧妙地暗示说硬币将会持续贬值,所以人人都急忙赶到银行用金银换取纸币。于是存款的人群大量增多,他们变得非常迫切,以致银行门口出现了拥挤争斗的情况,大家产生出一种可笑的惊慌,好像有不被接纳的危险。当时有一个有趣的故事,说有个银行职员带着不祥的微笑,对拥挤的人群大喊:"耐心一点,朋友们。我们打算接收你们所有的钱。"这一声明最后得到了可悲的证实。

这样,通过简单地建立一家银行,劳和摄政王便为进一步实现更复杂的计划——它们至此对公众隐瞒着——有了信任上的保证。不久银行的股份大大上升,其流通中的纸币超过了一亿一千万里弗。一项精明的政策就使银行受到贵族的欢迎。几年来路易十四一直征收10%的所得税,现在他敕令该税收于1717年终止。特权阶层对此项税收极其反感,在目前灾难性的时刻他们担心税收增加。然而,由于劳的计划得以成功实施,这一税收被废除了,如今在贵族和神职人员当中

---

1 法国古金币名。法国大革命后发行,相当于二十法郎。
2 在某一面上印有王冠或戴着王冠的头像的硬币。

密西西比大计划——"一个空前的繁荣时期"

人们听到的只是对摄政王和银行的赞美。

至此一切进展顺利，假如银行券计划没有进一步扩大，一切还会继续好下去。但是劳在他的计划中，尚有最为宏大的部分需要实现。他必须打开投机事业的理想世界，即拥有无限财富的"黄金国"[1]。为了支持他们的银行交易，英国人引入南海[2]庞大的虚假贸易。劳则寻求将整个密西西比的贸易引进来，以此作为其银行的有力辅助。在这个名义之下，不仅包括了所谓的密西西比河，而且包括了所知的路易斯安那州的广大地区——从北纬29°一直延伸到加拿大北纬40°。这片地方由路易十四特许给克罗扎特[3]先生，但他在别人劝说下放弃。按照劳先生的请求，1717年颁发了创办一家商业公司的专利特许证，以便对这片地方进行拓殖，垄断其贸易与资源，以及与加拿大的海狸或毛皮交易。公司称为"西方公司"，不过"密西西比公司"更为人所知。其资产确定为一亿里弗，分成利息为百分之四的若干股，作为公共证券进行认购。由于银行将与公司合作，摄政王便下令在所有公共收入的支付中，其纸币要与硬币一样被接受。劳被任命为公司的主管，它完全是牛津伯爵[4]成立于1711年的南海公司[5]的复制品，那家公司以疯狂的投机买卖把整个英格兰搞得发狂。劳用相同的方式，在今

---

1 原文为西班牙语。最初指早期西班牙探险家想象中位于南美洲的黄金国。
2 指南半球诸海洋或南太平洋。
3 克罗扎特（1655—1738），1712—1717年间法属路易斯安那（新法兰西）的第一位拥有私人财产者。
4 应指牛津伯爵第一（1661—1724），英格兰政治家。
5 历史上出现过一次有名的"南海骗局"（也称"南海泡沫"）——1720年使大批英格兰投资家破产的一次投机狂热。南海骗局以南海公司为主角。

人难忘的计划中描绘出一幅幅使人迷惑的美景，说在南海地区将开展十分有利可图的贸易；他滔滔不绝地讲述着壮丽的前景，说在拓殖的路易斯安那会赚到大量财富——那儿被描绘成名副其实的希望之乡[1]，能够产出各种最珍贵的东西。有人还极其隐秘狡诈地传言——仿佛只告诉"少数的选民"——说最近在路易斯安那发现了金矿和银矿，保证会让最先的购买者很快发财。这些秘密的传言当然不久即众所周知。刚从密西西比返回的旅行者也予以证实（他们无疑被收买了），他们看到了所说的矿藏，断言比墨西哥和秘鲁的更丰富。不仅如此，为让公众相信还提供了视觉上的证据，即运往造币厂的金锭，似乎它们刚从路易斯安那的矿山中弄出来。

为推行殖民进程，采取了一些特别的措施。一项法令得以颁布，以便招募和运送前往密西西比的殖民者。警察也予以相助。巴黎和各省城街道上与监狱里的各种乞丐、流浪汉一扫而光，他们被送到哈弗－德－格雷斯。约有六千人挤进船里，而对于他们的健康或住宿问题并没采取任何预备措施。开矿所特有的种种工具被当众炫耀卖弄，然后放到一只只船上。整个队伍开船出发了，前往传说中的黄金国——它将证明是大部分可怜的殖民者的坟墓。

德安格索大臣是一位正直诚实的人，他仍然高声反对劳推行的银行券计划和殖民计划，在描绘它们引起邪恶、让私人蒙受不幸和公众倒退、道德与行为堕落、流氓与阴谋家得逞、财富毁灭与家庭破裂方面，颇有说服力和预言性。在财政大臣诺阿耶公爵的鼓动下，他反对得更加强烈；前者对于劳日益左右着摄政王的头脑感到嫉妒，但他在

---

[1] 语出《圣经》，也称乐土、福地、天国。

反对中又不如德安格索大臣真诚。他们两人在摄政王心爱的金融计划的道路上，弄出种种麻烦来，并且对议会的反对予以支持，这让摄政王很伤脑筋。对于摄政统治时期的弊端和劳的计划，议会越来越反感，甚至把抗议书送到了君王脚下。

君王决定排除掉这两个大臣，他们要么出于真诚，要么玩弄手段干扰他所有的计划。因此，1718年1月28日他解除了德安格索大臣的职务，将其放逐到自己乡下的庄园。不久诺阿耶公爵财政大臣的职务也被免除了。议会对于摄政王及其措施的反对日益强烈，它意欲在行政事务上与摄政王拥有同等权力，并根据法令，声称要中止摄政时期的一项法令，制定新的货币制度，改变流通货币[1]的价值。不过它主要的矛头是针对劳的，他是个外国人和异教徒，被多数议员看作是个罪犯。事实上人们对他怀有的敌意很深，甚至采取秘密措施调查他的腐败行为，搜集于他不利的证据。议会还决定，如果搜集到的证据证明他们的怀疑没错，那么他们将让人把他抓住并带来，对他进行简短的审讯；如果证明他有罪，他们将把他在宫殿院里绞死，然后打开大门让公众看到他的尸体！

劳得到自己有危险的暗示，极度惊恐。他躲在摄政王住的皇宫里，恳求保护。议会毫不动摇地进行反对，这使摄政王本人也感到为难；议会除了要求颁布一项法令，让他的大部分公共措施——尤其是金融措施——都得到扭转外，根本不考虑其他的办法。摄政王犹豫不决，一时让劳极度恐慌和焦虑。最后，通过召集司法委员会，并有国王绝对的权力相助，摄政王才终于战胜议会，从而使劳消除

1　尤指流通纸币。

了被绞死的恐惧。

这项计划现在一帆风顺了。与银行融为一体的"西方公司"或"密西西比公司",在势力和特权上迅速增长。它得到一个又一个垄断权:印度海域的贸易,与塞内加尔和几内亚的奴隶贩卖,烟草的种植,国家的货币制度,等等。每个新的特权都成为发行更多钞票的托辞,引起股票价格猛涨。最后,在1718年12月4日这天,摄政王给予了银行冠冕堂皇的称号——"皇家银行",宣布他促成了所有股票的购买,并将其收益增加到银行的资产中。这项措施,似乎比任何其他与计划有关的措施更让公众震惊,使得议会十分愤慨。法国一直习惯于把一切高贵、高尚和庄严的思想,与帝王的名字和个人联系在一起——特别是在路易十四威严堂皇的统治期间——所以最初他们简直不忍想到,王权竟然会在任何程度上与交易和金融的事搅和到一块,君王竟然在某种意义上成了银行老板。然而这是一个退步,王权因此失去了它在法国那种令人迷惑的辉煌,在公众心里渐渐失去威信。

此时开始采取专断的措施,强行让银行券人为地进入流通。12月27日颁布了一项枢密令,禁止任何超出六百里弗的交易用金或银支付,违者重罚。这项法令使银行券在所有买卖交易中必不可少,并且还要求发行新的纸币。时时有人躲避或反对这一禁令,结果是财产被没收。告密者受到奖赏,间谍和奸细在国内各行各业冒了出来。

这个虚幻的计划最糟糕的影响,在于全国上下的人都疯狂地一心想发财致富,或者说想在股票上赌一把。由于受到虚假报告激动人心的影响,加之有政府法令的强制作用,公司股份的价值持续上升,直至达到130%。如今人们谈论的只是股票价格,以及幸运的投机者突然赚到大量钱财。那些受到劳蛊惑的人,又千方百计去蛊惑别人。人

密西西比大计划——"一个空前的繁荣时期"

们放肆地做着最极端的美梦,梦想着财富源源不断从殖民地、贸易中和各个垄断买卖中流入公司。不错,上述遥远的财富来源,即便产出丰富,至今什么都还没有实现,将来什么时候也不会实现。但是投机者们的想象总是走在前头,而他们的臆想又马上被转化成事实。现在虚假的报告被人口口相传,说财富之道必定会突然打开。谎言越是放肆,越是容易被人相信。怀疑就要招致愤怒,或者引起嘲笑。在众人都迷糊不清的时候,要对一个流行的谬误产生疑问是需要极大勇气的。

巴黎现在成为吸引冒险家和贪婪者的中心,他们不仅从各省而且从邻国蜂拥而至。在坎凯波克斯街的一座房内设立了证券交易所,它立即成为证券交易投机商聚集的地点。交易所七点开门,又是敲锣又是打铃,晚上关门时同样如此。在街道的两端都设有保卫,维护秩序,同时禁止车马进入。整条街一天到晚人群拥挤,犹如蜂窝一般。人们贪婪地进行着各种各样的交易活动。股票不断转手,其价值一路上升,谁也不知为什么。转眼间你就赚了钱,仿佛变魔术似的。每一笔幸运的交易都促使周围的人更加不顾一切地抛出骰子。大家的狂热持续着,虽然一天快要结束了,但这种狂热却有增无减。晚上敲响锣打响铃将要关闭交易所时,人们发出急躁和失望的叫声,好像抓阄转轮正要转到最有运气的地方就被突然阻止了。

为了让所有阶层都卷入这个毁灭性的旋涡里,劳这时将五千万股票分成每股一百元。这样,好像把彩票进行分离化小一般,风险被降到连钱财最微不足道的人都能承受了。于是社会被鼓动起来,把钱全部投入到股票上,连最低级的投机分子都急急忙忙赶向股票市场。所有诚实正当、需要勤劳的职业,以及稳当适度的收益,如今都受人轻视。财富转眼就要获得,不需要付出辛劳,也不需要节省。上层阶级与下层阶级在唯利是图方面同样卑鄙。地位最高、势力最大的贵族们，放弃了所有高尚的职业与目标，卷入这场争夺鲸群的可耻混战中。他们甚至比下层阶级的人更卑鄙，因为有些人身为摄政王政务会成员，滥用自己的地位和影响，采取各种措施让他们手中持有的股票升值，从而大获盈利。

波旁公爵、孔蒂亲王、德拉·福斯的公爵们和但安丁，在有名的证券投机商中名列前茅。他们获得了"密西西比巨头"的绰号，对这个含有嘲笑意味的称号一笑置之。事实上，在新的激情支配下，通常的社会声望失去了它们的重要性。银行、才能、军人的名誉，都不再受到尊重。一切对他人的尊敬，一切自尊，在股票市场唯利是图的争夺中统统被忘记。即使高级教士和教会的种种社团，也都忘记了所奉献的真正目的，而是卷入到玛门[1]的信徒当中。在编造适合于自己贪婪意图的条例时，他们并不躲在那些行使民权的人身后。随即有了神学上的裁定，在这个裁定中，由教会发起的反对高利的诅咒，被简便地解释为并不牵涉到银行发行的股票交易上！

迪布瓦神父满怀着一个使徒的热情，进入到股票买卖的秘密活动中，由于从轻信者身上夺得战利品而大发其财。并且他继续从劳那里抽取大笔钱，作为其政治影响的报酬。他对国家背信弃义，在从事赌博性的投机交易期间把大量金银钱币转移到英国，贮存在皇家金库中，从而使贵金属随后出现匮乏的现象。

女人们也加入到这种肮脏的狂热里。一个个公主们，最为高贵的小姐们，都置身于最贪婪的证券交易投机商中。摄政王似乎掌握了克

---

[1] 贪欲之神，财神。

罗伊斯[1]的财富,把钱成千上万地挥霍到女性亲戚和亲信以及他的"车轮"[2]上——她们是他放荡堕落的同伴。"我的儿子,"摄政王的母亲在信中说,"给了我两百万股票,我把它分给家人们。国王也为他的家人拿了几百万。所有王室家属和法国所有的子孙以及王子们,手中都持有股票。"

奢侈与铺张的生活,与这种突然暴涨的虚假财富并行。一座座世袭的贵族宫殿被拆毁,重建得更加堂皇富丽。娱乐招待所花费的钱财、所显现出的华贵,简直难以置信。在房屋的装修、家具的布置、马车的装备上,以及在娱乐活动中,以前从未有过这样的炫耀。这在下层阶级的人里面尤其如此,他们转眼间成了百万富翁。人们讲述着一些暴发户的奇闻逸事。有一个人,刚把一辆华丽的四轮大马车弄出来,准备第一次使用;他不是从正门上车,而是习惯地爬上后面自己惯常坐的地方。有些名媛贵妇,看见某位穿着入时的女人身上佩戴有钻石,从一辆非常漂亮的大马车上下来,可谁也不认识,于是问男仆她是谁。男仆带着讥笑回答:"是最近从某处阁楼[3]上跌进那辆车里的女人。"据说,劳先生的仆人也同样由于捡他餐桌上掉下去的面包屑忽然变富。他的马车夫发财之后便辞职了。劳先生请他另外找一个接替的人。次日他带了两个去,说他们一样好,并告诉劳先生:"把你选上的带走吧,另一个由我带走!"

法国高傲的贵族们,过去对这些"新生的人"既冷淡又鄙视,如

---

[1] 吕底亚王国的末代国王(公元前560—前546年),他的王国在他的统治期间曾一度兴盛,后被居鲁士率领的波斯军队攻占。其名也喻指大富豪、大财主。

[2] 参见前面的注解。

[3] 一般住在阁楼里的都是穷人。

今也改变了态度。老派贵族阶级的傲慢,已经被更加强烈的贪婪本能遏制下去。他们宁愿与幸运的暴发户保持亲密关系,得到他们的信任。人们注意到,一位贵族会乐意坐在有幸的、昨天还是男仆的餐桌旁,希望从对方那儿听到发财的秘密!

劳四处走动,脸上洋溢着成功的表情,显然是处处分发财富的样子。"在所有与金融有关的事情上他都非常精通,"摄政王的母亲奥尔良公爵夫人写道,"并且把国家大事弄得有条不紊,连国王的一切债务都还清了。他让大家紧紧追随,日夜都得不到休息。一位女公爵甚至当众吻他的手。假如女公爵能够这样,其他女人会如何呢?"

无论他走到哪儿,据说路上都围满了利欲熏心的人群,他们等着看见他经过,极力想得到他一句赞扬的话,一个点头或微笑,好像让他瞥一眼都会得到财富。回到家里时,他的房子绝对让一心想发财的人包围着。"他们是强行从门口进来的。"圣西蒙公爵说。"他们还从花园爬进窗口,又沿着烟囱进入房间!"

所有阶层的人也对他家人进行着同样腐化的奉承。此种奉承中最为高贵的小姐们相互竞赛看谁更卑鄙,以便赢得劳夫人和她女儿那种有利可图的友谊。这些人尽量兢兢业业、讨好巴结地侍候母女俩,仿佛她们是高贵的公主。有一天摄政王表示希望某位公爵夫人陪他女儿去热那亚。"君主啊,"一个在场的人说,"你如果想在公爵夫人们当中挑选一位,只需派人到劳夫人那里去就可以了,你会发现她们都聚集在那儿。"

随着计划的扩张,劳的财富迅速增加。在几个月时间里,他就用纸币买了十四处具有所有权的不动产。公众为这些很快获得的大量地产欢呼,因为它们足以证明他的计划是可靠的。在一次买卖中他遇到一个精明的交易者，此人对他的纸币完全信不过。这位诺维总长坚持要求用可靠的硬币购买地产。劳因此带去了四十万里弗硬币，露出讽刺的微笑，说他宁愿支付硬币，因为它的重量纯粹是个累赘。碰巧，由于总长对那块地产并没拥有明确的权利，所以钱必须退还。他退还的是纸币，劳不敢拒绝，以免会贬低纸币的市价。

这种虚幻的信用成功地持续了十八个月。劳几乎履行了他的一个诺言，因为大部分国债都已付清。可是怎么支付的呢？用银行发行的股票，它们已被编造得高出其价值百分之几百，并且将在持有者的手中化为乌有。

劳具有一个最惊人的特性，就是沉着冷静，十分自信，并以此对每个反对意见作出回答，对每个问题找到一个解决办法。他在逃避困难方面，有着变戏法者的那种灵巧；奇特的是，他能让数字本身——它们是作出精确示范的根本要素——把人弄得眼花缭乱，迷惑不解。

临近1719年末，这项密西西比计划达到最荣耀的顶峰。有五十万外地人涌入巴黎寻求发财。旅店和公寓里挤满了人，很难找到住处。谷仓被改成睡觉的地方，供应品大幅度上涨。到处是成倍增加的豪华房子。街道上挤满马车——已经新增加了一千辆这样的装备。

12月11日，劳获得了另一禁令，以便将流通中余下的硬币全部收回银行。根据此令，凡是超过十里弗都不准用银币支付，或者凡是超过三百里弗都不准用金币支付。类似一再颁布的法令——其目的是贬低金币的价值，增加纸币虚幻的信用——开始引起人们对一种需要得到如此支撑的体系产生怀疑。资本家们渐渐从迷惑中醒悟过来。既可靠又能干的金融家一起商议，赞成同心协力反对不断扩张的纸币计划。银行与公司发行的股票开始贬值。机警的人们有了警觉，着手变卖——这是一个现在初次使用的词,表示将想象的财产变换成某种实在的东西。

在密西西比的巨头们中,孔蒂亲王是最突出也最贪婪的人之一,他首先对银行的信用给了当头一击。在他的行为中不无忘恩负义,这表现出当时那种贪婪卑鄙的特性。这之前他曾时时从劳那里得到大笔的钱,以此作为他所给予的影响和保护的报酬。每得到一笔钱,他的贪婪都会变本加厉,直到有一次劳不得不拒绝他的强求。为了报复,亲王立即把大量纸币送到银行兑现,以致需要四辆大马车才能把银币运走;他甚至卑鄙得从旅店的窗口探出身子,在钱被推进大门口时他又是取笑又是欢喜。

这是发出的信号,使得他人也同样把硬币从银行提取出来。英国和荷兰的商人曾以低价换得大量纸币,此时在银行把它们兑换成硬币并把钱带出国去。其余的外国人也同样如此,就这样将王国的硬币提取得越来越少,以纸币取而代之。

摄政王发觉了此项计划不断衰败的征兆,通过对其发起者给予种种信任的表示,极力恢复公众对计划的信心。他因此决定让劳成为法国财政总审计长。但在这当中有一个实质性的障碍。劳是个新教徒,尽管摄政王本人肆无忌惮,可他不敢公然违反严格的法令——路易十四在他偏执的日子里,曾用它们严厉打击所有的异教徒。很快劳就让他知道,在这一点上不会有任何困难。为了商业大事他随时愿意放弃信仰。然而为庄重起见,他应该首先悔过、皈依,这样才被认为是恰当的。不久找来了一位精神导师,他愿意在最可能短的时间内完成劳的皈依程序。此人就是唐成神父,他是个像迪布瓦一样挥霍放荡的傀儡,也像迪布瓦一样用最卑鄙的手段在神职中步步高升,同时赚取

密西西比大计划——"一个空前的繁荣时期"

世间的财富。

在唐成神父的指导下,劳迅速掌握了天主教的奥秘与教义,于宗教方面又经过短暂的训练后,他便宣称自己彻底悔过并皈依了。为避免引起巴黎公众的讥讽嘲笑,皈依仪式在默伦[1]举行。劳虔诚地向圣罗克教堂赠送了十万里弗礼金,唐成神父也由于他辛勤的教导获得各种股票和钞票——他精明地留意把它们兑换成硬币现金,因为他对这纸币计划和新皈依者的虔诚都信不过。如果是一个更加严肃和讲求道义的社会,那么它会为这出可耻的闹剧感到愤怒。但巴黎人却以他们惯常的轻率予以取笑,使其成为许多歌曲和讽刺诗的主题,从中得到满足。

劳现在有了正统信仰,取得了国籍证书;他已克服横挡在中间的障碍,所以被摄政王提升为总审计长。社会对于这位金融英雄的一切戏法和变化颇习以为常,似乎没一个人对他突然升迁感到震惊或意外。相反,如今他被人认为在地位和权力上都稳固起来,越来越成为大家贪婪地崇拜的对象。显贵体面的人聚集在他的接待室,耐心等待他接见。拥有头衔的夫人们屈尊俯就,坐在他妻子和女儿的马车前座上,仿佛与女王公主一道乘坐马车。劳让自己的提升之事弄得眼花缭乱,并开始渴求得到贵族的殊荣。不久将举行一场宫廷舞会,年轻的贵族们要与充满朝气的国王跳芭蕾舞。劳请求允许他儿子参加,摄政王予以同意。然而年轻的贵族子弟们愤怒了,对"闯入的暴发户"加以嘲笑。他们更加世俗的父母担心让现代迈达斯[2]不高兴,徒劳地训斥自己的孩子。这些后代还没有为利欲熏心的激情所感染,仍然坚守着他们高

---

1 法国北部法兰西岛大区塞纳-马恩省省会,位于巴黎东南四十五公里处。
2 传说中的弗里吉亚国王,酒神狄俄尼索斯赐给他一种力量,使他能够把自己用手触摸的任何东西变成金子。

贵的血统。银行老板的儿子处处遭到冷落和困扰，公众则为之拍手喝彩。恰好此时这个年轻人得了一场病，把他从恐怖中解脱出来，不然大量的烦恼和侮辱会向他扑去。

1720年2月，就在劳上任后不久，颁布了一项将银行与印度公司合并的法令——如今人们知道整个机构称为印度公司。法令指出银行是皇家的，国王必定会补偿其证券的价值；他把银行五十年的管理权授予公司，并将属于自己的五千万股票以九亿的价格出让给它——这不过是百分之一千八百的预付款。法令进一步以国王的名义宣布，在他汇票上的价值数额没有先由税务官存入银行前，他决不会向银行提取。据说，银行此时发行的证券达到十亿，比欧洲所有银行能够流通的纸币还多。为有助于银行的信用，税务官得到指示，要求他们接收下级税务官的纸币。另外，一切超过一百里弗的支付都必须用钞票。这些强制措施短时间内让银行有了虚假的信用，它着手给商人们的纸币贴现，并凭借珠宝、金银器皿和其他贵重物品以及通过抵押，进行贷款。

为进一步推动此项计划，接下来又颁布了一项法令，禁止任何个人或法人团体（无论是国民的还是宗教的）持有超过五百里弗的流通硬币，即大约七金路易：当时金路易的纸币价值为七十二里弗。凡是超过这点金银币的钱，都要拿到皇家银行去换取股票或证券。

如违抗此法令，所受到的惩罚是没收财产，并且告密者必定会分得其中一部分；于是，在某种意义上又向家庭中的密探和奸细提供了赏金。这使得家庭与个人在金钱事务上，受到最为可憎的监视。就连朋友和亲戚之间的信任也遭到破坏，所有的家庭关系和社会德行都受到威胁，最后整个社会的愤怒之情爆发出来，迫使摄政王将可憎的法令废除。英国大使斯泰尔斯阁下，在谈到由法令所鼓励的侦查措施时说，不可能对劳是一位十足的天主教徒产生怀疑，因为他通过将硬币转化成纸币，在已经证实经过变体[1]之后，又建立了宗教裁判所[2]。

在这项拓殖计划下，还出现了一些与之相当的滥用权力的情况。劳在他集聚资产的上千个权宜手段中，将密西西比大片的土地以每平方里格[3]三千里弗的价格出让。许多资本家买到大量地产，几乎可以建立起一个公国。唯一不幸的是，劳出让的财产无法转移到别的地方。帮助征募殖民者队伍的警员们，采取欺骗强迫的可耻手段，犯下罪恶勾当。他们借口拘留乞丐和流浪汉，夜晚在街上进行搜索追捕，把诚实的技工或他们的儿子抓住，匆忙弄到"骗人房"[4]去，唯一目的就是向他们诈取赎金。这些滥用权力的行为引起民众愤慨。警官们在行使可恶的职责时遭到围攻，有几人被打死，从而终止了这种极端滥用权力的现象。

3月，政务会颁布的一项非同寻常的法令，将印度公司的股票价格确定为九千里弗。所有教会的各个团体和医院现在都受到禁止，只允许它们投资印度公司的股票。有了这一切后盾，密西西比计划继续处在摇摇欲坠中。在一个能够随时改变财产价值的专制政府控制下，还能有别的结果吗？正是那些把银行信用建立起来的强制措施，加速了它的垮台，这显然表明缺乏可靠的保障。劳还让发行了一些小册子，用雄辩的语言阐明股东们一定会获得高利，并且说国王从来不可

---

1 宗教术语。原指圣餐的变体：一种认为尽管圣餐面包和葡萄酒的外表没有变化，但已经变成了耶稣的身体和血的主张。
2 中世纪天主教审判异教徒的裁判所。
3 长度单位，相当于3.0法定英里（4.8公里）。
4 原指用一些办法把人诱骗去做某事的房屋。

能损害股票。为支持这些言论，5月22日国王颁布了一项法令，据此，凭借国王的硬币已经贬值的托词，宣布有必要让他银行券的价值减半，将其印度公司的股票从九千里弗降到五千里弗。

这项法令对于股东们如晴天霹雳一般。他们发现，手中纸币上虚假的价值瞬间就丧失了一半，而另一半又会如何呢？富人们自认为给毁了，那些更加卑微的人则想象着去可悲地乞讨。

议会抓住这个机会，作为公众的保护者站出来，拒绝对法令进行备案[1]。它获得了人们的信任，迫使摄政王收回脚步，尽管更有可能他所屈服的是全体公众爆发出来的震惊与谴责。5月27日法令被撤回，银行券恢复了原先的价值。但是已经打出致命的一击，幻想结束了。政府自身丧失了公众对它的一切信任，也同样丧失了对它所建立起来的银行的信任——正是它的独断专行使得银行丧失了信用。"整个巴黎，"摄政王的母亲在信中说，"都在为劳说服我儿子制定的该死的法令悲哀。我收到一些匿名信，说我自己没什么害怕的，但是我儿子将会受到火与剑[2]的追击。"此时，摄政王极力把自己毁灭性的计划所引起的反感转移开。他假装忽然对劳失去信任，于5月29日免除了劳的总审计长一职，并在他的房里驻扎了十六名瑞士保安。次日劳来到皇宫门口要求进去时，他甚至拒绝接见。不过在当众演出这场闹剧之后，他当晚又让劳从一扇秘门进去了，像先前一样继续与之共同商议金融计划。

6月1日摄政王颁发了一项法令，允许人们手中愿意有多少硬币

---

1 官方的正式登记注册。拒绝备案即表示不予接受。
2 喻指武力。

都行。然而只有少数人才从这一许可中受益。大家纷纷涌向银行，于是立即又颁发了一项圣旨要求暂停兑现，等待随后的命令。为让公众放心，这时发行了两千五百万的城市股，利息为百分之二点五，可用纸币兑换。这样，从流通中收回的纸币在维莱旅店前面当众烧毁。但公众对任何事任何人都失去了信任，怀疑那些假装烧毁纸币的人不无欺诈和勾结。金融界这时出现全面混乱。一度生活富裕的家庭发现自己转眼就陷入了贫穷。

精于谋略的人，一直沉迷于王侯般的命运的幻想中，如今发现他们的财产蒸发了。尚留有一点财物的人则极力予以保护，以防不测。谨慎的人发现，在一个币值不断变化、专制左右着公共证券甚至私人钱包的国家，财产是毫不安全的。他们着手把财物送到国外。这时，瞧！6月20日颁发的一项敕令要求他们将财物弄回，否则没收其价值两倍的财产；根据类似的处罚，禁止他们把钱投到外国股票上。不久又颁发了另一项法令，禁止任何人持有宝石，或者将它们出售给外国人——所有宝石都必须存入银行，换取正在贬值的纸币！

劳现在受到来自四面八方的诅咒和报复的威胁。前不久贪财的人们还为他烧香，这是怎样一个天壤之别啊！"这个人，"摄政王的母亲写道，"先前还像神一样让人崇拜，这时却自身难保。他遭受的巨大恐惧令人吃惊。他像个死人似的，脸色苍白，听说他再也过不去这一关了。我的儿子倒不惊慌，虽然他也受到各方面的威胁；他对劳的恐惧感到很有趣。"

大约7月中旬，为把计划维持下去，并准备发行大量的纸币，劳和摄政王最后作出了重大尝试。他们制定了一项法令，让印度公司全面垄断商业，条件是它在一年时间内偿还六亿里弗的账，即每月五千万里弗。

17日此项法令送交议会登记注册,立即在那儿引起强烈反对,一场热烈的讨论展开了。就在讨论进行当中,门外发生了悲惨的一幕。

此项计划产生的不幸,触及人们生活中所关切的最基本问题。粮食价格猛涨,商店拒收纸币,大家没有必需的钱购买食物。因此当局发现把停止兑现的规定放松一点,让少量纸币兑换成硬币,是绝对必要的。银行门口和附近街道马上挤满饥饿的人群,他们力求用十里弗的纸币换取硬币现金。当时拥挤争斗得相当厉害,以致有几个人窒息,被踩死了。民众把三具尸体抬到皇宫大院。一些人大喊摄政王出来,看看他的计划造成的后果。其他人则要求处死骗子劳,是他把灾难和苦酒带给了这个国家。

现在到了关键时刻,民众的愤怒上升到极点,这时国务秘书勒勃朗站出来。他先前已叫来军队,此刻只想寻求和谐。他从人群中挑出六七个身强力壮的人,他们似乎是头目。"我的好家伙们,"他平静地说,"把这些尸体抬走,放到某座教堂里去,然后很快回到我这里来领你们的钱。"他们立即照办,组成某种送葬队伍;赶来的部队驱散了逗留在后面的人。巴黎大概免除了一场暴动。

大约早上10点,一切都很安静,劳冒险乘坐自己的马车前往皇宫。一路上人们对他叫骂诅咒,他万分惊恐地赶到了皇宫。摄政王为他的畏惧感到有趣,不过把他留下了,让人把马车驾回去——它遭到民众的攻击,他们用石头砸它,把玻璃打碎。这一暴行的消息传到了议会,当时议员们正在热烈讨论商业垄断的法令问题。议长刚才出去了片刻,这时又走进来,用古怪的法语和英语把消息告诉大家:

"先生们,先生们!好消息!劳的马车被砸得稀烂!"

议员们高兴得跳起来。"还有劳！"他们叫道，"他被撕成碎片了吗？"议长不清楚骚乱的结局。于是讨论停止，法令被否决，议院休会，议员们赶紧去看看具体情况如何。在那个放荡而可悲的时期，在对待公共事务上就是这么轻率。

第二天国王发布了一项命令，禁止一切民众集会。部队驻扎在各个地点和所有公共场所。大量的卫兵受命随时作好准备，持有步枪的士兵留守在旅店，马匹也都备好了鞍。有许多小办公室被打开，人们可以在那儿兑换小额钞票，虽然极其拖拉困难。另外还颁发了一项法令，宣布凡是在交易中拒绝接收纸币的人，都要加倍罚款！对于整个虚幻的金融计划，议会持续不断地极力反对，这一直让摄政王烦恼不安；而他最后这个商业垄断的重大措施也遭到顽固排斥，这是不能容忍的。他决定惩罚这个难以驾驭的团体。迪布瓦神父和劳提出一种简单的方式，那就是把议会彻底取缔；正如他们所说，它非但没有用处，反而经常妨碍公共事务。摄政王半倾向于听取他们的建议，但经过更冷静的考虑并听取友人的建议后，他采取了更加适度的办法。7月20日一大早，部队控制了议会大楼所有的门口，其余部队则派去将议长和各位议员的一座座官邸包围。他们起初无不惊恐万分，直到国王的敕令送到他们手里，命令他们两天内前往蓬图瓦兹[1]——议会就这样被突然武断地转移到了那里。

伏尔泰[2]说，这个专横的法令在任何别的时候都会引起叛乱。但是有一半巴黎人因为破产不能自拔，另一半则沉迷于他们想象中的财

---

1 法国北部巴黎大区瓦尔德瓦兹省省会，位于巴黎西北方。
2 伏尔泰(1694—1778)，法国启蒙思想家、作家、哲学家。主张开明君主制，著有《哲学书简》等。

富，这些财富不久将化为乌有。议长和议员们没有怨言地默认了这一命令，他们甚至像一支游玩队伍那样离去，做好了在流放中愉快地生活的一切准备。士兵们占领了空空如也的议会大楼，他们是一群放荡时髦的年轻人，以被流放的立法者们为代价，编出一些歌曲和讽刺诗来自娱自乐。为了消磨时间，他们最后自己组成一个虚假的议会，推举议长、国王、大臣和拥护者们；按照适当形式各就各位；把一只猫用来替代劳先生予以审讯，在对它进行"公正的审判"后对它判处绞刑。公共事务和公共机构就这样被随随便便地拿来开玩笑。

至于遭到流放的议会，其成员们快活而奢侈地生活在蓬图瓦兹，花的是公众的金钱，因为摄政王照常慷慨地给他们提供资金。议长随意享用着布永公爵的官邸，它设施齐全，在河边另一座可爱的大花园。他在这儿招待所有的议员们。每天都会摆出一些豪华富丽的桌子，上面放满各种最精美的葡萄酒和利口酒[1]，以及最上等的水果和饮料。不少由一匹或两匹马拉的小马车，随时为用餐后想出去兜兜风的女士和老绅士们准备好，同时为晚餐前想玩玩纸牌、打打台球来自娱自乐的人也准备好了牌与球台。议长的妹妹和女儿尽地主之谊，他本人则在那儿主持着一切，显得极其悠闲、好客和高尚的样子。他们被从巴黎赶到六里格外的蓬图瓦兹，倒组成了一支游玩队伍，分享着那儿的娱乐与欢庆活动。他们公然不把正事放在眼里，一心想着娱乐之事。他们嘲笑摄政王及其政府，不断地对其说些幽默讽刺的话。而他们这种无所事事、奢侈浪费的生活所花费的庞大开支，是慷慨提供给他们的经费的两倍还多。议会就是这样对其被流放表示怨恨的。

---

[1] 一种味道强烈的酒精饮料，通常在饭后少量饮用。

密西西比大计划——"一个空前的繁荣时期"

在这整个期间,金融计划变得越来越棘手。证券交易所先前已迁移到旺多姆广场。但是吵闹声和噪音让那片文雅地方的居民无法忍受,尤其是让德安格索大臣受不了,他的旅店就开在那里;于是加勒格南王子和公主——他俩都是密西西比股的大赌徒——主动把苏瓦松斯旅店巨大的园子拿出来,作为玛门崇拜者的聚集地。他们的提议被接受,园里立即建起了许多用作股票经纪人办公室的棚屋;摄政王还下达命令,以治安管理为借口,指出只有在这些棚屋里进行的交易才有效。棚屋的租金马上涨到每间每月一百里弗,这样,所有棚屋便给高贵的所有者们带去了五十万里弗的卑鄙收益。

然而,人们发财致富的狂热现在终止了。随即举国上下一片惊慌。"大溃败!"[1]成了一句口号。人人急于把不断贬值的纸币,兑换成含有内在和永久价值的东西。由于无法得到硬币,钻石、宝石、金银器皿、瓷器、金银饰物这些物品用任何纸币价格买下都不为过。土地要用五十年的收益才能买取,甚至能够以这样的价格得到土地的人也自认为是有幸的。垄断如今为高贵的纸币持有者们疯狂地追求着。德拉·福斯公爵几乎买下所有的动物脂、润滑油和肥皂,其他人则买下咖啡和香料,还有人买下干草和燕麦。外汇几乎行不通了。荷兰和英国商人的债务用虚无的纸币支付,王国里所有硬币都消失不见了。债务人与债权人的关系搞得一片混乱。用一千克朗钱可以付清一万八千里弗的债!

摄政王的母亲一度为大量的纸币狂喜,现在用截然不同的语气在信中写道:"我常常希望这些纸币被打入十八层地狱。它们给我儿子

---

[1] 原文为法语。

带来的麻烦比安慰还多。法国谁也没有一分钱的硬币了……我儿子曾经是受人欢迎的,但自从该死的劳到来后,他就越来越被人憎恨。每周过去,我都会收到一些充满可怕威胁的信,把他说成是暴君。我刚收到一封,威胁说要把他毒死。我把信给他看时,他只是发笑。"

与此同时,劳被日益增多的麻烦弄得惊慌不安,为他引起的这场风暴感到恐惧。他不是一个真正勇敢的男人,担心民众的骚乱或破产的人会危及他的人身安全,因此再次去摄政王的宫中寻求庇护。后者像往常一样,对他的恐惧觉得有趣,把每一个新的灾难当成玩笑。不过摄政王也开始想到自己的安全问题了。

在实行劳的计划当中,他无疑考虑着轻松而光彩地完成自己的任期,让自己、亲人和亲信们富裕起来,并希望这个计划造成的灾难在他摄政期内不要发生。

他这时看到了自己的错误;要阻止事态爆发不可能再等很久。他决定立即让劳离开,然后对劳进行指控,说那种整个纸币虚幻的"炼金术"都是劳一手在弄。他因此乘机于1720年12月召回议会,向劳暗示他要避免与那个被激怒的敌对团体发生冲突的政策。就采取措施而言,用不着对劳进行催促。他唯一的愿望是逃离巴黎及其骚乱的民众。就在议会返回前两天他突然秘密离去。他乘坐有摄政王的徽章的马车离开了,并且有某种侍从护送,那些人身穿公爵的仆人的号衣。他最初躲避的地方是摄政王的一处庄园,那儿离巴黎约六里格远[1];然后他便前往布鲁塞尔[2]。

---

[1] 里格(League)是长度名称,一种陆地和海洋的古老的测量单位。在陆地上,1里格=4.827公里。

[2] 比利时首都。

密西西比大计划——"一个空前的繁荣时期"

一旦彻底把劳排除开了,奥尔良公爵就召集起摄政班子,对成员说召集他们是要商议金融形势,以及有关印度公司的事务。为此总审计长拉·奥赛提供了一份十分清楚的报告书,它显示出流通的纸币已达到二十七亿里弗之巨,而且并无任何证据表明,这笔庞大的数额是由印度公司的全体代表会议授权发行的——只有公司才有权批准这样的发行。

事情如此败露出来,使摄政班子的成员惊讶,他们希望摄政王作出解释。在无可奈何的情况下,摄政王承认劳发行了高达一亿二千万的纸币,超出了法令的规定,与明确的禁令是相抵触的;但事已至此,他作为摄政王已颁布法令准予发行——他将这项法令的日期提前签署[1]——从而使交易合法化,或者说保护了交易。

随即在摄政王与波旁公爵之间出现了一场风暴,但两者几乎都不值得称道,因为他们无不深深地卷入此项计划的秘密交易中。事实上,摄政班子有几个成员正是计划中最唯利是图的"受益人",他们急于要保护自己处在危险中的利益。就整个情况而论,我倾向于认为,其他人比劳更应为其金融计划所遭遇的灾难受到谴责。他的银行假如只限定在最初范围内,按照自身内部的规章进行管理,那么它就会得到顺利的发展,也会给国家带来极大好处。它是一个适合于自由国家的机构。但不幸它受制于一个专制的政府,这个政府可以在其殿堂里随心所欲改变硬币的价值,并强制大肆发行纸币。银行至关重要的原则,是要在调节规范交易中确保安全,让纸币能够即刻兑换成硬币。当君主可以随时让市场上所允诺的纸币成百倍增加,并对银行的一切资金

---

[1] 指将签署的日期提前(比如本来是5日但签成2日)。

加以利用时,你对这样一个机构或它允诺发行的纸币还有什么信任可言呢?同样,那些违背公众意见强制发行纸币的措施,也给予了计划致命的打击,因为信用必须像普通的空气一样自由,不受任何约束。摄政王是此项计划的邪恶人物,他迫使劳远远超出自己的梦想,不断扩大纸币的流通。从某种意义上说,是他迫使那个不幸的计划人设想出种种附属公司和垄断机构,以便筹集资金,偿付不断大量增加的股票和纸币。劳在自己引发出来的、强大有力的人手里,不过像一个可怜的魔术师,被迫用魔法不顾一切、让人毁灭地干下去。他最初只想把风刮起来,可摄政王却迫使他刮起旋风。

然而,这一不幸却影响到社会上更受珍重的阶层;诚实的商人和技工们,被从安全可靠的职业中引诱开,投身于华而不实的投机交易。还有数以千计值得称赞的人家,尽管曾经富裕,但由于过分相信政府而陷入贫困。金融上整体出现一种狂乱的状况,它长期给民族的繁荣带来不良影响。但此项计划最惨重的后果,是民族的道德精神与举止礼仪受到冲击。在商业事务中,约定的信用与诺言的神圣没有了。每一个极力抓住眼前利益或规避当前困难的权宜之计,都得到容忍。就在忙碌的阶层里原则可悲地出现松懈时,法国的骑士们又将他们的旗帜玷污。长期以来,荣誉和声望一直是高卢[1]贵族崇拜的对象,而现在已经猝然倒地,在股票市场的污泥中任人践踏。

至于计划的发起人劳,他似乎最终并没怎么从自己的计划中受益。"他是个骗子,"伏尔泰说,"把法国交给他是要让他治愈的,可他却把它毒害了,并且毒害了自己。"他留在法国的财物被低价出售,

---

1 欧洲西部一古国,包括今日的意大利北部、法国、比利时、荷兰、德国、瑞士。

卖到的钱烟消云散。他的不动产被没收。他只是适当地带走了能够维持自己、妻子和女儿生活的钱财。在他庞大的财产中，留下的主要财物是一枚大钻石，他常常不得不拿去典当。1721年他在英国，拜见了乔治一世[1]。不久他回到欧洲大陆，从一个地方迁移到另一个地方，1729年死于威尼斯。他习惯于过公主那种挥霍生活的妻子和女儿，无法适应此时变得贫困的日子，将留下的不多钱财挥霍一空，弄得一贫如洗。"在布鲁塞尔，"伏尔泰说，"我看见他妻子羞辱不堪，与她在巴黎时的那种傲然与得意形成鲜明对比。"劳的一个哥哥继续留在法国，受到波旁公爵夫人保护。他的子孙后代们则在各种公共职业中受人尊敬地履行着职责，有一位是劳里斯唐侯爵，他曾经是法国的中将和贵族。

---

[1] 乔治一世（1660—1727），英国汉诺威王朝第一代国王。

唐璜:一个关于幽灵的调查

"我曾听说幽灵凭借其虚幻的身躯四处行走,别人因此对我感到惊讶;不过我只是对自己感到惊讶,因为如果他们没有发疯,我便会把自己给葬送。"

——雪莉[1]著《风趣的美人》

人人都听说过唐璜[2]的命运,他就是塞维利亚[3]那个有名的浪荡子,由于他对女性犯下的罪行和其余次要的罪过,被很快带到地狱。他的故事在一般戏剧、哑剧和滑稽剧中,在基督教世界的每个舞台上,均得以展现;最终它成为了歌剧的主题,并在莫扎特[4]美妙的音乐里变得永垂不朽。我至今十分清楚地记得,这个故事在我幼小时候给我的情感所带来的影响,虽然它是在奇异的哑剧中演出的。我曾怀着敬畏,凝视那个被谋杀的司令骑在马上的纪念雕像,它在修道院的墓地里,在苍白的月光映照下微微发光。当他俯下大理石头,接受唐璜虔诚的邀请时,我的心颤抖得多么厉害:我听见它穿过发出回响的走廊,一

---

1 詹姆斯·雪莉(1596—1666),英国剧作家,以其风尚喜剧而出名。
2 西班牙传说中的人物,风流贵族,诱奸者,为许多诗歌、戏剧和歌剧的男主角。
3 西班牙西南部城市,塞维利亚省省会。
4 莫扎特(1756—1791),奥地利作曲家,维也纳古典乐派代表人物之一。

步步走近,并注意到它——一座移动的石雕——走进屋子,朝着晚餐桌靠近,这时它的每一脚步怎样使我的心受到打击!接着是藏尸所那个欢宴的场面,唐璜在此回访雕像,被招待以头骨和骨骼;他拒绝了,因此被投入裂开大口的深渊,身后还有一大团火向他抛来!这一个个积累起来的恐怖事情,足以使最喜欢哑剧的男生的神经受到震动。许多人认为,唐璜的故事只是一个神话。我自己也曾这么想,但"眼见为实"。那以后我目睹了故事发生的地点,如今再要对这个问题有任何怀疑,将是荒谬的。

一天晚上,我同一个西班牙朋友行走在塞维利亚的街上,他对这座城市流行的传说和其他无用的谣传怀有好奇,喜欢调查;并且他也很友好,以为在我身上见到了与自己意气相投的东西。我们在四处漫游的过程中,经过一道黑乎乎的通往修道院墓地的大门,这时他突然抓住我的胳膊。"停下!"他说,"这就是圣弗兰西斯科修道院。有一个故事与它相关,我肯定你知道。你必然听说过唐璜和大理石雕像的事吧?"

"毫无疑问,"我回答,"我小时候就熟悉。"

"唔,瞧,那些事正是发生在这座修道院里的。"

"嗳,你不是说故事是有其事实根据的吗?"

"确实有。据说那些事情发生在阿方索十一世[1]统治时期。唐璜是特洛里奥贵族家的人,那是安达路西亚[2]最有名的家族之一。他的父亲迭戈·特洛里奥先生是国王的一名亲信,其家人个个都在城里当官。

---

[1] 阿方索十一世(1311—1350),卡斯蒂利亚和莱昂的国王。
[2] 位于西班牙南部地区。

唐璜自以为出身高贵,关系强大,所以行为非常放荡:任何女人无论出身高贵还是卑微,都逃不过他的追逐,不久他便成了城里可耻的人。他犯下一个个极其胆大妄为的罪行,其中之一便是夜里钻进卡拉特拉瓦骑士团团长贡萨洛·德·乌略亚先生的府邸,企图弄走他女儿。他们家的人被惊动了,黑暗里发生了混战。唐璜最后跑掉,可人们发现不幸的团长挣扎在血泊中,没能说出凶手的名字就断气了。唐璜受到怀疑,他并没留下来接受司法调查,让势力强大的乌略亚家族进行报复,而是逃离了塞维利亚,寻求叔父佩德罗·特洛里奥先生的保护,后者当时是那不勒斯[1]宫廷的大使。在这儿,他一直待到因杀害贡萨洛先生引起的骚动平息下去,而此事由于可能对乌略亚和特洛里奥两家带来丑闻,所以他们便予以隐瞒。然而唐璜继续在那不勒斯放荡不羁,最后丧失了做大使的叔父的保护,他不得不再次逃亡。他又回到了塞维利亚,希望自己过去犯下的罪行已被人忘记,或者寄希望于自己的冒失蛮勇和家族的势力,让他渡过一切难关。

"他回去不久还处在趾高气扬中,此时他正好来到了这座弗朗西斯科修道院,并注意到那个被杀害的团长骑在马上的纪念雕像,团长就埋葬在这座神圣的修道院内,乌略亚家在这儿有个礼拜堂。轻浮不敬的唐璜这时要宴请雕像——它所遭遇的可怕灾难使得唐璜的故事无人不知。"

"请问,"我说,"在塞维利亚,人们对这个故事相信多少呢?"

"全部相信。在他们看来,自从远古时它就成了人们很喜爱的传

---

[1] 意大利西南部城市。

说,他们涌向剧院,观看很久以前由蒂尔索·德·莫利纳[1]和另一位受欢迎的作家据此写的戏剧。在更上层的阶级里也有许多人,他们从小就对这个故事习以为常,所以听到有人轻蔑地对待它时会觉得有些气愤。他们试图作出全面的解释,声称为了阻止唐璜的放纵行为和平息乌略亚家的愤怒,而又不让这个违法乱纪者受到有失其体面的正当惩罚,人们找了一个借口把他骗到这座修道院,要么把他永远投进地牢,要么暗地里匆匆把他处死了。同时僧侣们把雕像的故事传开,用以说明他为何突然消失。然而,人们并不因为任何这些似是而非的解释,就不相信幽灵故事;大理石雕像仍然大踏步地出现在舞台上,唐璜仍然被投入地狱,从而对所有类似冒犯他人的放荡青年给予了一个严厉的警告。"

在同伴讲述这些逸闻趣事之时,我们走进了大门,穿过修道院的外院,进入一个颇大的内庭。其周围一部分是回廊和居室,一部分是礼拜堂,中间有一座大喷泉。显然,这些建筑以前宽大雄伟,但如今大部分已成废墟。借助星光和礼拜堂及走廊里零星放置的闪烁的灯,我看见不少柱子和拱门已遭到破损。墙体也已裂开。烧得发白的一根根梁椽,让人看到被大火毁坏的后果。整个地方显露出荒凉的景象。夜风呼呼地吹过在墙缝中或破裂的柱子里飘摇的小草。蝙蝠在拱道周围飞来飞去,猫头鹰从荒废的钟楼里发出叫声。这样的场面,真是再适合于幽灵故事不过了。

正当我沉浸在与此地相应的种种幻想里时,从礼拜堂传来僧侣们低沉的吟唱声,声音越来越大。

---

[1] 蒂尔索·德·莫利纳(1571—1648),西班牙的一位戏剧家和诗人。

"是在做晚祷。"同伴说。"跟我来吧。"

他领着我穿过有回廊的庭院，并经过一两条毁坏的通道，来到寺院远处的入口；他推开一扇折叠的边门，我们于是进入这座神圣建筑幽深的拱形前庭。左边是唱诗区，构成寺院的一端，拱状的天花板不高，像洞穴一般。僧侣们即分别围坐在凳子上，按照放于乐谱架上巨大的乐谱吟唱着，上面的音符很大，以便在唱诗区的各处都能看清。在这些乐谱架上有几盏灯，隐隐地照着唱诗班的人，让僧侣们剃光的头显现出来，将他们的身影映照到墙上。他们个个身体粗壮，蓄着青须，脑袋圆圆的；声音低沉，如金属般回响在发出瓮瓮声音的唱诗班里。

寺院的主体向右边延伸，它宽大高耸。有些礼拜堂的门镀着金，被饰以各种表示耶稣受难的图像和绘画。高处有一幅牟利罗[1]画的巨画，但因置于暗处无法看清。整座寺院都显得阴暗，只是从唱诗区反射过来的一点光线，以及这儿那儿某个神龛前的还愿灯发出的微光，才使寺院隐约可见。

我的目光随意地看着这座朦胧的建筑，忽然在远处的圣坛旁隐隐瞧见一个骑在马上的人影。我碰一下同伴，指着它说："幽灵雕像！"

"不，"他回答，"那是该死的圣埃古[2]的雕像。骑士团团长的雕像在修道院的墓地里，曾在大火中被烧毁了。不过，"他补充道，"我看出你对这类传说特别感兴趣，所以请跟随我到寺院的另一端去吧，在那儿咱们的私语不会打扰这些祈祷的僧侣们；我会告诉你另一个在本城流行了几代人的传说，你会因此发现，在塞维利亚，唐璜并不是唯

1　巴托洛米奥·埃斯特巴·牟利罗（1617—1682），西班牙风俗、肖像和宗教题材的画家。
2　莎士比亚剧作《奥赛罗》中的反面人物，也喻指阴险狡猾的人。

一受到极大谴责的浪荡子。"

于是我悄悄跟随他来到寺院更远的地方,我们在此坐到圣坛的台阶上,对面就是那个骑在马上、显得可疑的身影;就是在这儿,他用低微神秘的声音对我作了如下讲述:

"在塞维利亚曾有一个放荡的青年男子,名叫曼纽尔·德·马纳拉,他因父亲的死来到一座大宅,大肆发泄愤怒,极尽胡闹放荡。他像唐璜一样——他似乎把唐璜当作了榜样——因在女性中胆大妄为而臭名远扬,因此人们把一扇扇门和窗更加严密牢固地用门闩和铁栅抵挡起来。一切都白搭。任何阳台无论再高他都能爬上去,任何门闩和铁栅都阻挡不了他闯进去。就连他的名字,都会让塞维利亚所有忧心的丈夫和谨慎的父亲们害怕。其恶行遍及乡村和城市,在依附于他那巨宅的村庄里,很少有哪个乡村美人不会受到狡诈胆大的他侵害。

"一天,他与几个风流的同伴在塞维利亚街上游荡时,看见一列队伍正要进入修道院的大门。队伍中间有一个身着新娘服的年轻女子,她是个见习修女,已结束了一年的见习期,即将做修女,把自己奉献给上天。出于对这支神圣队伍的敬意,曼纽尔先生的同伴们都退回去了,可他却像通常那样冲动地挤上前去,从近处看了一眼见习修女。在穿过寺院的入口时他几乎碰着她,正当她转过身时,他看到了一个美丽的乡村姑娘的面容——这之前他曾热切地追逐过她,但她被亲戚们暗中带走。她也同时认出他来,昏了过去,不过被抬进礼拜堂门内。大家误以为是由于使人激动不安的仪式和众多嘈杂的人群让她受不了。片刻后,挂在门内的帘子拉开了:见习修女站在那儿,脸色发白,浑身发抖,身边围着女修道院院长和修女们。仪式接着继续进行,她头上的花冠被取下来,身上柔软光滑的丝绸衣物也被脱掉,然后她戴上黑色面纱,被动地参加完了余下的仪式。

"另一方面,马纳拉先生看见她作出如此牺牲时勃然大怒。在没有见到对象期间他的激情差不多已经消退,此时又焕发出十倍的激情来——他因为别人给自己设下重重障碍,以及为了打败他而采取种种手段,而给激怒了。从来没有哪个他追逐的对象,像在修道院里这么可爱,令人渴望得到。他发誓无论如何都要把她弄到手。他收买了修道院的一个女仆,设法将一封信交给姑娘,用最感动诱人的言辞为自己的感情辩护。这些言辞有多成功,也只能推测;但有一点是确定的,即一天晚上他试图爬上修道院的园墙,要么为了把修女带走,要么为了进入她的房间。就在他翻爬上墙的时候,他被突然拉了下来,只见一个蒙面的陌生人站在面前。

"'鲁莽的人,克制一下吧!'他吼道,'难道违背所有的人际关系还不够吗?你还要从上天那里偷新娘!'

"马纳拉先生立即拔出剑来,为自己受到阻止气愤不已,他猛地向陌生人刺去,对方倒在他脚旁死了。他听见走近的脚步声,赶紧逃离这个致命的地点;他骑上近旁的马,逃回到了离塞维利亚不远的乡下宅邸。次日一整天他都待在这里,充满恐惧和懊悔,害怕让人知道他是杀害死者的凶手,时刻担心警官到来。

"然而这天顺顺当当地过去了,傍晚到来时,他再也忍受不了这种疑虑忧惧的状态,冒险回到塞维利亚。他的脚步不可抗拒地走向修道院,但是他在离血案现场较远处暂停下来,徘徊着。有几个人聚集在那里,其中一个忙着把什么东西钉在修道院的墙上。片刻后他们离开,有一个人从马纳拉先生旁边经过,后者声音迟疑地问他。

"'先生,'[1]他说,'可以问一下你们为啥聚在那边吗?'

"'有个骑士,'对方回答,'被杀死了。'

"'杀死了!'马纳拉先生重复说。'能告诉我他的名字吗?'

"'曼纽尔·德·马纳拉。'陌生人回答,之后继续走路。

"马纳拉先生听见提到自己的名字吃了一惊,特别是听见把他说成那个受害者。在致命的地点完全没有了人时,他冒险走过去。有个小十字架已经钉在墙上,因为按照西班牙的惯例,要这样把发生凶杀的地点做上标记。就在十字架下面,他借助闪烁的灯光读道:'这里是被杀害的曼纽尔·德·马纳拉先生。祈祷上帝保佑他的灵魂!'

"这些题字弄得他更加困惑不解,他在街上游荡着,直到夜很深,一切都变得寂静起来。他走进大广场,这时火把的光突然照到他身上,他注意到一支庞大的送葬队伍正穿过广场。其中有一大队牧师和许多显得高贵的人,他们身着古老的西班牙服,作为送葬者参加到队伍里,而他一个都不认识。于是他问一个跟在队伍里的仆人死者叫什么名字。

"'曼纽尔·德·马纳拉。'对方回答,这使得他的心都凉了。他看了一下,确实注意到丧徽[2]上面饰有他家族的徽章。可是他的家人在送葬者中一个都见不到。这个秘密越来越不可思议。

"他跟随送葬队伍继续走到大教堂。灵柩被放在高高的祭坛前,葬礼开始了,大风琴发出的隆隆声响过拱顶。

"年轻人再次冒险对这支可怕的队伍提出疑问。'神父,'他声音颤抖地问一位牧师,'你们要埋葬的人是谁?'

---

[1] 原文为西班牙语。

[2] 通常挂在死者门前或墓上。

"'曼纽尔·德·马纳拉先生!'牧师回答。

"'神父,'马纳拉不耐烦地叫道,'你们弄错啦。这是个冒牌的。要知道曼纽尔·德·马纳拉先生还活着,并且活得很好,此时就站在你面前。我才是曼纽尔·德·马纳拉先生呢!'

"'走开,鲁莽的年轻人!'牧师叫道。'要知道曼纽尔·德·马纳拉先生已经死了!——死了!——死了!——我们都是从炼狱[1]里来的幽灵,是他死去的亲戚和祖先,还有从他家人的弥撒[2]中受益的人,他们被允许来到这儿,为他的灵魂祈求安宁!'

"马纳拉先生害怕地环视一下聚到一起的人,他们个个穿着古老的西班牙服饰;从其苍白可怕的面容上,他认出他们是挂在家中画廊里许多祖先肖像里的人。这时他再也控制不住自己,冲到灵柩旁,看到和自己长得一模一样的人,只是对方是个面部僵直、苍白无血的死者。就在这时整个唱诗班突然吟唱起'愿死者灵魂安息'[3],声音震动着大教堂的拱顶。马纳拉先生顿时失去知觉,倒在人行道上。次日一大早教堂的看守人发现了他,把他送回到家里。等完全恢复过来后,他让人请来一位修道士,对发生的一切彻底作了忏悔。

"'我的孩子,'修道士说,'所有这些都是一个奇迹和神秘的事,意在使你皈依,获得拯救。你看到的尸体,象征着你在这个世上死于罪恶;引以为戒吧,从此走上前往天国的正道!'

"马纳拉先生确实引以为戒了。他听从可敬的修道士劝告,把所有世俗上的事务处理掉,又将大部分财产捐献给宗教事业,尤其是用

---

[1] 罗马天主教中指在幸福中死去者的灵魂必须去赎罪的地方。
[2] 天主教连续的祈祷和宗教礼仪,包括用面包和酒象征基督祭献的圣体和圣血。
[3] 原文为拉丁语。

于为炼狱中的灵魂举行弥撒。最后他进了一座修道院,成为塞维利亚的一名最热情典范的僧侣。"

* * * * *

同伴讲述这个故事时,我两眼时时环顾这座昏暗的寺院。我觉得置身于远处唱诗区的僧侣们,从面容上看个个结实强健,不过样子有些苍白可怕,他们金属般的深沉声音也像是从坟墓里发出来的。故事讲完后,他们也结束了吟唱。他们把灯熄灭,像影子似的依次悄然移开,穿过唱诗区侧面的一扇小门。寺院里更加暗淡下来,我对面那个骑在马上的身影越来越像个幽灵,我几乎以为看见他点头。

"该走啦,"同伴说,"除非我们打算和那雕像一起进晚餐。"

"我对这样的餐或这样的人一点不感兴趣。"我回答,然后跟随同伴摸索着穿过腐朽的回廊。我们经过毁坏的墓地时偶尔说说话,以便驱散此地的寂寞;这个时候我记起了诗人莎士比亚的诗:

"这些坟墓和死亡的不朽洞穴
看起来冷冷的,
它们让寒意直入我这哆嗦的心!
把你的手给我,让我听到你的声音;
并且请说话——让我听见;
我自己的声音回响着,使我如此受惊。"

现在,只需那个团长的大理石雕像大步跨过发出回响的长廊,这个幽灵出没的场面就圆满了。

从那以后,每当演出唐璜的故事时我总会到剧院去观看,不管是哑剧还是歌剧。对于阴森可怕的那一场戏,我自己却感到很自在。当雕像出现的时候,我还以老相识的身份向他打招呼呢。在观众鼓掌时,我有些同情地转身看看他们。

"可怜的人们!"我心想。"他们以为自己开心,以为喜欢这出戏,而他们把这一切看作是虚构的故事!假如他们像我一样知道真有其事——并且亲眼看到了那个地方,他们还会有多喜欢这戏呢!"

荷兰人的天堂布鲁克

那些虔诚的人和有学问的人,对于我们的祖先被赶出来的人间天堂位于何处,长期以来进行着讨论与争辩。这个问题已被荷兰的某些信徒解决,他们确定是在布鲁克村,离阿姆斯特丹[1]约六英里远。他们说从各方面讲,这也许与传之久远的"伊甸园"[2]中的描述不符,不过它比世上任何地方更接近于他们理想中的完美天堂。

我逗留于阿姆斯特丹市期间,如此颂词促使我对这受到优待的地点作些考察,而我所获得的情况,充分证明我听到的热情赞美是有道理的。布鲁克村位于"沃特兰[3]",这里处在荷兰——可以说处在欧洲——最为青绿和肥沃的草原中央。其本身的财富正是源自于一片片草原,因为它以奶制品和椭圆形的干酪闻名,这些产品盛情款待着整个文明世界,并使其充满香气。人口约有六百人,由几个自从太古时代就居住在此地的家族组成,他们凭借草地上的产物逐渐富起来。他们不让一切财富外流,彼此通婚,让所有外人无不小心翼翼待在远处。他们是些"硬通货[4]"人,以正当赚钱获利著称。据说,布鲁克远古的

---

[1] 荷兰首都。
[2] 基督教《圣经》中指人类祖先居住的乐园。
[3] 荷兰的一个自治市,位于阿姆斯特丹北边。
[4] 指价值稳定的货币,也称"硬性货币"。

金融家和立法者曾作出一个古老的规定,要求任何人出村时衣兜里的钱都必须超过六荷兰盾[1],或者返回时不少于十荷兰盾。这真是一个精明的规定,颇值得现代政治经济学家关注,他们是多么急于确定贸易差额。

然而在所有地道的荷兰人眼里,让布鲁克成为如此完美的极乐世界的,还在于他们那种爱整洁的精神所达到的无比高度。这在居民们当中几乎成了一种信仰,他们把大部分时间用来清洁擦洗和粉刷上漆。每个家庭主妇都与邻居比赛,看谁更能献身于毛刷,就像热忱的天主教徒献身于十字架一样。据说,至今人们还虔诚地记得当地古时的一位有名主妇,差不多把她推崇为圣人,因为她曾徒劳地试图把一个黑人洗成白人,并在极度的疲惫与懊恼中死去。

上述细节,唤起了我要看看这个地方的强烈好奇——我把它想象成某些世袭的风俗习惯的源泉,这些风俗习惯曾在美国最初的荷兰殖民者的后裔中流行。我因此立即前往布鲁克。

没等到达那里,我即注意到村民们安然宁静的迹象。一只用数根树木造的小船,正快速地在运河似乎懒洋洋的水面驶行,不过其帆竿由两根竖着的桨片构成,而那位航行员则手握第三根桨坐在船尾划着。他像蟾蜍一般蹲伏在那儿,一顶宽边软帽低低地戴在头上。我猜想他大概是某个从事航行的恋人,正赶到情人那里去。再往前行进一些,我看到了那个懒洋洋的航行员要去的港口。这便是"布鲁肯-米尔",一个人造的内湾[2],或一片呈橄榄绿的水域,它像贮水池一般平静。

---

[1] 荷兰等地的基本货币单位。
[2] 留作河流或港口专用的人工围起的区域,潮水变化不致使水位受影响。

荷兰人的天堂布鲁克

布鲁克村即坐落于此,其周围精心装饰着花圃,一棵棵黄杨被修剪成有着各种形状与想象的独特模样;此外还有一座座使人"渴望"的小房子或楼阁。我在村外下了马,因不允许任何车马进入村内,以免把打扫得干干净净的路弄脏。我于是抖掉脚上的尘土,怀着应有的崇敬和谨慎,准备进入荷兰人这座整洁的"至圣所"[1]。我从一条小街进去,它的两边铺着黄砖,干净得可以在上面吃东西。确实,这些砖块被磨得很深——不是被人的脚步踩的,而是让刷子给刷的。

房子用木料建成,全都似乎刚被漆成绿色、黄色和其他鲜明的色彩。它们中间隔着花园和果园,离街道有一些距离,有着宽阔的空间或庭院;地上镶嵌着色彩斑驳的石头,这些石头因经常擦洗而富有光泽。这些地方,被用奇特地锻成的铁栏与街道隔开,顶端装饰着黄铜球和紫铜球,它们被擦洗得光彩耀眼。即使房前的树干也作了同样处理,好像被漆过一般。房子的门廊、门和窗框用奇异的木料做成,上面的雕饰不同寻常,像昂贵的家具一样光亮。前门从不打开,除非要举行洗礼、婚礼或葬礼。在所有的一般情况下,客人均从后门进去。昔日,得以入内的人都必须穿上拖鞋,但如今人们已不再坚守这个东方的礼节。

为我当导游的法国人是个糟糕的冒失鬼,他有些沾沾自喜地吹嘘,自己的同胞曾打破了此地严格的规定。在荷兰被法兰西共和国的军队侵占期间,有个从阿姆斯特丹去的法国将军——他身边带着一大群随从——想要看看布鲁克村的奇迹,要求从一道禁止的入口进入村里。他得到回答说,主人从不接待任何来客,除非有朋友介绍。"很

---

[1] 这里指犹太神堂和庙宇最里面的神龛,也指最神圣的场所。

好,"将军说,"代我向你的主人问候,告诉他我明天会带一队士兵过来,让他'与我的荷兰朋友论理'。"[1] 想到要让一队士兵住到家里,主人赶紧把房门打开,并异常热情地款待了将军和他的随从。可是据说,在遭到这次军事侵犯后,那家人把家里擦洗了一个月才完全恢复正常。我那位提供情况的流浪汉,似乎把这看作是法国的一个伟大胜利。

我在这个地方四处漫步,心中怀着说不出的惊讶与赞叹。四周寂静无声,犹如庞培[2]那些被废弃的街道。见不到任何生命的迹象,只是偶尔从悬在小河道上的窗口伸出一只手和一根长管,并时而冒出烟雾。再靠近一点,便可见到某个身强力壮的村民的身影。

在导游指给我看的那些壮观的房屋中,有些是克拉斯·巴克尔和科尼利厄斯·巴克尔的,其上面的雕刻和镀金都十分华丽,同时附带有花园和修剪过的灌木林;此外还有格雷特·迪特穆斯的房子,我那个糟糕的冒失鬼导游小声对我说,他的财产有二百万。所有这些房子都与世隔绝,而这只是为了让其保持清洁。我让导游领着,从村里一个令人惊讶之处走到另一处,然后进入布鲁克尔先生家的庭院和花园,他是又一个大奶酪生产商,每年赚得八万荷兰盾。在这个两栖小村,我一次次发现所见到的一切,与中国的盘子和茶壶上的建筑与风景画多么相似。不过在这里,我发现此种相似达到至善至美的境地,因我得知这些园林,是根据范·布拉姆[3]对中国圆明园的描述仿造的。这儿一条条道路蜿蜒曲折,路边用格架支撑。在弯弯曲曲的河道上,架设有一座座富于想象的中国式桥。花圃犹如

1　原文为法语。

2　意大利古都,公元79年火山爆发,全城被湮没。

3　原文为 Van Bramm,待考。

巨大的花篮,"千穗谷"花垂落到地面。而布鲁克尔先生的想象,却最充分地体现在一片平静的小湖周围,只见小湖上停泊着一只肥大的小艇。湖边有一座别墅,里面两个木制的男女坐在桌子旁边,身下是一只木制的狗,全都与真正的一般大小。只要按下一处发条,女人便开始纺织,狗也狂叫起来。

  湖上有一些木制的天鹅,描画得栩栩如生,有的在水上漂浮着,其余的待在灯芯草当中的窝里。有个木制的猎人蹲伏在矮树丛中,正举枪准备着致命的射击。在花园的另一处是个身穿法衣的牧师,他戴着假发和三角帽,手持管乐器。在红色狮子、绿色老虎和蓝色野兔当中,还有一些像在频频点头的柑橘。最后是一些用木头和石膏制作的异教神像,有男有女,个个像通常那样浑身赤裸,它们发现自己置身于如此奇特的环境,似乎露出惊异的目光。

  我那位糟糕的法国导游,一面把园林中所有这些人造的奇迹指给我瞧,一面又急于让我看到他品位高雅,对它们并不满意。每到一个有新的装饰物处,他总会把嘴一歪,耸耸肩头,用鼻吸一下气,大声说:"我认为,先生,这些荷兰人真是非常愚蠢。"

  要想进入这些堂皇住宅中的任何一座,没有一队士兵强行要求都是不可能的。然而我十分有幸,在导游帮助下得以进入有名的迪特穆斯的厨房,并且我问,客厅是否会表明更值得一看。厨子是个身材有点细长、长着鹰钩鼻的女人,由于不停地干活、擦洗,身体变得瘦瘦的;此时她正忙着擦洗各种壶和锅,后面跟着帮手,两人都穿着发出咔嗒咔嗒声的木鞋,鞋子像挤奶桶一样又白又干净。一排排黄铜和紫铜器皿、许多的锡盘和粗大的汤碗,充分显示出它们干净得一尘不染。就连壁炉内的锅钩和托架也擦洗得非常明净，慈善的圣尼古拉斯[1]被擦亮的面容，通过烟道调节板上的铁片反射出光来。

在厨房的装饰品中有一张印制的木刻画，上面反映出荷兰的各种节日习俗，并配以说明性的韵词。我在此高兴地看到元旦的一些喜庆，看到圣灵降临节[2]的欢乐，以及所有其他从美国新阿姆斯特丹[3]最早时传承下来的节庆——在我小时候，那真是多么令人快乐的时刻啊。由于一个微不足道的思考，我便迫切想要拥有这件珍贵的物品，并把它作为这儿的纪念品带走。然而我怀疑自己这样做，是否没把布鲁克整个的现行的文学作品也给带走。

必须提及的是，这个村子不仅是人们的天堂，而且也是母牛的天堂。你确实几乎可以认为，这儿的母牛正如古埃及的公牛一样，是受崇拜的对象。母牛也颇值得如此，因为它事实上成了这个地方的恩主。而人们处处都显示的一丝不苟的整洁，在对待这可敬的动物时同样体现出来。他们不允许它四处乱走，到了冬天它离开富饶的牧场时，会待在一间修得不错、漆得很好的房子里，并且房屋保持得再井井有条不过了。它的畜栏相当宽大，地面擦洗得也很光亮。其皮毛每天都要梳理、洗刷和擦拭，这使得它心满意足；而它的尾巴也要优美讲究地向天花板上卷起，还要用缎带修饰！

我从村子返回时路过牧师家，那是一座非常舒适的宅邸，这使我料想该村的宗教信仰不错。经询问，我得知很久以来村民们对于宗教

---

1 圣尼古拉斯（？—350），小亚细亚半岛上米拉的主教，他通常与圣诞老人和圣诞节赠送礼物的习俗联系在一起。
2 复活节后的第七个星期日。
3 即现今的纽约市。

事情漠不关心。尽管牧师们极力让他们想到未来，但却徒劳无益。人们通常描述的那些天堂的欢乐，他们几乎不感兴趣。最后有一位牧师来到他们中间，向其描绘出另一幅不同的景象。他将新耶路撒冷[1]描绘成一个完全平平坦坦的地方，其中有一条条美丽的沟渠与河道；房子经过油漆，加之用釉面砖瓦建成，无不显得光洁；根本没有马、驴、猫或狗，或任何会弄出杂音、把地方搞脏的东西；只有永远在擦洗、上漆、镀金和抛光的人们，阿门！从那以后，布鲁克仁慈的主妇们便全都把脸转向了天堂。

---

[1] 指天国、天堂。

1825年法国随笔——选自杰弗里·克雷恩[1]旅行笔记

法 国 旅 店[2]

一座法国旅店就是一条竖着修建的街道,道路由巨大的楼梯构成,每一层楼就是一个单独的住处。让我描述一下我所住的那家旅店吧,它可以作为一个样本。这是一座很大的四边形建筑,中央有个宽敞的庭院,地面经过铺设。底层是些商店、仓库和下房[3]。然后是夹层楼面[4],其天花板很低,窗户短小,房间也矮矮的。然后是一系列楼层,它们逐渐上升到极高处。每一层都像一座独特的住房,设施齐全,有接待室、公共大厅、餐厅、寝室、厨房和别的供家庭住宿的便利设施。有些楼层被分隔成两三套房屋,每套都有其进入的主门,它通向楼梯或楼梯平台,像临街的大门似的锁着。这样几个家庭和许多单个的人便住在同一屋檐下,彼此完全独立,可以如此生活多年而没有什么交往,仿佛像其他城市住在同一条街道上的居民。

像宏观世界一样,这个小小的微观世界也有其高低不同的等级、

---

[1] 华盛顿·欧文的笔名。
[2] 本篇标题为译者添加。
[3] 指厨房、储藏室等。
[4] 一层与二层之间的低矮阁楼。

风格和价值。第二层有壮观的大厅、高大的天花板以及精美的家具，断然是贵族住的部分。第三层也几乎是贵族们住的，十分华丽。随着楼层不断升高，它们也越来越显得不那么壮观了，直到最上面的阁楼，那是小裁缝、小职员和缝纫女们住的地方。为了充分利用这座房屋，每个偏僻的角落还被装修成供单身汉住的小房间，就是说供可怜的单身汉住的又黑又不方便的小窝。

整座旅店由一道大门与街相隔，这道门用来供马车出入。大门由两扇厚重的折叠门做成，它重重地往里打开，让人看到一条宽大的通道，由此从旅店的正面进入庭院。在通道一边是去楼上房间的宽敞楼梯。

门房就在大门外面，那是一个小屋，里面有一两间相连的卧室，供守门人和他的家人住。门房是旅店最重要的人员之一，事实上他是这里的"刻耳柏洛斯[1]"，任何人要想出入都必须告诉他，征得他同意。这儿的门通常用一根滑动门闩闩着，它上面有一根绳索或铁丝通到门房的小屋。谁想出去都必须对门房说，然后他把门闩拉开。从外面进去的客人，则轻轻碰一下厚重的门环，之后门闩便似乎被一只无形的手拉开，门微微开着，于是客人推开进去。这时一张面孔出现在门房的小屋的玻璃门上，来客随即说出他要找的人的名字。假如此人或人家很重要，住在二三楼，门房就会把铃拉响一两下，通报有客人来。客人于是爬上大楼梯——那是所有人经过的路——来到他朋友住的那套屋子的外门，它相当于监街的大门。

只见门旁悬挂着一根铃绳，他拉响铃请求进去。

---

[1] 希腊神话中守卫冥府入口的猛犬。

当被找的人家或某个人不太重要,或者住在这座旅店什么偏僻处,不那么容易报告,这时便不需要任何通知。找人者只要在门房处说出名字,就会被告知"到四楼或五楼,拉响右边或左边的门铃"视情况而定。对于旅店里没有仆人的房客,门房和他老婆便充当其用人,替他们整理床铺,收拾房间,点燃炉火,做仆人做的其他事情,并为此每月得到一些收入。他们还与其余房客的仆人们私下交往,对所有进进出出的人都盯着,这样便得以用尽一切办法,了解到店门内这个小小领域里每个成员的秘密和家史。

门房的屋子因而成了一个聊天的大场合,旅店内所有的私事都在这儿让人谈论。晚上,庭院也成了各家仆人和那些夹层楼面与阁楼的缝纫女的聚集点,他们玩种种游戏,和着自唱的歌声与脚步发出的回音跳舞;在这些聚会中,领头者便是门房的女儿。她是个容光焕发、漂亮丰满的姑娘,常被叫作"小家伙"[1],虽然她差不多有大兵那么高大。这些晚上的小小聚会,是快乐的法国所特有的,它们得到店内不同人家的支持;这些人常常在有月光的夜晚,从窗口和阳台上往下观看,欣赏仆人们简单普通的狂欢。然而我得说,我所描述的这家旅店非常安静、幽僻,房客大多一年又一年长期住在这里,所以与巴黎那些喜欢热闹欢快的地方的时髦旅店(其房客不断更换)相比,它更具有邻里的特征。

我的法国邻居

我常从自己房间的窗口(顺便说一下,它高得还算可以),观看

---

[1] 原文为法语。

1825年法国随笔——选自杰弗里·克雷恩旅行笔记

着下面丰富多彩的小小世界的活动,觉得惬意。由于我与门房夫妇的关系不错,我因此在他们替我生火或端来早餐时,从其口中听到所有店友的逸闻趣事。有一个身材矮小、不无古风的法国人,他住着已经提及的漂亮房间,我对他有点好奇,予以仔细观察。他是个退休的老者,在法国大革命[1]前曾经很兴旺,并且经受住了巴黎的一切风暴,很可能因为他很幸运并不十分紧要,没有引起人们注意。他有一小笔收入,用法国经济专家那样的本领支配着,用于住宿,吃饭,去圣克卢[2]和凡尔赛[3],以及去剧院看戏。他已在这家旅店住了多年,总是住在同一个房间,还自己掏钱添置了一些家具。屋子的装饰让人看到他各个时期的年龄。有一些显得殷勤豪侠的画像,那是他更年轻时挂起来的。有一幅贵妇人的肖像,她穿着旧式的法国服饰,说到她时老者很温和。另有一幅漂亮的歌剧舞女的肖像,她穿着用裙环撑开的衬裙表演旋转舞;她年事已高,最近刚去世。在这幅肖像的角处贴了一张治风湿病的药方,下面是一把安乐椅。

他的窗旁有一只小鹦鹉,为的是待在屋里时取乐;此外他还有一条哈巴狗,每天出去溜达时都让它陪着。在我这会儿写作时,他正穿过庭院要出门。他穿着最好的衣服,天蓝色的,无疑他是要去杜伊勒利宫[4]。他的头发梳理成过去的样式,鬓发和辫子上都打了粉。小狗跟在后面,时而四脚站立时而三脚站立,它似乎觉得皮制的紧身衣太紧

---

1 指1789—1799年间震撼法国的革命运动。其中一个原因,便是有意地将富有的日益扩大的资产阶级排除在政治权力之外。
2 法国上塞纳省城市。
3 法国北部城市。
4 法国旧王宫,现尚存杜伊勒利花园。

了点。这时老先生停下来，与住在夹层楼面的一个老友交谈片刻，这位老友刚散步回来。他俩这时一起吸一会儿鼻烟，然后掏出又大又红的棉手帕（被很好地称作"讨厌的布片"），非常响亮地擤鼻涕。接着他们又说说两条小狗，它们正在交换着早上的问候呢。然后两人分手了，我那位老先生停下来，与门房的老婆打个招呼。最后他走出大门，这天又踏上了去城里的路。

谁也不像一个十足的游手好闲者那么有条不紊，在调节分配自己的时间上，谁也不像时间毫无价值的人那样小心谨慎。这里谈到的老老生，每天准时起床，准时于挂在窗旁的一面小镜子前刮脸。每天早上他都在某一时刻出门，到某家咖啡馆去喝咖啡，吃面包卷，并在那儿看报纸。他已在经常追求负责酒吧的那个女士，总是停下来顺便和她开点玩笑。他定时到王宫剧院[1]的林荫大道上去散步，并在那儿根据中午让太阳引爆的爆竹调节手表的时间。他每天都要去杜伊勒利花园见一群像他一样的老游荡者，他们一见面就会谈起几乎完全相同的话题。近50年来，巴黎的所有奇观、展出和欢庆他都在场。他目睹了革命的重大事件，目睹了国王和王后走上断头台，以及波拿巴[2]接受加冕礼，法国沦陷，还有波旁皇族[3]复辟。所有这一切，他说的时候像戏剧评论家那样沉着冷静。我问，他是否对上述事件都不满意；这倒不是由于对骚乱有着任何固有的喜爱，而是由于对壮观的景象有着无法满足的渴求——如此渴求在这座大都市的居民当中十分普遍。我让一出滑稽的闹剧给逗乐了，其中有个井井有条的老闲荡者表演了

1　1783年建成，位于巴黎市区王宫北部。
2　波拿巴（1769—1821），法国皇帝，1804—1815在位。
3　波旁皇族曾于16—19世纪在法国、西班牙等建立王朝。

1825年法国随笔——选自杰弗里·克雷恩旅行笔记

一番。他唱了一首歌,详细描述自己一天都做了哪些微不足道的事情,然后睡觉去了——他高兴地想到,自己次日又将重复这一模一样的生活:

我晚上躺下睡觉,醉心于能够
次日早上又开始我的日常生活。[1]

英国人在法国

在旅店的另一处有一套漂亮的房间,由一位英国老绅士住着,他十分正直,悟性不错,但相当易于发怒;他来法国是为了生活过得节俭一些。他颇有一些财产,不过他的妻子——她是那种有福的人,在《圣经》里被比作多产的葡萄——给他生了不少丰满健康的女儿,把他彻底给压垮了。他总让她们团团围着,随时准备让哪个女儿的手挽住。只要他出现在公众场合,人们很少看见他没有让某个女儿挽住胳膊;他总是笑着面对所有的人,但嘴唇却同时像獒的嘴唇一样绷得紧紧的,因为他心里对身边的一切都在抱怨。他在服饰上严格坚守英国人的风尚,外出时脚穿长筒靴,头戴宽边帽,而女儿们身上的羽饰、花儿和法国女帽,却差不多使他黯然失色。

他设法保持一种具有英国人的习惯、看法和偏见的氛围,把伦敦的表象带到巴黎中心。他的早上是在"加利格纳尼"报刊阅览室度过的,这儿有一群历来爱说长道短的人,而他便是其中之一;他们从十多份不同的报纸上,读十多遍相同的文章。他通常与某些同胞们一起吃饭,

---

[1] 原文为法语。

之后他们便按照英国人的方式，去所谓的"舒适地坐一坐"：喝葡萄酒，讨论伦敦报纸上的新闻，谈论法国人的品性、法国人的首都，以及法国大革命，最后对英国人的勇气、英国人的道德、英国人的烹调、英国人的财富、伦敦的广阔，以及法国人的忘恩负义，无一例外地予以承认。

他晚上主要在同胞们的一家俱乐部度过，伦敦的各种报纸即可在那儿获取。有时女儿们鼓动他去戏院，但并不经常。他攻击法国悲剧，说它全都夸大其词，唱高调，说塔尔玛[1]是个大叫大嚷的人，迪谢努瓦[2]不过是个泼妇而已。的确，他的听力并不足以使他熟悉法语，充分理解法国的韵文，所以演出当中他通常会睡着。法国喜剧风趣的妙语在他听来索然无味，毫无意义。无论如何，他都不会做出一副芒登那样的鬼脸，或一副利斯顿[3]的那种难以形容的表情。

他不会承认巴黎有任何胜过伦敦的优势。塞纳河与泰晤士河相比，只是一条混浊的小河。法国首都最好的地方也不如伦敦西区。如果有人说户外有浓雾，他便粗暴地说："哼！与咱们伦敦的浓雾比起来就不足挂齿啦。"

他极力要让自己的饭菜做得符合英国人的标准，在这方面遇到了无穷的麻烦。不错，在酒水问题上他还基本办到了。他花大价钱

---

[1] 塔尔玛（1763—1826），法国悲剧演员。
[2] 迪谢努瓦（1777—1835），法国女演员。
[3] 两者的原文分别为Munden 和 Liston，待考。

1825年法国随笔——选自杰弗里·克雷恩旅行笔记

弄到伦敦的黑啤酒[1]，并且储存有波尔图葡萄酒[2]和雪利酒[3]。他说自己受不了那些该死的、清淡的法国酒，它们会冲淡他的血液，甚至于让他患上风湿病。至于法国人的白葡萄酒，他则予以诬蔑，说它们不过是苹果酒的替代品。至于红葡萄酒，唉，他会说"可能的话像波尔图葡萄酒一样"。他与自己的法国厨子争吵不休，把对方弄得很为难——他坚持让厨子照着格拉斯夫人的方法做，而要让一个法国人改变他的烹调术，比让他改变信仰还难。这个可怜的家伙通过不断努力，有一次设法端出一份烤牛肉[4]，肉生得足以适合主人那种他认为是野蛮的胃口。可他还是忍不住在最后一刻加了点精美的调料，这使得老绅士勃然大怒。

他讨厌柴火，弄到了许多煤炭。可是他没有炉栅，只得在炉膛里烧煤。他坐在炉边，用火钳顶端拨弄着炉火，弄得屋子像铁匠铺一样昏暗。他抱怨法国人的烟囱、法国人的泥瓦匠、法国人的建筑师，每说完一句就捅一下火，仿佛他要把自己诅咒的罪犯的内脏搅乱一般。他生活当中，处在一种与周围死气沉沉的东西相斗的状态。他对那些门和窗十分不满，因为它们不是按照英国的规则做的；他与各种难以控制的家具有着不可调和的仇恨。其中有一件家具，每次他进行调整时都必然要和它大斗一番。那是一个有抽屉的小柜，一件平滑光亮、华而不实的法国家具，有着五百个魔鬼那样的任性。每一抽屉都有自

---

1 一种类似于淡色烈性啤酒的黑啤酒，用经高温烘干而成棕色或焦炭色的麦芽发酵而成。
2 一种口味极盛、香气浓郁的高度葡萄酒。
3 一种西班牙的高浓度葡萄酒，颜色从黄褐色到棕色不一。
4 原文为法语。其他地方作者也偶尔使用法语词。

己意愿,是否打开全看一时的兴致,对锁和钥匙不屑一顾。有时,某个抽屉无论劝说还是强迫都拒绝让步,宁愿与两个把手分离也不打开。而另一个抽屉,又会以可以想象到的、最卖弄风情的方式被拉出来。它一点点向外摆动着,一角向前另一角又退回去,每移动一下都要弄出很多麻烦和阻力。直到最后老绅士失去了所有耐性,突然猛地一拉,把抽屉和里面的东西全部拖到地板中间。他对这件不幸家具所怀有的敌意与日俱增,它似乎被激怒了似的,总不愿变得更好使一些。他像个烦躁不安、诅咒自己的床的病人,越是躺得久越是难受。他从这争斗中得到的唯一好处,就是有了一个在所有场合都会讲的无礼笑话。他发誓说,法国的这种有抽屉的小柜是世上最为不便的,说虽然这个国家无法做出一个平稳的折凳,可法国人总是谈论说一切都是完美的。

仆人们明白他的性情,并加以利用。一天他受到打扰,因为有人在不断地拍打、摇动着一扇门,他用愤怒的语气大骂着,想弄清他们为何那样。"先生,"一个男仆烦躁地说,"是这个该死的法国锁!""哈!"老绅士说,听到有人攻击这个国家便平静下来。"我就觉得这事的根子多少与法国有牵连!"

英国人与法国人的品性

我在欧洲不过是个旁观者,尽可能地远离其争论与偏见,所以感到自己像个从高处观看比赛的人——他本身没有多大技能,却可以时时看出更有技能者所犯的失误。此种中立的感觉,使我得以欣赏到在这全面的和平时期所表现出来的品性差异;这之前欧洲各民族曾被战争弄得四分五裂,如今走到一起,肩并肩地行走在各国这

1825年法国随笔——选自杰弗里·克雷恩旅行笔记

个巨大的聚集场所。然而,最大的差异体现在法国人和英国人身上。和平,使得这座快乐的首都充满了所有阶层和地位的英国游客。他们遍布于公园、美术馆、咖啡馆、酒吧和剧院,总是自己聚到一块,从不与法国人交往。两个民族就像两根彩线,虽然缠到一起却绝不融为一体。

事实上他们始终彼此对立,似乎为不像对方引以为豪。不过每一方都具备特有长处,因而应该相互尊重。法国人敏捷活跃,以闪电般的速度进入某个话题,并突然一跃,便得出了遥远的结论,其推论几乎是出于直觉的。而英国人则没有那么敏捷,不过更加坚韧;没有那么迅速,但对于推论更加确信。法国人的敏捷与活跃,使他们能够在各种感觉中找到乐趣。他们的言行,更多地来自直接印象而非反省与思考。他们因此更善于交际交往,更喜欢社交场所、公共胜地和娱乐地方。而一个英国人却更习惯于思索。他生活在个人思想的世界里,似乎更注重于自我存在和自我独立。他喜爱其宁静的住所。即使外出时他也以其沉静与缄默,在某种意义上让周围变得有点与世相隔。他独自腼腆地来往着,好像身心都封闭起来一般。

法国人是些大乐天派,他们抓住每一飞逝的好处,纵情于转瞬即逝的欢乐。英国人则太易于忽略眼见的好处,时刻准备对付可能的不幸。无论灾难怎样降临都让阳光照耀片刻吧,灵活善变的法国人会身穿节日盛装,怀着节日的心情出发,像蝴蝶一样快乐,仿佛阳光永不消失;但另一方面,千万别让阳光照耀得太明亮,而要让天空有一块阴云,谨慎的英国人会手里拿着雨伞,不无疑虑地冒险出门。

法国人有着惊人的机敏,能对微不足道的东西加以利用。只有法国人才能花最少的钱去放纵奢侈,也只有他们才能以最少的费用获取快乐。他过的是一种镀金似的生活方式,把每一几尼[1]都要锤打成金叶。相反,英国人在服饰和各种享乐上都很破费。不管是实用性的还是装饰性的东西,他的重视程度都根据其价值而定。他对表面的东西并不满意,除非它真的可靠而完美。一切都恰到好处地与他相称。不管他有什么样的展示,其里外都是一致的。法国人的住处也像他本人一样,坦然开阔,令人愉快,热热闹闹。他住在大旅店的一处:旅店有着宽敞的入口,地面铺好的庭院,宽大肮脏的石梯,每一层住着一户人家。处处是喧闹不止的谈笑声。他性情乐观,喜欢与仆人谈话和与邻居交往,对所有人都彬彬有礼。就连他的卧室都是对客人们开放的,无论怎样凌乱。这一切倒不是出于任何特别的好客,而是由于他品性中有着起主导作用的、善于交往的习性。

与此相反,英国人却将自己深藏于温暖舒适的砖房里,把它全部据为己有。他锁好前门,沿墙放上破碎的瓶子,花园里搁着弹簧枪和捕人器具[2]。他待在树林里和窗帘内,欢喜于自己宁静与隐居的生活,似乎乐意将噪音、阳光和客人挡在外面。房子也像他本人一样,外表矜持冷淡。但是无论谁只要得以进入其中,就会发现里面有一颗热情的心和一只温暖的火炉。

法国人在机智上更胜一筹,英国人则在幽默上略高一等。法国人有着更乐观的念头,英国人有着更丰富的想象。前者十分敏感,不难打动,易于突然变得非常兴奋,但其兴奋不能持久。英国人更冷静一些,不那么容易受到影响,但也能够被激起巨大的热情。这些对立的

---

[1] 英国的旧金币。
[2] 尤指用来捕捉入侵私地者的器具。

1825年法国随笔——选自杰弗里·克雷恩旅行笔记

性情的问题，在于法国人的活泼易于变得像气泡一般空洞，英国人的庄重又易于变得如泥泞似的模糊不清。当这两种品性用某个方法固定下来时——法国人避免情绪激荡，英国人避免停滞不动——那么两者都会显得非常卓越。

此种品性上的差异，也可以从两国所关心的大事上注意到。热情的法国人总是急于获得军事上的声誉，他为荣誉而战，就是说为了在战斗中取得胜利而战。因为只要能高举胜利的国旗，他对于战争的代价、不公或无用几乎不关心。令人惊奇的是，即便最卑微的法国人也会为胜利的公告狂欢。一场重大的胜利在他看来其乐无穷。看到一位军事高官带回缴获的大炮和军旗，他会一下把油腻的帽子抛到空中，高兴得随时要疯狂地跳起来。

相反，约翰牛[1]是个善于推理、考虑周到的人。假如他做错了事，所采取的也是可以想象到的、最富有理性的方式。他之所以打仗，是因为世人的利益需要。他是个有道义的人，向邻国开战是为了维护和平、良好的秩序与合理的原则。他孜孜求利，为了使商业和制造业繁荣而参战。因此，两国很久以前分别为了荣誉和利益曾展开战争。法国人在追求荣誉中两次致使首都沦陷，约翰牛则在追求利益中让自己负债累累。

杜伊勒利宫与温莎堡

我有时想到，我可以从民族的建筑中发现民族特性。比如在杜伊勒利宫，我就觉察到体现法国人品性的那些彼此混杂的对立物：伟大

---

[1] 指英国或英国人。

的与渺小的、高级的与卑微的、庄严的与奇异的，非同寻常地融为一体。在参观这座著名的建筑时，首先映入眼帘、让人听到的，是军事上的东西。只见宫内处处是身穿闪亮盔甲的军人，时时传来嘚嘚的马蹄声、隆隆的鼓声和号角声。没有骑马的卫兵在一道道拱廊上巡逻，他们佩带着上膛的卡宾枪、发出叮当响的长矛和马刀。各个楼梯周围有大兵把守。年轻的军官在阳台上缓缓走动，或者三三两两在院内踱步。一扇扇窗口显露出刀光，表明哨兵正在廊道和前厅来回走动。第二层楼像一般宫廷那样壮观辉煌。法国人按照其品位，把一套套房间装饰得十分豪华。镀金的礼拜堂和华丽的剧院也没被忘记，在那里，虔诚与欢乐成为隔壁邻居，它们共同与完美的法国礼节[1]保持着协调。

与所有这些帝王的和军人的富丽堂皇混合在一起的，是许多离奇古怪、临时凑合的零碎地点。这座庞大的建筑，有很大一部分被隔成小间和像窝巢一样的地方，供宫里的家臣、受家臣赡养的人以及依附于受赡养者的人居住。有的房间挤在狭窄的夹层楼面内，它们是楼层间的一些低矮黑暗的屋子，住在里面的人似乎要侧着身子挤进去，犹如狭小的书架之间的一本本书。另外的人则像燕子一样栖息在屋檐下。那些高高的屋顶——它们像法国人的三角帽一般高耸着——也有一排排小天窗，一层高过一层，只是足以给某间宿舍提供光线和空气，让居住者窥见到一点天空。即使在屋顶边缘，也可处处看到某个气孔，旁边是一只炉子的管道，以便将一点燃料的烟雾带出去；某个面容干瘪的房客即用这点燃料煮着一小杯咖啡。

---

[1] 原文为法语。

1825年法国随笔——选自杰弗里·克雷恩旅行笔记

从"皇家蓬特"[1]走近这座宫时,你一眼就看到各个楼层的居住者。顶部是住阁楼的人[2],家臣扈从在夹层楼面,朝臣出现在王室住所的窗口。而在一楼则散发出香味,那儿有许许多多厨师,他们戴着白帽的头在窗口旁晃来晃去——这些都表明那就是非常重要的"科学实验室",即皇家厨房。

礼拜天进入王室住所高贵的前厅,可看到新老法兰西融合在一起。年老的流亡贵族[3]带着最顽固的保守分子们回来了。面容干瘪、两腿细长、个子矮小的老贵族,身上穿着宫廷服——这样的服饰在大革命前经常出现于这些厅堂,后来在他们流放期间被小心珍藏起来。他们佩戴着以前的单粒宝石和鸽子翼[4],宫廷宝剑耀眼地从身后伸出,像别针穿过干甲虫一般。你会看见他们经常出现于从前辉煌过的地方,希望恢复其财产,就像幽灵萦绕在埋着的宝藏附近。而在他们周围,你会看见从拿破仑[5]的战斗派中成长起来的"年轻的法兰西"。他们无不全副武装,个个高大强壮,坦然率直,精力旺盛,让太阳晒得黑黑的,长着令人望而生畏的胡须。他们脚穿大靴,头上戴着高高的羽饰,身上穿着胸铠。

据说,有大量世袭的老食客住在这座庞大的房子里,真是难以置信。的确,所有皇宫都住满了流放回来的贵族,他们被分配到像窝巢一样的住处,一边等待着归还自己的财产,或者人们谈论不少的司法

---

[1] 横跨巴黎塞纳河的一座桥。
[2] 尤指穷文人、穷艺术家。
[3] 指法国大革命时的流亡贵族。原文为法语。
[4] 原文为法语。大概是一种装饰品。
[5] 拿破仑一世(1769—1821),法国皇帝,1804—1815在位。

补偿。他们有些人的住处不错，但生计却很困难。有些家庭一年只有五六百法郎收入，侍从也只是一个女佣而已。他们要靠这一切来维持其古老的贵族架子，对大革命后产生出来的富裕家庭不屑一顾，将他们诬蔑为暴发户，拒不拜访。我仔细观察杜伊勒利宫的外表，其迹象表明里面住了许许多多的人；我常常想到，倘若看见它的房顶突然被揭开，让所有的角落和隐蔽处暴露在光天化日之下，那将是怎样一种罕见的情景啊。那会像拔起一棵老树的树桩，把下面的无数虫子、蚂蚁和甲虫赶走。确实，现在流行一个诽谤性的传闻，说某次有人玩弄卑鄙的阴谋，在杜伊勒利宫的窗户下点燃爆竹；于是警察在凌晨四点钟突然对这座宫进行调查，随即便出现了最为怪异的混乱场面。有大量额外的居住者，被发现挤在这座巨大的建筑内。每一处如鼠穴般的地点都住有人。那些被认为只会是蜘蛛待的地方，也被发现挤满了行动隐秘的房客。人们还说发生了许多可笑的意外事。大家四处奔跑，把门关得砰砰响，个个穿着睡衣和拖鞋窜来窜去。有几个人被偶然发现待在邻居的屋子里，为此惊讶不已。

由于我以为能从具有民族特色的杜伊勒利宫上，了解到法国人的品性，因此我也想象着约翰牛在其温莎堡[1]那座王室住所里，所具有的某些特性。杜伊勒利宫从外表看是一座平静的宫殿，实际上却是威严的军事要塞。而古老的温莎堡则相反，尽管它一副威严的样子，但它完全是属于"妻管严"那种类型的。每一角落都修造成像窝巢一般暖和舒适的地方，犹如某种"生产的摇篮"，它们不是让粗劣的期待

---

[1] 英国王室住所，离伦敦不远。

1825年法国随笔——选自杰弗里·克雷恩旅行笔记

者或满脸胡须的武士住的,而是给圆滑的禄虫们[1]住的。住在那儿的还有一些明白事理的人,他们买布丁[2]可以当面付钱,不用赊账;他们在此似乎不是要毁灭和破坏,而是要养育和繁衍。保姆和孩子们出现在窗旁,聚集到庭院和阳台周围,个个面容红润。连士兵们也显露出温和的样子,下岗后你可看见他们同保姆们到处闲逛——不是像法国士兵那样放荡殷勤地与之调情,而是无限温和地帮助她们照料一群群孩子。

虽然古老的温莎堡处于衰败中,但它周围的一切却繁荣着。甚至在墙缝里也住着燕子、乌鸦和鸽子,它们无不确信可以得到安静的住处。常春藤将其根部深深地扎进裂缝,在腐朽的塔上长势茂盛。[3]这便是诚实的约翰牛。根据其本身的讲述,他正在不断走向毁灭,然而凡是靠他生活的都在繁荣壮大。他乐意做一名军人,像邻居一样昂首阔步。不过他那十分温和、喜欢宁静和怕老婆的性格,始终占据上风。尽管他会戴上钢盔,佩带宝剑,但他也常常成为家庭中辛劳费力的父亲,身后跟随一群孩子,两只胳膊还吊着女人呢。

滑铁卢战场

至此,对于英国人和法国人之间的品性差异,我已有些随意地作了描述。不过这样的差异还应该进一步给予严肃的思考。他们是现代

---

1 指为报答政治上的支持或为其他私利而任命的官吏。
2 一种以面粉、牛奶、鸡蛋等为基料的糊状甜食。
3 在写作这篇札记之后,近年来对温莎堡进行了彻底维修,并另外修建了一些壮观的附属建筑。——原注

最直接抗衡的两个巨大民族，最配得上彼此相对。他们的性格根本不同，在对立的品质上相当突出，并且也正是通过他们的对立面各自才显得光彩耀眼。这种对比的差异，最显著地体现在他们的军事行为上。他们长期以来相互竞争，让彼此的历史充满了辉煌的英雄壮举。比如滑铁卢[1]战役，在体现他们彼此抗衡的威力方面，那是最为难忘的考验。一方面表现出无可比拟的勇敢，另一方面又表现出无法超越的坚韧。法国骑兵像波浪一般卷向英国步兵紧密团结的方阵，他们在密集的人墙周围飞奔着，却找不到突破口。在最为激烈的时候，法国人把武器抛向空中，向整个战斗前线发出挑战。而英国部队则不准移动或开火，他们坚定不移地稳如泰山。一个个纵队被大炮打散，所有的队伍在炮击中倒下，但幸存者们继续靠拢，坚守着阵地。就这样许多纵队经受住了残酷风暴的打击，而没有放一枪。没有任何行动激起他们的愤怒，或者使他们的精神受到刺激。死亡使他们的纵队减少了，但却动摇不了他们的灵魂。

  有个很好的例子，说明法国人易于迅速地产生慷慨的冲动。一位法国骑士在仗打得最激烈之际，猛烈地冲向一位英国军官，但是他正要攻击时发现对手已失去右臂，于是放下马刀，骑着马礼貌地向前冲去。愿那位宽宏大量的武士安宁，不管他的命运如何！假如他在那场战役的风暴中，带着首长赐予的巨大财富倒下，那么愿滑铁卢的草皮在他的坟墓上长得绿绿的！而这样一位在战斗风暴中倒下的人，不曾意识到被打败，所以他远比幸存下来、为本国的荣誉遭到毁灭而悲哀

---

[1] 比利时中部靠近布鲁塞尔的城镇。拿破仑在滑铁卢战役中（1815年6月18日）遭到了决定性失败。

1825年法国随笔——选自杰弗里·克雷恩旅行笔记

的人更幸福。两国军队就这样血战了漫长的一天。法国人热情勇敢,英国人冷静顽强,直到命运之神——好像他要让谁胜谁负的问题在两个敌手之间仍然不能确定——带来了普鲁士人[1],让他们决定这场战役的命运。

我来到滑铁卢战场是几年后的事。只见犁头已在进行着它那令人忘却往事的劳作,频繁的收获几乎将战争的痕迹消除。黑黑的霍格蒙特废墟仍然矗立着,那是一座纪念建筑,它纪念着这场残酷的战役。一堵堵破裂的墙体让子弹打穿,被爆炸物炸毁,让人看到曾经发生在里面的殊死搏斗。法国人和英国人就是挤在那些狭小的墙内,短兵相接,猛烈集中地进行对抗,从花园打到庭院,从庭院打到房间。一股股浓烟从战斗的中心升起,仿佛从火山里冒出来似的。"那就像人间地狱。"我的导游说。不远处有两三块宽广的地,上面长着十分繁茂但有害健康的绿草,它仍然表明这是那些对抗的武士经过断断续续的激烈战斗后,一起静静安睡在共同的大地的怀抱之中。在所有其余当年的战场上,早已恢复了宁静。空中传来的不是号角的声音,而是农夫无所顾忌的口哨。一些牲口缓慢吃力地爬上山坡,而在那儿曾响起飞奔的骑兵嘚嘚的马蹄声。大片的玉米地平静地在士兵们的坟上一起一伏,就像夏日里大海的波浪卷过下面沉没着许多大型帆船的地方。

* * * * *

对于法国人的军人特性,上面作了散漫的记录;我在法国的一个省又口头上听到一点,在此补充一下。它们可能已经发表出来,但我从未见到。

---

[1] 当时居住在维斯瓦和涅漫河之间的西波罗的海居民。

大革命爆发时，许多古老的家族都在迁移，可有一位名叫德·拉图尔·德奥韦涅的蒂雷纳大家族的后代，拒绝同亲戚们一起走，他加入了共和国军队。他参加了大革命的所有战役，以其英勇、战功和高尚的精神出类拔萃，本来会官运亨通，获得最高荣誉的。然而凡是上尉以上的军衔他全都拒绝，除了一把御剑外，他不愿为自己的战功接受任何赏赐。为表明他取得的功绩，拿破仑赋予了他"法国第一兵"的称号，这是他唯一愿意接受的称号。1809年或1810年他在德国战死。为纪念他，他在军团中的职位始终保留着，仿佛他仍然坚守岗位。任何时候这支军团集合并叫到德·拉图尔·德奥韦涅时，回答总是"在光荣的战场上死去！"

王政复辟时期的法国

拿破仑垮台和波旁皇族复辟后，法国便呈现出奇特异常的景象。处处是不得安宁、四处游荡的人。那是一个又黑又黄的种族，个个长着粗野的胡须，打着黑色领结，露出狂热险恶的面容。和平回归使得他们突然失业了。军官们的职业中断，他们带着微薄的收入飘荡着，许多人在世上陷入极度的贫困中。军队变得支离破碎。军人们像不安郁闷的幽灵，经常出没于公共场所，毫不快乐。他们到处闲荡，像暴风雨后迟迟不去的阴云，使这座本来欢快的大都市笼罩上一种特有的阴郁气氛。

老派的人那种受到夸耀的谦逊，在过去根深蒂固的政府和长期建立的贵族统治中盛行的礼貌文雅，已在大革命粗暴的共和主义和帝国的军事狂热中消失。近来政权的转移刺痛了这个民族的虚荣心。

1825年法国随笔——选自杰弗里·克雷恩旅行笔记

英国游人在恢复和平后涌向法国，期望看到欢快和善、彬彬有礼的民众——像在《感伤之旅》[1]中有过的那样——但他们却惊奇地发现这些民众暴躁易怒，对于主观想象的冒犯十分敏感，易于对他人进行侮辱。因此，他们对于在这座法国大都市所遇到的无礼，予以猛烈抨击谩骂。然而他们指望得到什么更好的待遇呢？假如英勇的法国军队让查理二世[2]复位；假如他凯旋返回伦敦，一路轧过英国最勇敢的战士的尸体和旗帜；假如一位法国将军受命前往英国首都，一支法国部队驻扎在海德公园；假如巴黎各种各样的人涌向伦敦，法国每座商业城镇中富裕的中产阶级女人也纷纷赶到那里，挤满它的一个个广场；街道上全是他们的车辆，时髦旅店和娱乐场所拥塞不堪，穷困的贵族让法国人挤出宫殿和歌剧院的包厢，作为被征服的民族而受到使人羞辱的蔑视——在这种反过来的情况下，伦敦的民众对他们的游客会有怎样的礼貌呢？[3]

与此相反的是，对于法国人在首都被英国人占领后所表现出来的宽容程度，我总是不无钦佩。当我们考虑到这个民族的军事野心，它对于荣誉的热爱；在军事上它近来取得的辉煌声望，然后又刚遭受了重大的挫败；军队被打得四分五裂，彻底失败；首都沦陷，驻防着外国人，遭到蹂躏，而且被古老的对手英国人蹂躏——几个世纪以来法国人都对英国人怀着妒忌的、几乎是宗教信仰上的敌意——在这样的

---

1 L. 斯特恩于1768年发表的游记，记载了他在1765—1766年间对法国的观感。
2 查理二世（1630—1685），英国斯图亚特王朝国王。
3 笔者曾在巴黎遇见已故的坎宁先生，在同他的一番谈话后我便有了上述言论；坎宁无拘无束地谈道，法国人对于首都让外来者占领的事表现得宽宏大量。——原注

时候，如果这个暴烈的民族怀着血腥的世仇展开殊死搏斗，千方百计要把入侵者赶走，难道我们会觉得惊讶吗？那些不敢挥舞利剑，而是用隐藏的匕首报复的民族，只是怯懦的民族。在巴黎没有任何暗杀事件。法国人在战场上英勇顽强，但是当英勇不再有用时，他们像豪侠的勇士那样接受自己无法抗拒的命运。有些英国游人是遭到过民众的侮辱，也有一些个人的遭遇，最终导致决斗。可这些也带有公开地正当敌对的性质。绝没有潜藏奸诈的报复发生，英国士兵在巴黎街上巡逻并不会暗地里受到攻击。

　　在社交当中，假如英国人遇到冷漠的态度，遭到拒绝，那么这在某种程度上证明法国人比所描述的更为坦然。那些刚回来的移民尚未复原。社会由在新近的政体中兴旺起来的人组建，还有那些刚被封为贵族的人以及最近变得富裕的人，他们感到自己的兴旺和重要地位在变化的事物中面临危险。一个衰败的官员，看到自己的荣耀失去了光彩，命运遭到毁灭，职业也已丧失；在他面对致使自己垮掉的人时，你怎么能期望他满意呢。而因健康、富裕和胜利显得红光满面的英国游客，在情感上几乎无法让遭到毁灭的法国武士接受——后者在上百次的战役中留下伤痕，他们被赶出营地，让战争弄得身体衰弱，在和平中穷困潦倒，被彻底击垮，在本国美好但却沦陷的都市里成了贫穷的外人。

　　　　啊！当生命和荣誉都几乎流走，
　　　　谁又能说出英雄们心中的感受！[1]

---

[1] 出处待考。

1825年法国随笔——选自杰弗里·克雷恩旅行笔记

在此,让我提及一下卢瓦尔河[1]的法国军队解散时的情况吧,当时有二十万军人突然间被遣散了。这些人调到营地后,简直不知道还有别的家。在和平的公民生活中的人,很少有谁知道一个军团解散时战士们的心情。部队里有一种兄弟情谊。大家共同面对危险、艰难和喜悦,一道参加战斗,分享胜利。他们在一生中内心最有活力、最为敏感和热情时,共同参与到种种冒险之中。所有这些使得军团的战士们紧紧地团结在一起。在他们看来军团就是朋友、家人和家。他们与其命运、荣誉和耻辱融为一体。想象一下吧,这种富于传奇的纽带突然中断,军团转眼解散,战士们的职业没有了,他们那种军人的自尊受到伤害,光荣的生涯在身后关闭,眼前面临的是阴暗、依赖、贫困和忽视,也许还有乞讨。这便是卢瓦尔河的法国部队所处的困境。战士们同军官一起,一个班一个班被送到大城镇,在那儿解除武装后即被遣散。就这样,他们手中拿着武器经过乡村,常常让人侮辱和嘲笑,遭受饥饿和各种艰难困苦。不过他们表现得很大度,没有发生任何部队解散时经常会有的暴力和不正当行为。

* * * * *

自从上述提及的时期之后过了几年,效果便已产生出来。当时那种骄傲愤怒的情绪——它四处漫游于被闲置的巴黎——开始回归到往日的通道上,虽然近来这样的通道被洪流冲击得更深广了。法国人天生具有的礼貌文雅,像油一样冒到面上,尽管其举止在一定程度上仍然不那么融洽得体——这一部分是真实的一部分是假装的,因为有人以为如此举止表示出力量与坦然。近三十年发生的大事,使法国人成

---

[1] 法国中部最长的河流。

为更善于反思的民族。他们在进行判断的精神与力量上更加独立，并且也带着一份审慎——这都因为他们有过极度危险的经历所致。然而那个时期也许受到种种罪行的玷污，充满了放纵的言行；法国人当然已从中走出来，成为一个更加伟大的民族。他们的一位哲学家说，在一两代人之后，这个民族可能会将旧的品性中的悠然和雅致，与力量和可靠融合在一起。他说，他们在大革命前是轻率的，之后是狂野粗暴的，如今他们已变得更富有思想，更善于反思。现在看来，只有过去的法国人才放纵轻率，而年轻的法国人都很严肃认真。

* * * * *

大约在写作上述文字时，有一天我早上散步看到了威灵顿[1]公爵，他当时正短暂访问巴黎。他独自一人，简单地穿着一件蓝色外衣；胳膊下夹着一把雨伞，帽子低低地戴在头上；他正漫步穿过离"拿破仑柱"[2]不远的旺多姆大街。他经过大柱时看了它一眼，便继续漫步向巴黎街走去。他不时停下来盯住那些橱窗，偶尔被其他也在观看的人用肘部挤一下；他们几乎猜想不到，这个让他们如此随便地挤撞的、平平静静四处闲荡的人，正是曾两次胜利打入他们首都的征服者；他左右了这个国家的命运，使得他们那位军事偶像的荣耀黯然失色——而他此时正在这位偶像的大柱下随意漫步呢。

---

1 威灵顿（1769—1852），英国将军和政治家。在半岛战争（1808—1814 年）中任英军指挥官，在滑铁卢战役（1815 年）中打败了拿破仑，从而结束了拿破仑战争。在他任首相(1828—1830 年)期间，通过了《天主教徒解放法案》(1829 年)。
2 一座纪念物。著名作家雨果曾为它写过一首《致拿破仑柱》的诗。

1825年法国随笔——选自杰弗里·克雷恩旅行笔记

几年后,我参加了由阿普利斯宫[1]的公爵[2]为威廉四世[3]举行的晚会。公爵对自己巨大的对手表现出钦佩,将其一幅幅肖像挂在宫里各处。在庞大的楼梯底部竖立着由卡诺瓦[4]制作的拿破仑皇帝的庞大塑像。它是用大理石雕刻的,有着古老的风格;它的一只手半伸出来,举着胜利的象征物。女士们向楼上轻快地跑去参加舞会时,将披肩围巾抛到了塑像的胳膊上。在威灵顿公爵的官邸里,这座拿破仑塑像扮演着怎样奇特的角色啊!"恺撒[5]皇帝死了,并且化作泥土。"[6]

---

1 威灵顿曾经的住所,是心存感激的英国人民在拿破仑战争之后送给威灵顿公爵的。
2 指威灵顿公爵。
3 威廉四世(1765—1837),英国国王(1830—1837),绰号"水手国王"。
4 卡诺瓦(1757—1822),意大利新古典主义雕刻家。
5 恺撒(公元前100—前44),罗马帝国的奠基者,史称恺撒大帝。
6 引自莎士比亚的诗句。

美国人在意大利的研究

塔索的人生:但丁肖像失而复得

致《纽约人》[1]编辑:

先生,我们的一位同胞,即乔治亚州的R.H.怀尔德先生——他先前是一名众议院议员——曾在欧洲做了一些富有学问、极其卓越的研究;请允许我借贵刊页面,让他的研究[2]引起公众关注。怀尔德先生在离开国会几年之后,去欧洲各地旅行了约十八个月,最后在托斯卡纳区[3]逗留了一段时间。在这里,他致力于有关塔索个人生活的研究,后者对利奥诺拉公主神秘而浪漫的爱恋,他的疯狂行为和所受到的禁闭[4],最近成为仍在进行的文学争论的主题。这一主题本身令人好奇,而艾伯特伯爵提供的、声称是诗人的某些手稿,就使其更加出奇了。怀尔德先生怀着诗人的热情以及"案情猎人"的那种耐性与准确,开展调查研究。他为此发表了一部作品,对有关塔索的"难题"作出十分精彩的论述,并通过书信和各种十四行诗——其后部分被极为恰

---

[1] 1833年由查尔斯·弗罗·霍夫曼创办的一份杂志。
[2] 特指通过调查研究发现一些事实和情况。
[3] 意大利行政区名。
[4] 指各种评论使他精神失常,被关在圣安娜医院达七年之久。

到好处地译成英语——对它们给予了阐明。怀尔德先生在致力于这部作品的时候，认识了卡洛·利弗拉蒂先生，他是一位颇有功德的艺术家，对佛罗伦萨[1]的古迹古物尤其精通。一天这位绅士谈话中偶然提到，在"巴吉罗"[2]——古时候它既做过监狱又做过共和国的大厦——曾有一幅真正的但丁[3]肖像，或许当时仍然存在。据认为这幅肖像在某处的壁画里，因离奇异常的疏忽或不负责任，它后来被人用石灰水刷白了。利弗拉蒂先生提到此事时，为失去如此珍贵的一幅画深感悲哀，为几乎彻底无望将它复原惋惜不已。

由于怀尔德先生对但丁尚未像所有意大利人一样怀着热切的赞赏——这位诗人几乎受到他们的崇拜——因此那番谈话当时并没给他留下什么印象。然而，后来他对塔索的研究结束时，他开始在闲暇时间寻求乐趣，尝试翻译一些典型的意大利抒情诗，并写出简短的作者生平。他研读这些典型的诗篇——它们至此只存在于手稿中——显示出他对意大利语所具有的同样重要的知识，以及对英语令人钦佩的精通，这在他翻译塔索的作品中突出地表现出来。他刚接触翻译实践不久，就发现对于但丁的人生，在许多事件上都存在着朦胧模糊、相互矛盾的描述，使他大为困惑，并强烈地激起了他的好奇。就在同时，他通过内里·代·普林西皮·科尔西尼先生善意的帮助，从大公[4]那里获得了渴望已久的许可，即可以在佛罗伦萨的机密档案里从事研究，并且有权复制。这是文学研究中的一座几乎没有开采的丰富矿藏，因

---

1 意大利中部一城市，位于比萨城东的阿尔诺河畔。
2 佛罗伦萨的一个博物馆。
3 但丁（1265—1321），意大利诗人，《神曲》的作者。
4 统治一个大公国的贵族，阶层仅次于国王。

为对于意大利人本身以及外国人而言，他们的档案在很大程度上都是无法接近的。怀尔德先生用两年时间，满怀孜孜不倦的热情，全身心地钻研但丁时代共和国的档案。这些档案用并不规范的拉丁文和半黑体的字符，记录在羊皮纸上，它们或多或少地脱色、毁坏，有时墨迹淡化；加之那时的文书们任意缩写，致使它们变得更加模糊不清。事实上它们需要进行特别的考证，即使"德尔-里弗马杰尼档案馆"雇请的人员，也很少能够即刻正确地读懂。

然而，怀尔德先生坚持不懈地从事着艰苦的工作，他的坚韧虽然受到严峻考验，但却难以征服。由于缺乏索引，每一份档案，每一本书，都需要一页页考证，以便查明那位不朽诗人的政治生活是否有任何细节，被不知疲倦地勤奋研究的同胞遗漏了。这种艰辛的工作并非完全徒劳无益，有几个不太为人所知的有趣事实，还有其他一些为意大利人本身完全不知的事实，被怀尔德先生从这些让人遗忘的档案里提取出来。怀尔德先生在这样的研究过程中，又想起了失去的但丁肖像一事，不过现在在他产生了极大兴趣。他仔细读着博学多才的已故卡诺尼科·莫雷里有关菲尔弗著的《但丁传》的评论，发现其中指出，有一幅乔托[1]画的诗人的肖像以前在巴吉罗博物馆里可以见到。他还得知斯科蒂先生——此人负责管理皇家画院里绘画大师们最初作的画——先前曾用几年时间着手一项恢复那幅失去的珍品的计划，但这一努力却未能成功。这儿有了一条进行探究的新脉络，怀尔德先生以其通常的活力与睿智继续钻研。通过参考瓦萨里[2]的论述，以及菲利波·维

1　乔托（1266？—1337），意大利画家、雕刻家、建筑师。
2　瓦萨里（1511—1574），意大利画家、建筑师和作家。

拉里更加古老明确的权威著作（他们生活在诗人之后不久的时代），他很快满意地发现乔托——他是但丁的朋友和同时代人——毫无疑问曾在所指出的那个地方画过诗人的肖像。乔托去世于1336年，但因但丁于1302年被放逐，甚至被判处火刑，所以那幅作品显然必定是在那之间完成的；因为一个遭到放逐、被严正宣告为共和国的敌人的肖像，绝不会容忍放置在皇宫的礼拜堂里。那么显然，这幅肖像一定画于1290年到1302年间。

这时怀尔德考虑到，有可能那幅珍贵的遗物还完好地保存在石灰水涂料下面，也许可以恢复原状。他一时感到冲动，有意承担这个艰难的工作。可是他又担心，一个来自新大陆[1]的外国人——那儿无任何部分在托斯卡纳的法庭里拥有代表——会显露出侵害干涉的迹象。然而他不久找到一位热心的助手。那是个名叫乔瓦尼·奥布里·贝兹的人，皮埃蒙特[2]的放逐者，他曾长期居住在英国，熟悉其语言与文学。他此时来到佛罗伦萨，这是一座开明好客的城市，总对具有功德的人敞开大门；这些人由于政治上的原因，被从意大利的其他城市赶出来。贝兹先生也像同胞们一样，为纪念但丁满怀热情，并且像怀尔德先生一样有同感，迫切希望找回那幅失去的肖像——如果可能的话。他们对采取什么方法达到目的而又不会受到多管闲事的指责，进行了几次商议。为了减少任何可能出现的反对，他们决定只要求允许他们自费搜寻那幅壁画。一旦发现什么遗迹，他们就向佛罗伦萨的达官贵人们提出联合完成此项工作，从而有效地使

---

1 指美洲。
2 意大利的一个行政区。

肖像失而复得。

由于同样原因，呈报给大公的正式请愿是以佛罗伦萨人的名义起草的。他们当中包括有名的巴尔托利尼，他时任皇家艺术院雕塑学院院长；有保罗·弗罗尼先生，他有着高贵的姓氏，在绘画上表现出卓越的天才；另外还有加斯帕里尼，他也是一位艺术家。贝兹先生怀着极大热情，迫切要求和支持提出这一请愿。由于它受到内里伯爵和其他官员的热心赞同，所以取得了比预期更快的成效。马里尼先生是个灵巧的艺术家，他曾在类似工作中取得成功，现在被雇请来去除石灰水涂料——那是按照他自己的处理方法弄上去的，通过此种方法，任何存在于下面的壁画都会受到保护，不致被损坏。他着手耐心而谨慎地工作，不久即见到壁画的迹象。一幅天使头像渐渐从石灰水涂料下面呈现出来，并被宣布说它即出自乔托的画笔。

这时大家越来越富有热情地开展工作，花费几个月时间，把礼拜堂三面墙体的涂料都去除了。它们上面全是乔托作的壁画，有关于马利亚[1]的记载，其中展示出她如何皈依信仰，如何苦修和受福。不过这些都是圣人和天使的画像，还没有发现历史人物的肖像，于是人们开始怀疑是否会有。尽管如此，现在找回了无可置疑属于乔托的作品，这被看作是对付出的任何辛劳所给予的极大报偿。大公的臣子们在他指示下，代表他承担起此项工作过去的任务和未来的管理。终于，在除去第四面墙的涂料后，艰巨的工作取得了圆满成功。许多历史人物的肖像重见天日，其中便有那幅毋庸置疑的但丁肖像。那是一幅全身

---

1 耶稣最著名的门徒之一，耶稣曾从她身上逐出七个恶鬼。

像，画中他身穿当时的服饰，胳膊下夹着一本书，这大概是想表现《新生》[1]中的内容，因为《神曲》当时尚未创作；整个肖像显示出三十至三十五岁的年龄。脸部是侧面像，保存得相当完好，只是以前某个时候一颗钉子不幸打入眼眶。但眼睛的轮廓并没损坏，所以不难修复。其面容非常英俊，与诗人后期的肖像十分相似。

怀尔德先生及其助手们为其研究所取得的成功感到喜悦，这是不难领会的。发现但丁风华正茂时的真正肖像这一事件，不仅在佛罗伦萨而且在整个意大利引起轰动。假如在英国突然发现经过充分鉴定的莎士比亚的肖像，也会引起某种类似轰动的，只是在程度上会有所不同，因为意大利人更加敏感一些。

这位"神圣诗人"的肖像重新获得一事，让人们又开始对一些面像的原型进行考察，据说那幅原型是在诗人去世后，根据他本身面容的模型制作的。其中有一幅面像在托里贾尼侯爵手里，据称它无疑就是原型。有几位才能不凡的艺术家赞同这一观点，他们中间可能会有著名的杰西，他是佛罗伦萨的首席雕刻家；有画家和古物专家西摩·柯卡普先生；有我们的同胞鲍尔斯[2]——顺便说一下，他的天才受到意大利人很高的赞赏。

我们可以期待，卡洛·托里贾尼——他是侯爵的儿子，曾到该国旅行，所以为人所知，这对他不无益处——会用他那多才多艺的文笔，对这个奇特而珍贵的遗物加以描述，这遗物他的家族已经拥有了一个多世纪。

---

1 但丁编写的一本书，是西欧文学中第一部自传性的忏悔录。
2 鲍尔斯（1805—1873），美国负有盛名的新古典主义风格雕刻家。

怀尔德先生如果要完成但丁的传记——这将是美国文学中一个值得骄傲的成就——我得知他打算请求允许将两幅肖像都予以复制，假如经济条件许可，还可请杰出的艺术家把它们雕刻出来。那时，我们就将得到但丁风华正茂时以及去世时的肖像。

G.C.[1]

1　欧文的笔名缩写。

做修女的人

在上个世纪,巴黎社会最引人注目的人物之一,便是克雷基女侯爵雷内·夏洛特·维克图瓦。她出身于最高贵骄傲、极其古老的法国贵族阶级,始终保持着贵族血统纯洁古老的高尚观念,把所有历史没有超过三四百年的家族仅仅视为暴发户。她芳龄十四、尚为一个美丽的姑娘时,就在凡尔赛被引见给路易十四,那位老君王极其殷勤地吻了她的手。事隔大约八十五年后,拿破仑又在杜伊勒利宫以同样方式,向近一百岁的她表示了敬意;拿破仑当时是第一执政官,他答应她,将归还已经没收、先前属于她家的森林。她由于富有智慧,优雅卓越,敢于留在巴黎,对大革命中的所有恐怖无所畏惧——那场革命摧毁了她周围的贵族世界——所以她成了一位最著名的女人。

她留下的回忆录,不乏路易十四后期、奥尔良公爵摄政时期和上个世纪末巴黎人的生活里奇特的逸闻趣事,以及一幅幅栩栩如生的画面。它充分说明了法国贵族就在彻底垮台前夕,所表现出的傲然、堂皇与放肆。我将从她的回忆录中,几乎随意地提取几个画面,虽然它们都是一些实际、有名的情况,但也颇显示出了浪漫的格调。

＊＊＊＊＊

巴黎整个贵族社会的人,无不被邀请去参加一个在潘塞蒙特皇家修道院教堂举行的盛大仪式。亨利埃塔·德·勒农古是一位贵族家庭的年轻姑娘,大美人,也是庞大财产的继承人;她要做修女了。她的姑妈和监护人——布丽奇特·德·鲁佩蒙德女伯爵,莫贝格的女牧师——已颇为隆重地发出邀请。此事在巴黎的时髦圈子里让人们大加谈论,大家惊讶不已。人人都茫然不知:为什么一个既美丽又富裕的年轻姑娘,正值富有魅力的青春年华,竟然要放弃一个她很有资格增光添彩、尽情享受的世界。

有一位上层社会的贵妇人,在修道院这个漂亮见习修女[1]的居室的壁炉旁看望了她,从中得到一条关于那个秘密的线索。她发现见习修女非常不安,显然一时克制住感情,不过最终爆发出来,激动地大声说道:

"请求上帝恩典,有一天请原谅我的表哥贡德雷科特给我带来的痛苦吧!"

"你这是什么意思?——什么痛苦,孩子?"看望她的人问,"你表哥做了什么伤害你的事?"

"他结婚了!"见习修女带着绝望的声调喊道,但极力克制住没哭出来。

"结婚了!我根本没听说过这样的事,孩子。你完全肯定吗?"

"哎呀!这是再肯定不过的事啦。我姑妈鲁佩蒙德亲自告诉我的。"

贵妇人满怀惊讶与同情离开了。她在"博沃马歇尔王子"沙龙最上层的贵族圈里讲述了这一情景,在这儿,人们讨论着美丽的见习修

---

[1] 在正式宣誓后才成为修女。

女那不可思议的自我牺牲[1]。

"唉!"她说,"可怜的姑娘失恋啦。她因为表哥德·贡德雷科特结了婚,要绝望地从这个世界中隐退。"

"什么!"一位在场的绅士高喊道,"贡德雷科特结婚了!这真是天大的谎言。还是她姑妈告诉的呢!我明白其中的计谋。那个女伯爵热恋着贡德雷科特,妒忌自己美丽的侄女。不过她的计谋是徒劳的,子爵对她相当讨厌。"

想到这样一种竞争,大家都表示嘲笑、反感和愤怒。鲁佩蒙德女伯爵有那样的年龄,足可以做子爵的祖母了。她是个性欲强烈、性情专横的女人;她身强力壮,有着男性的嗓音,黝黑的肤色,绿色的眼睛,以及浓密的眉毛。

"一个有着女伯爵那种年龄和容貌的女人,"众人中有一位喊道,"不可能犯下如此蠢事。不,不可能。你误解了那个讨厌女人的用意。她是在设法占有可爱的侄女的财产。"

人们认为很有可能如此,并一致相信是女伯爵蓄意让侄女作出牺牲的。因为尽管她是一位女牧师,是宗教界的显要人物,但人们断言她比一个化身的魔鬼好不了多少。博沃公主——她是个慷慨大方、勇敢热情的女人——这时突然从靠着的椅里站起来。"我的夫君,"她对丈夫说,"如果你同意,我马上去同大主教谈谈这个问题。现在已过午夜,仪式将在早晨举行。再过几小时就无可挽回,必须宣誓了。"

王子把头略为向前倾一点,礼貌地表示同意。于是公主凭着女人

---

[1] 本书的"牺牲"指为宗教信仰而献身。

的敏捷，着手她慷慨而并不轻松的工作。不久她乘坐的马车便来到大主教官邸的铁门前，她的仆人们敲响铃子让进去。两个负责看管大门的瑞士人在门房内酣睡着，因时值凌晨两点半。过了一些时间才把他们叫醒，又过了更长时间才让他们走上前来。

"博沃公主在门口！"对这样一位要人是不能衣着随便地接待的。她和大主教的尊贵地位，都要求门房穿上盛装打开大门。所以公主极不耐烦地等候了半小时，直到门房里的两个要员穿戴好。没等他们走上前来，巴黎圣母院的钟已敲响了3点。他们穿着仆人特定的浅黄色盛装，上面有紫红色饰带，打着银色辫子，饰有花边的剑带延伸到膝盖，剑带里面挂着细长的剑。门房还戴着三角帽，帽上有羽饰，每个人都手持一只戟[1]。

他们这样完全穿戴整齐后，来到马车门前，把戟的顶端在地上用力地击一下；他们既官气十足又非常尊重地站在那儿，等待公主告诉有何意愿。她要求与大主教商谈。这时他们回答说"阁下不在家"，随即便不无敬意地鞠躬、耸肩。

不在家！可以在哪里找到他呢？门房再次鞠躬、耸肩，说："阁下要么——或者说应该——在僻静的圣马格罗瓦神学院，除非他去与鲁 - 德 - 恩菲[2]尊敬的卡尔特教[3]神父们庆祝圣布鲁诺节了；要么，他也许到夫朗塞纳河畔[4]城堡休息去了。不过再一想，他去圣西尔过夜也不是不可能——沙特尔主教只要邀请他去那儿参加曼特农太太的晚

---

1 一种枪钺合一的兵器。
2 西欧国家比利时的一个地点。
3 1086年圣布鲁诺（St. Bruno）成立的宗教，提倡苦修冥想。
4 法国东北部的一个公社。

会，他总会去的。"

眼见有这么多条路供选择，公主绝望了。短暂的时间正在迅速消失，天已经破晓。她看出在大主教进入教堂举行仪式前，已毫无希望找到他，于是她极其苦恼地回到家里。

早晨7点公主来到潘塞蒙特修道院的会客室，迫切要求与女修道院院长会谈片刻。回答是院长不能到会客室来，因为不得不参加祷告时间的唱诗班合唱。公主恳求允许她进入修道院，以便简短告诉院长某种极为重要的事情。院长回复说不可能，除非她得到巴黎大主教的许可。公主又回到马车旁，现在她要孤注一掷了——守候在教堂门口等待大主教到达。

不久，被邀请参加隆重仪式的壮观的队伍陆续到来。见习修女的美貌、地位和财富引起了广泛关注。由于人人都希望到场，所以大家极力要求在仪式上获得一席之地。街道上不断回响起各种金色马车辘辘的声音。贵族和公爵们的马车十分耀眼，它们饰以深红色的丝绒，由六匹高头大马拉着，装备得富丽堂皇；羽饰一点一点的，马具也极尽华贵。最后马车都到齐了，街上处处停放着空车。一群身穿各色豪华制服的男仆发出嘈杂声音，把进入德-潘塞蒙特的所有通道都阻塞了。这时敲响11点，最后一名参加仪式的人已进入教堂。管风琴低沉的音调开始响彻这座神圣的建筑，但是大主教仍然未到！公主的心跳得越来越快，她隐隐感到焦虑。此刻有一个身穿银灰色服饰、制服上饰有深红色丝绒的男仆，猛然靠近她的大马车。"太太，"他说，"大主教已进入教堂。他是从修道院的入口进去的，这会儿已在圣殿里。仪式就要开始了！"

怎么办呢？不可能同大主教谈了，然而她要向他揭示的情况又决定着可爱的见习修女的命运。公主于是取出涂有搪瓷的金色写字板，用铅笔在上面写了几行字，吩咐男仆为她在人群中开道，赶快把她领到教堂的圣器室去。

对此种场合的教堂和会众进行描述，让人对当时贵族的状况以及由即将作出的牺牲所引起的极大关注，将会有所了解。只见教堂里挂着华丽的壁毯，上方是一条有金色边饰的白缎，其上有各种饰以徽章的盾形物。一面大旗——上面饰有那位高贵姑娘的家徽和表示姻亲关系的图案——按照习俗被悬挂起来，以此取代圣殿的灯。君主的各种玻璃架枝架吊灯和枝状大小烛台，大量地装饰起这座神圣的房屋，过道上也全部铺上豪华地毯。圣殿上出现了一群可敬而庄重的人，他们中有主教、教士和各类僧侣：本尼迪克特[1]教团的僧侣、西多教团[2]的僧侣、拉科勒兹[3]的僧侣、嘉布遣会[4]的僧侣，他们无不身着得体的长袍和别的服饰。巴黎大主教克里斯多佛在中间主持，他身边有四位首席牧师以及代理主教[5]。他背对圣坛坐着，在两眼向下低垂时，他的面容显得苍白可怕，仿佛是从墓地中出来的，如死人一般。不过，一旦他抬起又大又黑、闪闪发光的眼睛，整个就变得生气勃勃，满怀热情，显得精神饱满、敏锐坚定。

拥挤在教堂里参加仪式的人，也同样引人注目。除了皇室家族外，所有地位和头衔都不低的人也在场。从来没有一个这样的仪式，把如

1　5世纪意大利名僧。

2　法国天主教士贝尔纳于1115年创建。

3　罗马天主教修道会法国的一个分支。法国大革命中被禁止。

4　天主教方济各会的一支。

5　特指天主教教区的代理主教。

此多上层社会的巴黎贵族吸引到一起。

终于,唱诗班席位的格栅门绕着铰链吱吱地打开了,黎塞留太太和潘塞蒙特高尚的修道院院长走上前来,将见习修女交到她的姑妈、鲁佩蒙德女伯爵及女牧师手里。一切目光都非常好奇地转过来,以便看一眼美丽的牺牲者。她衣着华丽,但苍白的面容和柔弱的举止与光彩的服饰并不太相称。鲁佩蒙德女牧师把侄女领到祈祷桌[1]旁,可怜的姑娘刚刚在这儿跪下,就像精疲力竭似的倒下去了。此刻在教堂末端传来一种低语声,身穿制服的仆人们聚集在那儿。有一个青年男子被扶上来,他在抽搐中挣扎着。他身穿洛林[2]公爵斯坦尼斯洛斯王的卫兵官制服。人们在窃窃私语,说那就是年轻的贡德雷科特子爵,是见习修女的情人。几乎所有在场的年轻贵族都急忙靠上去,向他表示同情与支持。

在这整个时间里巴黎大主教一直坐在圣坛前,两眼向下低垂,他面容苍白,丝毫没表现出对周围的情景引起关注或参与到其中的迹象。有人注意到他的一只手用紫罗兰色的手套遮挡着,它紧紧地抓住一副搪瓷的金色写字板。

鲁佩蒙德女牧师把侄女领到高级教士身边,让她立誓要自我牺牲,发出无可挽回的誓言。当可爱的见习修女跪在大主教脚旁时,他带着既和蔼可亲又严肃认真的表情,用一双炯炯有神的黑眼睛盯住她。"姐妹[3]啊!"他用最温柔仁慈的声调说,"你多大年龄了?"

"十九岁,阁下。"女伯爵急切地插话说。

---

1 专门用于祈祷的桌子,上面放置一些书等。
2 法国东北部一地区。
3 此处特指天主教的修女、尼姑。

"你随后回答我吧,太太。"大主教冷淡地说,然后又向见习修女提出同样的问题,她支吾着回答:"17岁。"

"你在哪个教区开始做见习修女的?"

"在图尔教区。"

"怎么!"大主教情绪激动地说道。"在图尔教区?图尔教区的主教职位还空着呢!那里的主教十五个月前去世了,主持例行工作的人无权接纳见习修女。你的见习期,小姐,是无效的,我们不能接受你宣誓。"

大主教从椅子里站起身,重新戴上主教冠,从一个侍者手里接过权杖。

"亲爱的会友们,"他对众人说,"关于勒农古小姐献身的宗教使命是否真诚的问题,没有必要再对她进行审查询问。眼下她的宣誓一事,在教会法规方面遇到一个障碍。至于将来,我们对此再作考虑;同时取消一切神职人员接受她宣誓的权力,违者将被停止教权、停职停薪和取消资格。所有这些依据的是都市权利,它们包含在法令规定的条款里。"接着他用严肃庄重的声音吟诵着,"保佑我们尊贵的人!"[1]并转向圣坛,开始举行圣礼祝福式。

高贵的听众们习惯于保持沉默——它仿佛是一种帝权或者不如说专制,因它控制着一切内在感情的外在表现[2],属于高贵的贵族血统。所以,大主教的宣布被当作一件世上最自然普通的事,人们无不跪下,极尽礼貌地接受他的祝福。然而,他们刚从礼节强加给的自制中摆脱

---

1 原文为拉丁语。
2 意即不把内在感情真实地表现出来。

出来，就全力给自己以补偿，在巴黎的时髦沙龙里只谈论英俊的子爵与迷人的勒农古的爱情、女牧师的邪恶、博沃公主积极的仁慈行为和令人钦佩的应对技巧，以及大主教的高超智慧——他受到特别赞美，因为他通过抓住一个不拘礼节的行为，将它转化成有利的理由，既凭借权威又不无慈善谨慎，从而巧妙地挫败了阴谋的动机而又没让贵族受到任何诽谤，或者没公开给鲁佩蒙德带来污名，也没有违背牧师的那种高雅举止。

至于鲁佩蒙德女牧师，她对美丽的侄女施展的邪恶阴谋被彻底挫败了。在大主教警告下，她的上级牧师，即潘塞蒙特女修道院院长，正式禁止勒农古小姐做见习修女和穿见习修女服，同时不让她住在见习修女的房间里，而是作为寄宿者住在漂亮的公寓内。次日早上鲁佩蒙德女牧师前去修道院带走侄女，但让她困惑的是，女院长拿出一封刚收到的密信，信中说除博沃王子外任何人都不准把小姐从修道院带走。

在王子的保护和机警的关注下，整个事件以最巧妙、恰当的方式结束。根据枢密院的裁决，鲁佩蒙德女牧师对侄女的监护权被剥夺。所有在勒农古小姐未成年时期积累起来的逾期未收账项被收缴，账目受到仔细审查和评定，她宝贵的财产被安全完整地交到了她本人手中。

不久，那些曾被邀请参加"做修女"仪式的高贵人物，又接到了那个女伯爵、贡德雷科特遗孀和博沃马歇尔王子的另一邀请，请他们参加阿德里安·德·贡德雷科特——吉因-苏尔-摩泽尔子爵——与亨利埃塔·德·勒农古——赫沃瓦女伯爵——的婚礼，等等，婚礼如期在巴黎大主教官邸的礼拜堂里举行。

＊＊＊＊＊

美丽的勒农古小姐的故事结束了。现在我们可以画出一位英俊的年轻骑士的双人像[1]了；大约就在当时，他在巴黎的放荡世界里可是个有名的人物。关于他的情况，那位很久以前的侯爵夫人怀着年轻时的浪漫、缠绵的柔情将其记录了下来。

---

1 即不是单人像。大概意指与其夫人的双人像。

迷人的勒托里雷斯

"一张漂亮的脸蛋就是一封推荐信。"一则古谚语说，而这在谢瓦利埃·勒托里雷斯身上得到了最好的证实。他是个出身高贵的年轻绅士，但照西班牙的话说，他也只有大氅和宝剑而已，亦即只有高贵的血统和漂亮的仪表，使他得以在世上处处得利。他有一个叔父是修道院院长，借助其影响，他在一所时髦的大学免费接受教育；可是他发现学期太长，假期太短，不适合自己放荡懒惰的性情，于是不辞而别，前往巴黎——他带着一颗轻松的心情，也带着更加轻松的口袋[1]。他在这儿过着愉快的生活。的确，他不得不忍饥挨饿，住在阁楼里，可这又怎么样呢？他成为自己的主人，解除了一切苦差和约束。当寒冷或饥饿时，他就像那些善变的人一样走出去，在公共人行道上和花园里尽情享用纯净的空气和温暖的阳光。大都市快乐而奇特的人群使他开心，他因此将吃饭的念头赶走了。如果说他是城里最贫穷的人之一，那么他也是最快乐的人之一。无论他走到哪里，其美貌和坦然优雅的举止都会立即产生魔术般的效果，使他获得别人的好感。只需用一个词就可表达出他的魅力——"迷人"。

人们举出一些例子，说明他那使人欢心的特征如何影响着平凡普

---

[1] 后半句是比喻，指身上没什么钱。

通的人。一次下暴雨的时候,他躲在一道门下面。有个出租马车的车夫经过时停下,问他是否想搭便车。勒托里雷斯拒绝了,忧郁迟疑地摇摇头。马车夫愁闷地看着他,再次让他搭车,想知道他要去哪里。"法宫[1],到长廊里走走。不过我会在这儿等到雨停。"

"为什么?"车夫执拗地问。

"因为我没有钱。请一定让我安静吧。"

车夫跳下车,打开车门大声说:"绝不能让人说,仅仅因为二十四个苏[2],我就让一位如此迷人的年轻绅士扫兴,还着了凉。"

到达法宫后,他在一个有名的餐馆老板开的酒吧前停下,打开车门,非常尊敬地脱帽致意,请求年轻人接受他的金路易。"你会在里面见到一些年轻绅士,"他说,"也许想和他们玩玩牌呢。我的车号是144。你会发现我在外面,什么时候报答我都可以。"

这位可敬的马车夫,后来通过他如此慷慨地帮助过的漂亮青年的推荐,几年后成为了法国索菲娅公主的车夫。

另一个相关的例子,是他的裁缝讲的,当时他欠了裁缝四百里弗[3]。裁缝不断向他催讨,但总是被世上最为漂亮的仪表弄得一拖再拖。裁缝的老婆让他说话的语气更要苛刻些。他回答说,自己无法忍心对如此迷人的年轻绅士说话粗暴。

"我不能容忍你这样缺乏勇气!"他老婆说。"你不敢向他发怒,我可要去讨回一百克朗钱。在我回家前,我会亲自找到这位'迷人的'年轻人,看看他是否能把我迷住。我保证他无法用美貌和好话推迟付

---

1 位于巴黎中心,亦即法院。
2 昔日法国的一种铜币。
3 古时的法国货币单位及其银币。

钱给我。"

之后这位夫人又说了许多吹嘘的话，随即走出家门。然而她回来时却大不一样。

"唔，"她丈夫问，"你从'迷人的'年轻人那里讨到多少钱呢？"

"别管我。"他妻子回答。"我发现他在弹吉他，看起来那么英俊，那么亲切优雅，所以我不忍心打扰他。"

"那一百克朗钱呢？"裁缝问。

他妻子迟疑片刻。"费思，"她大声说，"你得把这笔钱加到他下一次的账上。那个可怜的年轻先生看起来多么忧愁——我明白是怎么回事，不过——我不管他如何都把那一百克朗放到了他的壁炉台上！"

勒托里雷斯富有魅力的容貌和举止，使他在上流社会里同样左右逢源。他有一些高贵的亲戚，因此得以出现在宫中，但对于他是否足以证明自己有着高贵的出身这事，也产生了一些疑问。于是国王——他曾看见年轻人在凡尔赛的公园里漫步，并让其容貌给迷住——封他为子爵[1]，这样便终止了一切礼节上的异议。

这种同样的魅力，据说伴随着他的整个生涯。在有关荣誉和特权的各种棘手的家庭诉讼上，他都胜诉了。他只需出现在法庭里，就会赢得法官们的好感。最后他变得相当受人欢迎，甚至有一次，他决斗受伤康复后出现在剧院门口时，观众们竟向他热烈鼓掌。人们说，他在这种场合的举止是最有品位和最有教养的。他听到大家的掌声，在包厢里站起身，走向前一点，看看剧院两边，好像不相信观众把他本人当成了一位让人喜欢的演员，或者是一位皇族的人。

---

[1] 低于侯爵、伯爵但高于男爵的贵族等级。

在女性方面也不难认定他会成功。但是他颇有道义和情感，不会让自己与她们的交往成为一系列并不热心的殷勤表现和冷漠无情的胜利。他出现在宫廷里时——在国王身边他有一个体面的职位——他深深爱上了萨伏依·卡里格兰家族[1]美丽的公主朱莉娅。她年轻、温柔、纯朴，也同样热烈地爱着他。她的家人为这一恋情感到惊慌，命令她住进蒙马特[2]修道院，在那儿她相应地受到无微不至的特殊照料，但就是不准离开修道院。两个情人设法相互联系。他们的一封信被截取，有人甚至提到他们私奔的计划被发现了。结果导致勒托里雷斯与公主家的一个性情火暴的亲戚决斗。他身体正面有两处被剑刺伤。他伤势严重，可是在屋里待了两三天后他急得忍不住要看公主。他翻过了修道院的墙壁，并在前往墓地通道的拱廊里见到她。两个情人长久温柔地见着面。他们山盟海誓，为有希望将来获得幸福而高兴，可这幸福他们永远没有实现。他们一次次告别之后，公主回到了修道院内，再也没看到迷人的勒托里雷斯。次日早上，人们发现他的尸体僵硬冰凉地躺在那条通道上！

那个不幸的青年在翻越墙壁时，似乎伤口又给弄开了。他克制着没有叫人救助，以免暴露公主，因此他流血致死都没让人来帮他，并且死不瞑目。

---

1 欧洲历史上著名王朝"萨伏依王室"的一个分支。
2 巴黎北边的一座山。

赖沃德[1]早年的经历——对主人公自述的记录

根据住地和选择我是肯塔基人,但根据出身我又是弗吉尼亚[2]人。最初使我离开这片"古老领土"并移居到肯塔基的,竟是一头驴子!你瞪眼了,不过请耐心点,我随即会让你知道是怎么回事。我父亲属于弗吉尼亚的一个古老家族,他住在里士满[3]。我母亲去世后他做了鳏夫,家务事让一个守旧的女管家操持,这样的女管家惯于在弗吉尼亚的有钱人家做事。她是个显要的人物,几乎并不比我父亲逊色,好像认为所有东西都是她的。事实上,她在经济上考虑得相当周到,开支非常小心谨慎,以致有时让我父亲恼怒了,他总是发誓说她那么小气,让他丢脸。她老戴着那枚标志在家政上可靠和权威的旧徽章,腰带上挂着一大串叮当响的钥匙。每顿餐的饭菜都由她安排,并且一盘盘菜全都要照她原始的匀称概念进行放置。晚上她履行自己的职责,既恭

---

[1] 虽然拉尔夫·赖沃德是个虚构的名字,但却真有其人;这位可敬的人物原型如今正过着兴旺体面的生活。他早年的生涯中有一些逸闻趣事,我曾根据自己的记忆,尽可能地用他的话予以讲述。它们当然提供了很强的诱惑,吸引人们用来对小说进行修饰;可我觉得它们显然太以主人公——以及他那与众不同的性情将他引到的场面和社会——所特有,因此我宁愿依照其固有的朴素方式讲这个故事。——G.C(作者笔名的缩写)
[2] 肯塔基和弗吉尼亚是美国的两个州。
[3] 美国弗吉尼亚州首府。

敬又自豪地摆出茶点,确实是个榜样。她伟大的愿望就是每样东西都要摆得整整齐齐,由她操持的家庭应该被当作家务管理优秀出色的楷模。假如出了什么差错,可怜的老芭芭拉便会往心里去,坐在自己房间里哭泣,直到《圣经》中的几章使她精神上减轻了不安,一切才又平静下来。实际上,遇到麻烦时她经常求助《圣经》。她随意把它打开,无论是其中的《哀歌》《雅歌》还是《申命记》里对部落的粗略的记述,一章就是一章,像止痛的香膏一样抚慰着她的心灵。这就是我们仁慈的老管家芭芭拉,她注定要在无意中对我的命运产生最重要的影响。

在我年少的时候——那时我还是个所谓的"令人失望的男孩"——附近有一位绅士,他极力提倡各种试验与改良;此刻他想到,引进一种骡子会对公众大有好处,因此引入了三头公驴在邻近放养。而在那一带地方,人们除了纯种马什么也不关心!唉,先生!他们会考虑到自己的母马有了不恰当的婚配后,有失脸面,而他们所有的马群也都不光彩。整个这事成了街谈巷议和镇上的丑闻。那个要让四足动物进行合并[1]的可敬的人,发现自己陷入让人扫兴的困境:于是他及时终止,把从事合并的学说彻底放弃,将自己的公驴也给放了,让它们在城镇的公地上自个儿找生路。它们常在那儿跑来跑去,过着一种闲散开心、无所事事的生活,成为当地最快乐的动物。

碰巧我上学的路经过这片公地。我初次看见一只那样的动物时,它发出的叫声把我吓了一大跳。然而我很快不再惊恐了,我看见它有些像马;弗吉尼亚人对于各种马所具有的任何东西的喜爱占了上风,

---

[1] 此处指生物种的混合过程。

赖沃德早年的经历——对主人公自述的记录

我决心要骑它。我因此去向一家杂货店求助，弄到一根用来系红糖的绳子，把它做成某种笼头。然后我召集起一些同学，我们把杰克[1]少爷在公地上赶来赶去，直至将它围到"蛇形栅栏"的一角。在费了一些力后，我们把马笼头套在它的嘴上，我骑了上去。它的后蹄猛地蹬一下，我从它头上翻下去，随即它跑掉了。不过我转眼站起身，追赶过去并抓住它，再次骑到它身上。在一次次跌倒之后，我不久学会了如何像驴皮一样紧紧贴在它背上，这样它就再也不能把我摔开了。从那时起，杰克少爷和它的同伴们便开始四处奔跑，因为我们在课余时间和假日的下午都要骑它们。你可以肯定，男生们的这些驽马[2]是绝不会让脚下的草长起来的。它们很快变得十分精明，一看见某个男生撒腿就跑，我们追它们的时间通常比骑的时间长得多。

星期天到了，我计划骑一匹这类长耳马作一次远游。我知道星期天上午会很需要这些驴，所以头天晚上先弄到一匹，把它牵回家，准备次日一早出发。可是晚上把它放在哪里呢？我不能把它放在马厩里。我们那个又老又黑的马夫乔治在那片领地里，就像芭芭拉在屋内一样独断专行，他会认为让一匹驴到马厩里去，马和他本人都不光彩。我想起了烟熏室，所有弗吉尼亚人的房子都附带有这样一间外屋，用来烟熏火腿和其他肉类。所以我找到钥匙，把杰克少爷关进去，锁好门，再将钥匙放回原处；之后我便上床睡觉，打算第二天在家人还没醒时早早把我的囚犯放出来。然而我因捉那匹驴弄得太劳累了，很快酣睡起来，天亮了也没能醒。

---

1 原文为 Jack，首字母大写。小写即为公驴。
2 累垮了的、劣性的或无用的马。

女管家芭芭拉夫人却不是这样。她像往常一样,用她自己的话说,"没等鸡叫她已起床了,"开始忙碌着准备早餐。她首先去的地方是烟熏室。她刚一打开门,杰克少爷——它被关得厌烦了,很高兴就要从黑暗中出去——就大叫一声并冲出屋子。老芭芭拉倒了下去,那只动物从她身上踩过,冲向公地。可怜的芭芭拉!她从未见过驴,曾在《圣经》里读到这魔鬼就像咆哮的狮子一样四处乱跑,见到什么都要吞吃;她因此理所当然认为这就是别西卜[1]。不久厨房里传来叫嚷声,仆人们冲到出事地点。老芭芭拉躺在那儿,一阵阵痉挛着。她刚恢复平静就又想到那个魔鬼,于是又痉挛起来,因为这个慈善的人非常迷信。

倒霉的是在那些对叫嚷声引起注意的人当中,有一人就是我那个身材矮小、烦躁可恶、脾气乖戾的舅舅。他是个心神不安的人,早晨难以安安静静躺在床上,而必定会起得很早,为家务事操心。他毕竟只算半个舅舅,因为他娶了我父亲的妹妹[2]。不过凭借这种门第不相称的亲戚关系,他行使着大权,对所有的事情都要干涉,成了家中的害人虫。这个爱管闲事、好打听窥探的小个子男人不久查出此事的真情,千方百计发现了我是罪魁祸首,是我把驴锁在烟熏室里的。他不再继续调查,因为他是一个坏脾气的人,在他们这种人看来总是错在令人失望的男孩身上。他离开老芭芭拉,让她在想象中与魔鬼搏斗,自己朝我睡的房间走来;我仍然睡得很香,简直没梦想到闯下的祸,以及将要向我袭来的风暴。

随即我被狠狠打醒了,万分惊异地一下起身,问为啥这样打我,

---

1 《圣经》中的鬼王,也喻指魔鬼。
2 即姑父。

赖沃德早年的经历——对主人公自述的记录

得到的回答只是我谋杀了女管家。在我迷惑不解时舅舅继续打我,我抓起一根火棍自卫。就年龄看我是个壮实的男孩,而舅舅却是小个子男人,在肯塔基我们甚至不会称之为"个人",只不过是"无用的家伙"。我因此很快得以让他谈一谈,了解到他们加罪于我的原委。我承认把驴子关进烟熏室的事,但并不承认谋杀了女管家。不久我发现老芭芭拉仍然活着,但继续由医生照看了几天。只要她一发脾气,舅舅就会找到我又打一顿。我向父亲求助,可他根本不帮我。我被视为"令人失望的男孩",易于做出各种各样的坏事。所以不管怎么求助,他们都对我怀有偏见。

我感到这一切刺痛了我的心。我挨了打,蒙受屈辱,申诉时又受到轻蔑。我没有了通常的好精神和好心情,由于对每个人都气愤,所以觉得每个人也都对我气愤。我受到种种约束和限制,突然产生了某种放荡不羁、四处游移的自由精神——我相信这精神根深蒂固存在于我身上,就像它存在于山鹑身上一样。"我要离开家,"我心想,"出去自谋生路。"当时人们狂热地向肯塔基迁移,而这在弗吉尼亚是十分普遍的,也许这刺激了我的想法。我曾听说那片地方有富于浪漫传奇的美景,有各种丰富的猎物;穿行于它那美好森林里、以狩猎为生的猎人们,过着奇妙的独立生活。我因此同样渴望去那儿,就像住在海港的男孩们渴望投身于充满神奇与冒险的海洋。

过了一段时间,老芭芭拉身心都已好转,人们向她说明了发生的事情。她渐渐相信自己遇见到的不是魔鬼。听说我由于她的缘故受到怎样粗暴的待遇时,这位好心的老人难过不已,她极力在我父亲面前替我说好话。父亲自己也注意到我举止上的变化,心想或许惩罚过了头。所以他和我谈了谈,设法安慰我,可是太迟了。我坦率地告诉他自己的屈辱，以及我要离开家的决心。

"你打算去哪里呢？"

"肯塔基。"

"肯塔基！唉，你在那儿谁也不认识。"

"没关系，我可以很快结识一些人。"

"你到那里后做啥？"

"打猎！"

父亲轻轻吹了一声长长的口哨，带着半严肃半诙谐的表情盯住我的脸。我才是个年龄不大的少年，谈论要独自去肯塔基当猎人，这似乎无疑是男孩子无用的废话。他简直没意识到我性格中具有的坚定意志，他那怀疑的微笑只是使我更下定了决心。我向他保证我说的话是当真的，我一定会在春天出发去肯塔基。

时间一月又一月过去。父亲时时略为提及我俩之间说过的话，无疑是要试探我。我总是向他表示出同样严肃坚定的决心。他逐渐越来越直接地和我谈起这个问题，极力真诚而好意地劝阻我。我唯一的回答是："我已下定了决心。"

因此，一旦春天充分展现在眼前时，有一天我便在书房里找到父亲，告诉他我要出发去肯塔基了，是来向他告别的。他没有反对，因为他已经把劝告阻止的话都说尽了，大概以为最好让我任性一下，相信遇到一点挫折我不久就会回家。我向父亲要旅费。他走到一口箱子旁，取出一只长长的绿色丝织钱包，里面装得满满的；他把它放到桌上。这时我要求得到一匹马和一个用人。

"一匹马！"父亲嘲笑地说。"哎呀，你走不到一英里它就会飞奔起来，摔断你的脖子。至于用人，你自己都照顾不好，远更不用

赖沃德早年的经历——对主人公自述的记录

说他了。[1]"

"那我如何到那儿去呢?"

"唉,我想你已经是个男人啦,可以步行去。"

他开玩笑说着,没想到我会拿他的话当真。我极大地伤了自尊心,把那袋钱装进衣兜,回到自己房间,用手帕系好三四件衬衫,在胸口里放了一把匕首,腰上别了两支手枪,觉得就像个全副武装的游侠骑士,为了冒险准备着去漫游世界。

我姐姐(我只有一个)抱着我哭起来,恳求我留下。我非常紧张不安,但努力使自己恢复正常,并振作起来。我不愿让自己哭。最后我挣脱姐姐,走到门口。

"你什么时候回来?"她问。

"老天在上,在我成为一名肯塔基的议员以前决不回来。"我大声说,"我决意让人看到,我并不是家里最差劲的。"

这便是我最初离开家时的情形。你会认为我是怎样一个幼稚的人,对于我要投身的世界了解得多么少。

在进入宾夕法尼亚州之前,我不记得有任何重要的事发生。我在一家客栈停留了一下,以便吃点东西。正当我在里屋吃着时,无意中我听到酒吧间里有两个男人在猜测我是谁,干什么的。其中一个最后断定我是个逃跑的学徒,应该阻止,另一个表示同意。吃完东西后我付了钱,从后门走了出去,以免被那两个监视我的人挡住。然而我又不屑像个罪犯似的溜掉,于是又绕到了前门。一个男人走到前门口。他头上的帽子斜戴着,那自命不凡的样子激怒了我。

---

1 应指在吃穿问题上。

"你要去哪里，年轻人？"他问。

"这关你什么事！"我回答，相当粗暴。

"对，不过有关的！你是从家里跑出来的，得说清楚才行。"

他走上前来要抓我，我突然拔出手枪。"你再向前走一步我就开枪了！"

他一下退回去，好像踩到了一条响尾蛇似的，他的帽子也随之掉了。

"别管他！"他的同伴喊道。"他是个愚蠢疯狂的家伙，不知道自己在干啥。他会开枪的，这一点你不用怀疑。"

对此他无须任何警告，他甚至害怕把帽子捡起来。所以我继续上路了，再没有受到阻碍。然而，这事也对我产生了影响。晚上我害怕睡在房子里，唯恐被人挡下来。白天时我在房内吃饭，但晚上就转入某片林子或溪谷，生起一堆火，睡在它旁边。我认为这是真正的猎人的生活方式，希望自己能习惯。

我终于到达了布朗斯维尔[1]，累得精疲力竭，境况糟糕——这你是可以料想到的，因为我"露营"了几个晚上。我到一些低级的旅店去住，但被拒绝。人们一时用怀疑的目光盯住我，然后说他们不接纳徒步旅行者。最后我壮起胆子去大旅店住。像其他人一样，老板似乎也不愿意让一个四处流浪的男孩住在他的屋檐下。不过他在找借口时被自己老婆打断了，她把他半推到一边。

"你要去哪里，小家伙？"她问。

"肯塔基。"

1　美国得克萨斯州南部城市。

赖沃德早年的经历——对主人公自述的记录

"去那儿干什么?"

"打猎。"

她认认真真地打量了我一会儿。"你母亲还在世吗?"她最后问。

"不,夫人:她已去世一些时间了。"

"我就这么想嘛!"她热情地叫道,"我知道如果你母亲还在世,你就不会跑到这里来。"从那时起这位好心的女人待我就像母亲一样亲切。

我在她店里住了几天,恢复着旅途的疲劳。在这儿我买了一支猎枪,每天练习瞄准,为过上猎人的生活作准备。待充分恢复体力后,我便告别了仁慈的老板和老板娘,重新上路了。

在惠灵[1]我上了一只平底的家用船,它被专称为平底船,在当时是主河道里的一种运输工具。我们乘着这只方舟在俄亥俄河上漂流了两周。这条河仍然具有其所有的原始美。高大的树木还是那么浓密。森林悬垂在水边,时时有大片的藤丛或竹丛等。这儿有各种大量的野生动物,我们听见它们冲过灌木丛,溅入水中。经常有鹿和熊游过河去,其余的动物会来到岸边盯着船经过。我拿着枪时刻保持警觉,可不知怎的猎物就是从不进入我的射程。时而我得到上岸的机会,在岸上试试我打猎的技术。我打松鼠和小鸟,甚至有野火鸡。可尽管我瞥见到鹿跳过树林,我却从来都无法好好地向它们射击一次。

就这样我们乘坐平底船穿过了辛辛那提[2],现在它被称为"西部女王",但当时它只有一片小木屋罢了。而繁忙的路易斯维尔[3]的原址,

---

1 美国西弗吉尼亚州西北部的一座城市。
2 俄亥俄州西南部城市。
3 肯塔基州最大的城市。

那时也被指定在一座孤独的房子旁。如前所说,俄亥俄河仍然是一条原始的河,两岸全是森林,森林,森林!在接近格林河[1]与俄亥俄河的汇合处我上了岸,告别平底船,然后奔向肯塔基内地。我并没有明确的计划,唯一的念头是到那里最原始的地方去。我在列克星敦[2]和其他有人定居的地方有些亲戚,我想父亲大概会写信把我的情况告诉他们:只要我满怀男子气概与独立性,一意要在世上闯荡而不要家人的帮助或控制,我就决心不与他们所有人接触。

在我开始跋涉的第一天,我打到一只野火鸡,把它吊挂在背上留作食物。从森林里面看,它显得开阔。我见到大量的鹿,可它们总是跑呀跑,好像这些动物从来不会停下。

最后我走到一个地点,有一群半饿的狼正在享用追击到的一只鹿,它们像许多狗一样嗥叫,猛咬,搏斗,全都非常贪婪。它们把一切心思放到了猎物上面,所以没注意到我,我得以有时间观察。有一只最大最凶的狼,似乎要得到更多的份额,让其余的狼无不对它敬畏。如果哪一只狼在它吃着时靠得太近了,它就会跑过去打斗,接着再回去吃自己的。"这一只,"我想,"一定是头儿。假如我能把它杀死,我就会战胜整个群狼。"我因此瞄准,射击,那只老家伙倒下了。它也许只是假死,于是我装上子弹又补了一枪。它再也没动弹。其余的狼都跑掉了,我大获全胜。

要描述我取得这个重大战绩时所怀有的胜利心情,可并不容易。我精神振奋地继续向前,把自己看作是绝对的森林之王。夜晚来临时,

---

1 发源于美国肯塔基中部的一条河,于印第安纳州埃文斯维处汇入俄亥俄河。
2 肯塔基州中北部城市。

赖沃德早年的经历——对主人公自述的记录

我着手准备露营。首先关心的是收集到干木柴,升起一堆熊熊的火,以便在它旁边弄吃的和睡觉,同时不让狼、熊和豹靠近。然后我拔去火鸡的毛,准备做晚饭。我刚出来探险时曾露营过几次,不过那是在相对更有人定居、更文明化的地方,在那儿的森林里没有什么显要的野兽。而这是我第一次在真正的原始地带露营,不久我便意识到自己孤独荒凉的处境。

一会儿后狼群的和声开始了:也许它们有一两打,但我觉得有数千只似的。我从来没听到过这样的狼嗥。火鸡准备好后我把它分成两半,将两根棍子插入其中一半,再将肉竖着插在火堆前,猎人就是这样烤肉的。烤肉的香味刺激了狼的食欲,它们的和声确实变得阴森可怕起来。它们似乎全都围着我,但我只能时而在某一只进入火光时瞥见它。

我对狼倒并不怎么在乎,知道它们是一种胆怯的家伙,但我曾听说有关豹的可怕故事,开始担心它们会在周围的黑暗中鬼鬼祟祟地走来走去。我口渴了,并听见不远处有小溪发出清脆的汩汩声,但却绝对不敢去那儿,以免遭到某只豹子的伏击。没多久传来一只鹿的叫声,我先前从未听到过,以为一定是只豹呢。我感到不安,唯恐它爬上树,沿着头上的树枝爬行,然后猛然扑到我身上。所以我两眼直盯住那些树枝,直到头都望痛了。我不止一次以为看到火一般的眼睛从上面盯住我——就在树叶当中。最后我想到自己的晚餐,转身去看那半只火鸡是否已烤熟。由于我把肉放得离火太近,所以把它给烤焦了,只好又烤另外一半,也更加小心了。我晚餐即吃的这一半,既没盐也没面包。我仍然非常害怕豹子,整夜没合眼,始终躺着观察树林,直到天亮,这时我所有的恐惧都随着黑夜一起消失。我看见早晨的阳光透过树枝照射下来时,露出笑容,心想那些声音和影子让我多么惊慌啊。可我还是个年轻的森林居民,也还是肯塔基的一个异乡人。

我早饭把剩下的火鸡吃了,在潺潺的溪水边解了渴,也不再害怕豹子,这时我怀着轻松愉快的心情又开始了徒步旅行。我再次看见鹿,可它们照常跑呀,跑呀!我试图向它们开枪,但是白搭,我因此担心永远也开不了枪。我恼怒地盯着一群飞奔的鹿,此刻突然传来人的声音,让我大吃一惊。我转过身,看见不远处有个穿着狩猎服的男人。

"你在追什么,伙计?"他大声问。

"那些鹿,"我郁闷地回答,"可是好像它们永远也不停住。"

他于是一下笑起来。"你从哪里来?"他问。

"里士满。"

"什么!就是以前的弗吉尼亚吗?"

"正是。"

"你究竟如何来到这儿的?"

"我乘坐一只平底船在格林河上的岸。"

"你的同伴呢?"

"我没有同伴。"

"什么?——完全是一个人!"

"对。"

"你要去哪里?"

"任何地方。"

"来这儿干啥?"

"打猎。"

"哦,"他笑着说,"你会成为一个真正的猎人。没错!你打到什么东西了吗?"

"仅仅打到一只火鸡。我无法在鹿的射程以内,它们老是跑个不停。"

"唔,我会把其中的奥秘告诉你的。你总是在往前追赶,远远就把鹿惊动了,看着它们奔跑。如果你想有机会打到鹿,你得像只猫一样慢慢地、静静地、小心地移动,两眼紧盯住周围,从一棵树潜行到另一棵树。不过,好啦,和我一起回去吧。我叫比尔·史密瑟斯,住在不远处,去我那儿住一阵子,我会教你如何打猎。"

我很高兴接受真诚的比尔·史密瑟斯的邀请。不久我们到达他的住处,那只是一间小木屋,开了一个方孔作窗口,烟囱用细树枝和泥土做成。他与妻子和一个孩子住在这儿。他把周围的树林"圈了"一两英亩,准备开辟一片地种玉米和土豆。与此同时他完全靠打猎来供养家人,我很快发现他是个一流的猎人。在他的指导下,我上了"森林术"[1]中最为有效的功课。

我越了解猎人的生活就越喜欢它。而这片地方——它是我少年时代的希望之乡[2]——也并不像许多希望之乡那样让我失望。那个时候,没有任何地方的荒野比肯塔基的更美。一片片森林十分开阔,树木高大雄伟,有的好像长了数百年。还有漂亮的大草原,上面有一片片小树林和灌木丛,像庞大的公园一样,你能在此看见远处奔跑的鹿。到了适当季节,这些草原很多地方都长满泡草莓,它们会把你马蹄的丛毛[3]给染上颜色。我当时想世上再没别的地方比得上肯塔基——现在

---

1 指与森林有关的技术和经验,如打猎、钓鱼或露营等。
2 语出《圣经》,也称乐土、福地。
3 指马等蹄后上部的丛毛。

我仍然这样认为。

我和比尔·史密瑟斯一起待了十天或十二天，心想我该换到别处去住了，因为他的房子也只够家人住，我也一点不想给任何人添麻烦。我因此收拾起行装，把猎枪扛到肩上，友好地向史密瑟斯和他妻子告别，出发去荒野里寻找宁录[1]——一个叫约翰·米勒的人，他独自生活在约四十英里远处，我相信他会很高兴有个打猎的伴侣。

没多久我发现，到了一个陌生地方，森林术中最重要的一项就是在荒野里有找到路的本领。在森林里根本就没常规的道路，而只有一条条通往四面八方、纠缠不清的小径。有些是开拓者们的牲畜踩出来的，被称为"牲畜道"；而其他的就是大量的美洲野牛踩出来的，它们从大洪水[2]时到最近，就一直在这里漫游。这些被称为野牛道，像公路一样横穿整个肯塔基州。在未经开垦的地带仍可看到它们留下的痕迹，或者它们穿过大山时在一块块岩石上留下的深印。我是个年轻的森林居民，让一种种路径弄得迷惑不解，无法区分，很难穿出这迷宫般错综复杂的地方。就在我这样不知所措时，我听见远处传来咆哮奔腾的声音。阴暗悄然笼罩着森林。我抬头偶然瞥见到天空，注意到一团团云像球一样卷起，云块的下部分相当黑暗。不时有一声爆裂，像远处的大炮，也像倒塌的树发出的轰鸣。我听说过森林里的飓风，猜想眼前即将出现。它很快就凶猛地席卷而来，森林在痛苦地翻腾、挣扎和呻吟。飓风并没扩展得很开，在某种意义上就像犁似的从森林中犁过去，将长了数百年的树刮断或连根拔起，使空中充满了旋转的

---

[1] 《圣经·旧约》中的一个英勇的猎人和史那之王。也喻指好猎手、猎人。
[2] 指《圣经·创世记》中所说的灭世洪水。

赖沃德早年的经历——对主人公自述的记录

树枝。我正好处在飓风的道上,躲在一棵巨大的白杨后面,其直径有六英尺。它起初经受住了飓风猛烈的冲击,但最终动摇了。我看见它倒下,像松鼠一样敏捷地绕过树干。它轰然倒地,还把另一棵树一同撞倒。我爬过去躲到树干下面,才没有让倒在周围的树压住,但是狂风刮到我身上的小树枝把我打得浑身疼痛。

这便是我在去约翰·米勒家的途中发生的唯一大事;我次日到达了那里,受到这个住在边远地区的老者相当热情的接待。他是个头发灰白的人,身强力壮,饱经风霜,一只眼睛上长着像大胡子一样的蓝疣,猎人们因此给他取了个绰号叫"蓝胡子米勒"。从最初的殖民时期他就住在这里,在与印第安人猛烈的冲突中表现突出——那一个个冲突使肯塔基获得了"血腥战场"的称号。一次战斗中他的一只胳膊被打断;另一次战斗中他遭到猛追,纵身从30英尺高的悬崖跳入河中才死里逃生。

米勒欣然让我和他住在一起,想到把我培养成猎人似乎很高兴。他的住处是一间小木屋,有一间用木板搭建的阁楼,所以有足够的屋子供我们两人住。在他指导下,我不久在狩猎上便比较在行了。我第一次取得的重大成功就是杀死了一头熊。当时我正同两个兄弟一道打猎,忽然我们在一片林子里见到熊的足迹,那儿有一些低矮的葡萄树和其他藤竹之类的东西。熊正在往一棵树上爬,我一枪打到它的胸部;它倒在地上,躺在那儿一动不动。兄弟俩让他们的狗上去,它咬住熊的喉咙。只见熊抬起一只胳膊把狗抱住,将它的肋骨压断。它痛苦地大叫一声,随即便彻底完蛋了。我不知道是狗还是熊先死。俩兄弟坐下,像孩子似的为自己不幸的狗哭起来。然而他们是些粗野的猎人,几乎像印第安人一般狂野不驯;但他们也是两个不错的人。

渐渐地我有了名声,在附近的猎人当中多少成为一个受欢迎的人。就是说,住在方圆三四十英里内的人时时来看望约翰·米勒,他是他们的首领。他们彼此离得远远的,住在木屋和棚屋[1]里,差不多像印第安人一样简朴,几乎没有文明生活的那些舒适东西和发明物。他们很少相互见面,一周又一周,甚至一月又一月过去,他们都不会彼此走动。在他们真的见面时,在很大程度上也是仿照印第安人的方式。他们整天四处游动,没什么话可说,但是到了晚上就健谈起来,要在炉火旁坐到半夜,讲述着打猎的传说,以及"血腥战场"上可怕的战斗故事。

有时几个人会一起出征——或者说投入战役——到远处去打猎。此种出征从11月持续到次年4月,这期间我们将夏季的食物储备起来。根据所发现的猎物的情况,我们把狩猎营地从一处移到另一处。营地通常扎在流水边,紧靠长满藤竹的地点,以便把风挡住。我们的屋子的一边面向着火。马的脚被拴在一起后放到那些藤竹丛中,它们的脖子上挂着铃子。另有一组人留下来照看营地,准备饭食,并赶走狼群。其余的则出去打猎。某个猎人在离营地较远的地方打死一只鹿时,他会把它剖开,取出内脏。然后他爬上一棵小树,把树拉弯,将鹿系在顶端,再让树弹回去,这样就把鹿悬挂在狼群碰不到的高处。晚上他回到营地,讲述着自己的好运。次日一早他便从藤竹丛里牵来一匹马,骑着它把去猎物拿回来。那天他会待在营地,把鹿肉进行切割,而其他的人则继续打猎。

我们就这样在平静孤寂的狩猎中度过每一天。只是到了晚上我

---

[1] 特指用树皮或草编成的席子等搭建的茅屋。

赖沃德早年的经历——对主人公自述的记录

们才聚集到炉火旁,彼此交流。我是个新手,经常睁大眼睛竖起耳朵,倾听老猎人们讲述神奇怪异的故事,相信听到的每一件事情。他们的有些故事近乎超自然的东西。他们认为自己的猎枪也许中了魔,所以即使在很近的地方也打不死一头美洲野牛。这个迷信是从印第安人那里得来的,后者常认为白种猎人让猎枪中了魔。米勒也有此种迷信,老说他的猎枪中魔了;不过我却经常觉得那是在为枪法不准找借口。假如某个猎人远远没有打到目标,他就会问:"先前是谁用了这支枪?"——言下之意是那人一定让枪中了魔。要解除枪的魔法,确切的办法就是用它射出一颗银弹。

到了开春时节,我们通常把大量的熊肉和鹿肉用盐腌制、晒干、烟熏;此外还有不少兽皮。然后我们设法从远处的猎场回家,把战利品运回去,有时乘轻舟沿河而下,有时骑马从地面返回;而我们的归来,也常按照地道的边远地区的方式进行庆祝,又是举行盛宴又是跳舞。我已对你讲述了我们狩猎的某种主要东西,现在让我大致讲一下我们欢宴的情况。

那是我们冬季从格林河附近打猎归来,此时我们得知,在鲍布·莫斯利家将举行一个盛大的欢宴迎接猎人们。鲍布·莫斯利是整个这一带的要人。不错,他是个无关紧要的猎人,并且还相当懒散。不过他能够拉小提琴,这就足以让他举足轻重了。在方圆一百英里内再没有别人能拉小提琴,因此没有鲍布·莫斯利就举行不了一个通常的欢宴。于是猎人们总是乐意把打到的一部分猎物给他,用以换取他的音乐;只要有一队猎人狩猎归来,鲍布也总乐意为他们举行欢宴活动。眼下这个欢宴就将在他家举行,那儿在马迪河的鸽栖支流,马迪河是拉夫河的分支,而拉夫河又是格林河的分支。

人人都渴望去鲍布家参加狂欢。由于附近所有的时尚都将出现在那儿,我想我得为这样的场合把自己收拾得好一些。我的皮革猎服——这是我唯一的衣服——的确不太适合穿到那里去,上面沾了不少的血迹和油污。但我是可以采取猎人的权宜之计的。我钻进一只平底船,划到格林河的一处,这儿有沙和黏土,可以当作肥皂。这时我脱掉衣服,用沙和黏土擦洗皮衣,直到我觉得看起来很不错为止。然后我把衣服挂在一根棍子顶端,伸到平底船外面晾干,同时我舒舒服服地躺在河流绿色的岸边。不幸一阵风朝平底船刮来,把那根棍子吹弯了:我的衣服掉到河底,我再也没看见它。瞧,我几乎赤身裸体。我设法用粗糙的兽皮做成鲁滨孙那样的外衣,上面还有皮毛,这样我才得以比较像样地回去。可是我那寻求快乐和时尚的梦想完蛋了,因为穿得纯粹像个奥森[1]似的,我如何能在鸽栖支流的上层社会中抛头露面呢?

老米勒确实开始为我感到有些骄傲,他得知我无意去鲍布家时迷惑不解。不过我告诉了他自己遇到的不幸,说我没任何衣服。"仁慈的上帝呀!"他高声说道。"你一定要去,你的服装和马匹都将是那儿最好的!"

他立即着手用处理过的鹿皮剪裁制作一件狩猎服,在肩部做了显眼的边饰,绑腿上也一样,从臀部到后跟都有边饰。然后他给我做了一顶漂亮的浣熊皮帽,上面还飘动着尾状饰物。他又让我骑上他最好的马。可以毫不虚夸地说,我是出现在马迪河鸽栖支流的那次欢宴中

---

[1] 瓦伦丁和奥森的故事是个著名的传说,兄弟俩走上了不同的道路:瓦伦丁成长为一个彬彬有礼的青年,而奥森则成为中世纪的妖怪——森林中的"野人"。

最时髦的人之一。

让我告诉你吧,那样的场面可绝不算小。鲍布·莫斯利的家是一座较大的棚屋,屋顶有隔板。方圆许多英里的年轻猎人和美丽姑娘都聚集到这儿。小伙子们穿着最好的狩猎服,但是没一个人的服饰能与我的相比。我的浣熊皮帽——它有着飘动的尾饰——受到人人赞美。姑娘们大多穿着母鹿皮服,在森林里根本没有纺织,也无任何需要。我似乎觉得从没见过穿得这么好看的姑娘。我多少也是有眼力的,曾在里士满看到过那里的时尚。我们的欢宴很丰盛,也令人快乐,因为在场的有杰米·基尔,他在猎取浣熊方面很有名;有鲍布·塔尔顿、韦斯利·皮格曼、乔·泰勒和其他几个欢宴上主要的人物——他们高兴地又唱又跳,让大家也跟着一起发出欢歌笑语,其笑声在一英里外都能听见。

盛宴之后我们开始热烈地跳舞,大约下午3点钟时又来了人——老西蒙·舒尔茨的两个女儿,这两位小姐近来影响着此地的时尚。她们的到来差不多使一切欢乐活动都停止了。我讲述这个故事得略为兜点圈子,说明一下是怎么个情况。

她们的父亲老舒尔茨,有一天在藤竹丛里找自家的牲口时遇见了马的脚印。他知道它们根本不是他的马留下的,也没有任何邻居的马会去那儿。它们一定是离群的马,或者一定是哪个迷路的旅行者的马,因为脚印并未明确通往什么地方。他因此跟踪着脚印,直至走到一个不幸的小贩身边;此人有两三匹驮马,他在这片藤竹丛中迷失了方向,已经游荡两三天了,眼看就要饿死。

老舒尔茨把他带回家,拿鹿肉、熊肉和玉米粥给他吃,一周后他便彻底康复。小贩难以表达他的感激之情,临走时问需要付多少钱。

老舒尔茨吃惊地退回去。"客人,"他说,"你在我家做客是受欢迎的。我只给了你野味和玉米粥吃,再没更好的东西;不过我高兴有你作伴。你愿意住多久都欢迎。可是,哼!如果有谁吃了西蒙·舒尔茨的东西要付钱,可就是对他的侮辱!"说罢他生气地走了出去。

小贩对热情好客的主人加以赞美,但是不作些报偿就走了他会良心不安。真诚的西蒙不是有两个女儿吗,她们是两个身材修长、头发呈红褐色的姑娘。他打开自己的包装,把里面的财宝展示在她们面前,姐妹俩对这些东西一无所知。当时,在那一带根本没有乡村商店,见不到人造的珠宝和小饰物。而这小贩,也是第一个游荡到那片荒野地方来的人。姑娘一时给彻底弄得眼花缭乱,不知选什么好。不过最引起她们注意的,是两面镶在镀锡里的镜子,约有一美元钞票那么大。她们从没见过类似的东西,只是用一桶水来充当镜子。小贩又毫不迟疑地把首饰给她们,并且殷勤地用红丝带挂在她俩的脖子上,它们就像镜子一样精美。之后小贩才离开了,让她们犹如童话中的两个公主,在从巫士手中接过富有魔力的礼物时惊讶不已。

就这样,老舒尔茨的女儿用红丝带把镜子像小金盒[1]那样挂在脖子上,下午3点钟时,出现在位于马迪河鸽栖支流的鲍布·莫斯利家的欢庆上。

仁慈的上帝啊,这真是一件了不得的事!这样的事在肯塔基从来没见到过。鲍布·塔尔顿是个高大健壮的小伙子,他的头像栗色的树瘤,本人看起来又像苹果园里的一头公猪;他走上前,抓住一个姑娘的镜子,盯着它看了一会儿,喊道:"乔·泰勒,快来!快来!你可

---

[1] 用于存放照片或纪念品的装饰性小盒,常当作挂件佩戴。

赖沃德早年的经历——对主人公自述的记录

以从帕蒂·舒尔茨的镜子里看到自己的脸,就像在泉水里那么清楚——如果不是这样我才该死呢!"

转眼间,所有的年轻猎人都围到老舒尔茨的女儿身边。我知道镜子是怎么回事,所以没有过去。坐在我旁边的一些姑娘,发现自己这样受到冷落非常恼火。我听见佩吉·皮尤对萨利·皮格曼说:"天晓得,舒尔茨的女儿把那些东西挂到脖子上是不错的,因为这是小伙子们第一次围着她们转呢!"

我立即看出此事面临的危险。我们是一个小小的群体,经不起让仇恨弄得四分五裂。于是我朝两个姑娘走过去,对她们耳语道:"波莉,那些镜子确实很好,非常与你相配。可是你不要认为,这儿缺少了类似的东西就不够先进。你和我明白这些事情,但这些人不明白。这样的东西在过去的殖民地是不错,可它们在这马迪河的鸽栖支流不适合。你最好暂时把它们放到一边,否则我们会不得安宁的。"

幸运的是,波莉和她妹妹看到了自己的错误。她们把镜子取下来搁到一边,之后恢复了和谐;否则,我肯定那一带的人会完蛋。确实,尽管老舒尔茨的女儿在这个场合作出很大牺牲,但我并不认为她们从此在年轻女人中就很受喜欢了。

在肯塔基的格林河,这是人们第一次看见镜子。

现在我已和老米勒一起生活了一些时间,成为一名比较内行的猎人。然而,猎物越来越稀少了。美洲野牛聚集到一块,好像有着普遍的悟性似的,它们过了密西西比河,再也没回来。陌生人不断涌进这片地方,他们开辟森林,在四面八方修建房屋。猎人们变得烦躁不安。杰米·基尔——就是那位我已说过很会猎取浣熊的人——有一天来找到我说:"我再也受不了这种日子。我们的人挤得太密啦。西蒙·舒尔茨把我挤得简直受不了。"

"唉,你说的什么话!"我说。"西蒙·舒尔茨住在十二英里外呢。"

"那又怎样,他的牲口和我的搅在一起,而我根本不想生活在别人的牲口和我的搅在一起的地方。那样住得太密集了,我想要有充足自由活动的环境。这一带也变得太贫乏,不适合居住。什么猎物都没有了。所以我们两三个人决定尾随美洲野牛到密苏里州去,我们愿意让你加入。"我认识的其他猎人也在说同样的话。这让我开始思考。但是我越思考越困惑。我没有人可以商量请教。老米勒和他的同伴只知道一种生活方式,而我对任何别的生活又缺乏经验。不过我思考的范围很宽广。在我独自出去打猎时,我常把打猎的事给忘了,一连几小时坐在树干上,手里拿着猎枪,陷入沉思,自我商讨着:"是与杰米·基尔和他的同伴一起走,还是留在这里?假如留在这里,很快就什么打的都没有了。再说我要一辈子当猎人吗?除了肩上扛着猎枪,一天天隐藏着追踪熊、鹿和其他野兽外,我就没别的事可做了吗?"虚荣心告诉我有。我回想起自己对姐姐有过的幼稚的吹嘘,说我没有成为肯塔基的议员是不会回去的。可是要达到那种状况,这样的生活适合吗?

各种计划出现在我脑子里,但它们几乎一产生就让我放弃了。最后我决定当一名律师。不错,我差不多对此啥也不了解。我还没学到"三分律"[1]时就离开了学校。"没关系,"我毅然对自己说,"我是个相当特别的家伙,只要下定决心做什么事就会坚持到底。人只要具有普通的能力,全心全意地工作,坚持不懈,他就几乎无所不能。"带着

---

[1] 也称比例律,指已知三数时根据比例求得第四数的方法。

赖沃德早年的经历——对主人公自述的记录

这样的座右铭——它简直成了我一生的支柱——我坚定了当律师的决心。可是如何着手呢？我必须放弃这种森林生活，到某座城市去，以便在那儿学习、出庭。而这也需要资金。我查了一下自己的经济状况。父亲给的钱还放在阁楼上的一口旧箱子底下，原封未动，因为在这儿几乎不需用钱。我把在打猎中弄到的兽皮议价交换了一匹马和其他东西，以便万一需要时用来筹资。我因此觉得能够设法维持生活了，直至适合做律师为止。

我把计划告诉了可敬的恩主老米勒。听说我要背弃森林，他摇摇头，因为我很可能成为一流的猎人；不过他没有劝阻我。所以我于9月骑马出发，打算去列克星敦、法兰克福[1]和其他主要城市看看，找个有利的地方继续学习。不久我即作出了选择，比预期的更快。一天晚上我在巴兹敦[2]住宿，经询问得知，我可以每周花费一点五美元在一户人家得到舒适的住宿。我喜欢那个地方，决定不再寻找。于是次日我准备回去，向我的森林生活作最后告别。

我已吃过早饭，等着马，正当我在走廊里踱来踱去时，我看见一个年轻姑娘坐在窗旁，显然是客人。她很漂亮，长着赤褐色的头发和蓝色的眼睛，穿着白色的衣服。自从离开里士满后我从未见过这样的姑娘，而那时我还是个小男孩，不会怎么为女人的魅力所吸引。她看起来相当优雅秀丽，与林中那些健壮丰满、皮肤黑黑的姑娘截然不同。而且她还穿着那身白衣呢！真是太耀眼了！任何卑微的小伙子都会感到惊讶，突然被弄得神魂颠倒。我渴望认识她，可我怎样和她搭话呢？

---

[1] 美国印第安纳州中部一城市，位于印第安纳波利斯的西北偏北。
[2] 肯塔基州中部城市。

我在林中已变得粗野起来，没有上流生活的种种习性。假如她像佩吉·皮尤或萨利·皮格曼一样，或者像鸽栖支流任何其他身穿皮衣的美女，我也会毫不畏惧地接近她。而且，假如她像舒尔茨的女儿一样美丽，脖子上挂着小镜子，我也不会犹豫的。但是那一身白衣，那些赤褐色的卷发、蓝色的眼睛、优雅的容貌，在使我着迷的同时又让我丧失勇气。我突然间想到要吻她，我也不知是怎么产生这个念头的！要得到这样的美事，需要相互认识很久才行，但我可以采取纯粹是劫掠的办法得到它。这儿谁也不认识我。我只需走进去，飞快地吻她一下，然后骑上马跑开。她不会因此变得更糟。而那一吻——啊！如果得不到我会死的！

我不让这种想法冷淡下去，而是走进房子，轻轻来到她房间。她背对门坐在那儿，正在窗旁看着外面，没听见我走近。我微微拍一下她的椅子，趁她转身抬头看时，我迅速给了她一个甜蜜的吻，真像是偷来的吻一样；一眨眼工夫我便消失了。随即我骑上马飞奔返回，耳朵还为我做的事火辣辣的呢。

回去后我卖掉马，把一切东西都变成了现金。我发现，加上父亲留给我的钱，我有了近四百美元。我决心用这点资本，极其勤俭节约地应对生活。

与老米勒分手时我很难受，他对我就像父亲似的。而放弃我至今所过的自由独立的林中生活，我也经过了一番斗争。不过我已选定了自己的道路，从来不是一个会畏缩或掉头的人。

我坚定不移地来到巴兹敦，住进已谈好归我住的房间，把自己关在里面，开始全力以赴地学习。可是我面临着怎样艰巨的任务啊！所有的东西我都要学，不仅仅是法律，还有一切基础的学科。我读啊读，

赖沃德早年的经历——对主人公自述的记录

每天二十四小时有十六小时都在读书。但我越读越感到无知,为自己知识贫乏流下伤心的泪水。好像我越往前学习,茫茫的知识就越广阔,我也越困惑不解。我每爬上一个高处,只是看到要穿过的是一片更广阔的领域,这几乎使我充满绝望。我变得忧郁沉默、不爱交际,但仍坚持不懈地学习。我唯一与之交谈的人,便是我那位可敬的房东。他诚实正直,心怀善意,但就是非常无知,我相信,倘若我不那么沉迷于读书他会更喜欢我。他认为所有的书都充满了谎言和骗人的东西,只要浏览一本,他很少有不生气的。最让他愤怒的,是人们声称地球每隔二十四小时围绕其轴心旋转一周。他发誓这是对常识的公然蔑视。"嗳,如果那样,"他说,"早上井里就会一滴水也没有了,牛奶场的所有牛奶和乳酪也都会翻个底朝天!然后还说地球围绕太阳转!他们咋晓得的?三十多年来我每天早晨都看见太阳升起,每天傍晚看见太阳落下去。他们可别对我说地球围绕太阳转的事!"

另有一次,他听人说太阳和月亮之间的距离时恼怒不堪。"有谁能晓得那个距离?"他大喊道。"谁测量的?是哪个牵的测链?好家伙!他们在我面前这样说只是想惹我生气。不过也有一些并不缺少见识的人,也相信那种该死的骗人东西!瞧,布罗德纳克斯法官就这样,他可是咱们最好的律师之一呀。他竟然会相信这种废话,难道不让人吃惊吗?唉,先生,有一天,我听见他谈到从一颗他称为火星的星球到太阳的距离!他很喜欢一些该死的书,必定是从其中某一本里面产生的那个念头;那是某个冒失的家伙写的书,他知道谁也不会为那段距离是长是短起誓的。"

就我本人而言,由于感到自己缺乏科学知识,所以虽然他相信是太阳每天围着地球转,我也从未冒昧去动摇他的想法;不管我的说法怎么与其相反,他无论如何都只相信自己的。

我在巴兹敦生活了约一年,独自一人专心学习;有一天我在街上行走时,忽然遇见两个姑娘,其中一位我立即想起来,就是那个我曾如此冒失地吻过的小美人。她脸红到了耳根,我也一样;我们俩经过时,又再次示意彼此认识。然而,这第二眼使我的心产生一种奇异的躁动。几天里我都无法不想到她,使我的学习大受影响。我极力只把她看作是个孩子,但是没用。她长得更加漂亮了,正在出落成一个女人,而我自己才只是个小青年。不过我并没去追她,或甚至去了解她是谁,而是坚定地回到了书本上。渐渐地她从我的思想中消失,或者如果她偶尔闪现一下,也只会让我更加消沉。因为我担心,即便我竭尽全力也根本做不了律师,或者无法养活妻子。

一个既寒冷又有风暴的夜晚,我郁郁不乐地坐在客栈的酒吧里,两眼盯着炉火,心里想着不愉快的事情;这时突然有人向我搭话,他进屋时我没注意到。我抬起头,看见面前站着一个高大的男人,我觉得他显出一副炫耀的样子,穿着紧身短裤[1],系着膝带扣,头上打着粉,皮鞋精心地擦得又黑又亮。这样的穿着打扮,当时在那一带野性的地方是无与伦比的。他那大腹便便的模样,以及十分威严的举止,让我反感;在他向我搭话时,我昂起头表示不满。他问我是否叫林沃德。

我吃了一惊,因为我自以为完全是个隐姓埋名的人。不过我作出了肯定的回答。

"我想你家住在里士满吧?"

---

[1] 曾流行于18世纪的英美国家。

我气愤起来。"是的,先生,"我生气地回答,"我家是住在里士满。""我可以问问,你为啥到了这个地方吗?"

"哼,先生!"我大声说,一下站起身,"这关你什么事?你怎么竟敢这样问我?"

这时进来了一些人,使他未能作出回答。但我在酒吧里来回踱着步,因意识到自己的独立和受到侮辱的自尊而愤怒。那个看起来十分炫耀的人——是他惹得我发怒的——没再说一个字便离开了。

次日,正当我坐在屋里时有人轻轻敲门,我让他进来,只见那个头上打粉、穿着紧身短裤和发亮的皮鞋、系着膝带扣的陌生人,彬彬有礼地走进屋。

我那孩子气的自尊再次产生,不过他让我克制住了。他虽然显得很正式,但也亲切友好。他知道我的家庭,了解我的处境和我顽强的奋斗。经过少许谈话,我不无妒忌的自尊又平息下去,一切都烟消云散了。他是一位经验丰富、有着大量实践的律师,他马上提出要带我,指导我的学习。这个提议太有利、太让人满意,不能不立即接受。从那时起我开始抬起头来,进入正轨,能够向着正确的目标学习了。我还结识了当地的一些年轻人,他们也是从事律师职业的;我发现在同他们的辩论中我能够"与之匹敌",因此受到鼓舞。他创办了一个辩论俱乐部,我在里面不久变得十分突出,受人欢迎。一些从事其他职业的、有才能的人加入进来,使辩论的题目丰富多彩,我也得以在知识上进行各种探究。女士们也参加到有些讨论中,她们语调文雅,这对于辩论者的举止产生了影响。我在法律上的恩人或许也起到了有利的作用,他对我在猎人生活中感染到的任何粗鲁东西予以纠正。他意在让我往相反的方向发展,因为他是个老派的人,一切场合都要引用切斯特菲尔德[1]的话,并且谈论查理·葛兰狄生爵士[2]——他十全十美的典型。然而,那是"肯塔基化"了的查理·葛兰狄生爵士。[3]

我总是喜欢女性群体。然而至此为止,我这方面的经历只局限于林中居民那些粗野的女儿。对于穿"现成服装"、在优雅生活中长大的小姐,我怀有一种敬畏。在巴兹敦有两三个已婚女人,她们听说我在辩论俱乐部,断定我有天赋,并着手把我培养出来。我觉得,在她们手里我确实有了长进,以前腼腆或郁闷之处现在变得平静起来,以前冒失无礼之处现在变得从容起来。

一个傍晚我去登门拜访,与其中某位女士一起吃茶点;让我意外和有些迷惑的是,我发现那位蓝眼睛小美人也在旁边——先前我曾厚颜无耻地吻了她。我被正式介绍给她,但我们俩谁也没流露出以前认识的丝毫迹象,只是脸略为发红。在准备茶点的时候,主妇走出屋子去作些吩咐,把我俩单独留下。

哎呀,那是怎样一种局面!只要能够钻进森林中最最幽深的地方,我愿意把所有微薄的钱财拿出来。我感到必须说点什么,为自己先前的无礼找理由,可是我又想不出任何主意,一个字也说不出来。事情时刻变得越来越糟糕。有一会儿我受到诱惑,很想又像上次那样偷吻她一下,然后冲出屋子跑掉。但我被牢牢地固定在原处,因为我的确渴望得到她的好感。

看见她也同样对我感到困惑,我终于鼓起勇气,不顾一切地朝她

---

1 英国政治家和作家,最有名的著作为《致儿书信》(1774年),书中描绘了18世纪的理想绅士。
2 18世纪英国小说家S.理查森的小说《葛兰狄生》中的主人公。喻指模范绅士。
3 意指带有了肯塔基州的一些东西。

走过去,大声说:

"我一直想鼓起点勇气和你说话,可是办不到。我觉得自己陷入可怕的困境中。可怜可怜我吧,帮助我摆脱它。"

她露出微笑,嘴边现出酒窝,脸都红了。她抬起头,眼里露出害羞而顽皮的目光,表示其中包含着许多滑稽的回忆。我们俩大笑起来,从那时起一切都好了。

过了几晚上我在一场舞会上遇见她,我们继续作为熟人进行交往。不久我便深深地爱上她,经常向她献殷勤,在不到十九岁时我已向她求婚。我请求她母亲——一个寡妇——同意,她似乎犹豫。为此,我像通常那样性急地对她说,反对我俩结合是没用的,因为假如她女儿选择嫁给我,我是会不顾她的家庭和全世界反对娶她的。

她笑起来,说我用不着有任何不安,并不存在什么无理的反对。她对我的家庭和我本人都非常了解。唯一的问题是我没经济能力养活妻子,而她又没什么给女儿的。

没关系。此时一切都光辉灿烂地展现在我眼前。我充满了希望,无所畏惧,无所疑虑。于是我们说好,我继续学习,获得律师证,一旦我完全投入到工作中我们就结婚。

我现在以双倍的热情继续学习,深深地置身于法学之中,这时我忽然收到父亲的信,他听说了我的情况和我住的地方。他对我所走的路表示称赞,但建议我打下一般知识的基础,并提出如果我愿意上大学他会出钱资助。我感到自己缺少普通教育,对这个提议感到犹豫。它与我如此骄傲或相当自负地为自己规划的、独立自主的道路,有些相违背,不过这对于我从事律师职业又将更加有利。我同已与我订婚的可爱姑娘商量。她赞同我父亲的意见,话说得既十分公正又非常温和，使我更加爱她——如果可能。我因此不情愿地同意去上几年大学，尽管这必然要推迟我们的婚事。

我刚一作出这个决定，她母亲就生病去世了，使她没有了监护人。这再次改变我所有的计划。我似乎觉得自己可以成为她的保护人。我放弃了一切上大学的念头，自信只要勤奋努力就能克服教育上的欠缺，所以决心尽快拿到律师证。

就在那年秋天我被获准成为律师，不到一个月我俩就结婚了。我们是一对小夫妻，她才刚过十六岁，我也不到二十岁。我们两人在世上都几乎连一美元也没有。我俩成的家与我们的境况是相称的：一座木房，有两间小屋；一张床，一张桌，半打椅子，半打刀叉，半打调羹；一切都是半打；一只代夫特陶器；一切都是小型的；我们很穷，但却非常幸福！

我们结婚后没多少天，要在一个大约二十五英里远的县城开庭。我必须去那儿出差，可是如何能去呢？我把所有的钱都用来成家了，再说我刚结婚不久，要与妻子分别是很难的。然而我又必须去。我得赚钱，否则狼很快就会来到我们门口。我因此借了一匹马，一点钱，骑着马离开了家门——妻子站在门旁向我挥手。她那最后显现在我眼前的容貌，如此可爱迷人，使我激动不已。我觉得似乎能够为她赴汤蹈火。

在10月一个凉爽的傍晚我到达那个县城。客栈里挤满了人，因次日就将开庭。我谁也不认识，不知我这样一个陌生人，一个纯粹的青年，如何能在这样一群人当中闯出路来，得到客户。公共房间里挤满了本地的闲人，他们遇到这样的机会就要聚集到一起。有些人在喝酒，发出很大的噪声，还有点口角。正当我走进屋时，我看见有个喝得半醉的粗野恶棍打一个老人。他傲慢无礼地走到我身边，经过时用肘推了我一下。我直接把他打倒在地，踢到街上。这是我再好不过的介绍了。随即很多人同我热烈握手，请我喝酒，我发现自己在这群粗人中间颇成了一个人物。

第二天早上开庭了。我在律师们当中入座，但觉得自己只是个旁观者，现在或以后手里都没有诉讼，也毫不知道客户从哪里来。这天上午受审的是个男人，他被指控传递假币，法官问他是否准备好接受审判。他回答说没有。他被关押在一个地方，那儿没有任何律师，也没有机会向谁咨询。他被告知，可以从在场的律师中选一位辩护律师，准备次日接受审判。他环顾一眼法庭，选上了我。我相当震惊，不知他为啥竟然作出这样的选择——我，一个嘴上无毛的青年，在法庭上毫无经验，完全不为人知。我既缺乏自信又觉得欣喜，差点去拥抱那个家伙。

在我离开法庭前，他拿出一百美元律师费装在袋子里给了我。我简直不相信自己的感觉，仿佛在做梦一样。这么多的钱，要说明他无辜也起不了多少作用，但那绝非我的事。我是个律师，不是法官或陪审员。我跟随他到了监狱，从他那里了解到此案的整个细节。然后我来到书记员办公室，弄到起诉书的摘要。接着我查阅了关于这个问题的法律规定，回到自己屋里准备诉讼要点。我一直忙到半夜才上床睡觉。但是没用。我有生以来夜里从没这么清醒过。我思绪万千，想入非非。那一大笔金钱如此意想不到地落入了我的衣兜。我想到家中可怜的爱妻，她将为我的好运感到惊讶！但另一方面，我又承担了巨大的责任！——第一次在一个陌生的法庭上辩护，犯人显然对我的才能满怀期待。所有这些，以及许多类似的想法，不断在我脑子里打转。

我彻夜辗转反侧，担心早上会精疲力竭，无法胜任。总之，曙光照到了我的身上——一个可怜的家伙！

我兴奋紧张地起了床，没吃早饭就出去了，极力集中思想，保持平静。那是一个明亮的早晨，空气纯净，有霜。我在一条流动的美丽小溪里洗了额头和双手，可却无法让心中的狂热冷下来。我回去吃早饭，但吃不下去，只喝了一杯咖啡。该进入法庭了，我带着一颗颤动的心去了那儿。我相信，如果不是想到爱妻，想到她待在孤寂的木屋里，我便会把那一百美元还回去，放弃此案。我在法庭上入座，确信自己看起来比我为之辩护的那个家伙更像罪犯。

在该我进行辩护的时候，我心中的勇气消失了。我窘迫惊慌地站起身，结结巴巴地开始辩护。我越说越糟，觉得自己正从山上滚下去似的。这时那个公诉人——他是个有才能的人，但是言行有些粗鲁——对我说的某些话予以讽刺。这就像电火花一般，使我感到浑身刺痛。随即我恢复了自信，产生了勇气。我敏捷而严厉地作出答辩，因为觉得他对我这样一个新手进行如此攻击，是一种冷酷无情的行为。公诉人作了某种道歉：这对于一位有着他那种可怕威力的人，真是一个巨大的让步。我怀着无所畏惧的激情继续辩护，最终胜利地结束了此案，我的当事人被宣告无罪。

这使我走向了成功之路。人人都好奇，想知道我这个陌生的律师是谁——我如此突然从他们当中冒出来，一开始就公开反对首席检察官。人们传说我前一天晚上初次来到客栈，把一个打老人的恶棍打倒在地并踢出门外，大家的言语中带着对我有利的夸张。我虽嘴上无毛，看起来青年，但这对于我也不无益处，因为人们给予我的信任远比我真正应该享有的多。在那样的县法庭上，有时会偶然遇到客户，它们

赖沃德早年的经历——对主人公自述的记录

现在向我涌来。我在其他的诉讼中不断受到聘用。星期六晚上法庭关闭,我把客栈的账结了,发现还有一百五十美元银币,三百美元钞票;另有一匹马,我后来卖了两百多美元。

从来没有哪个守财奴像我这么对自己的钱心满意足过。我将房门锁好,把钱堆放到桌子上,围着它转;又坐下来把肘搁到桌上,双手捧着下巴,眼睛盯住钱。我在想钱吗?不!我在想家中的爱妻。又是一个不眠之夜,但那是一个怎样充满了金色幻想、呈现出辉煌的空中楼阁的夜晚啊!天刚亮我就起了床,骑上借来的马——我即骑着它赶赴法庭的——同时牵着一匹作为律师费收到的马。一路上,我高兴地想着将会带给爱妻的惊讶。因为我俩先前只是预料我会花费掉所有借来的钱,负着债回去。

正如你可以推想到的,我们愉快地见了面:不过我表现得像印第安猎人一样,在追猎归来时决不马上说起成功的事。妻子为我准备了一点好吃的乡村美食,趁她准备的当儿我在屋角的一张老式桌旁坐下,开始数钱,然后把它放好。在我没数完前她来到我身边,问这些钱是为谁收的。

"当然是为我自己收的。"我假装平静地回答。"是我在法庭上赚得的。"

她怀疑地紧盯住我的脸。我极力保持镇定,表现得像个印第安人,可是没用。我的肌肉开始颤动,感情突然爆发了。我把她抱在怀里,欢笑着,喊叫着,在屋子里跳起舞来,像个疯子一样。从那时起我们就再也不缺钱了。

我做律师成功没多久,有一天林中的恩人老米勒来看我,使我不无惊讶。我走运的消息传到了身在原野的他那里,他徒步走过一百五十英里看我来了。此时，我已使自己的家得到改善，拥有了一切舒适东西。他用惊异的目光，看着周围他认为是奢侈华贵的物品；但认为它们在我改变了的环境中正合适。他说他基本上并不清楚，我当时的行为是要往最好的方向发展。确实，如果猎物一直很丰富，那么我不做猎人会是愚蠢的，然而在肯塔基狩猎几乎就要完蛋。美洲野牛已迁移到密苏里，麋走得差不多了，鹿也越来越稀少。在他这一生它们或许还有，因为他老啦；但再要以打猎为生却不值得。他曾在弗吉尼亚[1]边区住过，那里的猎物也不多。他又继续穿过肯塔基州，眼下那儿也在将他抛弃。而他年龄太大了，无法继续往前走。

他和我们一起待了三天。我妻子竭尽全力让他过得舒适一些，但是三天过去时他说他得回到森林去。住在村庄里，周围有这么多人，让他觉得厌倦。所以他又回到原野开始狩猎生活。不过我担心他的结局并不好，因为我得知在他去世的前几年，他娶了白桦朗[2]的萨基·托马斯。

1　美国东部的一个州。
2　位于美国南部的路易斯安那州。

印第安人系列

塞米诺尔人 [1]

昔日，老庞塞·德·莱昂 [2] 在寻找"青年泉"时曾想入非非地四处巡察，纳瓦埃斯 [3] 寻找金子时不无贪婪地远征考察，德索托 [4] 为了发现和征服又一个墨西哥而英勇地冒险；从那时起，佛罗里达州的土著人就不断遭到白人侵犯。他们不屈不挠地进行抗击，但徒劳无益，如今正在沼泽地里为本土上最后的立身之地战斗着，陷入极度的绝望。在长达三个多世纪里，他们从父亲到儿子无不满怀深仇大恨，这一仇恨因每一代所遭受的冤屈和不幸而变得有增无减——我们对此能感到惊奇吗！就连正与我们战斗的野蛮人的名字，也预示着他们处于无家可归的衰亡境地。他们一度是强大的部落，眼下却在遭遇毁灭，被赶出自己繁荣古老的领地，成为人们所知的塞米诺尔人或"流浪者"。

---

1 讲穆斯科格语的北美印第安部落。
2 庞塞·德·莱昂（1460—1521），西班牙探险家。传说他曾两度寻找"青年泉"，谁饮了其中的泉水永远不会老。
3 纳瓦埃斯（约1478—1528），西班牙殖民地官员，探险家。1526年奉查理五世之命去征服和垦殖美国佛罗里达州以西的广大地区。
4 德索托（约1499—1542），西班牙探险家。首先深入北美大陆的欧洲殖民者。

巴特拉姆[1]在上世纪[2]后期曾游历佛罗里达，他谈到自己穿过印第安人古老而广阔的领地——今天它们已寂静荒凉，森林茂盛，橘树成荫，植物浓密；这儿曾是古老的阿拉川郡的遗址，即那个著名的强大部族的总部，过去，他们"在这些令人愉快的田野和绿色的草原上"，能够聚集起数千人举行斗牛比赛和其他运动。"我们在这些富饶的高地上几乎走过的每一步，"他补充道，"都显露出古人遗留下的居住和耕作的痕迹。"

大约在1763年，西班牙人将佛罗里达割让给英国人，我们得知印第安人这时普遍从白人的城镇及邻近地区离去，他们置身于深山老林、错综复杂的沼泽地和冰丘[3]，以及内地广袤的热带大草原，过着田园生活，饲养马匹和牛群。就是这些人获得了塞米诺尔人或流浪者的名字，这一称呼他们至今仍然保留着。

巴特拉姆在荒野里看见他们，并对他们作了令人惬意的描绘。他们在那儿远离白人居住区，因此暂时获得了平静与安宁。"这些不多的人，"他说，"拥有广阔的土地，包括佛罗里达整个东部以及西部的大多地区——它们浑然天成，因有无数的河流、湖泊、沼地、广阔的热带大草原和池塘，而形成数千个小岛、小山和高地，这一切构成许多安然的隐蔽处和临时住地，从而有效地保护着他们，使之不会遭到敌人的突然入侵或袭击。由于这是一片沼泽和冰丘不少的地带，所以各种各样的动物有着极其丰富的营养食物；我甚至敢断言，世上没有任何地方拥有如此丰富的、适合于人食用的野生动物。

---

1 威廉·巴特拉姆（1739—1823），著名的植物学家。
2 应指18世纪。
3 指冰原上的冰丘。

"这样,他们享受着生活中极其丰富的必需品和便利东西,人和财产——人类主要关心的两个方面——都是安全的。鹿、熊、虎和狼的毛皮,以及蜂蜜、蜡和其他乡下产物,使得他们从白人那里换到衣物和家用器具。他们似乎并不缺吃少穿,也没有奢望。不用害怕凶恶的敌人。除了白人在渐渐入侵外,他们没啥觉得不安的。他们满足而安定,就像空中的鸟儿一样快乐自由,飞来飞去,十分活泼;像它们一样高兴地欢叫着,过着和谐融洽的生活。这些塞米诺尔人的面容和行为举止,最显著地展现出幸福的生活画面。快乐,满足,爱情,友谊,没有狡诈或虚假,这些在他们身上似乎与生俱来,或许在他们重大的人生原则中起着主导作用,因为这一切会陪伴他们直至生命的最后一息……他们喜欢游戏比赛和赌博,像孩子一样自娱自乐,讲述一些非同寻常的故事让大家既惊讶又欢喜。"[1]

这位作家受到土著人的优待,他对此作了动人的描述:

"我们进入森林不久,在路上遇到一小群印第安人,没等走近,他们早早地露出微笑,向我们招手。这是塔拉哈索切特的一家人,他们外出打猎,正满载着烤肉、兽皮和蜂蜜回家。这群人里有一个男人和他的妻子、孩子,他们都骑着漂亮的马,还带着不少驮马。男人把装在一只浅褐色皮囊里的蜂蜜给我们,我接受了,分别时我给了他一些鱼钩和缝纫针等。

"我们傍晚返回营地,一群年轻的印第安武士向我们致意,他们把帐篷扎在湖边有一小片橡树和棕榈的绿色高地上,那儿离我们的营地不远。他们是七名年轻的塞米诺尔人,由塔拉哈索切特的一位年轻

---

[1] 引自巴特拉姆著的《北美游记》。——原注

王子或酋长指挥,那是地峡[1]南边的一个镇。他们都穿着打扮得独特漂亮,按照塞米诺尔人的方式身上装饰有不少银器和链条,头上飘动着羽毛。见我们走近,他们站起身和我们握手。我们下了马,在他们令人愉快的火旁坐了一会儿。

"这位年轻的王子告诉我们的头儿说,他在追踪一个小伙子,那人从镇上把他的一个最喜欢的妻子带走逃跑了。他轻快地说,回来之前他会割下他们两个的耳朵。他的身高远在中等以上,在我见过的人的身材中是最完美的。他的面容、神态和举止都和蔼可亲,富有魅力。他说话亲切随便,但同时保持着恰当的雅致与尊严。之后我们起身告辞,穿过一座小山谷,那儿覆盖着迷人的绿草——它此时已经映照在一轮满月柔和的月光下。

"我们回到营地的同伴们当中不久,邻居们——那位王子和他的同伴——即登门拜访。我们用最好的食物予以招待,此时还保留着烈性酒。他们希望我们好好休息一下,十分友善、快乐地离开了,返回他们的营地。晚间时他们又带来一支乐队,其中有锣鼓、长笛和响葫;他们又是唱歌又是弹奏乐器,用音乐款待我们。

"在印第安人那些欢乐的歌曲里,尤其是情歌,包含着缠绵的柔情和忧郁的旋律,具有不可抗拒的动人魅力;特别是在他们孤独的偏远之地,在万籁俱寂的时候,这样的歌真是动听无比。"

那些曾经置身于他们当中的旅行者,就在最近,在投入眼下的殊死斗争之前,还以完全同样的眼光来描述他们;说他们过着愉快悠闲的生活,在他们那儿的气候里几乎不需住处或衣物,不需艰辛的劳动

---

1 夹在两个海洋间、连接两个大陆的狭窄陆地,如连接南、北美洲的巴拿马地峡。

大地也会提供生存所需的天然果实。他们是一个爱干净的种族，喜欢洗澡，在树荫下度过大部分时光，有成堆的橘子和其他可口的水果吃。他们有说有笑，跳舞睡觉。每个首领身旁都挂着一把扇子，用野火鸡、美丽的粉红色鹤或鲜红色的火烈鸟的羽毛做成。他就这样十分威严地坐着，一边摇动扇子，一边观看年轻人跳舞。除了战阵舞[1]外，女人也加入到男人的舞蹈中。她们腿上系着的一串串龟甲和卵石，伴随音乐的节奏发出咔嗒咔嗒的声音。她们在塞米诺尔人中间所受到的关注，比在不少印第安部族中受到的更多。

白种人、红种人与黑种人的由来——塞米诺尔人的传说

佛罗里达正式成为美国的领土时，地方长官威廉 P. 杜瓦尔[2]最初所关心的事之一，就是让土著人接受教育和文明。为此他召集酋长们开了一个会，告诉他们说，华盛顿的"天父"[3]希望他们当中要有学校和老师，他们的孩子应该像白人的孩子一样学习。杜瓦尔长篇大论地讲着，列举出这一措施会带给他们的种种好处，酋长们也像通常那样安静礼貌地听着；他讲完后，他们请求给一天时间仔细考虑一下。

次日召开了一个正式会议，会上一位酋长作为代表向州长进行陈述。"我的兄弟，"他说，"华盛顿的'天父'提出在我们当中建立学

---

1 作战前或作战胜利后作为庆祝的部落舞蹈。
2 威廉·P. 杜瓦尔（1784—1854），曾任美国法官。1822—1834 年任佛罗里达州行政长官。
3 即当时的美国总统。

校和派送老师,我们仔细考虑了这事。我们很感谢他关心我们的福利,但经过仔细考虑,我们决定谢绝他的提议。对白种人很好的事情,对红种人[1]并不会好。我知道你们白种人说我们来自同样的祖先,可是你们错了。我们的先人留下来一个传说,我们是相信它的——就是说大神[2]造人的时候,造出了黑种人,那是他最初的尝试,也是一个很不错的开端。但他不久发现自己没把人造好,于是决定再试一次。他这样做了,造出了红种人。与黑种人相比,他远更喜欢红种人,但红种人也并不完全是他想要的。所以他又试了一次,并造出了白种人,这回他满意了。所以,瞧,你们是最后造出来的,这也是我为什么叫你小弟弟的原因。

"大神造出这三种人后,把他们召集到一起,让他们看到三口箱子。第一口装着书、图和纸,第二口装着弓、箭、刀和钺,第三口装着铲、斧、锄和锤。'这些东西,我的孩子们,'他说,'是你们生活的工具:根据你们的爱好从中选择吧。'

"受到宠爱的白种人最先选。他毫不理睬地经过了装劳动工具的箱子。但来到那些作战和狩猎的武器旁边时他停下来,紧盯住它们。红种人焦急地颤动着,因为他一心想得到它们。然而,白种人看了这口箱一会儿后走过去,选择了装书和图的箱子。轮到红种人选了,你可以肯定他高兴地一下选择了弓、箭和钺。至于黑种人,他别无选择,只能接受那一箱劳动工具。

"因而不难看出,大神是要让白种人学会读写,明白所有关于月

---

[1] 多为北美印第安人。本书因谈及三种不同肤色的人,因此译作红种人。一般情况下译作印第安人。
[2] 某些北美印第安部落崇拜的神。

亮和星星的事情，并生产出一切东西，甚至朗姆酒[1]和威士忌酒。红种人则应该成为一流的猎人和勇猛的武士，而不要从书本上学习什么，因为大神没有给他任何书；他也不要生产朗姆酒和威士忌酒，以免给醉死。至于黑种人，由于他只有劳动工具，所以很明显他要为白种人和红种人干活——他至今如此。

"我们必须按照大神的意愿去做，不然就会遇到麻烦。懂得读写对白种人很不错，但对红种人却很糟糕。它让白种人过得更好，却让红种人过得更坏。有些克里克人[2]和切罗基人[3]学会了读写，他们也成了所有印第安人当中最大的混蛋。他们到华盛顿去，说要看看自己的天父，讲讲他们部族的好处。他们到了那儿后，都在一小张纸上写了字，而部族的人却根本不知道。部族的人们知道的第一件事，是被印第安事务官[4]召集到一起，他把一小张纸出示给他们看，说那是一份协议，是他们的同胞以他们名义与华盛顿的天父签订的。他们不明白协议是什么，所以他把那一小张纸举起来，他们在下面看着，哎呀！只见它包括了一大片领土，他们发现自己懂得读写的同胞，已经把祖先的房子、土地和墓地卖掉了；而懂得读写的白种人已经得到它们。所以，告诉我们华盛顿的天父吧，说很遗憾我们不能让老师到我们中间来；至于读写，虽然对白种人很不错，但对印第安人却很糟糕。"

---

1 用甘蔗或糖蜜等酿制的一种甜酒。
2 一个早先居住在美国亚拉巴马州东部、乔治亚州西南部及佛罗里达州西北部的印第安族。
3 北美易洛魁人的一支。
4 处理印第安人事务的政府官员。

欧美见闻录

尼马斯拉的阴谋——一个真实的记述

  1823年秋，杜瓦尔长官和其余美国专员与佛罗里达的印第安酋长和武士签订了一项协议，根据这份协议，出于某些考虑，后者要放弃对于所有领土的权利——除了东部的一个地区，他们将迁移到那里，并在那个范围内居住二十年。有几位酋长极不情愿地在协议上签了字。但反对最为强烈的莫过于尼马斯拉，他是密卡索基斯的首领，那是一个凶猛好战的部族，许多人有着克里克人的血统，他们住在密卡索基斯湖一带。尼马斯拉总是积极参与对乔治亚州边疆地区的掠夺，从而使塞米诺尔人遭到报复和毁灭。他是个不同寻常的人，年龄六十多岁，身高约有六英尺[1]，长着一双漂亮的眼睛，面容非常引人注目——他遇事很能够镇定自若。他对白人的仇恨，似乎包含着鄙视：对于他们中的普通人他是极其不屑一顾的。他好像不愿承认，杜瓦尔长官在地位和尊严上有任何优越，他主张与杜瓦尔作为两位大首领平等交往。虽然他已被说服在协议上签字，但他内心是反对的。在一次与杜瓦尔长官坦率的谈话中，他说："这片领土属于印第安人。假如我手里拥有我们部族曾有过的那么多武士，我不会让一个白人留在我的土地上。我会把所有白人都消灭。我可以这样对你说，因为你能理解我：你是一个男人。但是我不会对你的人说这话。他们会大喊我是个野蛮人，会要我的命。他们不懂得一个热爱自己领土的人的感情。"

  由于佛罗里达最近才正式成为一个行政区，所以一切都处于原始自然的状况。杜瓦尔长官为了让自己熟悉了解印第安人，为了近距离

---

[1] 一英尺 = 0.3048米。

地看到他们,他住到了离弗威尔城镇不远的塔拉哈西[1],那儿住着密卡索基斯人。一段时间里他的政府官邸只是一座木屋,他靠猎人的食物生活。尼马斯拉的村子大约就在三英里远,行政长官时时骑着马去拜访那位老酋长。一次拜访时他发现尼马斯拉坐在位于村子中央的棚屋里,周围站着武士。行政长官带去了一些酒作为礼品送他,很快酒力上了老酋长的头,使他变得相当自负好斗起来。他脑子里始终存在的首要问题,就是与白人的协议。"不错,"他说,"印第安人是签订了这样一份协议,但白人并没有照着办。许诺给印第安人的钱和牲口,他们根本没有得到。所以协议终止了,他们不打算执行。"

杜瓦尔长官冷静地对他说,协议中规定的付钱和交纳牲口的时间还没到。老酋长非常清楚,但他一时假装不知道。他一直在喝酒说话,声音越来越大,响遍了整个村子。他手里拿着一把长刀,那是他用来切锉烟叶的。他一边说话一边不停地把刀挥来挥去,以此强调他说的话,有时还把刀挥到离行政长官的喉咙近在咫尺处。他结束自己的长篇演说时,又指出这片领土属于印第安人的,没等放弃它,他和他部族的人的尸骨就会在本土上变白。

杜瓦尔明白对方所有的这些狂言,不外乎要看看他是否能被吓住。因此他两眼直盯住酋长,等对方一把威胁的话说完,他就抓住其猎服的胸部,捏紧另一只拳头。

"我听见你说的话啦。"他回答。"你签订了一份协议,然而却说没等照办时你的尸骨就变白了。如果你不完全照着协议办,只要天上有太阳存在,你的尸骨必定会变白的。我会让你知道我才是这儿的首

---

[1] 佛罗里达州的首府,位于该州的西北部。它最初是美洲土著居民的一个村庄。

领，会让你履行职责的！"

老酋长听到这话身子往后一仰，哈哈大笑起来，声称他说的话全是在开玩笑。然而行政长官怀疑，在这个玩笑深处潜藏着某种重大的意味。

在随后的两个月里没有出现任何问题：印第安人每天都去行政长官位于塔拉哈西的木屋官邸，看起来心满意足。但突然间他们不再去了，三四天里一个印第安人也见不到。杜瓦尔长官开始觉得什么坏事正在密谋中。到第四天晚上，有个叫"黄发"的首领——他是个果断明智的人，始终表示忠诚于行政长官——大约在夜里12点走进长官的木屋，报告说有四五百武士在身上涂上颜料作了装饰[1]，正聚集在尼马斯拉的镇秘密召开作战会议。他冒着生命危险溜出来提供情报，之后便赶了回去，以免让人发觉他不在。

得到这个情报后杜瓦尔一晚上都焦虑不安。他了解尼马斯拉的才能与勇猛，回忆起对方发出过的威胁，并想到约有八十户白人家庭分散在非常广阔的地方；假如印第安人像他担心的那样决定清除这里的白人，那么这些家庭会立即遭到扫荡。他并没有夸大此事的危险，印第安人以前就洗劫过这片热土，其可怕的场面已证实了这一点。经过一个不眠之夜的思考，杜瓦尔决定采取与他坚决果断的个性相称的措施。他知道土著人赞赏个人的勇气，决定采取突然行动，设法威慑和阻止印第安人。这是在冒很大的危险，可很多人的生命危在旦夕，他感到这个险必须冒。

所以次日早上他骑着马出发了，只由一个曾让塞米诺尔人养育过

---

[1] 印第安人作战前的准备。

的白人陪伴，他懂得他们的语言和习惯，充当行政长官的翻译。他们进入一条"印第安人通道"，这条路通向尼马斯拉的村子。走了约半英里，杜瓦尔把此行的目的告诉了翻译。后者虽然是个勇敢的人，但他踌躇着，表示不同意这样做。他们要去见的印第安人，是这个部族中最胆大妄为、深感不满的。这些印第安人不少是身经百战的武士，因战败变得穷困恼怒，随时准备拿生命冒险。他说如果他们在召开军事会议，那一定是孤注一掷的，因而闯入到他们当中将必死无疑。杜瓦尔对他的担心不屑一顾，说他很了解印第安人的品性，当然会继续前往。说罢他骑着马向前走去。在离村子半英里远时，翻译又用颤抖的语调对他说话，他转身直盯住对方。翻译的脸色如死一般苍白，他再次力劝行政长官返回，说如果走过去他们必定会被杀死。

杜瓦尔重复着他要继续前往的决心，但建议翻译回去，以免他苍白的脸让印第安人看出胆怯，并加以利用。翻译回答说他宁愿死一千次，也不愿让人说他在面临危险时抛弃了自己的头儿。

杜瓦尔于是说，他必须把自己对印第安人讲的所有话忠实地译过去，一个字也不要削弱。翻译保证忠实照办，并补充说他很清楚一旦到了镇上，就只有勇气才能救他们。他们现在骑着马进入了村子，来到会堂[1]。更确切地说是一个四合院，它形成一个方庭，中间燃着一大堆议事篝火。房子的正面打开，面向火堆，后面关着。在方庭的每一角，房子与房子之间有一间隔供进出。这些房里坐着老人和酋长们，年轻人则围聚在火堆旁。尼马斯拉主持会议，他的座位比其余的更高一些。杜瓦尔从一角的间隔进去，大胆来到方庭中央。年轻人为他让路，一

---

[1] 尤指北美印第安人的议事会堂。

位正慷慨激昂地发表讲话的老人停下来。立刻有三四支枪向他举起瞄准。杜瓦尔从没听见过扳机发出如此大的咔嗒声，它们似乎撞击到他的心坎上。他瞥一眼印第安人，带着轻蔑的神态转身就走。他说他不敢再看一眼，以免自己的勇气受到影响——此时一切都取决于他坚定不移的勇气。

首领这时把手一挥，枪便通通放下了。杜瓦尔松了一口气：他真想从马上跳下去，但他克制着，从容不迫地下了马。然后他沉着镇定地走向尼马斯拉，用富有权威的语气问后者为何召开这个会议。他提出这个问题时讲话者便坐了下去。首领没有回答，不过显然迷惑地垂着头。停顿片刻后杜瓦尔接着说道：

"我很清楚这个军事会议的意图，认为有责任警告你，别把正在制订的计划付诸实际。假如这地方有一个白人的一根头发落地，我会把你和你的酋长们吊死在这会堂周围的树上！你无法装着能够阻挡白人的兵力。你们被掌握在华盛顿的天父手心里，他可以把你们像蛋壳一样捏碎。别忘了你们那些武士的命运，他们的尸骨正在战场上发白。别忘了你们在沼泽地里死去的老婆和孩子。你还想挑起更多的敌意吗？如果再和白人打一仗，你们将不会留下一个塞米诺尔人讲述自己部族的故事。"

见自己的话已发挥效力，他最后指定了一天让印第安人在圣马克士见他，对他们的行为作出说明。随即，没等他们从惊异中恢复过来，他已骑马离开。当晚他骑了四十英里到阿帕拉切科拉河的印第安人那里，他们与塞米诺尔人结有世仇。这些人马上纠集起二百五十名武士听他指挥，他命令他们在指定日子赶到圣马克士。他还派出信使，调集一百名民兵奔赴同样的地点，另外从军队调集了许多正规军。他的这一切布置取得了成功。采取这些措施之后，他回到密谋者附近的塔拉哈西，让对方看到他并不害怕。在这儿，他通过"黄发"查明有九个镇与白人为敌，参与到此次阴谋中。他又通过同样的渠道，小心查明每个镇的一些武士的名字——他们虽然贫穷，没有职位和指挥权，但却深孚众望。

当在圣马克士会面的指定时期到达时，杜瓦尔和尼马斯拉一起出发，后者带领了八九百名武士，但是没有杜瓦尔在身边他不敢冒险进入堡垒。他们进入堡垒后，看见那儿排列着军队和民兵，另有一队阿帕拉切科拉的士兵驻守在河对岸，这时尼马斯拉觉得自己被出卖了，正要逃跑。不过杜瓦尔保证说他们是安全的，等会谈结束后他们即可平平安安回家。

重要的谈话开始了，双方讨论着最近密谋的事。正如杜瓦尔预见的，尼马斯拉和其他老酋长把一切都怪罪到年轻人身上。"瞧，"杜瓦尔回答，"我们白人发现某人无力管束下属时，就会免他的职，另外任命一个人接替他。现在既然你们都承认不能够管束年轻人，我们得任命一些能够管束他们的酋长。"

说罢，他首先罢免了尼马斯拉，任命另一个人接替其职位。之后又罢免、任命了其余的人，同时留意让那些他得知贫穷但深孚众望的武士上任，把勋章戴到他们的脖子上，为其举行隆重的仪式。印第安人又惊又喜，发现所任命的人正是他们自己本来会选举的，他们因此高声欢呼。那些被出乎意料地提升为指挥官的武士，身着体面服饰，他们无疑会支持行政长官，也必将密切监视心怀不满的人。至于大酋长尼马斯拉，他愤愤地离开了，回到克里克部族，在那儿被选为一个镇的首领。这样，通过一个人果断的气魄和敏捷的智慧，一个危险的阴谋被彻底击败。行政长官杜瓦尔后来又凭借自己的影响，在没有中央政府帮助的情况下，得以让整个印第安部族迁居到其他地方。

致《纽约人》编辑：

先生，如下一信是我1828年逗留在阿尔罕伯拉宫[1]期间，草草写给一位朋友的。因它反映出我当时记录下的一些情景和印象，所以为贵刊读者着想，特冒昧寄来。假如证明可以接受，我会时时投寄其他信件，它们系我在各种漫游中所写，又让友人们善意地归还给了我。

你的 G.C.

1　中古西班牙摩尔人诸王的豪华宫殿。

西班牙系列

格拉纳达来信

亲爱的朋友：

在所有天主教国家，宗教节日均为人们提供了开展深受欢迎的庆典和娱乐的机会；不过在西班牙最甚，在这儿，宗教的主要目的似乎就是要创造种种节日和仪式。过去两天来，格拉纳达[1]沉浸在一片狂欢之中，庆祝一年一度重大的圣体节[2]。这座多事而富于传奇的城市，如你所深知的，曾经是山陵地区的一个聚集点，布满了小镇和村庄。当格拉纳达尚为摩尔人的王国辉煌灿烂的首府时，穆斯林青年们常从四面八方来到此地，参加富有骑士精神的欢庆活动。如今，西班牙的民众从各处涌向这里，参加教会的节庆。

由于民众喜欢一开始就享受事物的乐趣，因此格拉纳达在圣体节的前一晚上就躁动起来了。没等天黑，各道城门便云集着来自山村的

---

[1] 西班牙南部一座城市，位于科尔多瓦东南，由摩尔人于8世纪创建，在1238年成为一个独立王国的中心。该城于1492年为卡斯蒂利亚人攻陷，从而结束了摩尔人对西班牙的统治。

[2] 三一节（三一指圣父、圣子、圣灵三位一体）后的第一个星期四。纪念耶稣基督的身体实际存在于圣体圣事上所用的饼和酒中。

别具一格的农民,以及来自富饶的维加大平原的劳动者,他们一个个皮肤晒得黑黑的。当夜幕降临,维瓦拉布拉便有了越来越多身着各色服装的人群。这是市中心的大广场,由于在摩尔人统治时期经常进行种种马上比武,并且在摩尔人关于爱情与骑士精神的所有古老民歌里不断被唱到,所以十分闻名。在节日前的几天里,铁锤的声音便响彻广场。它的周围全部竖起了木头柱廊,为圣体节的盛大队伍准备好一条铺设的道路。仪式前夕,这条柱廊成为一条时髦的散步场所。它被照耀得灯火辉煌,广场四边的平台上分别都有一支乐队;格拉纳达所有的名流和美人,甚至所有可以对自己的服饰略加夸耀的民众,以及乡村的帅哥美女们——他们穿着安达卢西亚[1]艳丽的服装——涌向这条道路,急于去看人们和让人们看。至于从维加平原来的强壮的农民和并不想去展示的山民——他们满足于真切的享受——则挤在广场中心。有的三五成群聚在一起,听人弹吉他、唱传统民歌;有的跳起喜爱的波利舞[2];有的坐在地上做着虽然简单但却让人快乐的晚饭;有的则躺着休息。

临近午夜,柱廊里的快乐人群渐渐散去。不过广场中央犹如军队的野营,许多农民——有男有女也有孩子——在那儿过夜,他们在光秃秃的地上,在开阔的苍穹下面,酣睡起来。夏日的夜晚气候温和宜人,不需要任何遮盖的东西。对于西班牙大部分强壮结实的农民而言,床成了一种很多人从没享受过的奢侈品,他们假装对它不屑一顾。一般的西班牙人则把骡布铺上,或者把自己裹在大衣里躺下,用马鞍做

---

1 西班牙南部的一个地区。
2 一种轻快的西班牙舞蹈。

枕头。

次日早晨，我于日出时重游广场。它仍然到处是三三两两挤到一块睡觉的人。有的夜里跳舞狂欢后还在睡着；有的前一天干完活后即从村里出发，走了大半夜路，此刻睡得正香，为的是白天精神饱满地参加庆祝活动。大批从山里和平原遥远的村子里来的人，在晚上就出发了，现在带着老婆孩子不断到达。他们个个兴高采烈，相互问候，彼此开玩笑说笑话。随着时间过去，广场上越来越欢快热闹。这时各村的代表团从一道道城门涌入，游行穿过街道，它们必定会使盛大的队伍变得更加庞大。这些村子的代表团由牧师领着，他们手持各自的十字架和旗帜，以及圣母马利亚和守护神的画像。所有这些，在农民们当中都引起了巨大的竞争与嫉妒。它就像古时候富有骑士精神的聚会，那时每个城镇和村子派出首领和武士，他们拿着各自的旗标，以便保护这座首府，或者给它的欢庆增光添彩。

最后，所有这些各个团队组合成一支盛大的队伍，缓慢地绕着维瓦拉布拉广场游行，穿过主要街道，那儿的每扇窗户和阳台都悬挂起装饰挂毯。这支队伍里包括所有的宗教团体，军民中的官员和负责人，教区和村子的首领。每座教堂与修道院也都为此展示出各自的旗子、画像和纪念物，并提供了大量钱财。队伍当中走着大主教，他的头上有锦缎天篷，周围有下级高僧及其随员。人们伴随着众多乐队富有节奏的高昂乐声向前行进，从无数保持安静的群众中间穿过，然后向着大教堂走去。

眼见这支僧侣队伍穿过维瓦拉布拉——它曾是穆斯林堂皇壮丽、富有骑士精神的古老中心——我不禁为岁月与习俗的变化深受震动。的确，广场上的装饰使人不得不产生鲜明对比。为游行队伍——它延伸至数百英尺长——竖立起的木头柱廊的整个正面,都铺上了画布,上面由某位虽然爱国但并不高贵的艺术家以缩小方式,画出编年史与传奇故事中所记载的一系列征服[1]时期的主要场面和战功。这样,格拉纳达富于浪漫的传奇与一切融合在一起,在公众心中保持着鲜明的记忆。在格拉纳达,另一个与我们的国庆日[2]同样深受欢迎的重大节日,是"攻陷日";就是说,斐迪南[3]与伊莎贝拉攻陷这座城市的周年纪念日。这天,整个格拉纳达都会尽情狂欢。阿尔罕伯拉宫望台上的警钟,从早到晚响个不停。那个敲响钟声的姑娘是幸运的,能在这年得到一位丈夫更是充满魅力。

钟声传遍整个维加平原和一座座山顶,它召唤着农民去参加节庆。阿尔罕伯拉宫全天为公众开放。摩尔族君王们的大厅和宫廷里回响起吉他与响板[4]的乐音,一队队欢乐的人身着安大路西亚的奇特服装,跳起从摩尔人那里继承下来的流行舞蹈。与此同时,一支盛大的队伍穿过城市。斐迪南和伊莎贝拉的旗帜——这是征服中遗留下来的珍贵纪念物——被阿尔菲雷兹市长或首席掌旗官高举着,穿过一条条大街。可移动的军营圣坛——在所有战役中它都被带上——此时被运到皇家礼拜堂并放在墓地前面,那儿有西班牙人的大理石纪念雕像。队伍站

---

1 指西班牙人征服摩尔人。见《征服格拉纳达》(笔者译,上海文艺出版社 2009 年 12 月出版)。
2 指 7 月 4 日的美国国庆日。
3 指斐迪南二世(1452—1516),阿拉贡国王。他与其妻共同奠定了西班牙国家统一的基础。
4 用硬木或象牙制成。

满了礼拜堂。为纪念那场征服举行了大弥撒[1]。仪式进行到某处时阿尔菲雷兹市长戴上帽子,在征服者的坟墓上方挥舞着旗帜。

对于那场征服,一个更加奇特的纪念是当天晚上在剧院举行的,在那儿会演出名为"万福马利亚"[2]的流行戏。这就把人们的目光转向了经常歌颂的埃尔南多·德尔·普尔加[3]的战绩上,他的别号叫"英勇无畏的人",是格拉纳达人最受欢迎的英雄。

在斐迪南和伊莎贝拉围攻这座城市期间,年轻的摩尔族武士与西班牙武士竞相虚张声势。一次埃尔南多带领随从们于夜深人静时冲进格拉纳达,用匕首将"万福马利亚"题字钉在大清真寺的门上,标志着已把它奉献给了圣母马利亚;然后他安全地撤离了。摩尔族武士一方面钦佩这种英勇无畏的行为,一方面感到必须要报复。因此,次日塔非——他是异教武士中最勇敢顽强的人之一——在基督部队前面炫耀着,将神圣的"万福马利亚"题字拖在马尾上。维加的加西拉索对圣母马利亚的事业极力予以维护,他只身与那个摩尔人搏斗并将其杀死,怀着虔诚胜利地用长矛顶端举起"圣母马利亚"题字。

根据这一英勇行为演出的戏在民众中大受欢迎。尽管这戏很久以前就在演了,而且人们已看过数次,但它每次总能吸引大量的观众,让他们完全沉浸到剧情里面,以致他们觉得几乎像现实中的情形一样。

---

1 由神爷在辅祭、副辅祭的协助下主持进行的一种有焚香、唱诵等隆重仪式的弥撒。
2 原为天主教以"万福马利亚"开头的祷词。
3 《征服格拉纳达》中描写的一位出身高贵的青年,凭着富于传奇、胆大无畏的英勇壮举使自己崭露头角。

当埃尔南多就在这座摩尔人的首府的中心高视阔步地走着,并且夸夸其谈时,观众以热烈的喝彩向他欢呼;当他把"圣母马利亚"题字钉在清真寺门上时,戏院里彻底被观众的高呼声和雷鸣般的掌声震动了。另一方面,扮演摩尔人的演员不得不忍受观众对他们一时的愤怒。当异教徒塔非拔下题字把它系到马尾上时,许多人确实狂怒地站了起来,准备跳上舞台去对侮辱圣母马利亚的行为进行报复。

除了每年在这座首府举行欢庆外,差不多维加平原和山区的每一个村子都有其周年纪念活动,在那里人们用粗俗的仪式和乡村能够展现的盛况,庆祝摆脱了摩尔人的束缚。

在这些场合中,各种古老的西班牙服饰和盔甲有了某种复苏。需要双手舞动的大剑,重重的火绳枪,以及其他武器和装备,曾经是给村里武士配备的东西,它们自从征服以后就一代代地珍藏下来。最为强健的村民作为信仰的卫士,身穿这些具有历史意义的世袭服装;而村子昔日的敌人则由另一队村民扮演,他们打扮得像摩尔族武士。在村子的公共场地上扎起一个帐篷,里面放着圣坛和圣母马利亚的画像。西班牙武士要去这个圣坛祈祷,但受到包围在帐篷外面的穆斯林信徒阻止。接着双方假装拼搏,这当中有时战士们会忘记他们只是在扮演一个角色,真的狠狠打起来。假装的摩尔人特别容易让满怀虔诚的对手真正产生愤恨,而拼搏总是最终有利于美好的事业[1]。摩尔人被打败,成为俘虏。圣母马利亚的画像仿佛被从奴役中解救出来,并胜利地高高举起。随后是盛大的游行,西班牙征服者满怀自负地在巨大的欢呼声中行进着,他们的俘虏则被戴上脚镣手铐带走,让民众无比高兴,

---

[1] 此处指基督徒的宗教事业。

深受启发。这些一年一度的节日使村民们开心，他们花费可观的钱财予以庆祝。在有的村子，这些节日时而因缺乏资金不得不终止。不过等到条件更好了，或者人们能够省下钱来庆祝了，他们就会用极其壮观和奢华的方式让节日再次复苏。

现在回到埃尔南多的英勇行为上吧。无论这种英勇行为显得多么过分，难以置信，某些传统的习俗都证明它是真实的，并表现出在那场富于传奇的战争中，盛行于两个民族[1]年轻武士当中不无自负的勇敢精神。如此奉献给圣母马利亚的清真寺，征服结束后便成了本城的大教堂。在皇家教堂旁边有一幅圣母马利亚的画像，它是由埃尔南多挂上去的。这位勇猛无畏的骑士的直系继承人，至今有权在某种场合骑着马进入教堂，坐在唱诗班席位里面，在举起圣饼[2]时仍然戴上帽子，虽然这些特权经常受到圣职者们固执的争议。埃尔南多目前的直系继承人是萨拉侯爵，我时时在社交界见到他。他是一位容貌和举止都讨人喜欢的青年，一双明亮的黑眼睛显示出他继承了祖先那种火热的激情。当一幅幅画像在维瓦拉布拉广场悬挂起来——它们展示出一个个征服的场面——埃尔南多家族中的一个头发灰白的老仆人，为那些与家族英雄有关的画像高兴不已，真的流下了泪水，并急忙跑回到侯爵那里，催促他赶紧去看看家族的胜利纪念物。这位老人突然产生的热情让年轻的主人发出欢笑，为此老人转向侯爵的弟弟，凭着给予西班牙家仆们的自由权利，大声说道："来吧，先生，你比你弟弟更认真，考虑得更加周到。来，看看你最荣耀时的祖先吧！"

---

[1] 指西班牙人和摩尔人。

[2] 天主教在弥撒中或耶稣教在圣餐中经过"祝圣"的面饼。

＊＊＊＊＊

在写下上述信件两三年后，萨拉侯爵娶了某伯爵漂亮的女儿，笔者曾在阿尔罕伯拉宫的逸闻趣事里提到。在所有人看来这一婚配相当不错，他们对婚礼举行了极其隆重的庆祝。

1828

阿卜杜勒·拉赫曼——西班牙伍麦叶王朝的奠基人

致《纽约人》编辑：

先生，如下这篇传略为笔者根据阿拉伯编年史家提供的事实写成，它们也曾由博学多才的孔代[1]所引用。阿卜杜勒·拉赫曼[2]的故事几乎有着富于浪漫的魔力。不过由于它展示出既英勇又高尚的美德，并且记录了那个辉煌朝代的奠基人的命运——在阿拉伯人统治期间，这个朝代曾使西班牙光彩荣耀——所以它引起人们更大的关注。从某些方面讲，阿卜杜勒·拉赫曼可比作我们的华盛顿[3]。他取得了穆斯林西班牙的独立，使它得以摆脱哈里发[4]们的束缚，让彼此冲突的各地统一在一个政府之下。他以正直、宽厚和稳健统治政府，他的整个领导行为以惊人的自制和宽容著称。他死后，给继承者们留下了一个很好的榜样和忠告。

G.C.

---

1 原文为 Conde，生平待考。著有《阿拉伯史》一书。
2 指阿卜杜勒·拉赫曼一世（750—788年在位），叙利亚的伍麦叶王室成员，曾在西班牙建立伍麦叶王朝。
3 即乔治·华盛顿（1732—1799），美国军事领袖，美利坚合众国第一任总统（1789—1797年）。在美国独立战争（1775—1783年）中出任美军司令。
4 伊斯兰教执掌政教大权的领袖的称号。

"上帝保佑!"一位阿拉伯史学家高声说道。"诸侯的命运掌握在他一人手中。他推翻了强大的势力,把那些高傲的人打倒在地,并将遭受迫害和痛苦的人从绝望的深渊救起!"

辉煌的伍麦叶王朝[1]曾在大马士革[2]统治近一个世纪,然后爆发了由阿布·阿巴斯·萨法[3]领导的叛乱,他企图夺取哈里发们的王座,这个王座从先知[4]的叔父阿拔斯[5]那里继承下来。叛乱获得成功。伍麦叶王朝最后的哈里发被打败杀死。随即开始对伍麦叶家族的人[6]进行全面打击。他们中许多人战死,不少人在藏身处让人出卖后杀死。有七十多位最高贵和有名望的人在应邀赴宴时被杀害,他们的尸体被人盖上布后,用作那次可怕欢宴的餐桌。其余的人则被赶走,他们凄凉绝望地四处流浪,并且遭到满怀无情仇恨的追踪。因为篡夺者决心对受迫害的家庭中的人一个也不放过。阿布·阿巴斯占有了三座堂皇的宫殿和宜人的花园,建立了强大的阿拔斯王朝[7],它几个世纪来在东方都把持着统治权。

"上帝保佑!"这位阿拉伯史学家再次高声说道。"在阿布·阿巴斯不朽的法令里写着,尽管阿拔斯王朝的哈里发们心中愤怒,但伍麦

---

[1] 统治哈里发国家的第一个穆斯林大王朝(661—750年)。
[2] 叙利亚的首都和最大城市,位于叙利亚西南部。史前时代就有人居住,在罗马统治时成为繁华的商业中心,在十字军东征期间是穆斯林的大本营。
[3] 原文为 Aboul Abbas Safah,待考。
[4] 伊斯兰教的阿拉伯先知穆罕默德。
[5] 见后面的"阿拔斯王朝"注释。
[6] 公元756—929年西班牙伍麦叶王朝的哈里发。
[7] 一阿拉伯王朝(750—1258年),它使伊斯兰教帝国得以扩大。得名于先知穆罕默德的叔父阿拔斯(566?—652年)。

叶高贵的血统不应被摧毁。它的一个家族支系仍然很兴旺,在另一片土地上繁荣壮大着。"

在开始对伍麦叶家族的人进行残暴的打击时,他们当中有两位名叫索利曼和阿卜杜勒·拉赫曼的年轻贵族兄弟,一时没有受到伤害。他们个人的风度与高贵的举止,以及富有魅力的亲切态度,使他们拥有很多朋友;又由于他们太年轻,所以篡位者并不怎么担心。然而他们的安全只是暂时的,不久阿布·阿巴斯便产生了疑心。不幸的索利曼死在刽子手的屠刀下。他的兄弟阿卜杜勒·拉赫曼被及时警告有危险。几个朋友赶到他那里,给他带去了珠宝、一身伪装服和一匹快马。"哈里发的使者,"他们说,"正在追踪你。你兄弟正倒在血泊中挣扎。赶紧跑到沙漠上去吧!在人居住的地方你哪儿都不安全!"

阿卜杜勒·拉赫曼接过珠宝,穿上伪装服,骑上骏马,然后逃命去了。他成了一个孤独的逃亡者,在经过祖先的一座座宫殿时——他的家族曾长期在里面统治着——就连它们的墙壁似乎都有意出卖他,因为它们回响起他的骏马飞驰的马蹄声。他离弃了自己的故土叙利亚,在那儿他随时都会被认出和抓住;他在贝多因人[1]中间躲藏起来,那是一个半原始的游牧部落。他的青春活力,天生的高贵与风度,以及一双蓝眼睛所焕发出的可爱与亲切,赢得了这些漫游者们的心。他刚二十岁,在宫殿里娇柔奢华的生活里长大。不过他个子很高,精力充沛,没多久就变得强壮起来,完全适应了旷野里的乡村生活,甚至他好像从来都是在牧羊人原始简陋的小屋里度过的。

然而敌人紧追不舍,他几乎得不到休息。白天他与贝多因人一起

---

[1] 沙漠地带从事游牧的阿拉伯人。

在平原上奔跑，从每一阵风里倾听追踪的声音，想象着远处的每一团尘土里都有哈里发的骑兵。那晚他时时醒来，不断观察，刚到黎明他就第一个给马套上了笼头。

他厌倦了这些无休无止的惊恐，告别了友好的贝多因人，离开埃及前往西非，寻求更安全的庇护。巴雷亚省当时由阿文·哈比卜管制着，他是在伍麦叶家族的人的大力扶持下登上高位、官运亨通的。"无疑，"这位不幸的贵族心想，"此人会对我友好，保护我。他会因我的家人给予过他大量好处，乐于表示感激的。"

阿卜杜勒·拉赫曼很年轻，对人了解不多。对权力的受害者最为敌对的，莫过于那些他曾友好相助的人。他们担心迫害他的人怀疑他们有感激之情，从而卷入他的灾难之中。

不幸的阿卜杜勒·拉赫曼在一群贝多因人中间逗留了几天，以便得到休息，他们用特有的热情接待了他。晚上他们总是聚集在他身边，听他谈话，惊奇地注视着这个说话温和、来自更加文明的埃及的异国人。老人们吃惊地发现这样一个小青年竟有如此多的知识和智慧，年轻人则被他那坦然直率、富有男子气概的姿态征服，恳求他留下来。

一天夜里，大家都在沉睡之中时，被骑兵的马蹄声惊醒。阿文·哈比卜像所有远方港口的地方长官一样，已接到哈里发的命令，要求提防那个逃亡的贵族；他已听说有个与描述吻合的青年，只身从埃及边境骑着一匹旅途劳累的马进入该省。哈比卜的使者已追踪到他休息的地方，问那些阿拉伯人是否有个从叙利亚来的外国青年留在他们部落里。贝多因人根据描述，知道那个外国人就是他们的客人，担心他情况不妙。"这个青年，"他们说，"确实在我们中间待过。但他已经走啦，和我们的一些年轻人到遥远的山谷里打狮子去啦。"使者问他走的哪条路，然后急忙追击所期待的猎物去了。贝多因人赶紧来到阿卜杜勒·拉赫曼身边，他还在睡觉。"如果你担心掌权的人会如何，"他们说，"就起来逃跑吧。阿文·哈比卜的骑兵正在到处找你！我们已经暂时让他们跑到别处去了，但他们很快会回来的。"

"唉！我往哪里逃跑呢？"不幸的贵族喊道，"敌人像沙漠上的鸵鸟一样搜寻我，像风一样跟着我，让我得不到安全，连睡觉都不行！"

部落中有六个最勇敢的青年走上前。"我们有比风跑得还快的马，"他们说，"还有可以投掷标枪的双手。我们愿意护送你逃跑，只要活着就会同你并肩战斗，用我们的武器抵抗。"

阿卜杜勒·拉赫曼涌出感激的泪水拥抱他们。他们爬上骏马，朝沙漠上最偏僻的地方冲去。在微弱的星光下，他们穿过沉寂的荒地，翻过一座座沙丘。狮子发出怒吼，土狼发出嗥叫，但他们不予理睬，因为他们在逃离一心要追踪杀戮的人，这些人比沙漠上的野兽更残暴无情。

日出时他们暂时在一口没多少水的井旁停下休息，井的周围有几棵棕榈树。有个年轻的阿拉伯人爬上一棵树，往各个方向看去，一个骑兵也没见到。"咱们已经摆脱追踪了。"贝多因人说，"现在我们把你带到哪里去呢？你的家在哪里？你的人在哪里？你的人又在哪个地方？"

"我没有家了！"阿卜杜勒·拉赫曼悲哀地回答，"也没有家人或亲属了！我的故乡成了一片遭到摧毁的地方，我的人也一心要我的命！"

听到这番话，年轻的贝多因人深感同情；一个年纪不大、如此高贵的人竟然遭受了这么多的不幸和迫害，使他们感到吃惊。

阿卜杜勒·拉赫曼坐在井旁沉思片刻。最后他打破沉默说道："在毛里塔尼亚[1]居住着泽勒特部落。我母亲就是那个部落的。也许她的儿子——一个受迫害的流浪者——出现在他们的门口时，不会被拒之门外。"

"泽勒特人，"贝多因人回答，"在非洲人当中是最勇敢最好客的。任何不幸的人从来都能在他们那里找到庇护，任何异国他乡的人都不会被拒之门外。"于是他们又振作精神上了马，全速向泽勒特人的首府塔哈特奔驰而去。

阿卜杜勒·拉赫曼在六个阿拉伯粗汉的护送下进入那里，他们个个都旅途劳累，风尘仆仆；这时他那高贵威严的风度透过贝多因人简陋的服饰显露出来。他从疲惫的马上下来，一群人聚集在他身边。他对这个部落有名的特性深信不疑，因此不再试图隐瞒。

"你们眼前见到的，"他说，"是受到迫害的伍麦叶家族中的一个。我就是那个脑袋被悬赏的阿卜杜勒·拉赫曼，让人四处追赶。我把你们当作亲属投靠来了。我母亲是你们部落的，她临死时对我说，我任何时候需要都能在泽勒特人当中找到家和朋友。"

阿卜杜勒·拉赫曼的话打动了听的人。他们既为他的年轻和巨大不幸感到同情，又让他的坦率和男子气概给吸引住了。这是一个勇敢而慷慨的部落，对权势的不满并不畏惧。"如果我们辜负了你的信任，"他们说，"我们和我们的孩子都会面临灾难！"

然后地位最高的赫奎斯家的人中有一个把阿卜杜勒·拉赫曼带回

---

[1] 北非古国。

了家，像亲生孩子一样对待他。部落里的要人们争相看谁最应该给他关爱，对他表示敬意。他们极力通过自己的友好善意，让他忘掉过去的不幸。

阿卜杜勒·拉赫曼在热情好客的泽勒特人当中住了一些时间，忽然一天有两个外表可敬的陌生人由一小队随从护送着，来到塔哈特。他们说自己是商人，因旅行中穿着简朴的服饰而没有引起注意。不久他们找到阿卜杜勒·拉赫曼，把他带到一边。

"瞧，"他们说，"伍麦叶王室的阿卜杜勒·拉赫曼。我们是西班牙的首席穆斯林派来的使者——我们不仅仅来向你提供庇护所，因为你已经在这些勇敢的泽勒特人中得到了；我们是要给你一个帝国！西班牙现在成了一个个相互对立的小集团的牺牲品，它再也不能作为依附于某个王权的属国存在了，那个王权太遥远，无法顾及它的利益。它需要独立于亚洲和非洲之外，由一位优秀的君主统治：这位君主将居住在西班牙内，为它的繁荣奉献终生；他有足够的资格让所有彼此抗衡的主张无言以对，让敌对的各个派别团结和睦；同时有足够的能力与美德，确保给整个国家带来福利。为此，西班牙所有优秀的领导者的目光都转向了你，因为你是伍麦叶王室的后裔，也有着我们神圣先知的血统。他们听说了你的美德，以及你在面临不幸时表现出的令人钦佩、坚定不移的精神。他们请你接受世界上一个最高贵的国家的王权。你会遇到来自敌方的阻碍，不过有最英勇的名将站在你一边，他们曾在对异教徒的征服中表现得杰出非凡。"

使者们说完了，阿卜杜勒·拉赫曼一时惊讶赞叹不已。"上帝是伟大的！"他最后高喊道，"只有一个上帝，谁是上帝呢，穆罕默德可是他的先知！优秀的使者啊，你们给我的灵魂注入了新的生机，让我看到自己为之生活的东西。过去几年我遇到过不少麻烦和不幸，已经习惯了苦难与惊恐。既然是西班牙英勇的穆斯林的愿望，我就乐意成为他们的领袖和护卫者，无论是否有幸都献身于他们的事业。"

这时使者们告诫他不要对人说他们此行的使命，而要秘密前往西班牙。"非洲的海岸，"他们说，"到处是你的敌人，西班牙也有一个强大的派别会阻止你登陆，他们确实知道你的名字和地位，以及你去的目的。"

但阿卜杜勒·拉赫曼回答："我在逆境中时，这些勇敢的泽勒特人给了我温暖。尽管有人悬赏我的脑袋，但他们仍然保护我，尊敬我，而让我躲藏下来是非常危险的。我怎能不让恩人们知道自己的幸运，悄悄从他们的屋檐下走掉呢？不信任朋友的人不配享有友谊。"

使者们为他高尚的情感所吸引，对他的意愿毫不反对。事实证明泽勒特人是值得他信任的，他们为他命运中的重大变化欢呼。武士和小伙子们紧随其后，用马与武器相助。"因为一个高贵家族的荣誉，"他们说，"只能用长矛和骑手护卫。"几天后他与使者们出发了，身后有近一千名精于作战、熟悉沙漠的骑手和大批步兵护送，他们都手持长矛。可敬的赫奎斯——阿卜杜勒·拉赫曼即同他住在一起——分别时祝福着，流下了眼泪，好像阿卜杜勒·拉赫曼是自己的孩子。这个青年跨过门槛时，一家人悲哀不已。

阿卜杜勒·拉赫曼安全到达了西班牙，在阿曼卡上岸，随身带着一小队善战的泽勒特人。西班牙当时处于极度的混乱中。自从征服摩尔人后已过去四十多年。在叙利亚和埃及发生的一个个内战，使大马士革的大政府难以控制这个收回不算太久的遥远领土。每个穆斯林指挥官都把交给他管制的城镇或地区，视为对其拥有绝对的所有权，于是进行着最为专断的勒索。这些极端行为最终变得无法忍受，在一次由许多大首领参加的集会上，为了终止这些纷争，大家决定将西班牙所有的穆斯林地区团结在一位埃米尔[1]或大统治者之下。优素福·埃尔·费雷是一位出身高贵、年高德劭的人，他当选担任了这个职位。他着手施行政策进行统治，极力对各派予以调和。但是由于分派职责的问题，不久在失望的首领当中树了强大的敌人。结果便发生一场内战，使西班牙血流成河。双方的部队烧坏各种东西，展开掠夺，把一切摧毁，以此打击敌人。村民们抛弃一座座村庄，逃往城市寻求避难。兴旺繁荣的城镇从大地上消失，或者只是变成了一堆堆废墟灰烬。阿卜杜勒·拉赫曼登陆西班牙时，老埃米尔已经获得重大胜利。他夺取了萨拉戈沙，他的大敌阿米尔·本·阿姆鲁及其儿子和书记官即在里面。他将囚犯们戴上脚镣手铐，弄到骆驼身上，胜利地前往科尔多瓦[2]，自以为可以安全地对西班牙实行绝对统治了。

某天他在一个叫作瓦达拉布拉的山谷里暂停下来，同家人一起在大帐篷内休息，而手下的人和囚犯们则在露天用餐。正当他休息时，他的亲信和将军萨马尔司令骑马飞奔冲进营地，后者一身尘土、疲乏不堪。他带来消息说阿卜杜勒·拉赫曼到来了，整个沿海地方的人都投靠到他的旗下。一个又一个信使急忙赶到营地，证实了可怕的消息，他们补充说这个伍麦叶家族的后裔是阿姆鲁及其随从秘密请到西班牙的。优素福不等查明这个指控是否属实，他先是勃然大怒，随即下令将阿姆鲁及其儿子和书记官碎尸万段。他的命令立即执行。"这个残暴的行为，"阿拉伯编年史家说，"使他失去了真主的好感，从那时起

---

1 伊斯兰教国家的酋长、贵族或王公。
2 西班牙南部城市。

他便节节败退。"

阿卜杜勒·拉赫曼在西班牙上岸时的确受到欢呼。老人们希望在一位至高的领袖——古老的哈里发的后裔——统治下过上安宁生活,小伙子们则非常高兴有一位年轻武士率领他们夺取胜利。他朝气蓬勃,英俊果断,有着庄重高雅、亲切宜人的举止,把广大民众给吸引住了,他们高呼:"西班牙的阿卜杜勒·拉赫曼万岁!"

在短短几天里,年轻的君主就见到自己手下聚集了两万多兵力,他们来自附近的埃尔韦拉、阿尔梅里亚、马拉加、赫雷斯和西多尼亚。美丽的塞维利亚[1]为他的到来敞开了大门,公众予以欢庆。他继续进入内地,在科尔多瓦的城门前击败了优素福的一个儿子,迫使对方躲藏在城墙内,被紧紧包围着。然而,听到做父亲的优素福率领一支强大的军队赶来,他便把部队一分为二,留下一万人进行围攻,他率领另一万人迎击敌军。

优素福确实从西班牙东面和南面集聚起强大的军队,他在身经百战的将军萨马尔陪伴下,满怀自信地夸耀说要将入侵者赶出领地。眼见阿卜杜勒·拉赫曼只有一支小部队,他的自信有增无减。他转向萨马尔,带着轻蔑的嘲笑反复吟诵一位阿拉伯女诗人的诗句:

"我们的命运多么艰难!我们来了,众多口渴的人,
看啊!在我们当中却只有这杯水可以分享!"

双方的力量确实存在可怕的悬殊。一方拥有两位老将,他们在一

---

[1] 西班牙第四大城市和内地港市,塞维利亚省省会。

个个胜利中头发变白了,带领着一批力量强大、习惯于西班牙战争的武士。另一方仅仅是个青年,他刚成年不久,带领着一支匆忙征集、半受训练的部队。不过这青年是一位贵族,他因满怀希望而兴奋,渴望获得名望和帝国。他周围有一群来自非洲的忠实武士,他们所树立的榜样使得这支小部队士气高昂。

拂晓时战斗打响,泽勒特人凭借勇猛战无不胜。优素福的骑兵被打散,被迫退回到步兵那里,没到中午全军不得不仓皇逃窜。优素福和萨马尔也卷入了逃兵的人流中,他们狂怒着,咆哮着,想把部队重新纠集起来却徒劳无益。在一片混乱的逃亡中两人隔得很远,一个躲在阿尔加维斯,另一个躲在穆尔西亚王国。虽然他们打得顽强激烈,但还是再次被击败,他们只好带领一小队随从撤退,躲藏在埃尔韦拉邻近那些崎岖的大山里。

面对这些可怕的败退,老将萨马尔精神上屈服了。"啊,优素福!"他说,"我们与年轻的征服者这颗兴旺之星对抗是没用的:真主的意愿实现啦!咱们服命吧,趁现在还有投降的资本提出有利的条件。"

这对骄傲自负的优素福是个严峻考验,他曾经一心想实行绝对的统治,但他不得不投降。阿卜杜勒·拉赫曼既英勇无畏又慷慨宽容。他同意给两位老将最体面的条件,甚至对萨马尔特别关爱,为表示信任还派他去巡视西班牙东部各省,让它们恢复平静。优素福交出埃尔韦拉和格拉纳达并照其他投降条件实行后,被允许回到穆尔西亚,回到他儿子木哈马德那里。一切放弃要塞、交出武器的官兵都全面获得特赦,从而阿卜杜勒·拉赫曼取得了圆满胜利,所有人都归顺于他。于是这场争夺西班牙统治权的激烈战斗结束了。于是,杰出的伍麦叶家族在东方被推翻、几乎被灭绝之后,又在西方生了根,并且茁壮成长起来。

无论阿卜杜勒·拉赫曼现出在哪里，人们都兴高采烈地向他高呼。他骑马穿过一座座城市时，民众的欢呼声响彻空中。堂皇的宫殿里挤满旁观的人，他们迫切想看一眼他那高贵优雅的身姿和容光焕发的面貌。他们发现自己的新君主既富有权威又十分慈善，整个举止显得温和亲切，这时他们便将他视为非凡的人予以赞美——把他看作是一位被派来为西班牙谋福的仁慈天才。

在随后的和平时期，阿卜杜勒·拉赫曼致力于有益、高雅的艺术，将东方的精美东西引入西班牙。他把修建与装饰城市，视作贵族们闲暇时候最为高尚的工作，努力对科尔多瓦及其市郊予以美化。他对各种河堤进行重建，使瓜达尔基维尔河[1]不致溢出岸边；然后在如此形成的广阔地段上建起一座座可爱的花园。在这些花园中间他建一座高塔，从上面可以俯瞰到宽广多产的山谷，那条蜿蜒的河流使它富有生机。他常在这座塔上度过数小时，陷入沉思，同时凝视着温和平静、丰富多彩的风景，呼吸着这片宜人地方散发出的柔和芳香的空气。在这样的时刻，他总会想起过去，想起他青少年时遭遇的不幸。他的家人惨遭屠杀的情景会浮现在眼前，并且掺和着对故乡的痛苦回忆——他即被从那里赶了出来。在这些忧思中，他会坐在那儿，眼睛盯住自己种植在花园中央的一棵棕榈树。据说那是在西班牙种下的第一棵棕榈树，是让这半岛南部各省美化起来的所有棕榈树的母本。阿卜杜勒·拉赫曼深深地同情这棵树。它是他故乡的产物，也像他一样被放逐。他在满怀柔情的时候，有一次为它写下散文诗句，这些诗句后来闻名天下。

---

[1] 位于西班牙南部。

如下译文虽不算好但却是忠实的：

美丽的棕榈树啊！你也像个生客被带到了这里。不过你的根找到舒适的土地，你的头向着天空高高昂起，阿尔加维[1]美好的空气抚摸、亲吻着你的树枝。

你像我一样经历了厄运的风暴。假如你能感觉到我的悲哀，你便会流下辛酸的眼泪。一次次痛苦沉重地打击着我。我早年的泪水沾湿了幼发拉底河岸的棕榈。可当残酷的命运和凶恶的阿布·阿巴斯，将我从幼时的地方和富有感情的美好事物中逐走时，树与河都没注意到我的忧伤。

你对我可爱的故乡没有了任何记忆；不幸的我呀，一想起她就会流泪。

阿卜杜勒·拉赫曼对失败的敌人所表现出的宽大，注定要被滥用。老将优素福在巡查他交出的某些城市时，发现有一些热心的游击队员围住他，愿意为他冒生命危险。对权力的喜爱又在他胸中复活，他后悔自己那么轻易就被说服投降了。他又焕发出新的成功希望，让人秘密收集武器，把它们存放在最热心地表示效忠他的各个村子；他纠集起一支可观的部队，夺取了阿莫多瓦城堡。这次轻率的叛乱是短命的。阿卜杜勒·拉赫曼派塞维利亚的指挥官阿布德麦勒带领的部队刚一出现，那些最近还表示效忠优素福的村子就急忙宣布归附君主，并交出了隐藏的武器。

---

[1] 葡萄牙南部早期省，风景美丽的旅游胜地。

阿莫多瓦城堡不久夺回来了，优素福被赶到洛雷亚郊外，让阿布德麦勒的骑兵团团围住。这个老将试图从敌军中杀出一条路来，但是经过疯狂的拼死搏斗之后——他那手臂的力量曾经是难以置信的——他被种种武器击倒了，所以战斗结束时他的尸体几乎认不出来，遍体鳞伤。他的头被砍下送到科尔多瓦，放在城门上的一只铁笼里。

老狮子死了，可他的小崽还活着。优素福留下三个儿子，他们遗传了他尚武的脾性，渴望替死去的父亲报仇。他们把家族中不少四分五裂的随从纠集起来，趁司令官特马姆不在时袭击并夺取了托莱多[1]。这座尚武的古城建造在岩石上，几乎让塔霍河包围。他们在城里设立起某种强盗要塞，对周围的乡村进行搜寻，征收贡品，抢夺马匹，强迫农民加入到他们旗下。每天都有一队队驮着掠夺物的马和骡以及一群群牛羊，从城两边的桥上涌过去，聚集在城门口，它们是从周围一带抢劫到的东西。仍然忠诚于阿卜杜勒·拉赫曼的居民的牲口，不敢发出很高的声音，否则就会被军人们夺走。最后有一天，当优素福的儿子们带领精兵强将出去劫掠时，瞭望塔上的哨兵发出了警报。一支零乱的骑兵朝着大门疯狂冲去。人们发现了优素福的儿子的旗子，他们中有两个冲入城里，后面跟着一群惊慌不已的武士。他们遭到特马姆司令官的迎击，被打败了，有个兄弟被杀死。

一道道城门很快被保护起来；特马姆带领部队出现在城墙前要求投降时，城墙上几乎没有人把守。城内，在忠诚于特马姆的人和暴乱者之间发生了一场大骚乱，而后者手里有武器，占据着优势。几天来，暴乱者相信他们修建在岩石上的要塞坚不可摧，因此毫不把司令官

---

[1] 西班牙中部临塔哥斯河的一座城市，位于马德里西南偏南。

放在眼里。最后，托莱多有一些忠诚的居民——他们了解它所有的地下秘密通道，如果能够让编年史家们相信的话，有的自从赫尔克里斯[1]（如果不是该隐[2]）那时起就已存在——把特马姆和他的一队精良武士带入城中心，他们像变魔术似的突然出现。暴乱者们陷入恐慌，有的投降保命，有的隐藏起来，有的逃走。优素福的一个叫卡西姆的儿子伪装后逃跑了。最小的一个儿子没有武器，他被俘虏了，同他在战斗中被杀死的哥哥的脑袋一起送到君王那里。

阿卜杜勒·拉赫曼看见这个青年戴着脚镣手铐，回忆起自己早年遭遇的苦难，对他产生了同情。但为阻止他进一步造成危害，他被关在科尔多瓦城墙的一座塔楼里。与此同时，逃跑的卡西姆设法纠集起另一支武士队伍。西班牙从古到今都是个开展游击战的国家，经常发生游击冲突和小规模的掠夺；它当时受到一支在国内斗争中产生的肆无忌惮的队伍侵扰。他们唯一的目的就是掠夺，唯一的依靠就是武力；只要可以获得最大利益，他们随时会聚集到任何新近出现、不顾一切的人的旗下。卡西姆就是靠着这样纠集起来的无法无天的部队，对周围一带进行洗劫，突然占领西顿，并在塞维利亚无疑处于安全的状态下袭击了它。

阿卜杜勒·拉赫曼亲自率领忠实的泽勒特人投入战斗。他采取迅速行动击败了叛乱者，西顿与塞维利亚很快被夺回，卡西姆被俘。阿卜杜勒·拉赫曼再次对优素福这个不幸的儿子表现出宽容，饶了他的命，把他关在托莱多的一座塔楼里。

---

1 （希神与罗神）大力神，主神宙斯之子，力大无比的英雄。
2 《圣经·旧约》中的人物，是亚当和夏娃的长子。

老将萨马尔与这些叛乱毫无关系，而是切实按照阿卜杜勒·拉赫曼交托的事情去办。然而老友和同僚优素福的死，以及他家人后来的遭遇，使他充满失望。他担心命运无常，担心在公事中所面临的种种危险，因此恳求君王允许他回到塞根扎的家，过一种适合于晚年的幽居独处的生活。他的恳求得到批准。这位老将放下身经百战过的武器，将剑和长矛挂在墙上，在几位朋友的陪伴下，表面上一心过上了平静安宁、毫无野心的悠闲快乐的日子。

可是，谁能相信一个在战争与野心的培养下成长起来的人，会平静满足呢！在外表谦卑的灰烬之下，正燃着派系斗争的炭火。萨马尔看起来很达观地过着引退的生活，但他却正在与朋友们密谋新的叛逆。有人发现了他的阴谋，部队立即将他的家包围，把他押送到托莱多的一座塔楼；几个月后他在囚禁中死去。

在托莱多的又一次叛乱中，阿卜杜勒·拉赫曼的宽宏大量再次得到证实。优素福有个亲戚叫希克斯姆·本·阿德拉，他夺取了城堡，杀死君王的几位王室随从，把卡丁姆从塔楼中解救出来；他把那儿所有的匪徒召集起来，不久便纠集了一支拥有一万人的队伍。阿卜杜勒·拉赫曼马上率领科尔多瓦的部队和他忠实的泽勒特人，赶到托莱多城墙前。在许诺实行大赦甚至包括阿德拉和卡西姆在内后，叛军屈服了，他们交出了城市。

首领们看见阿德拉及其主要的同党都被阿卜杜勒·拉赫曼控制住，便建议他将他们统统处死。"对叛逆者和暴乱者作出的许诺，"他们说，"在为了国家利益而违背时，是不具有约束力的。"

"不！"阿卜杜勒·拉赫曼回答，"即使我的王权面临危险，我也不会食言。"说罢他批准了特赦，给阿德拉留下可鄙的生命，使其得以再次进行背叛。

阿卜杜勒·拉赫曼刚从远征中返回,就有一支哈里发从非洲派来的强大军队在阿尔加维斯海岸登陆。司令官阿利·本·莫格斯是凯尔凡[1]的埃米尔,他高举着从哈里发手中接过的华丽旗帜。无论走到哪里,他都命令用吹号方式对东方的哈里发表示赞扬,将阿卜杜勒·拉赫曼作为篡位者予以谴责,说他是在东方所有的清真寺都遭到驱逐和诅咒的一个家族的流浪成员。

首先加入到他旗下的一个人,便是阿卜杜勒·拉赫曼最近才宽恕了的阿德拉。他夺取了托莱多城堡,来到阿利的营地,主动提出把城市交到对方手里。

阿卜杜勒·拉赫曼既在和平时很温和,又在战争中很勇敢,他以惯常的机敏投入战斗,狠狠地杀戮敌人,将其推翻打倒;敌人有的被赶往海岸,撤回到船上,有的钻进山里。阿利的尸体在战场上让人发现。阿卜杜勒·拉赫曼叫人砍下他的头拿到凯尔凡去,夜里它被固定在广场的一根柱子上,并有这样的题字:"伍麦叶家族的后裔,就这样惩罚了鲁莽自大的人。"

阿德拉从战场上逃脱,以后又进行别的骚扰,但最终被阿卜杜勒·拉赫曼捉住;君王下令当场砍下他的头,以免由于自己惯有的仁慈又饶了他。尽管取得这些重大胜利,可是阿卜杜勒·拉赫曼的统治仍然为更多的叛乱和来自非洲的另一次入侵所困扰,不过他全都予以击败。他把自己政权的根越来越深地扎进国土。在他的统治下,西班牙政府变得日益有序和巩固,使这个东方帝国获得了独立。这位哈里

---

[1] 原文为 Cairvan,待考。

发继续被视为宗教信仰的大祭司和首要领袖，但他此时对西班牙已不再有任何现世的权力。

又经过了一段时期的和平之后，阿卜杜勒·拉赫曼开始致力于培养孩子们。他任命大儿子苏莱曼为托莱多的地方长官，把梅里达[1]交给二儿子阿卜杜拉管理。但三儿子希克斯姆是他心中的宝贝，由他最宠爱的苏丹女眷[2]霍瓦拉所生，他终生对这位妻子深深地爱着。他常与充满希望的小儿子一起去休息放松，从令人疲乏的行政工作中解脱出来。他同孩子一道在科尔多瓦那些让人惬意的园林里打猎，从事富有活力的运动，教孩子高雅的猎鹰术——君王对此很喜欢，并因此获得"科拉克斯猎鹰"的称号。正当阿卜杜勒·拉赫曼纵情于他天性中这些高雅的偏爱时，危害却在暗中进行着。优素福最小的儿子木哈马德，已在科尔多瓦的那座塔楼里被囚禁多年。看守他的人变得消极顺从，放松了警惕，把他从地牢里带出去。然而，他在大白天里却四处摸索着，仿佛仍然在黑暗的塔楼里面。看守们密切观察他，唯恐他在欺骗，不过他们最终相信由于长期见不到阳光他失明了。现在他们允许他经常到塔下面的屋里去，于炎热的夏天时在那儿睡觉。他们甚至让他摸索到水塘那儿，以便找到水洗澡。一年就这样过去了，没有引起任何怀疑。可在整个这期间，木哈马德失明一事完全是个骗局，他正在父亲的一些朋友帮助下密谋逃跑的计划，那些人设法时而去看望他。在仲夏一个闷热的夜晚，看守们都到瓜达尔基维尔河洗澡去了，把木哈马德一个人留在塔楼下面的屋子内。他刚一看不见听不到他们，

---

1 西班牙埃斯特雷马杜拉地区巴达雷斯省一城镇。
2 指王后、妃、母、女、姐、妹。"苏丹"是某些伊斯兰国家最高统治者或地位最高者的称号。

就赶紧跑到楼梯通向下面水塘的窗口,用两只手从窗子外面尽量吊下去,然后毫无损伤地落到地面。接着他一头扎进瓜达尔基维尔河里,游到对岸一片密林处,他的朋友们正等候着他。在这儿,他爬上一匹他们专门为这类事准备好的马,沿着孤寂的道路飞奔而去,终于逃到了哈恩[1]的大山里。

一段时间,塔楼的守卫害怕让阿卜杜勒·拉赫曼知道他逃跑的事。他最终听说之后,大喊道:"一切都是不朽智慧的功绩。它意在让我们明白,对邪恶者有益必然对善良者有害。那个逃跑的盲人将造成不少麻烦,让很多人流血丧命。"

他的预言得到了证实。木哈马德在山上举起叛乱的旗帜。各种煽动叛乱、心怀不满的人,同冒险求财或四处游荡的匪徒一起加入到他旗下;他不久便纠集起六千名全副武装的人,这些人鲁莽胆大,不顾一切。他的哥哥卡西姆这时带领一支勇猛的队伍又出现在朗达山,迫使周围所有山谷的人向他捐献。

阿卜杜勒·拉赫曼号召各个军事驻地的要塞司令协助将叛乱分子从山上的据点赶到平原。这是一个危险而缓慢的艰巨任务,因为一座座大山异常荒凉,崎岖不平。他率领一支强大的部队与他们共同作战,把叛乱者从一座山头赶到另一座山头,又从一座山谷赶到另一座山谷,再用数以千计的弩把火向他们射去,使敌人大受困扰。最后在瓜达勒马河附近展开了一场决定性的战斗。叛乱者遭到惨败。有四千人阵亡,许多人淹死在河里,木哈马德带领少数骑兵逃到阿尔加维斯山里。这儿,他又在荒凉偏僻的地方被要塞司令们追来追去。他是一个注定要

---

[1] 西班牙安达卢西亚地区哈恩省省会,曾先后被罗马人和摩尔人占据。

被毁灭的人,身边不多的随从变得不耐烦了,无意和他一起遭受悲惨的命运。他们一个个抛弃他,他自己也抛弃了余下的人,担心他们为了得到宽恕把他交出去。

他孤身一人伪装起来,一头钻进密林深处,或者像一只饿狼潜藏在兽穴和山洞里,常常后悔地回忆起自己被囚禁在科尔多瓦那座黑暗塔楼里的时候。最后,饥饿迫使他冒着被发现的危险来到阿拉尔孔[1]。然而,饥饿和不幸已经把他消耗得不成样子,简直让人认不出来了。他在阿拉尔孔待了近一年,虽然没人注意也没人认识,但他却时刻折磨着自己,害怕被人发现,无端地担心阿卜杜勒·拉赫曼会向他报复。死亡终于结束了他悲惨的生活。

他哥哥卡西姆的命运没有那么可悲。在穆尔西亚山里失败后,他被戴上镣铐押送到科尔多瓦。到了阿卜杜勒·拉赫曼面前,他一度暴烈高傲的脾性在遭遇不幸之后软下来了。他一下扑倒在地,吻着君王脚下的尘土,恳求宽恕。优素福的家族曾经那么傲然,可它这个失魂落魄的人却成了自己脚旁的哀求者,仅仅在恳求饶命,见此情景,阿卜杜勒·拉赫曼仁慈的心中充满的是忧伤而非喜悦。他想到命运的多变,觉得其所有恩赐都是多么不可靠。他把卡西姆从地上扶起,下令为他解开镣铐;君王不满足于只是宽恕,他还让卡西姆受到体面的待遇,在塞维利亚给了他一些财产,让他可以过上与其家族古老的尊贵地位相称的生活。这种巨大持久的宽容赢得了卡西姆的心,他从此始终是君王最忠实的臣民之一。阿卜杜勒·拉赫曼所有的敌人最终都屈服了,他则成为西班牙无可争议的君王。他的政府相当仁慈宽厚,人

---

[1] 西班牙中部中世纪的一个城镇。

们无不为杰出的伍麦叶家族的复兴祝福。任何时候,即便最卑微的臣民都可以接近他:穷人总会发现他是一位朋友,受压迫的人会得到他的保护。他改进了司法管理,建立起实行公共教育的学校。他给诗人和文人以鼓励,促进科学的发展。他在每一座访问过的城市修建清真寺,通过树立榜样和进行训导将信仰灌输给人们。凡是《古兰经》[1]所规定的节日,他都要以最隆重的方式庆祝。

在神的保佑下他得以兴旺繁荣,为表示感激他竖起一座纪念碑,在自己最喜爱的科尔多瓦城建起一座清真寺——它与大马士革的那座大清真寺同样辉煌壮观,比最近由阿拔斯王朝的哈里发——他家族的替代者们——在巴格达建造的更胜一筹。

据说,他亲自为这座著名的建筑制订方案,甚至每天亲手劳动一小时,以此证明他效劳于神的热诚与谦卑,同时也为了鼓舞工人。他在世时没能看见它修建完毕,不过它是由其儿子希克斯姆根据他的方案建成的。这时,它在东方的清真寺中便成了最辉煌壮观的建筑。它长六百英尺,宽二百五十英尺。里面有二十八条纵廊,十九条横廊,由一千零九十三根大理石柱支撑。共有十九道门,门用工艺罕见的青铜板包装,正面的大门则用黄金板包装。在巨大的圆屋顶上是三只金色的球体,球体顶端有一个黄金的石榴状物。入夜,四千七百盏灯将清真寺照亮,并且另需花费大量资金购买琥珀和芦花油用作燃烧的香料。这座清真寺留存至今,尽管已失去了昔日的辉煌,但它仍然是西班牙最壮观的纪念性建筑之一。

阿卜杜勒·拉赫曼觉得自己日益衰老了,便在科尔多瓦首府召集

---

[1] 伊斯兰教的经典。

起王国里首要的地方长官和司令官，当着他们所有人的面，极其庄重地任命儿子希克斯姆为王权继承人。在场的人无不起誓，要在阿卜杜勒·拉赫曼在世时效忠于他，驾崩后效忠于希克斯姆。这位王子比兄弟苏莱曼和阿布达拉的年龄都小，可他是阿卜杜勒·拉赫曼最疼爱的苏丹女眷霍瓦拉所生，据说由于她的影响，阿卜杜勒·拉赫曼更加偏爱希克斯姆。

几个月后，阿卜杜勒·拉赫曼在梅里达病重。他感到自己将要离世，把希克斯姆叫到床前。

"我儿啊，"他说，"死亡天使正在我头上盘旋。所以，把我临终前的忠告铭记在心吧——我对你怀着极大的爱才告诉你。记住，整个帝国都是神的，他会根据自己的意愿赐予或取消。既然神以其神圣的仁慈给了我们帝王的权力和权威，咱们就要照着他圣洁的意愿做，这不外乎是对所有人行善，尤其是受我们保护的人。儿子，无论对富人还是穷人都要平等正直，绝不要在你的领土内允许不公正的行为。对那些依靠你的人仁慈和蔼。把各个城市和省份的管理交给富有美德和经验的人。对于那些大肆勒索压迫人民的大臣，要毫不留情地惩罚。要按时给部队发薪，让它们感到你的许诺可靠。亲切但坚定地统治它们，让它们确实成为国家的护卫者而不是破坏者。不断促进人民的感情，因为他们的友好善意可以使国家安全，他们的不信任会使国家面临危险，他们的憎恨会使国家必然遭到毁灭。要保护农夫们，他们耕作土地，为我们生产必需的粮食。一定不要让他们的土地、果树林和菜园受到干扰。总之照着这些去做吧，那样人民就会祝福你，在你的保护下享受到安全平静的生活。好的政府就靠这些存在。如果你如实照办了，你就会在人民当中生活得幸福，并且会享誉世界。"

好君王阿卜杜勒·拉赫曼作出这番极佳的忠告后，又对儿子希克斯姆给予祝福，随后就去世了，死时只有六十岁。人们十分隆重地安葬了他。不过他葬礼中所得到的最高殊荣，是人们在他的陵墓上洒下的充满真正悲伤的泪水。他身后留下了英勇、正直和宽容的名声，作为西班牙伍麦叶光荣王朝的奠基人而永远闻名于世。

寡妇的考验——或一场通过搏斗的司法审判

这个世界变得越来越古老聪明。其习俗随年岁的变化而变化，并且表明世界越来越智慧。最为突出的，莫过于调查事实、确定是否有罪的方式。世界之初，人尚为一种易犯错误的生命体，对本身理解力的准确性没有把握，所以面对受到强烈指控的、模糊可疑的案子便向上天求助。受到指控者必须将手插入沸腾的油里，或者从炙热的犁头上走过，或者亲自（斗士替他也行）投入武力搏斗，在竞技场进行拼搏，以此维护自己的清白。如果他安然无恙经过了这些考验，他便会被宣告无罪，其结果被视为是上天的裁决。

在英勇的骑士年代，女性竟然最频繁地成为这些残暴与危险考验的对象，真是有点不同寻常。她们最为脆弱和易受伤害的东西——荣誉——也遭到攻击时，同样也是不同寻常的。在现今这个十分古老、文明的年代，人的才智足以能够处理好自己的问题，根本不需要上天特别插手其事务，陪审团的审判已经替代那些超凡的考验，十二位意见各异的人必须一致作出裁决。这样的一致性，乍一看，似乎也需要上天的奇迹。但人凭借其灵巧，通过一种简单的办法即可促成。十二位陪审员被锁在陪审席里，在那儿禁食，直到他们的理解力变得如此明确，以致彼此争执的陪审员无不认清事实，作出毫无异议的裁决。有一点是确定的，即事实只有一个并且不可改变——直至陪审员一致同意他们并非都是正确的。

然而，我们不是要讨论这个重大的司法问题，或者对这个古老、敏锐的时代所采取的调查事实的方式——它被公开宣布卓越非凡——提出质疑。我们的目的只是让好求知的读者看到，我们在西班牙的编年史中所发现的、司法性搏斗中一个最值得注意的案例。它发生于哥特人[1]罗德里克[2]统治的辉煌初期，那是一个年轻而光荣的年代。但罗德里克后来行为不当，败坏了他在国内的名声；最后，在那场损失惨重的战役中西班牙被摩尔人征服，他也失去了自己的王国，并在瓜达勒特河岸丧命。其故事如下。

从前曾有一位洛林[3]公爵，他在自己的整个领地被公认为有史以来最明智的公爵之一。事实上，他采取的任何方法，都必然会让枢密顾问官和随员们吃惊。他会说出非常诙谐的话来，发表一些相当明智的言论，使管家开心地哈哈大笑，或者惊讶地把嘴巴张得大大的，以致几乎弄得脱白了。

这位非常诙谐明智、拥有权势的人，半个世纪都过着独身生活。最后廷臣们开始觉得，如此明智和富裕的公爵竟然没有一个像他的孩子，继承他的才能和领地，这太遗憾了。因此为他的财产着想，也为了他的臣民的福利，他们极其恭敬地力劝他结婚。对于他们的建议他仔细考虑了四五年，然后派出一些使者，让他们把领地内所有渴望共

---

1 古代日耳曼人的一支。
2 罗德里戈（？—711），西班牙的最后一个西哥特国王。
3 法国东北部一地区。

享公爵权位的美少女都召集到宫廷。不久宫廷里便有了许多风采与相貌各异的美人，他从中挑选了一位含苞欲放的迷人女子，绅士们无不承认她优雅可爱，无与伦比。廷臣们把公爵捧上了天，说他作出了一个非凡的选择，认为这是他拥有巨大智慧的又一次证明。"公爵是大了点，"他们说，"另一方面姑娘又太小了点。如果说一位年龄不足，那么另一位则年龄过大。这样，一方的不足就为另一方的过大所平衡，其结果是一个十分般配的婚姻。"

正如很晚结婚并娶到相当年轻的女子的智者们常常那样，公爵也对妻子极为宠爱，在所有事情上都非常纵容她。因而廷臣们一般都把他推崇为模范丈夫，女人们更是如此。最后，由于他对老婆俯首帖耳得惊人，事事顺着她，所以他获得了一个亲切可爱、令人羡慕的称号——妻管严菲利贝尔公爵。只有一件事阻碍着这位模范丈夫的婚姻幸福，即虽然他婚后已过去很长时间，但至此仍无望有个继承人。好公爵千方百计谋求上帝的好感，他起誓和朝圣，斋戒和祈祷，可一切徒劳无益。廷臣们对这种状况都很惊讶，不知原因何在。在这片领地里，即便最卑微的农民不用祈祷也会有一打健康的孩子；而公爵又是苦修又是斋戒，瘦得皮包骨，却似乎离他的目标越来越远。

到头来这位可敬的公爵病危，他感到自己快要死了。他悲哀而疑虑地看着年轻温柔的妻子，她在他旁边俯着身，一边哭泣流泪。"唉！"他说，"眼泪不久会从年轻的眼里干掉，悲伤会淡淡留在一颗年轻的心中。在另一个丈夫的怀抱里，你很快会忘记曾经深爱过你的人。"

"决不！决不！"公爵夫人哭着说，"我决不去嫁给另一个人！哎呀，我的丈夫竟想到我会如此不忠！"

她的保证使可敬的妻管严公爵感到安慰，因为甚至想到他死后让她嫁人，他都受不了。尽管如此他还是希望她发誓，要对他有着持久的忠诚。

"最亲爱的妻子，"他说，"我不要长期左右你。你能对我严格守节一年零一天，我这烦乱的心就得到了安慰。保证对我守节一年零一天吧，那样我就会平静地死去。"

公爵夫人为此庄重起誓，可这位妻管严公爵仍然不满足。"藏得好，找得到。"[1]他想。于是他立下遗嘱，将所有领地遗赠给她，条件是她在他死后守节一年零一天；假如在一年零一天中她对他有任何不忠行为，那么遗产都将归他的侄子所有，那个侄子是邻近属地的领主。

立下遗嘱之后，好公爵就过世并被埋葬了。他刚一入坟，侄子就来接收领地，心想叔父死时无子嗣，领地当然该遗赠给他。当见到遗嘱，年轻的寡妇声明自己是公爵领地的继承人时，他勃然大怒。由于他是个暴烈专横的人，是这片地方的一位强悍的骑士，所以人们担心他会企图强行占据领地。然而，他有两个单身汉叔父，他们是他的知己顾问，也是狂妄自大、放荡不羁的老骑士；他们过着散漫放纵的生活，自傲于通晓人情世故，对于人性颇有经验。"喂，请不要丧气呀，"他们说，"公爵夫人是个年轻丰满的寡妇。她刚埋葬我们的兄弟——上帝让他安息吧！——他有点太沉迷于祈祷和斋戒了，总是把漂亮的妻子系在腰带上。她现在像一只出笼的鸟儿。你以为她会履行誓言吗？呸，呸——不可能！相信我们的话吧——我们了解人，尤其是女人。她不能够坚持那么长时间。女人是做不到的——寡妇是做不到的——我们知道，这就够啦。所以严密监视这个寡妇吧，要不了一年零一天你就会发现

---

[1] 谚语。

她越轨——那时公爵领地就是你的啦。"

侄子对这个建议很满意,他立即在公爵夫人周围安插密探,并收买她的几个仆人,让他们密切监视她;这样她每走一步,即便从宫殿的一套房间走到另一套房间,必然都有人注意她。还从来没有哪个年轻美丽的寡妇受到过如此可怕的考验呢。

公爵夫人意识到她受到这样的监视。尽管她相信自己是正直的,但她明白对于一个注重贞洁的女人这并不够——她还千万不能受到诽谤。所以在整个经受检验的阶段,她表示坚决不与异性来往。她的内阁成员和随从都是女性,她通过她们处理一切公事私事,据说公爵领地的事务从来没管理得如此完善过。

所有男人都被严格从宫殿中排除。她从不外出,无论何时在庭院和花园里走动,身边都有体面的年轻女子护卫,她们听从以谨慎著称的贵妇人安排。她睡的床放在屋子中央,没有床帘,四周点着无数蜡烛。四位老处女——她们像弗吉尼亚贞女[1]一样贞洁,是些非常严厉警觉的女人——通宵守夜,只在白天睡觉;她们坐在屋子四角没有靠背和扶手的凳子上(凳上有小方格,用最坚硬的木料做成),以免她们打瞌睡。

年轻的公爵夫人就这样聪明而小心地度过了一年,仿佛诽谤几乎要绝望地咬掉舌头似的,因为它发现甚至连猜疑的机会都没有。从来没有哪个考验如此艰巨繁重,或者承受得如此经久不衰。

一年过去了。最后一天到来,这是一个非常非常漫长的日子——6月21日,这一年中最长的一天。好像它永远也结束不了似的。公

---

[1] 罗马神话中为免受执政官污辱而由亲生父亲杀死的少女。

爵夫人和侍女们上千次从宫殿的窗口观察太阳慢慢爬上天穹,它转下去的速度似乎更加缓慢。她们不禁时时显得惊讶,不知公爵为何在年末还要加上这额外的一天,仿佛365天还不足以考验任何女人的忠诚,不足以使其承担艰巨的任务一般。它是平衡刻度盘的最后一粒谷,是让杯子溢出来的最后一滴水,是耗尽耐性的最后一刻拖延。当太阳落到地平线下时,忐忑不安的公爵夫人再也忍受不了,虽然还有几小时这一天才彻底过去,但即使获得一顶皇冠她都无法在禁锢中度过,远更不用说一顶公爵的宝冠了。于是她作出吩咐,她的小马披上了华丽的马衣被带到城堡院里,所有女侍也都有了各自的小马。正当太阳落下去时,她就这样出发了。那是一支虔诚的使团,一支去附近山脚下的修道院朝拜的队伍——目的是要向圣母马利亚感恩,因为她让公爵夫人经受住了这个可怕的考验。

做完祷告后,公爵夫人和女侍们便沿着森林边缓缓返回。时值黄昏时分,天色柔美,夜晚与白天融合在一起,所有东西模糊不清。忽然,某种奇怪的动物从灌木丛中跳出来,发出可怕的嚎叫。保护她的女侍们一下陷入混乱,往各处逃去。过了一些时间她们才从惊慌中恢复过来,再次聚集到一块,可是却见不到公爵夫人了。大家最担心的是她的安全。黄昏时的薄雾,使她们无法看清让自己受到惊吓的动物。有的认为是一只狼,有的认为是一只熊,还有的认为是森林中的野人。她们确实在林子外面守候了一个多小时,不敢冒险进去,正以为公爵夫人已被动物撕成碎片吃掉要放弃她时,却大为高兴地发现她从幽暗中走上前来,有一位威严的骑士搀扶着她。

他是一位陌生的骑士,谁都不认识。在暗中不可能看清他的面容,不过所有女侍都一致认为他有着高贵的风度,说话也富有魅力。他从那只怪物的獠牙里把公爵夫人解救出来，并确切地告诉女侍们那既不是狼也不是熊，也不是林中的野人，而实实在在是一只暴烈的龙——在骑士年代，它是一种对美丽的女人特别怀有敌意的怪物，豪侠的骑士们尽了一切努力也没能将其消灭。

女侍们听到自己所躲过的危险时，都在胸前画着十字，对骑士的英勇行为再怎么赞美都不为过。公爵夫人本来要说服恩人陪自己回到宫里。但他没有更多时间，他是一位游侠骑士，有许多冒险的事要做，在这儿各处有许多危难中的年轻女人和痛苦的寡妇需要解救、帮助。因此他恭敬地告别，继续前行，公爵夫人一行人则返回宫殿。在整个回去的路上，女侍们都不知疲倦地颂扬那位陌生的骑士；不仅如此，不少人甚至宁愿遭到被龙袭击的危险，以便像公爵夫人那样享受被解救的幸福。至于公爵夫人，她一路郁郁不乐地骑着马，什么话也没说。

这次林中的冒险刚一为人所知，美丽的公爵夫人的耳边就刮起一阵旋风。已故公爵的那个狂暴的侄子四处窜动，他全副武装，两边带着两个狂妄自大的叔父，他们随时准备支持他，发誓说公爵夫人已经丧失了她的领地。她叫来所有极为高尚完美的人，还有她的女侍们，请他们证明她在一年零一天里都极尽忠诚，毫无过失。现在只需要那致命的一小时需要说明，而在短短的一小时里邪恶的舌头足以编造出种种罪恶，将贞洁女人一生的名誉都给毁了。两个见过世面的无耻叔父，总是乐意把此事支持到底；由于他们是高大强壮的武士，无论在争吵怒骂和放荡堕落上都是老手，所以他们极大地左右着民众。如果有谁声称公爵夫人无辜，他们就会哈哈大笑，予以打断。他们会大声说："真是一个关于狼和龙的美妙故事呀，一个年轻寡妇在暗中被一个不敢在白天露面的强壮无赖解救。你可以把这讲给那些不懂人性的人听,至于我们,我们了解女人,这就够啦。"

然而,假如对方再次声明,他们就会突然皱起眉头,抬高声音,摆出一副了不起的样子,把手放到剑上。由于很少有人愿意为不牵涉到自己利益的事去打斗,所以侄子和他的叔父为所欲为,傲慢无比,没人与他们作对。

此案最终提交给了一个审理委员会,它由公爵领地所有的高官显贵组成,他们多次反复进行了磋商。公爵夫人的品德,整整一年来都像万里无云的夜晚的月亮一样明亮无瑕,只有那致命的一小时黑暗才使其光辉略有失色。委员会发现人的智慧无力解开这个秘密,便决定把问题交给上天处理。或者换句话说,用武力来作出"神判"[1]——在骑士年代那是一个明智的裁决。侄子和他的两个恃强凌弱的叔父被列为指控方参加搏斗,公爵夫人则有六个月时间提出三名斗士与他们迎战。假如她没能做到,或者假如她的斗士被击败,那么她的名誉就将被视为受到玷污,她的忠诚也将被视为不存在,按照法律她的公爵领地就将归侄子所有。

公爵夫人不得不同意这个决定,它因此被宣布出去,传令官也派到了各地。但一天又一天、一周又一周、一月又一月过去,都没有任何斗士前来声明她在那昏暗的一小时里是忠诚的。这时她听到消息说在托莱多将举行盛大的比赛,庆祝最后一位哥特人君王罗德里克与摩里斯科人埃克斯洛娜公主的婚礼。为了求得最后的解救办法,公爵夫

---

[1] 也称神明裁判,即借助"神"的力量用水、火、剑等考验当事人,以确定被告人是否有罪。

人赶到西班牙宫廷，恳求骑士们豪侠相助。

为庆祝君王的婚礼，托莱多这座古城显得光辉灿烂，呈现出一片狂欢的景象。年轻的君王英勇、热情而高贵，他可爱的新娘则焕发出光彩耀眼的东方之美；他们所到之处都受到热烈欢呼。贵族们竞相攀比，看谁的服饰、高昂的大马和出众的随从打扮得更华贵。宫中的贵妇人们个个佩戴着绚丽多彩的珠宝。

美丽而痛苦的洛林公爵夫人来到这一壮观的场面当中，并朝王座走去。她穿着一身黑服，戴着严密的面纱。有四名模样十分沉静严谨的陪媪和六名漂亮的少女组成侍女。她由几位德高望重、长满皱纹的老骑士护卫着。引领她这支队伍的，是一个世上最为丑陋矮小的侏儒。

她来到王座旁边后跪下，揭开面纱，露出一副如此美丽的面容，以致有一半在场的朝臣都乐意抛弃老婆和情人，甘愿为她效劳。而当她让人明白，她是来为维护自己的名誉寻求斗士时，每个骑士都挺身而出，要为她去搏斗，根本不问问其中的是非曲直。因为似乎明摆着的，这样一位美丽的夫人只会做出正确的事情，无论如何她都应该得到拥护，不管怎样都要按照她的意愿去做。

这种豪侠的激情使公爵夫人受到鼓舞，她让自己站得更高一些，把遭遇的不幸一五一十告诉了大家。她讲完后，君王一时沉默着，被她悦耳的声音迷住了。最后他说："美丽无比的公爵夫人，我是希望给你救助的，假如我不是一位君王，有王国的重任在身，我会亲自准备好长矛来维护你的事。事实上，我完全允许骑士们去做，同意提供竞技场进行公正的搏斗，让这场竞技在托莱多城墙前当着所有朝臣的面举行。"

君王的意愿一旦宣布了，在场的骑士们就开始竞相争夺参加竞技的殊荣。最后通过抽签作出决定，被抽中的骑士让人大为羡慕，因为人人都渴望得到美丽寡妇的青睐。

信件送出去了，通知那个侄子和他的两个叔父前来托莱多主张他们的指控，并且约定了搏斗的日子。这天到来时，整个托莱多早早地就喧闹起来。竞技场已在通常的地方准备好，就在城墙外面崎岖的岩石脚下——这座城建在岩石之上——也就是在塔霍河边那片美丽的草地上面，它因御苑的名字而为人所知。广大民众已经聚集起来，每人都迫切想找个有利地方。阳台上挤满了服饰极其华丽的宫廷贵妇；一队队年轻的骑士——他们个个漂亮地武装着，身上还装饰有自己女人设计的图案——正在竞技场周围驾驭身披华服的战马。最后君王在王后埃克斯洛娜的陪同下，堂皇庄重地走出来。他们在一处平台上坐下，头上的天篷是用豪华缎子做成的。一看见他们，民众的欢呼声响彻空中。

侄子和他的叔父这时骑着马进入竞技场，他们也都全副武装，后面跟着像他们一样好逞威风的人：这些人爱大肆诅咒发誓，寻欢作乐，恃强凌弱，把身上的盔甲和脚上的马刺弄得当当响。托莱多人注意到这些骑士傲慢无礼的样子，更盼望温和的公爵夫人取得胜利。但是同时，那些身强力壮的武士又让人看到，无论谁要战胜他们都必须经过许多激烈拼搏。侄子和他那队放纵的人是从竞技场的一边骑马入场的，所以美丽的寡妇从另一边入场；她后面跟随着一队举止庄重、头发花白的廷臣、年老的陪媪和秀丽的少女，还有那个小矮人，他引领着公爵夫人不小的队伍，并不轻松地一步步向前行进着。她经过时大家都让开道路，赞美她那张美丽的面容，祈祷她取得成功。她在离两位君主不远的矮一点的平台上坐下,白白的脸在丧服的衬托下,就像夜晚在云块中熠熠生辉的月亮。

此时吹响了搏斗的号角。正当武士们进入竞技场时,突然有一位陌生的骑士骑着马冲进场里,后面跟着两个男侍和一个士绅[1];他骑马直奔君王所在的平台,要求按照法律与对方搏斗。

"瞧,"他高声说,"我就是那个有幸把这位美丽的公爵夫人从森林的危险中救出的骑士,也是不幸导致她受到这种可悲诽谤的人。我最近在四处行侠仗义的过程中,才听说了她被冤枉的消息,所以全速赶到这儿,要站出来为她辩护。"

公爵夫人一听见骑士的口音就辨认出他的声音来,同他一起祈祷他可以进入竞技场。困难在于决定那三位已被指定的斗士中,谁让出位子,因每个人都坚持得到参加搏斗的殊荣。这个问题陌生的骑士可以解决,那就是完全由他一人去与对方搏斗;可是对方的骑士不答应。因此最后决定像先前一样抽签,那位失去机会的骑士咕哝着郁郁不乐地退出了。号角再次吹响,竞技场打开。傲慢的侄子和他凶暴的叔父穿着一身盔甲出场了,他们和自己的马就像移动的铁块似的。他们知道陌生的骑士正是把公爵夫人从危险中救出的人时,用最粗鲁的嘲笑和他打招呼。"哦,哦!龙骑士先生,"他们说,"你声称在暗中保护美丽的寡妇们,来呀,在大白天证实一下你黑暗中的行为吧。"

骑士唯一的回答就是准备好长矛,英勇迎战。不需要讲述搏斗的细节,它就像诗文里所说唱的数以百计的搏击情景一样。谁不能预见

---

[1] 地位次于骑士。

到这样一场搏斗的结果呢？——上天必定会对最为美丽纯洁的寡妇是有罪还是清白作出裁决。

　　明智的读者，对于这类评判性的搏斗故事已读得不少，能够想象出无耻的侄子与陌生的骑士的交锋情况如何。读者似乎看见他们骑着马以不快不慢的速度向前冲击，一对一地展开拼搏，那个"可耻先生"被打倒在地后杀死。看到与那两个强壮的叔父在猛烈的拼搏中不那么成功的战友，他也并不吃惊。不过读者会想象勇敢的陌生骑士在最关键的时刻，策马前去救援，用长矛刺穿一个对手，再用剑从后面劈开另一个的脊骨，就这样将三个指控者打死在竞技场上；从而证实公爵夫人有着完美无瑕的忠诚，并且对于公爵领地拥有权力——这是毫无疑问的。

　　这时欢呼声响彻空中。大家所听到的，只是人们在对公爵夫人的漂亮与美德和陌生骑士的英勇卓越进行赞美。不过当斗士取掉脸盔，显露出一位西班牙最勇敢的骑士的面容时，公众的喜悦更是有增无减——这位骑士以行侠仗义保护女性闻名，他还周游世界寻求类似的冒险。

　　然而这位可敬的骑士也伤势不轻，病了很长时间。可爱的公爵夫人为两次受到他保护满怀感激，在他生病期间每天照料他，最后还答应嫁给他，以报答他的殷勤之举。

　　君王本来想进一步通过显示战功，确定他拥有如此崇高的权力；但是朝臣们说他在殊死搏斗中那样维护了公爵夫人的名誉，扭转了她的命运，已经证明应该得到她。并且她本人也暗示，根据他在林中所证实的为她立下的功劳，她对他在战斗中的英勇行为是非常满意的。

人们极其隆重地庆祝他们的婚礼。公爵夫人现在的丈夫并不像她前夫——那个妻管严菲利贝尔——那样祈祷斋戒，然而他却更受上天宠爱，因为他们结合后被赐予许多子女：女儿像母亲一样贞洁美丽，儿子像父亲一样勇敢坚强，并且也像他一样因救助忧伤的年轻女子和凄凉的寡妇而闻名。

克里奥尔村庄——船中札记

我们的国家混杂着种种文化元素,我在四处游览之时,常常想到阿里奥斯托[1]关于月球的描述;杰出的游侠阿斯托尔福[2]发现凡是地球上所失去的东西,无不储藏于里面。因此我便易于想象到,许多旧世界[3]失去的东西都珍藏在新世界[4]里,它们从殖民地早期便一代代承传下来。所以,一位欧洲的古文化研究者——他对本国悠久古老、几乎湮没的风俗习惯满怀好奇,予以探索——如果追寻着某些早期移民的足迹,跟随他们越过大西洋,在美国他们的后裔当中搜寻,那么他便会颇有收获。

在新英格兰[5]的用语中,可以发现不少英国古老的地方语言,它们早已在母国废弃不用;有的还带着圆颅党[6]的某些奇特的遗迹。而伊

---

1 阿里奥斯托(1474—1533),意大利诗人,代表作为长篇传奇叙事诗《疯狂的奥兰多》。
2 法国中世纪文学作品中的一个虚构人物。
3 也称旧大陆,东半球,指欧洲。
4 也称新大陆,指美洲。
5 美国东北部一地区,包含六个州。
6 英国1642—1652年内战期间的议会派分子,与保皇党相对。

丽莎白一世和沃尔特·罗利爵士[1]时代所具有的一些特性,却在弗吉尼亚[2]很好地保存着。

同样,新泽西州和宾夕法尼亚州那些壮实的自耕农,还保持着许多在古老的德国逐渐消失的习惯。而许多朴实纯正、基础广泛的风俗,虽然于历史悠久的荷兰几乎灭绝,可在莫霍克与哈得孙河岸的一座座荷兰村里,却可见在不断兴旺中充满质朴的活力。

然而在美国,那些由早期殖民者从旧世界引入的风俗与特性,只在具有西班牙和法国血统的、为贫穷所困的小村——它们位于古老的路易斯安那州——才最为忠实地保持着。这些小村的人口通常由那两个民族的后裔构成,他们相互通婚融合,不时混杂一点印第安人的东西。而法国人的特征则浮现在最上面,因为这个民族生性轻快活泼,任何时候它构成某一混合物的粒子——不管这粒子多么微小——它都必然会浮上来。

在这些十分宁静、被外人荒废的村子,艺术与自然处于静止状态,此处的世界忘记了运转。在这个变化不定的星球上,把其他地方搞得发狂的大变革到不了这儿,或者只是一掠而过,不会留下任何痕迹。幸运的村民的公益之心只限定在村子以内,并且也不会从报纸上把四面八方的麻烦和困惑带到村里。事实上,在这些村子报纸几乎不为人知;由于法语是通行的语言,所以村民们很少与自己的共和党邻居交流意见。因而他们保留着往日的习惯,被动服从政府的法令,好像他们仍然生活在殖民地司令官的绝对统治下,而不是至高无上的人民的

---

1 罗利(1554?—1618),英国探险家、作家,女王伊丽莎白一世的宠臣,早期美洲殖民者。

2 美国东部的一个州,临近切萨皮克湾和大西洋。

重要组成部分，并且在社会立法中有自己的发言权。

少数几位老人——他们在世袭的土地上变得年岁大了，具有古老纯粹的殖民血统——在所有公私事务上行使着族长的管制。他们的意见被视为神谕，他们说的话就是法律。而且，村民们对于获取毫不热情，对于改进毫无欲望，尽管这些使得我们的人民马不停蹄，也使得我们的乡镇不断处于变换之中。如下这些富有魔力的词语，他们从来都听不到："市镇用地""水使用权""铁路"以及纯理论家的词汇中那些意义广泛、激动人心的词语。村民们居住在祖先修建的房子里，并不考虑对它们进行扩充或改装，或者将它们撤除后重新修建成花岗石店铺。一棵棵树木——他们即出生在这些树下，幼小时曾在这儿玩耍——不受干扰，长势繁荣；虽然，砍掉它们村民可以开辟出新的街道，把赚到的钱装进衣兜。总之，整个美国都满怀虔诚极力追求的"万能的金元"[1]，似乎在这些奇特的村子里没有一个真诚的信徒。除非它的某些宣传者深入到此，建立起银行和其他道貌岸然的神圣地方，谁也不知这些村民会在多长时间里，继续保持他们目前这种贫穷而满足的状况。

我乘坐一只汽船沿美国西部的一条大河顺流而下时，遇见有个村子的两位可敬的知名人物，他们刚远足返回——那是他们走得最远的一次，因平常很少远离家乡。其中一位是村中要人或"显贵"，这倒不是说他在那儿享受任何法定的特权或权力；所有类似的东西，在法国将这片地方让给美国时就取消了。他对于邻居们的"统治"，仅仅是尊重家族的一种风俗习惯。此外，他足有五万美元的财产，在村民

---

[1] 指金钱、财富。

们的想象中，这差不多与所罗门国王的宝藏相当了。

这位颇为殷实的老绅士，虽然已是这个地方的第四五代人，但仍然保留着高卢人的基本特征和举止；这使我想起在法国某些遥远的地方，会遇到的某个本地的当权者。他身材魁梧，面部肤色犹如姜饼，特征十分明显，一双眼睛像玻璃球一样突出；他长着高高的鼻子，时常享用着一只金鼻烟壶，手里拿着一张彩色手帕，时而吹出一口气，直到烟壶像喇叭似的响起来。他由一个黑得像乌木的老黑人伺候，此人有一张大嘴，经常露齿而笑。显然他是个享有特权、受到恩宠的仆人，与主人一起长大、变老。他的服饰具有克里奥尔人[1]的风格——白色的夹克和裤子，挺直的衬衣领子（要把耳朵凿掉的样子），裹在头上的鲜色的马德拉斯头巾[2]，以及大大的金耳环。他是我去西部旅行遇见的最有礼貌的黑人，就是说他礼貌有加，因为把印第安人除开，在那些地方黑人就是可见到的最有绅士风度的人。确实，他们与印第安人所不同的，就是太礼貌谦恭了点。他也是最快乐的一个人。再说这儿的黑人，尽管我们会哀叹他们有着不幸的处境，但他们却胜过主人。一般而言，白人太自由太幸运了，以致没有了快乐。他们要维护自己的权利和自由，增加自己的财富，还要选举一个个总统，这些焦虑耗尽了他们的心思，把他们心灵的水分都吸干了。假如你听到一声发自内心、不顾一切的哈哈大笑，那必定是某个黑人发出的。

除了这个非洲家仆外，此位村中的贵人还有一个比他较少受到宠爱，享受的特权也略为逊色的随从。那便是一只大狗，属于獒一类，

---

[1] 出生于西印度群岛或西属美洲的欧洲人的后裔。本书讲的克里奥尔村庄里多居住着这样的后裔。

[2] 一种颜色鲜艳的丝质或棉布大头巾。马德拉斯是印度东南部的一个城市。

克里奥尔村庄——船中札记

它的嘴深陷下垂，阴沉严肃的样子。它像一只非常自在的狗在屋子周围走来走去，仿佛已经支付了通行费一般。吃饭时他在主人身边的位子上蹲下，不时用眼角瞟他一下，显示出它完全相信自己不会被忘记。它是不会的，时时有一大块食物丢给它，那或许是啃了一半的鸡腿；它像钢夹的弹簧一下把肉咬住，一口就吃下去了。之后它瞧一眼主人，告诉他自己准备着再要一块。

村中另一个与这位贵人一起旅行的可敬人物，则截然不同。他矮小瘦弱，面容干瘪，犹如漫画中常画的法国人那样；他那明亮的眼睛像松鼠的一般，耳朵上戴着金耳环。轻薄的衣服松松地穿在身上，他完全像个几乎身无分文的人。然而，尽管他是最贫穷的人之一，但我确信他也是本村的一个最快乐、最受欢迎的人。

人们通常叫他"主持人马丁"，他成了村里什么活都干的人，集猎人、教师和土地测量员于一身。他能唱歌，跳舞，尤其是拉小提琴——这在一座法国式的克里奥尔村里可是一门极其可贵的才艺，因为村民们自古以来就喜爱跳舞和节庆。如果说他们活干得不多，舞却是跳得不少的，而一把小提琴就成了让他们欢喜的东西。

主持人马丁为何与那位贵人一同旅行，我不得而知。他显然对贵人尊重有加，极尽殷勤；我由此推断，在家时他是靠着从贵人桌上掉下去的面包屑生活。贵人不在旁边的时候他最快乐，他会在船头的统舱旅客中间又是唱歌又是开玩笑。不过在一只汽船上主持人马丁就完全不适宜了。我听说，他一旦回到本村就判若两人。

他像那位殷实的同路人一样，也有自己的犬属随从——它与他不同的命运是相称的——那是世上一只最懂礼貌、最不冒犯谁的小狗。它不像高傲的獒，似乎觉得自己无权乘从汽船似的。假如你狠狠盯住它，它会一下倒下去，四脚朝天，仿佛在恳求怜悯。

它隔着主人一点距离蹲在餐桌旁，没有葵的那种直率自信的神态，而是温和平静、信心不足，头偏向一边，一只耳朵疑心地耷拉着，另一只又怀着希望地竖起。它的下齿十分突出，鼻子黑黑的，眼睛渴望地看着主人吃下去的每一口食物。

主持人马丁时而大着胆，从盘里拿起一点食物给自己卑微的同伴；这只保持警惕的小动物会多么腼腆地用牙齿尖接住，好像它几乎宁可不要，或者担心自己太随便了——见此情景真会受到启发。然而，它又会怎样得体恰当地吃下食物！它要作出不少努力才能吞下，好像东西哽在喉里。它会美滋滋地咂咂嘴，之后带着感激的神态重新蹲好，再次露着牙齿，怀着谦卑的期待盯住主人。当汽船停靠在这两位可敬的人居住的村子时，已近黄昏。村子位于高高的河岸，它显露出曾经是个边境贸易站的痕迹。有一些残存的围栏，它们一度把印第安人挡在外面；一座座房屋具有古代西班牙和法国的殖民地风味，因为在路易斯安那州被让给美国之前，这个地方相继受到过上述两国的控制。

家产五万美元的贵人和他谦卑的同伴到达了村子，这显然被当作村里的一件大事让人期待着。众多男女、孩子——有白种人、黄种人和黑种人——聚集在河岸上，他们大部分穿着旧式的法国外套，戴着彩色头巾或白色睡帽。他们刚一看见听见汽船就挥舞起头巾，发出致意、庆贺的尖叫和高呼，其情景无法形容。

身价五万美元的老绅士让一大群亲戚朋友——其中有一些孩子和孙子——接到了，他分别吻一下他们的脸颊；这些人在他身后组成一支队伍，另有一大帮各种年龄的家仆，他们跟随他走到一座具有法国人风格的老式大房子前,这儿俯瞰着村子。

那个皮肤黝黑的男侍,身穿白色夹克和长裤,戴着一副金耳环;有个虽然粗笨但却快活的伙伴在岸边接到他,那是一个高大的黑人,长长的面容显得乐观开朗——它的外形像一匹马,从窄边的草帽下面显现出来。这两个伙伴见面并互致问候时发出哈哈的笑声,足以像电似的震动周围。

不过,主持人马丁受到的欢迎是最热烈的。每个人无论老少,没等他上岸就朝他欢呼了。人人都有一个笑话给主持人马丁,主持人马丁也有一个笑话给每个人。即使他的小狗仿佛也像主人一样受欢迎了,谁都要抚摸它一下。确实,一旦上了岸它就变成一只完全不同的动物。在这儿它自由自在,在这儿它变得重要起来。它吠叫,它跳跃,绕着老朋友们嬉戏,然后像疯了一般在外围猛跑。

我跟随主持人马丁和他的小狗来到他们家。那是一座悠久破败的西班牙式大房子,阳台都让古老的榆树遮住了。昔日,这房子大概是西班牙司令官的住所。在这座虽然破旧但却具有贵族特征的住所的一个边房内,即住着我同行者的家人;因为可怜的人们也有可能穿上华丽衣服,或者穿着别人遗弃的衣服住在达官贵人抛弃的豪宅里。

主持人马丁的到来受到许多妇女、孩子和各种狗的欢迎。在法国人及其后裔当中,贫穷与快乐通常携手并进,所以这座破旧的房屋不久便回响起高声的谈话和轻松的欢笑。

汽船要在村里短暂停留,于是我利用这个机会四处走走。只见多数房屋都具有法国风格,有窗扉和不太牢靠的阳台,大多处于脆弱、毁损状况。房子周围所有的马车、犁和其他器具,均属于古老而并不方便的高卢人的建筑,这些东西在殖民初期即从法国带到此处。就连人们的外表也使我想起法国的村庄来。

　　从一座房里传出手纺车的嗡嗡声，并伴以一点古老的法国小调，这我在郎格多克的农民当中曾听过多次；它无疑是一首口传的歌，由最初的法国移民带到这儿，然后一代代地传下来。有六个年轻姑娘从邻近的住处出现，她们脚步轻盈，服饰鲜艳，让我想起古老法国的种种情景——在那儿，服饰的品位与各个阶层的女人自然地融为一体。她们穿着整洁的紧身胸衣，裙子被遮盖住，系着小围裙——它上面有口袋，这样谈话时双手可以插到里面。彩色的头巾优雅地裹在头上，一只耳朵上方打着显得有点卖弄、往上翘起的结。脚上的拖鞋很干净，长袜绷得紧紧的，编织的细带系在脚踝上——袜从神秘的裙子下隐隐显露出来。爱神丘比特就是从那隐秘之处射出了他最激动人心的箭。

　　我在作这样偶然产生的思考时，听见主持人马丁家传来小提琴的乐音，这无疑是叫人们欢聚的信号。我真想朝那儿走去，一睹村民们的欢庆活动——我虽然游历广泛，但像这种贫穷却很开心的村子并不多见。不过汽船的铃声响了，它在召唤我上船。

　　我们很快离开了河岸，我向往地看一眼村里那些爬满青苔的屋顶和古老的榆树，祈求村民们可以长久地过着无知的快乐生活，不需要一切冒险的事业，也不需要任何改进；同时保持他们对小提琴的敬意和对"万能的金元"[1]的轻蔑。然而我担心，自己的祈求注定是无用的。不久汽船就迅速将我载到一座美国城镇，它正成为一个

---

[1] 这个词语在本篇札记中第一次使用，从此便流行起来，某些人分析说它富有特色。然而，我担心自己的祈求是不敬的。因此笔者凭借自己的正统信仰，声明即便对于美元本身也毫无任何不敬的企图；我明白，美元正日益成为人们崇拜的对象。——原注

热闹繁荣的地方。

周围的森林被规划成市镇用地，木质结构的建筑从众多的树桩和烧毁的树木当中拔地而起。这片地方已在自夸着有了一座法院大楼、一座监狱和两家银行，它们无不用松木板建造成希腊神殿的式样。另有一些相互竞争的旅店、教堂和报纸，以及通常数量的法官、将军和地方长官，更不用说按打计算的医生和按二十计算的律师。我听说这个地方正在以惊人的速度发展，一条运河和两条铁路正在孕育中。一块块地每周的价格都在翻番。人人都在地产上做投机，人人都成了有钱人，人人都越变越富。可是这一带却被宗教与政治经济上新的学说弄得支离破碎。人们召开新兴的市镇会议和有关土地的会议。一个选举即将举行，人们料想它将使整个这片地方像什么病突然发作起来。

唉！有这样一个富于冒险进取的邻居，可怜的克里奥尔小村结果会怎样呢！

最初发表于 1887 年

一个满足的人

在杜伊勒利宫花园里有个阳光明媚的角落,它位于一处面朝南边的内庭墙下。沿墙有一排长椅,这儿可俯视到花园的条条过道和林荫路。每到秋末和冬季天气晴朗之时,这个宜人的角落便成为人们常去的地方,仿佛它还保留着夏季的韵味。在平静明快的早上,许多保姆便带着她们照看的、顽皮的小孩来到此处。不少年老的妇人和绅士也经常到这里来,享受阳光,节约木柴——他们在小小的乐趣和小小的开支上都要节俭,值得赞美,而法国人也是以此著称的。在这里,你常会看到某个老派的骑士——此刻阳光已温暖了他的血液,使其变得像某种发热的光;又犹如受冻的蛾于炉火前暖和之后翩翩起舞,在老妇们当中微微显出一点殷勤,不时盯住体态丰满的保姆们,那模样几乎会让人误以为放荡呢。

在这个地方的常客中,我经常见到一位老绅士,其服饰断然属于大革命前的式样。他头戴旧制度[1]时的那种三角帽,两个耳朵上的头发卷曲着,像鸽子的翅膀,其风格颇具有波旁皇族的特征。他的后面跟着一队引人注目的人,他们的忠诚毋庸置疑。他的服饰虽然古旧,但仍具有没落贵族的风采;我注意到他吸鼻烟用的金盒老式而雅致。

---

1 指法国 1789 年革命前的制度。

一个满足的人

他好像是过道上最受欢迎的人。他对每一位老妇都要致意,亲吻每个孩子,拍拍每只小狗的头。因为在法国,孩子和小狗是社会极为重要的成员。然而我得说,他在亲吻孩子时一般都会轻轻捏一下保姆的脸颊。老派的法国人绝不会忘记对女性表示尊重。

我已对这位老绅士有了好感。他的脸上有一种惯常的仁慈表情——在属于法国更加文雅的时代的这些老人身上,此种表情我见得不少。他们不断表示着许许多多礼貌谦恭的举动——这些举动在不知不觉中使生活变得甜蜜——从而给面部特征带来很好的效果,让晚年产生的皱纹抹上柔和夜晚的那种妩媚。

假如心情不错,你与别人在同样的道路上经常相遇时,还可产生某种默然的亲密友谊。有一两次我请老绅士坐长凳,之后我们彼此经过时都礼貌地用手触一下帽。最后,我们甚至从他的鼻烟盒里一起吸鼻烟,这相当于东方人一起吃盐[1]一般。从那时起我们成了熟人。

此时在他早上的散步中,我经常成了他的同伴;我听他愉快地谈着男人们以及各种风俗习惯,十分高兴。有一天早上我们漫步穿过杜伊勒利宫的一条巷道,秋风把路上的黄叶四处吹散;同伴怀着特别健谈的兴致,对我讲了一些他的具体经历。他曾经富裕过,在乡间拥有一座很好的房产,在巴黎还有一家上等旅店。不过导致太多惨重变化的大革命将他的一切都剥夺了。在大革命处于血腥残暴的时期,他受到自己管家的秘密指控,许多国民议会的侦探被派去逮捕他。他暗地里及时得到他们到来的情报,得以逃脱。他在英国

---

[1] 在西方,"吃某人的盐"有受某人的款待的意思。此处引申开来。

上了岸,既没有钱又没有朋友,不过他自认为异常幸运,因为脑袋还在自己肩头上。他的几个邻居由于是阔人而受到惩罚,已经被送上断头台。

他到达伦敦时衣兜里只有一块金路易了,也不知如何再弄到一块。他孤独地吃完早饭,几乎被波尔图葡萄酒[1]醉倒——从其颜色上看他误以为是波尔多红葡萄酒[2]。那家小饭馆黯淡破旧的样子,他吃午饭的那个红褐色的小间,与巴黎色彩鲜艳的酒馆形成可悲对比。一切都显得阴郁沮丧。贫穷直盯住他的面容。他手里转动着找回的几先令[3],不知会有怎样的结果;然后——他去了剧院!

他在正厅后排坐下,专注地倾听着自己一个字也不懂的悲剧,它似乎全在打斗刺杀,场面不断变化着;他觉得自己精神消沉。忽然,就在往乐队里看去时,他认出有个老朋友和邻居正用一架大提琴拉着乐曲,这让他多么惊讶啊!

一等到晚上的演出结束,他就走上前去拍拍朋友的肩头。他们相互亲了一下面颊,然后乐手将他带回家,让他和自己住在一起。他把音乐作为一门才艺学会了,在朋友的建议下他将其作为一种谋生的手段。他通过努力获得一只小提琴,并提出参加乐队;他被乐队接受了,再次自认为是世上最幸运的人之一。

因此在可怕的拿破仑统治时期,他在这儿生活了多年。他发现有一些移民也像他一样,凭借自己的才能生活。他们一起交往,谈论法国和过去,在伦敦中心极力维持一种与巴黎生活相似的生

---

1 葡萄牙北部杜罗区所产的著名葡萄酒。
2 法国波尔多地区生产。
3 1971年以前的英国货币单位。

活方式。

他们在莱斯特广场附近的一家简陋廉价的法国饭店吃饭,在这儿得到一张法国厨房的漫画。他们在圣詹姆斯公园散步,并努力把它想象成杜伊勒利宫。总之除了英国人的礼拜天外,他们努力适应着一切。的确,这位老绅士似乎没什么地方说英国人不好,他断言他们是"好人"[1]。他与英国人完美地融为一体,经过二十年后,他可以把他们的语言说得足以能听懂了。

拿破仑垮台是他人生中又一个重要的时期。先前他自认为是个幸运的人,虽然一贫如洗却能从法国逃脱;如今他也自认为幸运,能够身无分文地回到法国。的确,他发现自己巴黎的那家旅店在时代的变迁中已经转过几次手,所以要收回是困难的。不过他受到政府仁慈的关心,领到几百法郎养老金;他精心支配着这笔钱,据我所知不仅生活能够独立,而且也过得快乐。由于他那座曾经辉煌的旅店现在被用作"家庭式酒店"[2],他便在阁楼租用了一间小屋。如他所说,他只是把卧室搬到两段楼梯以上去了——他仍然住在自己的房子里。他的房间内装饰着以前的几位美人画像,他自称与她们关系不错:其中有一位受人喜欢的歌剧舞女,在大革命爆发时曾是巴黎颇受赞美的人物。她曾经是我朋友的女门生,在岁月的流逝与变迁中幸存下来的人里面,她是少数几个他年轻时喜欢的人之一。他们又彼此相认,她时时去看望他。不过这位美丽的"普绪客"——她一度是当时的红人,是法国剧场正厅后排观众的偶像——此时已变成一个干瘪起皱的小老太太,

---

1 原文为法语。
2 原文为法语。

背部驼了，鼻子钩钩的。

　　这位老绅士还热心参加王室成员的种种接见。他忠诚无比，一说到王室家族就热情焕发，因为他仍然觉得他们是和自己一同流放的人。对于自己的穷困他不屑一顾，确实为所受到的每一磨难和损失乐观地自我安慰。如果说他在乡下失去了宅邸，那么他又仿佛有半打皇宫可以自由支配。他有凡尔赛和圣克卢作为乡间胜地，有杜伊勒利宫和卢森堡[1]的林荫小道作为城市中的消遣之处。这样他所有的散步与娱乐都相当不错，并且分文不花。

　　他说："当走过那些精美的花园时，我只把自己想象成它们的主人，它们是属于我的。所有快乐的人群都是我的游客；对于要将美展示得更加丰富的达官贵人，我不屑一顾。而且更好的是，我不需费心招待那些游客。属于我的房产就是一座完美的'无忧宫'[2]，人人在这儿想做什么都行，没有人打扰主人。整个巴黎都是我的剧院，向我不断展现出一幕幕场景。每一条街道都有一张餐桌为我摆好，只要我一盼咐就有数以千计的侍者乐意冲过来效劳。等他们服侍之后，我付钱将他们打发，就此结束。在我背驼的时候，我根本不担心他们会冤枉或偷窃我。总而言之，"老绅带着无比高兴的微笑说，"当我想到自己冒过的种种危险，以及我摆脱它们的方式；当我回想到遭受的一切，考虑到目前所享受的一切时，我不能不把自己看作是个命运好得出奇的人。"

1　欧洲西部大公国。
2　原文为法语。

一个满足的人

　　上述便是这位实际的哲学家简短的人生故事,它也是遭到大革命毁灭的许多法国人的一幅画面。在努力适应生活的挫折,并从这个世界的痛苦中提取甜蜜方面,法国人似乎比其他许多人更为熟练灵巧。灾难最初的打击易于将他们压倒,可一旦它过去,他们天生的快乐不久就会使其浮现出来。这虽然可称为是性格轻浮不定所致,但它与我们甘愿接受不幸的宗旨相符合;如果说这不是真正的人生哲学,它也几乎是某种有效的东西。自从我听说了这位身材小巧的法国人的故事后,我就把它珍藏在心中。我感谢命运之星,因为我最终发现了长期认为在世上所见不到的——一个满足的人。

　　又及。人的幸福真是无法预测。自从我写下上述文字后,赔偿法得以通过,我的朋友也重新获得了大部分财产。当时我不在巴黎,但我一回到那里就赶忙跑去向他祝贺。我发现他堂堂皇皇地住在自己旅店的一楼。有个穿号衣的仆人把我带进去,我们穿过一间间富贵的厅堂,来到一间陈设豪华的屋子;我在这儿见到身材小巧的法国友人靠在长沙发上。他像通常那样亲切地迎接我,可是我看见他脸上的那种快乐与仁慈荡然无存,眼里充满了烦恼与焦虑。

　　我祝贺他交上好运。"好运?"他应道,"哼!他们让我失掉王侯般的命运,却只给了我微薄的赔偿。"

　　哎呀!我发现这位前不久还贫穷而满足的朋友,成了巴黎最富有也最悲哀的人之一。他并不为重新获得的、足以过上温饱生活的财富高兴,而是每天抱怨被取消了的奢侈东西。他不再快乐悠闲地漫步在巴黎各处,却成为部长大臣们接待室的一个牢骚不止的侍者。

他对王室的忠诚随快乐一起蒸发。当有人提到波旁皇族时他便扭曲着嘴,听见人们赞美国王他甚至耸耸肩。一句话,他是让赔偿法毁灭的许多"哲学家"[1]之一,他的状况是令人绝望的;因为我怀疑命运甚至再经过一次转折——使他又变得贫穷起来——他是否也能再次成为一个快乐的人。

---

1 喻指达观者,豁达者,在任何情况下镇静理智的人。

第二部
《名人故里见闻录》
(原名:《阿伯茨福德与纽斯特德寺》)
Abbotsford and Newstead Abbey

阿伯茨福德之行

多年前我曾游览阿伯茨福德[1],答应过要向读者作一番描述;现在我即坐下来履行这一承诺。但是,我希望你不要对我期待过高,因为当时记录下的旅行笔记既不充分又不清楚,并且我的记忆也极不可靠,所以我担心自己提供的贫乏而粗略的情况让你失望。

1817年8月29日较晚的时候,我到达了塞尔扣克[2]这座古老的边境小镇,并在此投宿。我是从爱丁堡[3]去的,一部分为了参观梅尔罗斯隐修院[4]及其邻近地方,但主要是为了看看那位"北方的大诗人"[5]。诗人托马斯·坎贝尔[6]先前给了我一封介绍信,再说那位大诗人对我早期胡乱涂写的一些东西也感兴趣,因此我有理由认为自己不会被看作是个不速之客。

次日早晨我早早吃过饭后,便乘坐一辆驿马车前往隐修院。途中

---

1 苏格兰19世纪著名的历史小说家、诗人、作家司各特(1771—1832)的故乡。
2 英国苏格兰东南部城镇。
3 英国苏格兰首府。
4 1514年曾被英格兰人夷为平地,1822年由司各特主持修复。
5 指司各特。
6 托马斯·坎贝尔(1777—1844),苏格兰诗人,以写抒情诗闻名。

阿伯茨福德之行

我于阿伯茨福德别墅的大门口停下,让左马驭者[1]把介绍信和我的名片送到别墅;我在名片上写明自己正去梅尔罗斯隐修院遗址,想知道司各特先生(他此时尚不是男爵)是否乐意上午容我登门拜访。趁左马驭者前去办事的功夫,我仔细打量了一下这座别墅。它距离下面的大路不远,位于一座小山的山腰之上,此山向下延伸至特威德河;它不过是一座绅士的舒适的小别墅,显示出某种乡村风味,别具一格。整个正面长满常绿植物,就在大门上方有一对颇大的麋鹿角从树叶下面伸出,使得别墅看起来像一座猎人屋。巨大而气派的建筑群——从某种意义上说,因为有了这座朴素的别墅它们才得以产生——正一一呈现出来。有一部分墙体周围搭着脚手架,已经升至别墅的高度,前面的庭院里堆满了大块的毛石。

马车的杂音打破了别墅的宁静。像城堡一样的别墅的守门人很快冲出,还有一只黑色的猎犬,它跳上一块石头开始狂叫,所发出的警报将整个驻守的狗都引了出来。

"一只只小狗和猎犬,
都是出身低微的杂种。"

它们无不张着大嘴高声嗥叫。我应该纠正自己的引语,因为在附近根本见不到一只杂种:司各特地地道道是个爱好运动的人[2],对于纯种敬重有加,怎么会容忍有杂种呢。

---

1 骑在领马附近引导马匹牵引马车的人。
2 尤指打猎、钓鱼等。

不久"城堡之王"[1]本人出现了。根据我读到和听到的描述,以及所公布的他的相貌,我立即认出了他。他个子高大,身材魁梧,强壮有力。他的衣着简朴,几乎显得土气。那是一件旧的绿色狩猎服,纽扣孔有一只狗哨,结实的鞋子在脚踝处被系住;头上那顶白色的帽子显然饱经风霜。他拄着一只粗壮的拐杖,跛行着走上砾石路面,不过他走得很快,也颇有精神。一只铁灰色的狩鹿大犬慢慢跟在他旁边,它举止十分庄重,绝不参与到那群狗的噪叫之中,似乎为了别墅的面子,自认为有义务礼貌地接待我。

司各特没等来到大门口,就用亲切的语调高声叫我,欢迎我来到阿伯茨福德,并且询问坎伯尔的消息。他走到马车门旁时,热情地抓住我的手说:"来,快让车驾到房子那边去。你正好赶上吃早餐,然后你会看到隐修院所有让人惊奇的东西的。"

我本来要推托的,说已吃过早餐了。"听我说,朋友,"他大声说道,"一大早就驾车在苏格兰山丘的刺骨的空气中穿行,足以有理由再吃一顿早餐。"

我因此被马车拉着来到别墅门口,片刻后便坐在早餐桌旁。除了司各特一家别无他人,他们是司各特夫人、大女儿索菲娅,然后是大约有17岁的漂亮姑娘安·司各特小姐,比她小两三岁的沃尔特——一个发育良好的少年——还有查尔斯,他是个活泼的男孩,大约十一二岁。我不久觉得自己像在家里一样,因受到热情欢迎而感到心中温暖。我原本想只在早上拜访一下,可发现他们是不会轻易放我走的。"你别认为我们这一带像报纸那样,一个上午就看完了,"司各特

---

[1] 司各特1811年在特威德购置了一片领地,自建中古式城堡居住。

说。"对于一位喜欢旧世界的零碎事物和善于观察的旅行者，需要仔细观察几天才行。用过早餐后你可去参观梅尔罗斯隐修院。我不能陪你，因有一些家事要办，不过我会让儿子查尔斯陪你去，他对一切与旧的遗址遗迹及其周围有关的事无不精通；他和我朋友约翰尼·鲍尔将告诉你所有的真实情况，另外还有许多并不会要求你相信的事——除非你是个名副其实、毫无疑问的古文物研究者。等你回来后，我会带你去附近走走。明天咱们去看看亚罗坡，后天驾车去德赖伯尔修道院，那是个十分不错、很值得一看的古老遗址。"一句话，没等司各特说完他的计划，我发现自己非得参观几天了，仿佛一个富于浪漫的小小王国突然在我面前打开。

* * * * *

于是早餐之后，我与小朋友查尔斯一道前往隐修院，我发现他是个极为活泼有趣的同伴。对于附近一带他知道大量的逸闻趣事，都是从父亲那里听说的。他还了解许多奇异的说法和狡诈的笑话，显然也源自同处；他说话时无不带着苏格兰人的口音，其中掺杂着苏格兰人特有的用语，使其别有一番味道。我俩在去隐修院的途中，他讲了一些父亲提到的约翰尼·鲍尔的有关逸事。鲍尔是教区的教堂司事，也是隐修院遗址的管理人，受雇对它进行管理，并带领来客参观。他是一位可敬的矮小男人，虽然地位卑微但并非没有抱负。报纸上提到过他的前任之死，所以他的名字也曾出现在整个这地方的出版物上。当约翰尼接替守护这片遗址时，他讲定在自己死的时候，他的名字应该受到人们同样可敬的夸耀，并且要出自司各特的手笔。司各特已庄重保证，要对他死后的名字予以颂扬，所以约翰尼现在自豪地期待着将会像诗人一样不朽了。

我发现约翰尼·鲍尔是个显得端庄的小个子老头,他穿着蓝色外衣和红色马甲。约翰尼接待了我们,不断问候,似乎高兴见到我的小同伴——他十分欢乐和逗趣,为了让我开心,他把他的种种奇特东西都搬出来了。老人是一位最可信而独特的导游,凡是司各特在其《最后的吟游诗人之歌》[1]中所描写的隐修院中的情景,他都指给我看;而且他还用显著的苏格兰人的口音,背诵着赞美它的诗节。

就这样,在穿过一处处回廊时,他让我看到极其精美地雕刻在石头上的美丽树叶和花儿;尽管已经过去数个世纪,但它们仍然轮廓清晰,犹如刚雕刻出的一般。也正如司各特所说,它们可与所仿效的原物媲美:

凡是在那儿闪耀着光彩的花草
都同样美丽地雕刻于回廊的拱门之上。

在那些雕刻作品中,他还把一处极其美丽的修女头像指给我看,说司各特总要于此驻足欣赏,"因为郡长[2]对所有这类东西都有一种神奇的眼光。"

而我会说,司各特从周围事物中得到的结论,似乎更多地源自他是本郡的治安官而非诗人。

在隐修院内,约翰尼·鲍尔把我带到一块石头旁:在那个值得纪念的夜晚,当巫士的书被从墓中救出时,矮胖的"德洛兰的威廉"和

---

[1] 司各特的长篇叙事诗,它奠定了诗人的地位。
[2] 司各特1799年被任命为塞尔扣克郡副郡长,主要负责治安工作。

那个僧侣即坐在这块石头上。而且，约翰尼在其古文物研究中甚至比司各特更仔细，因为他发现了巫士的坟墓，其位置诗人先前是心存疑问的。这一点约翰尼自夸予以了证实：所根据的是凸肚窗的位置，以及月光晚上投射的方向——月光穿过彩色玻璃，将阴影投射到这儿的圣乔治十字[1]上面，正如诗中所详细描述的那样。"我把这一切向郡长指出，"他说，"他无可否认这是相当清楚的。"后来我发现司各特对于老人的直率，和他对诗的每一节加以证实的热情，让司各特觉得有趣；那首诗仿佛成了可信的历史记载，他对诗人的演绎总是予以默认。这里我将诗人对巫士坟墓的描述附录于后，就是它使得约翰尼·鲍尔开始了古文物研究。

> 瞧呀，武士！圣乔治十字
> 指向了非凡的死者之墓；
> 僧侣缓缓移向宽大的石板，
> 血红的十字架描画在上面。
> 他指着神圣的一角：
> 武士手持一只铁棒，
> 僧侣用干瘪的手示意一遍，
> 墓穴的大门随即打开。
>
> 凭借一时的力量，
> 他终于将巨石移搬。

---

[1] 英国国徽。

我多么希望你曾看见
光线怎样灿烂地闪现,
直射向教堂高坛的屋顶,
并穿过远处的廊台!
光从坟墓中射出,
将僧侣的服饰和苍白的面容呈显,
又在武士黑褐色的盔甲上亮闪,
还亲吻着他身上飘动的羽毛。

那位亚士躺在他们眼前,
好像他从来就没死去。
灰白的胡须显得曲卷,
他的年龄大约七十左右。
有个游方僧的披肩将他围缠,
他身上系着精美的西班牙饰缎,
像一位来自海外的朝圣者。
他的左手拿着圣书,
右手拿着银色的十字架,
那盏灯就放在他的膝边。

在真诚的约翰尼·鲍尔看来,司各特编造的故事成了事实。由于《最后的吟游诗人之诗》始终存在于梅尔罗斯隐修院的遗址当中,加之它指出了所描写的种种情景,所以在某种程度上它与约翰尼的整个生活交织在一起;我还怀疑,他是否时时把自己与某些诗节里的人物混为一谈。

假如人们更喜欢诗人其他的作品而非《最后的吟游诗人》,他会受不了的。"确实,"他对我说,"这正是司各特先生写得最好的东西——如果他此时站在那儿我也会对他这么说——然后他就会笑起来。"他大声赞扬司各特如何亲切和蔼。"他时时会来这儿,"他说,"有不少人陪同着;是他的声音让我首先知道他来了,我听见他高喊着,'约翰尼!——约翰尼·鲍尔!'于是我迎了出去,必然会听到他说着某个玩笑或开心的话。他就像个老妇似的站在那儿和我一起哈哈大笑——想想看,他可是一位有着好多好多历史知识的人呀!"

这位可敬的小个子男人有一些引以为豪的独创方式,其中之一便是让游人站在隐修院对面,背对着它,然后弯下腰从两腿之间看它。他说,这让人看到遗址截然不同的面貌。人们对这样的办法大加称赞,可是"女士们"对此讲究,她们满足于从胳膊下面看看就行了。由于约翰尼·鲍尔自豪于让人看到诗中描写的一切,所以有一节诗使他非常为难。那是某个诗节的开头部分:

假如你想恰好看到美丽的隐修院,
那么请在淡淡的月光下去参观:
因为明亮的白昼那放肆的光线,
只是轻蔑地将遗址涂抹得一片黯淡。

由于有这样的告诫,许多到这座遗址来的最虔诚的游人不满足于白天看看,而是非要在月光下看一眼不可。瞧,不幸的是,月亮只在每个月的部分夜晚才有。更为不幸的是,在苏格兰它很容易被云块和薄雾挡住。因此约翰尼十分为难,不知如何给那些富有诗意的游客提供缺一不可的月光。最后,他幸运地发明了一种替代办法,即将一只双倍大的牛油烛固定在竿子顶端,然后高举着它在暗夜里带领游客参观遗址,使他们大为满意,甚至最后他开始认为这比月光本身更好。"从此以后,它当然就把光投射到了隐修院上,"他总是说,"而且你还能四处移动,一点一点把古老的遗迹照亮,可月亮只能照到一面。"真诚的约翰尼·鲍尔!我谈到的那个时候离现在已过去多年,很有可能,他那天真率直的头脑如今枕在了自己最喜欢的隐修院的墙下。希望他小小的心愿已得到满足,他的名字记录在了自己如此爱戴和尊敬的人的笔下。

* * * * *

我从梅尔罗斯隐修院返回之后,司各特提议我们去走走,以便他带我看看周围的乡村。出发时别墅里的每只狗都来陪伴我们。其中有我已提到的叫迈达的狩鹿大犬,它是一只高贵的动物,深受司各特宠爱;有叫哈姆雷特的黑色猎犬,它是一只富有野性、没有头脑的小家伙,还不到明白事理的年龄;有叫菲内特的漂亮的谍犬[1],它的毛发柔软光滑,长长的耳朵耷拉着,目光温和,是客厅里的宠物。我们走到房子前面时,有一只很老的猎犬也加入过来,它摇着尾巴从厨房里走出,司各特对它像老朋友老伙伴似的欢呼迎接。

我们漫步时,司各特常于谈话中停下来观察他的狗们,对它们说点什么,仿佛它们是理性的伙伴。确实,这些人类的忠实伴侣看起来颇富有理性,因为它们与人有着亲密的关系。迈达举止端庄,这与其

---

1 一种捕猎用的长毛狗。

年龄和大小是相称的，它似乎自认为受到吩咐，要在我们面前努力显得尊严而礼貌。它缓步跑到我们前面一点，小狗们则在它身边嬉戏，跳着扑向它的脖子，咬它的耳朵，极力逗弄它一起嬉闹。但这只老狗很长时间都会保持沉着庄重，好像偶尔对小伙伴们的放肆斥责一下。最后它会突然把身子一转，逮住其中一只狗，将其撞倒在地。然后它看一眼我们，等于在说："瞧，先生们，它们这样胡闹让我不得不让步。"之后它又像先前一样恢复了端庄的姿态。司各特对这些奇特的表现觉得有趣。"我毫无疑问，"他说，"迈达单独和小狗们一起时，它会把端庄抛开，像它们任何一只狗那样顽皮起来。但在我们当中它不好意思，似乎在说：'别再胡闹啦，小家伙们——要是我也显得那么愚蠢莽撞，主人和另一位先生会怎么看我呢？'"

他说，迈达让他想起某次在一艘武装艇上的情景，当时他与朋友亚当·费格斯桑一同出游。他俩都尤其注意到了水手长，他是一位优秀健壮的海员，显然因引起他们关注而高兴。有一次水手们"伴着管乐取乐"，和着船上乐队的音乐跳舞，并且以种种方式嬉闹起来。水手长在一旁观看，露出渴望的目光，好像他也想加入进去。但他瞥一眼司各特和费格斯桑，表明他在与自尊作斗争，担心在他们眼里贬低自己。最后有个船员走上去抓住他的胳膊，邀请他跳一种快步舞。司各特接着说，水手长略为迟疑一下后照办了，像我们的朋友迈达那样笨拙地欢跳了一两下，很快作罢。"啥用也没有，"他说，猛拉腰带，斜眼看我们一下，"一个人不能总是在哪儿跳舞。"

我们正谈论着狗伙伴们的各种脾性和奇特举动，这时什么东西惹怒它们，一只更小的狗发出尖厉狂暴的吠叫；过了一些时间才把迈达唤起，它两三步猛地冲过去加入到它们的吠叫中，发出低沉的汪汪声！

不过它只是短暂地发作一下,随即便返回去了,一边摇着尾巴,疑虑地望着主人的脸;它拿不准自己是该责备它们呢,还是该赞赏。

"啊,啊,老伙计!"司各特高声说,"你可创造了奇迹。你的叫声把艾尔登[1]山都震动了。在这天剩下的时间里,你可以爬在大炮旁休息啦。迈达就像君士坦丁堡[2]的大炮,"他继续说,"需要较长时间才能准备好,让那些小枪小炮先发射出一打的炮火;不过一旦它发射了威力可就大啦。"

这些简朴纯真的逸闻趣事,让人看到司各特在其私人生活中所表现出的乐观脾性与心情。家畜就是他的朋友,似乎他的面孔一出现,周围一切就会高兴。连最卑微的侍从见他走来都会喜形于色,好像料到他会说出什么亲切热情、令人开心的话。有一次我们去参观采石场,我曾有机会特别注意到这一点,当时有几个男人正在为新修房子开采石头;他们全都暂时停下手中的活,要"与主人说说愉快的笑话"[3]。有一个是塞尔扣克[4]的自由民,司各特就如下古歌和他开起了某种玩笑:

与塞尔扣克的鞋匠一道起床,
同合恩[5]的伯爵一道睡下。

---

1 在苏格兰博德斯行政区内有称为"艾尔登山"的三座锥形山。
2 土耳其西北部港市伊斯坦布尔。
3 文中有些地方用的是苏格兰方言,所以用了引号。
4 苏格兰东南部城市。
5 南美最南端的一岛名。大概是由于时差关系,意指他们早出晚归。

另一个是教会的领唱人,他除了在礼拜天领唱赞美诗外,还于冬季的周日教附近的少男少女跳舞,因为此时户外很少有活干。还有一个身高挺直的老者,他有着健康的面容和银色的头发,戴着圆顶白帽。他正要用肩头扛起什么,但是停了下来,站在那儿看着司各特,蓝色的眼睛微微闪烁,好像等待轮到自己,因这位老者自知特别受司各特喜欢。

司各特用和蔼可亲的语气与他搭话,要吸他的一撮鼻烟。老者取出一只牛角鼻烟盒。"哼,老伙计,"司各特说,"不是那只旧烟盒:我从法国给你带回来的那只漂亮的法国鼻烟盒哪里去了?""真的,大人,"老者回答,"那么好的烟盒根本不适合周日拿来用。"我们离开了采石场,司各特告诉我他去巴黎时,曾买了一些小玩意儿作为礼物送给侍从们,其中就有提到的华美的鼻烟盒,老者小心翼翼地把它保存起来,只在礼拜天才用一下。"让他们高兴的与其说是礼物的价值,"他说,"不如说是念及主人在那么远的地方竟会想到他们。"

我发现,这位老者颇受司各特喜欢。如果我没记错,他早年曾是一位军人,那挺直硬朗的身姿,红润粗糙的面容,灰白的头发,蓝眼睛里显露出的精明的目光,使我想起伊迪·奥奇尔特里[1]所描述的情形。我发现,此后威尔基[2]在他作的司各特一家的画中也把老者画了进去。

* * * * *

我们漫步在苏格兰歌谣中常见的景色之中,它们因为有了司各特的诗而显得丰富多彩;不过早在这之前,一首首田园诗已经使它们变

---

1 司各特的小说《古物研究者》(1816) 中的人物。
2 威尔基 (1785—1841),苏格兰风俗画家、肖像画家和版画家。

得不朽。我第一次看见科登娄维斯[1]那长满金雀花的顶端（它们从特威德灰暗的山上隐约显现出来）时，高兴得激动不已。还有埃特里克谷、盖拉河及亚罗坡，它们的出现让人产生多么感人的联想！每每转向一处，你都会想起某支家常的歌谣——某支几乎忘记了的儿歌，我小时候就是听着它们进入梦乡的。而伴随它们的是那些歌者的音容笑貌，他们如今已不复存在。正是这些悦耳的歌——它们在我们孩提时吟唱于耳旁，与我们记忆中所爱的人联系在一起，而这些人已经离开人世——使得苏格兰的景色充满了如此富有温情的联想。一般而论，苏格兰的歌都带有某种固有的伤感，这很可能归由于作者那种孤独的田园生活。他们常常只是些牧羊人，在寂寞的峡谷中照料羊群，或者把它们圈在光秃秃的山丘中。许多这些乡村的吟游诗人死后连名字也没留下，留下的只有他们悦耳动人的歌谣，这些歌像回声一般回荡于他们居住过的地方。田园诗人们流露出的朴素纯真情感，大多与其常去的某地联系着。这样，凡是苏格兰的大山或山谷、城镇或高塔、绿色的树林或流动的小溪，都必然与某首流行的歌有关，从而使其名字成为一系列美妙想象与情感的基调。

让我及时往下说说吧，讲讲在一次参观罗伯特·彭斯[2]的出生地艾尔时，我对那些朴素纯真的歌谣是多么敏感。我在"漂亮的多恩堤岸与斜坡"附近度过一上午，彭斯那温柔短小的情诗出现于我脑际。我发现，有个穷苦的苏格兰木匠在阿罗威教会的遗址中干活，这座遗址将改为校舍。他明白我的来意后放下手中的活，同我在一座多草的

---

1 苏格兰爱丁堡东南边的一座城堡，它因古老的苏格兰民歌《科登娄维斯的金雀花》而不朽。
2 罗伯特·彭斯（1759—1796），苏格兰诗人。

阿伯茨福德之行

坟墓上坐下——这儿就在彭斯的父亲被埋葬的地方旁边——和我谈着他本人认识的诗人。他说连最贫穷、最不识字的乡下人都熟悉诗人的诗歌,"他好像觉得这乡村越来越美丽了,因为彭斯为它写下了短小漂亮的诗歌。"

我发现司各特对故乡的流行歌谣满怀热情,他似乎很高兴看见我对它们颇有感触。这些歌使我想起第一次听到它们时的情景,他说他也因此想到如下诗句:

在青春时节那快活的清晨,
滚滚岁月像晨梦留存于记忆;
在它们尚未逝去之际,
我听见沿蒂维厄特河[1]的岸边,
飘来了优美的韵律,
那声音清澈而婉转。

那是一些甜美的声音!
常使我坦诚的心中的悲哀得以平息,
像魔法似的驱走我幼稚的眼泪;
你的诗歌会让欢喜的记忆再现,
像遥远的回音,非常惬意,
旅行者在原野中听在耳里。

---

1 苏格兰南部特威德河支流。

司各特继续详细讲述着苏格兰的流行歌谣。"它们是我们民族的一部分遗产,"他说,"是我们可以真正称之为自己的东西。它们没有受到外来的感染,有着石南丛生的荒野和山风那种纯洁的气息,有着从古代大不列颠人传承下来的、纯正的民族特征。像苏格兰人、威尔士人和爱尔兰人,都具有民族的风格特征。而英格兰人[1]却没有,因为他们不是本土人,或者至少他们是混种人。他们的音乐都是外国废弃的东西,犹如一件五颜六色的夹克或一块拼凑出的制品。甚至在流入不少外国人的苏格兰东部,我们的民族歌谣也相当少有。一支纯真古老的苏格兰歌就是一块烟水晶,它是产于我们自己的大山里的宝石;或者不如说是往昔的珍贵遗产,其上面承载着民族特性的印记——像一枚刻有浮雕的宝石,让人看到这个民族在仍然纯正时的面貌。"司各特这样说着,此刻我们爬上一座峡谷,狗在左右两边闲逛,一只黑色的雄松鸡突然展翅高飞。

"啊哈!"司各特喊道,"沃尔特少爷会好好打一下了。咱们回去后就让他带上枪到这里来。沃尔特现在成了家里的猎人,让我们一直都有野味吃。我差不多把猎枪都交给他啦,因为我发现自己的行动不能再像以前那么轻快了。"

我们漫游至可以俯瞰到广阔景色的山上。"瞧,"司各特说,"我像《天路历程》[2]中的朝拜者一样,把你带到了'快乐山'的山顶,让你看到附近所有优美的地方。那边是拉麦穆尔和斯马霍麦,那儿是加拉谢尔兹、托尔沃德列和加拉沃特。在那个方向你看见特沃达尔和亚

---

[1] 英国由英格兰、苏格兰和威尔士组成。爱尔兰 1948 年独立。
[2] 1678 年英国作家约翰·班扬写的作品。

罗坡。埃特里克溪像一条银线蜿蜒而行,最后汇入特威德河里。"

他继续这样——列出苏格兰歌谣中有名的地点,它们近来大多引起了他那富于浪漫的兴趣,被他写进作品。事实上,我看见辽阔的边疆地区展现在眼前,能够追寻到产生那些诗歌和浪漫故事的场面——在某种意义上它们把世界给迷住了。我对周围凝视片刻,心里怀着惊讶,几乎可以说是失望。就目力所及,我所见到的只是一排又一排灰暗起伏的山丘。其面貌单调乏味,一片光秃秃的景象,你差不多可以看见一辆结实的马车沿着山边穿行。驰名的特威德河似乎就是一条光秃的溪水,流淌在毫无遮蔽的小山之间,其岸边连一棵树或一片灌木丛都没有。然而,就是这整个地方笼罩着诗歌与浪漫故事的魔网,在我看来,它比我在英格兰见到的最为丰富多彩的景色更有魅力。

我不禁把自己的想法说出来。司各特自个儿哼了一会儿,显得严肃的样子。他全然不知自己的诗歌受到称赞,是以故乡的山为代价的。"大概是偏爱吧。"他最后说。"不过在我眼里,这些灰暗的山丘和整个荒野的边疆地区,本身就有着奇特的美妙之处。我喜欢的正是那光秃秃的土地,它具有某种醒目、严峻和孤寂的东西。爱丁堡附近有着华美的景色,它就像一座装饰起来的如花园般的地方,我在其中待了一些时间后,便开始希望回到自己这些灰暗朴实的山中。假如一年里见不到一次这儿的石南,我想我会活不了的!"

他说到最后时怀着真诚的热情,同时用手杖在地上重击一下,以示强调,表明他说的是心里话。他也对本来就是一条美丽的河的特威德予以维护,说他并不因为没有树就不喜欢它,这大概由于他一生中不少时间都在钓鱼吧;而钓鱼的人是不喜欢河流上方有树垂悬着的,它们会妨碍他施展鱼竿鱼线。

　　我对于周围景色的失望，也乘机同样地为自己早年的联想辩护。我对覆盖着森林的山丘以及穿过茫茫树林的河流，均习以为常，因此我心中所有富于浪漫的景色都常常是树木繁茂的。

　　"是的，那是你的国家巨大的魅力所在。"司各特大声说，"你爱森林，正如我爱石南——但我并不会让你认为，我感觉不到眼前出现一大片森林的那种壮观。我最喜欢的，莫过于置身于你们那雄伟野性的原生林，心中想到周围是数百英里人迹罕至的森林。有一次，我在利思[1]看见一根刚从美洲运到的巨大树木。它生长在本土上时一定是棵参天大树，高耸蓝天，枝丫繁茂。我不无惊叹地注视着它。它像一座时时从埃及运来的方尖巨塔，使得欧洲的矮小纪念碑相形见绌。事实上，这些巨大的原始树木——它们在白人闯入之前曾为印第安人提供了庇护——就是你们国家的一座座纪念碑和古迹。"

　　谈话转向了坎贝尔的诗《怀俄明州的格特鲁德》，它所展现出的诗歌素材都来自美国的景色。司各特开明大方地谈到这首诗，在说到同代人的作品时我发现他总是如此。他十分高兴地列举了几节诗。"真是遗憾，"他说，"坎贝尔没有更经常地多写一些，充分发挥他的才华。他有着会让自己飞上天空的翅膀，确实他也时时奋力展翅，可随后又将它们收拢并栖息了，好像害怕飞走似的。他不知道或不愿意相信自己的力量。即使他写了一篇很好的作品，他也常常心怀疑虑。他把《洛切尔》中几节优秀的诗删除，不过我让他恢复了其中一些。"司各特此时用极好的方式复述了几节。"就预感而言，"他说，"或者照一般

---

[1] 爱丁堡的一个港口。

说法就敏锐的洞察力而言,这思想多么美妙——

未来的事情会先投下阴影。

"这是一个相当不错的想法,表达得也非常完美。还有一首叫《霍亨林登》的优秀小诗,他写下之后似乎并不看重,认为有些诗节'像锣鼓喇叭似的大喊大叫'。我让他背诵给我听,相信正是我所感到和表达出的喜悦促使他把这首诗印出来。实际上,"他补充说,"在某种程度上坎贝尔对于他自己就是一个怪物。他早年成功的光辉妨碍了所有更多的努力。他害怕自己的名誉在前面投下的阴影。"

我们这样聊着时,听见山中传来枪声。"我想是沃尔特吧。"司各特说,"他已完成了上午的学习,拿着枪出去打猎啦。如果说他遇上了那只松鸡,我也不会意外。要真是那样,我们的食物中又增加了一份,因为沃尔特是个相当可靠的射手。"我询问沃尔特的学习情况。"的确,"司各特说,"在这方面我没啥说的。我并不一心要把孩子们培养成天才。至于沃尔特,他小时候我就教他骑马,打猎,讲真话。而他其余的教育,我则交给一位很值得钦佩的年轻人去管——那人是牧师的儿子,我所有孩子都是由他教的。"

后来我认识了提到的这个年轻人,即梅尔罗斯牧师的儿子乔治·汤姆森;我发现他颇有学问,非常聪明和谦虚。他通常每天从梅尔罗斯父亲的住处,前来指导小孩子们学习,偶尔在阿伯茨福德留下吃饭,在这儿他很受尊重。司各特常说,造物主把他造就成了一个强健的军人,因为他高大、健壮、活泼、喜欢运动锻炼;可是意外事故又毁损了造物主的杰作,使他少年时失去一只腿,不得不安上假腿。因此他从小受到培养做着教会的工作，在那儿时时让人称为"老师"[1]；他集学问、淳朴及温和的独特个性于一身，被认为具有"汤姆森老师"应有的许多特点。我想在司各特写作小说时，他一定经常充当文书。每天上午孩子们一般都是同他一起度过的，之后他们才去户外参加各种有益健康的活动，因为司各特很希望让他们的身心都得到加强。我们没走多远，就看到两位司各特小姐沿着山坡前来迎接。现在上午的学习结束了，她们便出来在山上散步，采摘石南花，用来打扮头发，作好吃饭准备。她们像小鹿一样轻快地跳过来，衣服在夏日纯净的微风中飘动，这使我想起司各特在《马米恩》的一个诗篇中，对自己孩子所作的描述：

> 我的小鬼们，坚强、勇敢而野性，
> 这与山中的孩子最为相合；
> 他们在夏日的嬉戏中嘀咕与述说，
> 焦虑地询问春天何时回来哟，
> 那时鸟儿和羔羊又会快乐，
> 山楂的枝头上将重新开出花朵。
>
> 是的，小孩子们，是的，雏菊花
> 又将装扮上你们夏日的凉亭；
> 山楂也会再次长出
> 你们喜欢戴上的花环；

1　原文为"Dominie"，苏格兰地方语言。

阿伯茨福德之行

草地上的羔羊会欢跳不断。
野鸟的歌声一遍遍传来,
当你像它们一样欢喜之时,
夏天的日子会显得多么短暂。

她俩走近时,狗全都扑上前去围着她们欢跳。她们和狗玩了一会儿,然后来到我们身边,一脸健康喜悦的样子。索菲娅是最大的孩子,也最为活泼欢快,谈话颇具有父亲的种种特点,似乎父亲的言语和风貌使她兴奋激动。安的性情则温和一些,她十分沉静,这无疑多少与她小几岁有关。

* * * * *

吃饭时司各特已脱掉半具乡村风格的外衣,换上一件黑色衣服。姑娘们也都梳妆打扮完毕,把从山坡上采摘到的紫色石南小枝别在头发上,先前轻松愉快的散步使得她们个个看起来容光焕发。

饭桌上我是唯一的客人。有两三只狗守候在桌旁。老狩鹿犬迈达蹲在司各特身边,渴望地望着主人的目光;而受宠的谍犬菲内特则紧挨着司各特夫人,我不久发觉夫人对它大为宠爱。

谈话偶然转到司各特的狗的长处上时,他十分激动、满怀深情地说起自己的爱犬坎普——它被雕刻在早期的一幅画里,放在司各特身旁。他谈到它时仿佛失去了一位真正的朋友,索菲娅·司各特顽皮地望着他的脸,说可怜的坎普死的时候她爸还流下了几滴眼泪。关于司各特对狗的喜爱,以及他所表现出来的滑稽方式,我在此还可提出另一个后来遇见的证据。有天早上我和他在别墅附近散步,注意到一座古朴的小墓碑,上面用黑体字刻着:"此处躺着勇敢的珀西。"我停下来，以为那是昔日某个壮实的武士之墓，但司各特把我领了过去。"啐！"他大声说，"这不过是我愚蠢地修造的墓碑之一，你在周围会发现不少。"随后我得知那是一只受宠的猎犬的墓。用餐时曾出现了一些享有特权的重要家庭成员，其中有一只大灰猫，我注意到它时时享用到餐桌上美味的食物。主人和主妇都喜爱这只一本正经的老母猫，它晚上就睡在他们的房间里。司各特笑着说，他们的房子最不明智之处，就是晚上让窗子开着以便猫能进出。在四足动物当中猫占据着某种优势——它堂而皇之地蹲在司各特的扶手椅里，时时置身于门旁的一把椅子上，每只狗经过时它都要在其耳边抓搔一下。而对方也总是欣然接受。事实上，就老母猫而言这纯粹是表示一种君权的行为，意在让其他动物别忘了自己臣属的地位——它们对此完全予以默认。在君臣之间存在着普遍的和谐，它们无不乐意共同在阳光下睡觉。

　　吃饭时司各特讲了许多奇闻，他谈得很多。他对苏格兰人的性格作了一番称赞，极力赞扬邻居们举止文雅有序、诚实正直，他说这在那些老骑兵和边境居民的后代身上是难以指望遇到的，因为这儿过去曾以各种吵骂、争执和暴力闻名。他说自己凭借治安官一职多年来维护着法律，在此期间需要审判的案子很少。不过他说，昔日的不和，地方的利益，彼此的敌对和苏格兰人的仇恨，仍然潜伏在灰烬里，会很容易被点燃。他们对于名誉的世袭情感仍然很深。甚至在村子之间举行橄榄球比赛，都不会总是安全的，过去的宗族情绪极易于爆发。他说，苏格兰人比英格兰人更满怀深仇，他们胸中的仇恨持续得更久，有时他们会数年将其置之一旁，但最终必定是要报复的。

　　苏格兰高地人与低地人之间那种由来已久的嫉妒，在某种程度上仍然存在，前者把后者视为更低级的种族，不如他们勇敢顽强；但与此同时，他们又因为想到自己高人一等而装腔作势。所以一个初次来到他们当中的外人，会觉得他们暴躁易怒。只要有一丁点机会他们就会被惹恼，准备拼命和你干一仗，因此在某种意义上讲，外人不得不与之拼搏，奋力迎战，最终才能得到他们的好感。他举了一个恰当的例子，说有个叫芒戈·帕克的兄弟，他去苏格兰高地附近的一片荒地里居住。不久他发现自己被视为入侵者，山上的头目们有意要对他动武，相信他这个苏格兰低地人会示弱的。

他一时非常冷静地忍受着他们的嘲弄和奚落，直到有个人无视他的忍耐，拔出匕首伸到他眼前，问他在自己住的地方见过那种武器没有。帕克是个身材魁梧的大力士，他一下抓住匕首，只把手一挥就将它插进一张橡木桌。"见过的，"他回答，"并且告诉你的朋友们，有个低地的人把匕首插进了魔鬼自己都拔不出来的地方。"所有人都为这一武艺和他说的话高兴。他们与帕克一起喝酒，彼此更加熟悉起来，从此成为始终不渝的朋友。

吃过饭后我们来到休息室，它既是书房又是藏书室。一面的墙边有一张长写字桌，桌上有抽屉。它的上面是一个小橱柜，其木料打磨得很光滑，折叠门上装有不少黄铜饰品，司各特将最重要的文件放在里面。橱柜之上有个像壁龛一样的地方，其中放着一件完整光亮的钢制甲胄，头盔合拢，旁边是些铁手套[1]和战斧。周围悬挂着各种战利品和遗物：有蒂波·沙布[2]的弯刀、从佛洛顿战场[3]获得的高地腰刀、

---

1 中世纪骑士戴的一种手套，用皮革和金属片制成。
2 1782年于印度迈索尔继承伊斯兰教君主权的一名武士。
3 英国人在布兰克斯顿附近打败苏格兰人的战场。

一双从班诺克本[1]得到的里彭[2]靴刺,尤其是有一支罗布·罗伊[3]的枪,上面有他名字的首字母R.M.G.,我当时对这件东西特别感兴趣,因为人们知道,司各特实际上在出版一本以这个有名的"不法之徒"[4]的故事为根据的小说。

橱柜的每边都是书架,上面很好地存放着用各种语言写的浪漫小说,不少都非常罕见古老。然而,这只是司各特别墅里的藏书室,他主要的书籍还存放在爱丁堡。从这个放着珍奇东西的小橱柜上,司各特取出一份在滑铁卢[5]战场拾到的手稿,里面抄写了几首当时在法国流行的歌。只见纸上沾有血迹,"很可能,"司各特说,"是某个快乐的年轻军官的生命之血,他把这些歌当作远在巴黎的情人的纪念物珍藏起来。"

他温和而高兴地提到那支喜忧参半的小小战歌,说它是由沃尔夫[6]将军创作的,并且他曾于魁北克[7]暴风雨般的时刻的前夕在集体餐桌上唱出——他即十分光荣地在那儿阵亡——

---

1 苏格兰的一座小镇。"班诺克本战役"是苏格兰历史上的一次大决战。
2 英格兰北部一郡的小镇,出产上等靴刺。
3 罗布·罗伊(1671—1734),著名的苏格兰高地亡命徒。在司各特的同名长篇小说中对他有夸张的描述。
4 平民百姓并不认为他们是不法之徒,而是绿林好汉。不过他们被官方视为强盗。
5 比利时中部靠近布鲁塞尔的城镇。拿破仑在滑铁卢战役中(1815年6月18日)遭到了决定性失败。
6 沃尔夫(1727—1759),从法国人手中夺取魁北克时的英军司令官。
7 加拿大魁北克省的首府,1759年,在这里的亚伯拉罕平原上,由沃尔夫将军率领的英国军队击败了由蒙卡尔姆将军率领的法国军队。

为什么，战士们，为什么，
我们这些男儿要忧郁？
为什么，战士们，为什么，
——我们要做的就是死去！
因为假如下一场战役
将我们送到造物主那里，男儿们，
我们也就摆脱了痛苦；
不过要是我们得以幸存，
一瓶酒和一位温和的女店主，
又会使一切完好如初。

"所以，"他补充道，"这位在滑铁卢倒下的不幸的人，很可能于战斗打响的前夜在帐篷里唱着这些歌，心中想到教他唱这些歌的美丽女人；并且保证如果在这场战役中活下来，他就会无比光荣地回到她身边。"

后来，我发现司各特把这些歌的译文与另外一些比较短小的诗一起发表了。

这晚，我们在半是书房半是休息室、显得离奇的屋子里愉快地度过。司各特从《亚瑟王》[1]古老的浪漫故事中读了几段，声音低沉洪亮，十分优美；语调庄重，这似乎与古色古香的黑体字书籍相吻合。听这样一位人物在这样一个地方读这样一部作品，真是一个富有意味的款待。他坐在一把大扶手椅里朗读着，脚旁是心爱的猎犬迈达，周围有

---

[1] 亚瑟王是中世纪传说中的不列颠国王，圆桌骑士团的首领。

一些书籍、遗物和从边疆获得的战利品——这情景本来就可以构成一幅令人赞美、极其独特的画。

在司各特朗读的时候，那只已提及的一本正经的老母猫于炉火旁的一把椅里蹲着，它两眼凝视，举止严肃，似乎在倾听朗读。我对司各特说，他的猫好像能够鉴赏用黑体字印刷的文学作品。

"哈，"他说，"这些猫是一种很神秘的动物。它们脑子里想的事总是比我们以为的多。这无疑由于它们非常熟悉巫婆和术士。"他接着讲了一个关于某位好心人的小故事，此人一天夜里在返回村舍的途中，突然在一个偏僻地方遇见由猫组成的出殡队伍，它们无不戴着孝，把棺材里的一只猫抬到墓地，棺材上盖着黑色的天鹅绒棺罩。那位可敬的人对这样一支奇特的队伍感到惊讶，吓得半死，赶紧跑回去把见到的情景告诉老婆和孩子们。他刚说完，一只蹲在炉边的大黑猫就站起身，大声叫道："那么我就是猫王！"随即便爬上烟囱消失了。那个好心人所看见的出殡队伍是属于猫王朝的。

"我们这只老猫，"司各特补充道，"所表现出的那种君主的神气，有时让我想起这个故事。我对待它通常很尊重，因为想到它有可能是一位隐姓埋名的大王子，迟早会登上王位的。"

就这样，即便身边不会说话的动物，司各特也会让它们的习惯和癖性成为幽默谈话和奇特故事的主题。在他的要求下，女儿索菲娅·司各特时而唱上一支歌，这也使得我们这个夜晚充满了生气。她从来不需要求两次，而是坦然愉快地照父亲的话办。听她唱歌真是开心，她唱的都是苏格兰的歌，没有任何伴奏，虽然简单朴实但却充满精神，富于表现力；由于是用本地语唱的，所以格外富有魅力。她轻快而活泼地唱着那些高尚古老的二世党人[1]的歌——它们曾流行于"苏格兰的觊觎者"的追随者之中,他在这些人里面被称为"年轻的骑士"。

司各特极为喜欢这些歌,尽管他是个很忠诚的人。因为那不幸的"骑士"在他看来总是一位浪漫英雄,这个英雄还有许多其他汉诺威王朝[2]的追随者——既然斯图亚特王朝已经不再令人畏惧。谈及这个问题时司各特提到一个奇特的事实,即在"骑士"的文件里——政府把它们提供给他审阅——他发现一份美国的追随者给查理二世的请愿书,请求在边陲拓居地竖起他的旗帜。我后悔当时没就此更详细地询问司各特。不过所说的文件,很可能仍然在那位觊觎者的文件中,由英国政府掌握着。晚上,司各特讲述了悬挂在屋子里的一幅奇异画像的故事,那是他认识的一位女士为他画的。它表现出来的,是古时一位可敬英俊的年轻英国骑士所怀有的、不无悲哀的困惑;这位骑士在边疆的袭击中被俘,并让人带到一个固执而横暴的老男爵那里。不幸的青年被丢进地牢,在城堡大门前面搭起了高高的绞刑架,准备将他绞死。一切准备就绪后他被带到城堡大厅,严厉的男爵端坐在那儿,周围是一些全副武装的武士;男爵让青年作出选择,要么在绞刑架上吊死要么娶他的女儿。后面一个选择也许被认为不难,但不幸的是男爵的女儿丑得可怕,嘴巴大得出奇,所以无论为了爱还是钱都没人向她求婚,整个边疆地区的人均知道她叫大嘴巴玛格!

所说的那幅画,表现出英俊的青年不幸陷入进退两难的境地。在他面前坐着严厉的男爵,作为那样一个女儿的父亲其面目是相称的;

---

[1] 指英王詹姆斯二世的拥护者。
[2] 统治时期为1714—1901年。

他对着青年怒目而视,十分狡诈。他的一边是大嘴巴玛格,她整张脸露出多情的笑容,那秋波足以让一个男人惊呆。另一边是听取忏悔的神父,他是个圆滑的修士,此刻轻轻推一下青年的肘部,并指着打开的门口外面看得见的绞刑架。

根据传说,青年在圣坛和绞索之间经过长久的苦苦斗争之后,对生活的热爱占了上风,他让自己屈从于大嘴巴玛格的魔力。与浪漫故事所有的可能性相反的是,他们的婚姻证明是幸福的。男爵的女儿即便说不美丽,但却是一个最好的模范妻子。她丈夫从来不为任何怀疑和嫉妒所困扰(这些问题有时损害到婚姻生活的幸福),并成了一个公正合理、确实合法的父亲——这种状况在边境仍然很盛行。

我根据并非很清晰的回忆,只对这个故事略为讲了一个大概。司各特讲述时曾带着令人愉快的幽默,而如果有人具有某种这样的幽默,那么故事也许会讲得更有意味。

我就寝时发现几乎难以入眠。我想到自己就睡在司各特的屋檐下,想到自己身处特威德的边疆地区,就在它的中央,过去一段时间曾是浪漫故事最常出现的场景;尤其是我想起自己有过的漫步,漫步中的同伴,以及我们的谈话——这一切无不使我心中激动,差不多将我所有的睡眠赶走。

* * * * *

次日早晨阳光从山上投射过来,照进低矮的花格窗里。我早早地起床,往垂悬在窗扉上的野蔷薇枝中间看过去。让我吃惊的是司各特已经起床并到了外面,他坐在一块石头上,正与受雇修建新房屋的农民聊着。在他前一天把时间浪费到我身上后,我曾以为他这天上午会忙一阵子了，可他似乎像个悠闲的人，除了沐浴在阳光下让自个开心外没啥做的。

我不久穿好衣服，来到他身边。他谈着自己对于阿伯茨福德别墅所怀有的计划。假如他能满足于那座爬满葡萄藤的令人惬意的小村舍——我拜访时他即住在里面——那么他就将是快乐幸运的。而庞大的阿伯茨福德别墅，所必须用在仆人、家臣、客人和男爵生活方式上面的巨额费用，把他的钱财给耗尽了，使他身心都有了沉重的负担，最终把他压垮。

然而，所有这些至此尚在考虑和构思中，司各特乐于设想出将来的住房，正如他会在想象中创作出一个奇特的浪漫故事。"这是我的一座空中楼阁，"他说，"我将用石头和泥灰让它成为实在的东西。"只见周围散放着各种从梅尔罗斯隐修院的废墟中弄来的少量材料，它们将被用于修建他的住房。他已经用类似材料在一口小源泉上建造了一座哥特式神殿，并在顶端用石头竖起一副小十字架。

从隐修院弄来的遗物散布在我们面前，其中有一只极为奇异古老的小狮，它要么是用赤石做的，要么是漆红的，这让我产生了想象。我忘记它是谁的家族徽章，但它时而引起的关于老梅尔罗斯隐修院的有趣言论，我永远不会忘记。这座隐修院，显然唤起了司各特所有不乏诗意与浪漫的情感，他通过早年最为离奇可爱的想象，表现出自己多么热烈地依恋着它。我可以说，他谈到它时充满了深情。"不知道，"他说，"在那座荣耀而悠久的建筑里都有些什么宝藏。这是一个供古物研究者'掠夺'的著名地方，里面有供建筑师利用的古老丰富的雕刻品，有供诗人创作的古老故事。在那儿采集到的东西是稀罕的，就像斯提尔顿干酪[1]那么珍贵,并且品位一样——青霉越多越好。"

他继续提到与隐修院相关的"非常重要"的情况,它们从来没人提及过,甚至约翰尼·鲍尔在其研究中都遗漏了。苏格兰英雄罗伯特·布鲁斯[2]的心脏就埋葬在院内。司各特详细讲述着布鲁斯那奇妙的故事,说他临死时虔诚而侠义地提出请求,希望把他的心脏带到圣地巴基斯坦,埋葬于圣墓里,以便完成朝圣的誓言;詹姆士·道格拉斯爵士如何忠诚地出发护送光荣的遗物。在那个充满危险的年代,詹姆士爵士经历了种种冒险;他在西班牙命运坎坷,最终在与摩尔人的圣战中死去;后来布鲁斯的心脏也命运多变,直到最后被带回到本土,珍藏于神圣古老的梅尔罗斯隐修院里——这些素材都是可以充分利用的。

司各特坐在一块石头上这样谈话,用手杖敲着俯卧在面前的小红狮,灰色的眼睛在粗粗的眉毛下闪烁。他就在讲下去时,头脑里不断出现了各种情景、形象和事情,它们与神秘和超自然的东西融合在一起,这些东西又与布鲁斯的心联系着。仿佛有一首诗或一个浪漫故事正朦胧地出现在他的想象中。从他为《修道士》作的序言中,明显看出他随后有过某种类似的思考——它与这个主题以及他喜爱的梅尔罗斯遗址不无联系。遗憾的是他对这些虽然朦胧但却满怀热情的意念,再没有坚持到底追寻下去。

这时传来吃早饭的叫声,打断了我们的谈话;我便请求司各特对我的小红狮朋友予以关照——是它引起了这么一个有趣的话题——我希望它能在将来的宅第里,获得某个与其显然古老的历史与尊贵的身

---

[1] 英国的一种有青霉的优质白奶酪。
[2] 即罗伯特一世(1274—1329),苏格兰国王(1306—1329)。

阿伯茨福德之行

份相配的壁龛或位置。司各特幽默中不无庄重地向我保证，说勇敢的小狮会受到最体面的待遇。因此我现在希望它仍然活跃于阿伯茨福德。在放下隐修院遗物的话题前，我要再提及一个遗物，它说明了司各特丰富多样的幽默性情。那是一具人头骨，大概很久以前是某位快乐修士的，这在如下昔日的边疆歌谣中被非常敬重地提到：

啊，每个礼拜五斋戒之的时候，
梅尔罗斯的僧侣便做出美味的甘蓝；
只要邻居们的存在能够持久，
他们就不需要牛肉和啤酒。

他让人将这具头骨洗净并作了修饰，把它放在自己房间的衣柜上，正好对着他的床。我在那儿见过它，极其阴沉地咧着嘴。在迷信的女佣们看来，这是一个相当令人敬畏恐怖的东西，她们的惧怕常常使司各特觉得开心。有时他换衣服，会把围巾像穆斯林的头巾一样系在它上面，没有一个"女用人"[1]敢拿开。主人竟然如此"喜欢一个怪模怪样的老头骨"，真让她们大为惊讶，想入非非。

那天用早餐时司各特有趣地讲述了一件事，说有个叫"北方的坎贝尔"[2]的小个子高地人，就房地产边界问题与毗邻的一位贵族进行了多年诉讼。这是小个子男人生活的主要目标，是他所有谈话中不断提到的主题。他对遇见的每一个人，都要把一切情况详详细细讲出来；

---

1 原文为苏格兰语。本篇原文中有不少地方用了苏格兰特有的方言。
2 应指苏格兰神学家坎贝尔（1800—1872）。

为了有助于对房屋进行描述,让自己讲述的事"更加准确",他对自己的房产画了一张大图——那是一个有几英尺长的大卷筒,他经常扛在肩上,走到哪儿都随身携带着。坎贝尔身长腿短,罗圈腿,总是穿着高地人的服饰。每当他扛上大卷筒出去时,苏格兰方格短裙下面小小的两腿就像一对括号,那模样看起来真是怪异。他犹如扛着歌利亚的枪杆的小大卫,"枪杆粗如织布的机轴"[1]。

一旦剪羊毛的季节结束,坎贝尔通常就会启程去爱丁堡处理诉讼一事。在各家客栈里他无论吃住都要付双倍的费,让老板记住多给的钱,等到他回来,那时他就可以不用再付费了。他说,他明白自己会把所有钱都用到爱丁堡的律师们身上,所以他想最好能确保回家的费用。

他有一次去拜访律师,被告知对方不在,家里只有律师的夫人。"也一样。"小个子坎贝尔说。他被带进客厅,打开地图,详详细细讲述了自己的案子,之后拿出通常的费用。夫人本来会拒收,可他坚持让她拿着。"我把整个这事告诉你所得到的满足,"他说,"与告诉你丈夫所得到的一样,而且我相信所得到的好处也一点不少。"

上次他见到司各特时,说他相信与贵族的问题几乎解决了,因双方同意彼此把房地产的界限缩小到只有几英里。如果我没记错,司各特曾补充说,他建议小个子男人把自己的诉讼事由和地图委托给"迟钝的威利·莫布雷"去处理,此人想起来就令人乏味,他是爱丁堡的一位名人,乡下的人经常聘请他;他总是不断登门拜访,说话慢声慢气、冗长啰唆,从而让每个握有职权的人感到厌烦,最终赢得每起诉讼。

---

[1] 语出《圣经·旧约·撒母耳记(上)》第17章第7节。

阿伯茨福德之行

司各特的谈话中有许多这些小故事和趣闻,它们自然而然从话题中流露出来,丝毫也不勉强。虽然,他在讲述时它们彼此并无关联,也没有引出它们的言谈或情况——这些言谈或情况我已不再记得——就是说,故事和趣闻缺少了适当地予以讲述的背景条件。然而,它们却可以让人看到司各特心中的自然活动——看到它的随和状态,以及它生动而特有的丰富细节。

在家人中,女儿索菲娅和儿子查尔斯似乎最能体会和理解他的脾性,乐于听他谈话。而司各特夫人就不总是那么在意,偶尔会随便说些什么不免有点扫兴的话。这样,一天用早餐时——家庭教师汤姆森也在场——司各特兴致勃勃地讲述着麦克纳布的地主的趣闻。"可怜的人,"他说,"已经死了好久了——""哎呀,司各特先生,"仁慈的夫人大声说,"麦克纳布还没死吧?""确实死了。"司各特回答,"如果他没死的话,他们就对他太不公平啦,因为他们已经把他埋葬了。"

这个笑话并没引起司各特夫人的注意,也没让她受到什么伤害,但却让可怜的家庭教师震惊,他当时正把一杯茶端到嘴边;他突然发出一阵笑声,把半杯茶溅了一桌子。用过早餐后,司各特忙着修改了一会儿刚寄来的校样。我已说过的小说《罗布·罗伊》当时将要付印,我想这大概就是那部作品的校样稿吧。"威弗来小说"[1]的作者身份,仍然是个猜测和不确定的问题,虽然很少有人怀疑它们主要是司各特写的。我认为他就是作者,他从不提及它们便是一个证明。假如这些作品是另一人写的,那么一个对苏格兰的任何东西,任何与民族

---

[1] 出版于1814年,当时轰动了文艺界。

历史或地方传说有关的东西,都如此喜爱的人,对于这样的作品便不会沉默。他喜欢引用同时代的作家的作品,经常朗诵边疆诗歌的某些章节,或者讲述一些边疆故事的趣闻。但对于自己的诗和它们的长处,他则闭口不言,同他在一起时,我注意到他对这个问题也谨慎地保持沉默。

在这儿我可提到一个奇特的事实,对此我当时并无意识,即对于自己的作品司各特在孩子们面前相当低调,他甚至不愿让他们读自己的浪漫诗歌。我是后来某个时间,从他给我的信中某段话里才得知的,这段话提到一套他的美国袖珍版诗作——我回到英国时转交给了他的一个女儿。"我匆忙中,"他写道,"没有代表索菲娅感谢你那么关心,使她有了美国版的书。我不能十分肯定自己可以再送她些什么,因为你已让她非常熟悉了父亲的拙作,否则她对之是不会这么熟悉的。这是由于,我特别注意让孩子们早年时不要读到任何这些东西。"

言归正传吧。司各特完成了他简短的文学工作后,我俩便出去散步。孩子们陪着我们,但他们没走多远,便遇见一个可怜的老农及其穷困的家人,于是把他们带回家并给予帮助。

我们走过阿伯茨福德的边界,来到一个显得惨淡的农场,这儿有一座十分荒凉、极不安全的老住宅或农舍,四周光秃秃的。然而司各特对我说,这是一座称为"劳肯德"的古老的世袭财产,其价值与堂·吉诃德的祖传财产不相上下;对于其所有者,它同样给予了一种世袭的尊贵——那个所有者是个地主,他虽然非常贫穷,但却自豪于古老的血统以及家族的名望。苏格兰人有按照家族财产取名的习俗,所以他便被称为劳肯德,不过在附近一带人们更普遍地知道他叫"长腿劳克",因为他的腿很长。司各特这样说着他时,我们看见在远处沿着自己的一块田地大步走着,身上的格子花呢飘动着;他似乎很配那样的称号,看起来两腿和格子呢占了一大半。

劳克对于周围地区以外的世界一无所知。司各特战后即去过法国,他告诉我自己回到阿伯茨福德后邻里们大多来拜访他,向他询问外国的情况。在众多人当中就有长腿劳克和一个同他一样无知的老兄。他们对于法国人的事问了不少,似乎认为法国人是某个遥远的、半野蛮的部落。"那些原始人在他们本国是啥样子?"劳克问。"他们能写字吗?能计算吗?"当得知他们差不多和阿伯茨福德善良的人们同样文明时,他大为吃惊。

劳克打了很长时间的光棍,就在我去过那儿后不久他突然想到要结婚了。邻居们都很意外。而他的亲戚——他们虽然贫穷但也不无自尊——却感到很不光彩,认为他想要娶的年轻女人极不相配。尽管他们反对他将有的不般配的婚姻,可是没用,他毫不动摇。他穿上了最好的衣服,给一匹可与罗西南特[1]相比的瘦马装上马鞍,并在马鞍后放上一个后座;然后他出发娶那个卑微的姑娘去了,他要把她带回家,她将成为劳肯德古老的小屋的女主人——她就住在特威德对面的一座村子里。

类似的一件小事,在周围宁静的小乡村都会引起巨大轰动。长腿劳克已去特威德把新娘娶回家的消息,不久传遍了梅尔罗斯村。所有好心的乡亲们聚集在桥旁,等待他返回。然而劳克让他们失望了,他从远处的一个浅滩过了河,不知不觉把新娘安全接回家中。让我将事情经过往后说吧,讲讲可怜的劳克的命运——那是一两年后司各特在

---

[1] 西班牙作家塞万提斯所著小说《堂·吉诃德》的主人公所骑的马的名字。

信中告诉我的。自从结婚后他就不得安宁，因为亲戚不断进行干涉，他们不让他照自己的方式过得幸福，而是极力让他与妻子不和。劳克拒绝相信任何对她不利的传言，但是为了保护她的好名声他不得不坚持抗争，弄得身心疲惫。他最后在属于父亲的房子前与亲兄弟们发生冲突，彼此猛烈地指责着。劳克竭尽全力为妻子的忠实辩护，说她极其正直，然后倒下死在自家的门前。他的人格、品性、名声、经历和命运，都可以在司各特的某一部小说中变得不朽，而我也期待着在作家后来的某些作品中认出他，但结果没能如愿。

＊ ＊ ＊ ＊ ＊

经过诚实的劳克的地方时，司各特指着远处的艾尔登石。古时候那儿曾长着艾尔登树，根据流行的口传，在这棵树下面诗人托马斯[1]发出过预言，有的预言古老的歌谣里仍可见到。

我们在此转入一座小峡谷，一条小溪潺潺地顺着它流下去，偶尔形成瀑布，在有的地方与花楸和白桦的垂枝一起垂悬而下。司各特说，我们此时正漫步在历史古迹或仙境之上。诗人托马斯曾经常出现在这里，他遇见了仙境中的女王和这条奇特的小溪——她骑着有灰色斑纹的小马，银铃在马笼头旁发出声响。

"这儿是'亨特利岸'，诗人托马斯躺在它上面思考、睡觉时，看见——或者梦中看见——了仙境里的女王：

托马斯真的躺在亨特利岸，

---

[1] 托马斯（1220？—1297？），英国诗人、预言家，因司各特搜集的歌谣《诗人托马斯》闻名。

阿伯茨福德之行

他的眼前呈现出奇异的景观；
他看见一位光彩耀眼的女人，
骑着马在艾尔登树旁出现。

她的裙子是草绿色的丝缎，
她的披风是精美的天鹅绒；
五十九只银色的铃铛
挂在每一绺马鬃旁边。

司各特这时又背诵几节歌谣，并讲述了诗人托马斯遇见仙女和他被带到仙境的情景——

直到七年过去之后，
托马斯的确才终于出现。

"这是一个不错的老故事，"他说，"可以写成一篇极好的童话。"
司各特继续照常在前领路，蹒跚着沿富有魔力的峡谷而行，一边谈着话；不过由于他背对我，我只能听见他低沉嘟哝的声音，犹如从管风琴发出来的一般，我无法听清楚他说的话，直到他停下把脸转过来，我才知道他背诵的是关于诗人托马斯的某部分边疆歌谣。我和他在那片传说中著名的地方漫步时，一直都是这种情况。在他头脑中，充满了与周围每一样东西相联系的流传故事，他会边走边讲，显然这是为了让自己和同伴都高兴。

> 我们沿着小山小溪向前行进,
> 它们都有自己的歌谣或传说。

他的声音低沉洪亮,带着苏格兰人的口音,又带点诺森伯兰[1]的"喉音";在我看来,这使他的讲话具有了英国土方言的魅力与淳朴。有时他把诗歌背诵得相当完美。

就是在这样的漫步中,我想我的朋友哈姆雷特——那只黑色的猎犬——陷入了糟糕的困境。那群狗当时像平常一样在峡谷和田野里跑来跑去,一段时间没了踪影,然后我们便听见左边远处传来吠叫声。随即我们看到一些羊在山上奔跑,那群狗在后面紧追。司各特吹响了象牙口哨——它总是挂在他的纽孔上——不久便把"罪犯"们召集过来,只是不见哈姆雷特。我们赶紧爬上一处土堆,这儿可以俯瞰到一个羊栏或山坳边缘;我们注意到,黑黑的丹麦王子[2]正站在一只流血的羊旁。尸体还有热气,喉部留下有致命的抓伤印痕,哈姆雷特的嘴上沾着血迹。再没有哪个罪犯被这么完美地当场抓住。我想可怜的哈姆雷特的命运将注定了,因为在一个充满牧羊场的地方所犯下的罪行,是再大不过的了。然而,司各特对狗比对羊还更看重,它们是他的同伴和朋友。哈姆雷特虽然是某种不够规范、行动鲁莽的幼兽,但它显然也受到司各特宠爱。他一时不愿相信羊会是它杀死的。一定是附近的某只杂种干的,然后见我们靠近时逃跑了,让可怜的哈姆雷特陷入困境。可是证据也很充分,哈姆雷特受到普遍的谴责。"唔,瞧,"司

---

1 英格兰的一个郡。
2 原指莎士比亚剧中的主角哈姆雷特。

各特说,"我也有一些错。过去一段时间来我已没追猎了,可怜的狗没有了追击猎物的机会,所以其锐气不减。假如时时让它追击一只野兔,它就根本不会去打扰那些羊。"

后来我得知司各特确实弄来一匹小马,时时带着哈姆雷特出去追猎,它因而对羊肉不再显得有兴趣了。

* * * * *

我们在山里又漫步了一会儿,来到司各特说的罗马人营地的遗址;我们坐在一座曾经是部分城墙的小丘上,他指着界线和壁垒等留下的痕迹,显示出所具有的扎营术知识,即便古文物研究者奥尔德巴克[1]本人也不会为之感到丢脸。确实,在我拜访期间,我所观察到的关于司各特的各种情况无不同时让我相信,蒙克巴斯[2]中的古物研究者的脾性大多来自他那丰富的多重性格,并且那部受人赞美的小说的某些场景和人物都取自他周围的环境。

他给我讲了一个名叫安德鲁·格默尔斯(或如所发的"加默尔"音)的几件趣事,此人曾经就在阿伯茨福德对面的盖拉河岸兴旺过;小时候司各特看见过他,还同他说话开玩笑。从那些贤明的流浪汉的典范和乞丐们的内斯特[3]伊迪·奥奇尔特里身上,我立即看出其相似之处。我正要说出这个名字,承认其相似的地方,忽然想起司各特涉及自己的小说时是要用化名的,于是止住没讲出来。不过在许多作品中,这也是让我相信他就是作者的小说之一。

他对于安德鲁·格默尔斯的描绘,在身高、姿态、军人般的风度

---

1 司各特的小说《古物研究者》中的人物。
2 司各特的小说《古物研究者》中提到的地名。
3 特洛伊战争中希腊的贤明长老。

以及顽皮和具有讽刺意味的性情上，正好与伊迪的相符。他的家——如果他有家的话——在加拉希尔斯[1]。不过他"四处漫游"，沿着绿色的杂树林和小溪步行，在整个特威德、埃特里克以及亚罗谷成了某种活的编年史。他把闲言碎语从一家带到另一家，并对居民们及其关心的事进行评说；对于他们的任何错误或蠢行，从来都会毫不犹豫、直截了当地予以嘲讽。

司各特补充说，一个像安德鲁·格默尔斯这样的乞丐——他能够唱古老的苏格兰歌谣，讲述一些故事和传说，与人闲谈度过长长的冬夜——在一座偏僻的住房或村舍绝非是个不受欢迎的客人。孩子们会跑去迎接他，把他的凳子放在壁炉旁暖和的一角，老人们会把他当作贵宾接待。

至于安德鲁，他看待他们无不像牧师看待教区居民，并且将自己得到的施舍看作应得之物，正如别人应该交纳什一税[2]一样。"我确实认为，"司各特补充说，"安德鲁与其说把自己看作是为生活艰难奔波的人，不如说是一位绅士，以致他心中看不起那些给他吃住的辛苦农民。"

他偶尔可与一些小小的乡村贵族有并不稳定的交往，他们不时需要人陪着消磨时光，这在某种程度上使他产生出贵族思想来。他时时同他们玩牌掷骰子，赌博时"兜里的钱"从来不缺；他神气十足，仿佛钱对于他是小事一桩，再没有谁输钱的时候更像绅士那么冷静了。

在那些时时愿意与他亲近的人当中，有盖拉的老约翰·司各特，

---

1 苏格兰的一座制造业城市。
2 自愿交付或作为税收应当交付的个人年收入的十分之一，特别用于供养教士或教会。

他是个有门第的人，住着从托沃德勒的父亲那里继承来的房子。而这位地主也仍然维持着某种优越的社会地位。他坐在窗户的里面，让乞丐坐在外面，两人就在窗台上玩牌。

安德鲁时而把自己的某个想法很直率地告诉给这位地主。特别是有一次，地主说他把父亲的一些土地卖了，用赚来的钱给自己建造了一座更大的房子。诚实的安德鲁所说的话，就带有伊迪·奥奇尔特的那种精明。

"很好呀——很好呀，托沃德勒。"他说，"不过谁会想到，你父亲的儿子会卖掉两座不错的房产，在山腰上的小树林中给自己修一个（布谷鸟）窝呢？"

* * * * *

那天阿伯茨福德来了两个英国游人。一个是拥有动产和不动产的绅士，另一个是年轻的牧师，绅士似乎是他的资助人，带着他一同旅行。

这位恩主是个富有教养、普通平常的绅士，这样的人在英国不少。他对司各特十分敬重，极力在学问上成为司各特的朋友，不断进行一些抽象的研究，而司各特对此并没什么兴趣。后者的谈话也像平常一样充满了趣闻和传说，有的颇富意味和幽默。富有教养的绅士要么是太迟钝了，感觉不到其中的要义，要么是太礼貌端庄了，无意放纵于发自内心的欢喜。相反，那个真诚的牧师就并非高雅得无法寻求开心，而是对每个玩笑都久久地哈哈大笑，他怀着一个心中有更多欢喜而非兜里有更多金钱的人的热情，享受玩笑带来的乐趣。

他们走后，其不同的行为举止受到一些评论。司各特很敬重地谈到那个有钱人良好的教养和稳重的举止，不过对于真诚的牧师却怀着更加亲切的情感，以及朴实而由衷的快乐——他就是以此来欣赏每一个笑话的。"我怀疑,"他说,"是否牧师的命运不是最好的。即使他不能像自己的资助人那样,凭借金钱支配世上那么多好的东西,但当别人将这些东西摆在他面前时,他在享受它们方面是远远为资助人所不及的。总之,"他补充道,"我确实认为更喜欢真诚的牧师不错的性情,而不是他恩人的良好教养。我很看重一个衷心的欢笑。"

他继续谈到英格兰游客大量涌入,近年来充斥了苏格兰,并怀疑他们是否损害到古老的苏格兰人的性格。"以前他们只是偶尔作为猎人来,"他说,"以便猎取沼地上的猎物,根本没想到去看风景。他们在这里四处活动,勇敢朴实,以本身的方式面对乡下人。可如今他们带着各种装备到处周游,看遗迹花金钱,其挥霍奢侈的行为伤害了普通人——这些人在对待来客时变得贪婪起来,他们开始贪财,哪怕是一点点服务都要敲诈勒索。过去,"司各特继续说道,"我们那些更贫穷的阶层的人,比较起来是无私的。他们在促进人们的娱乐或帮助人们满足好奇心上,免费提供各种服务,即使最小的补偿也让他们满意。可是现在他们把带人看岩石和遗迹当成生意来做,像意大利的导游一样贪婪。他们把英格兰人看作是许多活钱袋,越是摇动、搜取他们,他们留下的就越多。"

我对他说,在这方面他起了不小的作用,因正是他的作品给予了苏格兰许多偏远地方富于浪漫的联想,才使得那些好奇的游人纷纷涌来。

司各特笑了,说他觉得我多少是正确的,因他回想起一个相关的情况。有一次他在格伦罗斯时,有个开了一家小旅店但顾客不多的老妇,异常殷勤地招待他,对他极尽礼貌,这倒让他感到完全不适。其中的秘密最后才得知。就在他要离开时,她一次次地对他行屈膝礼,说她明白他就是那个写了一本关于卡特琳湖的好书的人。她恳求他也写点他们的湖,知道他的书给卡特琳湖的旅店带去了很多好处。

次日,我同司各特以及他的女儿们去德赖伯尔修道院游览。我们乘坐一辆由两匹毛发光滑的老黑马拉着的敞篷马车,司各特似乎对它们有感情——他对自己的每一只不会说话的动物都如此。我们一路穿过各种各样的景色,它们充满了诗意与历史的联想,大多与司各特有某种联系。在途中的某处,他指着几英里远一座光秃的山顶的边疆古堡,说那是斯莫霍姆城堡,位于多岩的小山"沙罗崖"之上。他说回想到小时候的情景,他觉得那地方特别亲切。他父亲曾住在斯莫霍姆农舍或农家。由于腿瘸,他才两岁就被送到了那儿,以便能够呼吸到山里纯净的空气,并受到祖母和姑母们照顾。在长诗《玛米恩》一个篇章的开头,他对自己祖父和农舍炉旁的场面作了描述,并有趣地描绘了少年时的他:

> 我仍然怀着不无自负的向往,
> 再次追寻到每一张和蔼可亲的面庞,
> 它们在傍晚的炉火旁喜气洋洋;
> 茅草房里坐着头发灰白的祖父,
> 他没有学问却聪明、坦率而善良,
> 并且出身于苏格兰高贵的血统;
> 他那老年的目光敏捷、清澈而锐利,
> 显现出年轻时多么炯炯有神。
> 他的命运与邻居们的并不相当,
> 他满足于不是收买来的公平;

可敬的牧师经常来到他家里，
牧师是我们常有的客人，
他的生活与举止很能展现出
学者和圣徒两种不同的模样；
哎呀！我常用无礼的嬉闹与不妥的玩笑
把他说的话给阻挡；
因为我任性、大胆又狂妄，
是个固执的顽童，祖母的子孙；
不过那一半是麻烦，一半是玩笑，
大家仍然予以忍耐、关怀和珍藏。

  他说，正是住在斯莫霍姆崖期间，他第一次对传奇故事、边疆传说、古老的民歌与歌谣产生了激情。他的祖母和姑母们对此十分精通，它们在苏格兰的乡村生活中很流行。在漫长阴沉的冬日，她们常于夜晚围聚在有炉火的一角进行讲述，与爱闲聊的客人们悄然长谈。小沃尔特总是坐在那儿贪婪地听着，因此在他幼小的心中埋下了许多精彩故事的种子。司各特说，有一个替他们家干活的老牧羊人，他常坐在阳光明媚的墙下，一边织袜一边讲述绝妙的传说，并吟诵古老的歌谣。每当天气好时，司各特就常让人用轮椅推出去，坐在老人身旁数小时地听他讲述。

  沙罗崖所处的地方，对于讲故事和听故事的人都是有利的。它俯临整个广阔的边疆地区，有一座座封建时代的城堡、鬼魂出没的山谷以及富有魔力的溪流。老牧羊人讲述故事时，连发生地点也能指出来。因而，司各特还不能走路时就已熟悉了将来的故事的一个个场景。它们仿佛通过富有魔力的媒介完全能看见,并且蒙上了浪漫色彩,这样的色彩从此存在于司各特的想象中。可以说,从沙罗崖的顶点,他首先遥望到自己未来的辉煌的乐土[1]。

提到司各特的作品,我发现此次谈话中讲到的许多情况——比如古老的城堡和他小时候与之有关的场景——都记录在已经说到的《玛米恩》的开头。司各特常常如此,出现在他作品里的事件和感情,往往融合在他的谈话中,因为它们源自他在现实生活里的所见所想,与他居住、活动与生存的那些场面紧密相连。在此我毫不犹豫地引用一下与城堡相关的章节,虽然它栩栩如生地再现的大多是往日的情形,但效果却相当不错:

> 这样,我对故事传说如痴如狂
> 它们使幼小的我着迷异常,
> 故事虽不精美却听着和谐,
> 早年的思想回到了我身旁;
> 在人生之初所产生的情感,
> 在诗行里闪光,
> 然后出现了峭壁,那座山上的城堡。
> 它们让我的想象于醒来时陶醉,
> 虽然没有宽阔的河流奔腾激荡,
> 或许还要求为它唱一支英雄之歌;
> 虽然在夏日的大风中没有树林的声响,

---

[1] 语出《圣经》。也称福地、希望之乡。

欧美见闻录

把爱讲述成一个更加温和的故事；
虽然几乎没有一条小溪的速度
能够让牧羊人的箭产生敬意；
然而那绿色山头和清澈蓝天，
也让人有了诗意的冲动。
那是一个贫瘠而荒野的地方，
光秃的悬崖原始地重叠其上，
不过在它们中间时时出现
最为可爱的柔软绿草；
孤独的小孩子十分明白
哪儿是有桂竹香的幽深之处，
金银花也喜欢从那里爬上
低矮的峭壁和毁损的墙体。
我想太阳在它整个循环之中，
从这种角落俯瞰到最可爱的阴影；
我还认为那座毁损的城堡
是人类之力创造的最大奇迹；
年老的庄稼汉真是令人惊异，
他让我入迷的故事不同寻常，
他说有些劫掠的家伙，
策马飞奔，直冲而下，
在遥远的切维厄特[1]

---

[1] 位于英格兰与苏格兰之间。

阿伯茨福德之行

又开始了南边的扫荡,
他们返回之际,大厅里充满
狂欢、盛宴和喧唱——

我仍然感到入口处破裂的拱门,
在重重的脚步与铿锵声中回响;
留下伤痕的可怕面容,
明显地出现于生锈的格窗。
在冬夜的火炉之旁,
我总是听到或悲或欢的故事,
它们讲述情人的怠慢,小姐的漂亮,
女巫的符咒,勇士的武器;
正义的华莱士和英勇的布鲁斯
昔日所赢得的爱国者的战役;
还有最近争夺的一个个战场,
那时苏格兰的一些宗族,
勇猛地从高地上直冲而下,
把身穿红衣军服的士兵消灭打光。
最后我爬在地板上面的时候,
又把每一战斗再打一场。
我将鹅卵石和贝壳整齐地排好,
模拟着让它们的阵容犹如真正打仗;
"苏格兰之狮"仍然冲锋向前,
溃散的英格兰人还在逃走,如此仓皇。

我们骑马向前，司各特用热切的目光注视着远处沙罗崖顶，说他曾经常想到买下那里，将古城堡修好用作住所。然而，他多少已将早年感激的债务偿还，因为他写的故事《圣约翰前夕》赋予了它诗意与浪漫的联想。希望对司各特早年的一座纪念性建筑确实颇感兴趣的人，将会使其不再毁损下去。

离沙罗崖不远，司各特指着另一座古老的边疆要塞，它位于山顶，他小时候觉得曾是某种魔幻城堡。那是贝麦赛德城堡，是黑格或黑加——边疆最古老的家族之一——堂皇的宅第。"以前它在我看来，"他说，"由于诗人托马斯的预言它几乎笼罩着一种魔力；我年轻时对于这个预言颇为相信：

无论发生什么，无论发生什么，
黑格也将是贝麦赛德的黑格。"

司各特又补充了一些细节，它们表明就眼前这个例子而论，可敬的托马斯证明自己并非是个虚假的预言者，因为在边疆的所有变化与出现的偶然中，那是一个有名的事实。在经过了一切家族间的争斗、掠夺、洗劫和烧毁之后——它们使许多城堡成为废墟，使曾经拥有它们的骄傲家族变得贫穷——贝麦赛德城堡仍然保持完好，仍然是黑格古老家族的堡垒。

然而，预言也常会确保自身的实现。很可能诗人托马斯的预言将城堡作为黑格家族的安全之石，与他们联系起来，并几乎是迷信地让他们在种种艰难麻烦中紧紧地与城堡密不可分，否则它便会被人抛弃。

后来在德赖伯尔修道院，我看到那个命中注定、十分坚韧的家族

的坟墓,其碑文显示出他们如何重视自己昔日的东西:

贝麦赛德古老的黑格家族之墓

想到自己小时候的日子,司各特说他幼年时因腿瘸造成的伤残逐渐减轻,不久他的两腿便有了力量;尽管他总是跛着脚,但他甚至还是个少年时就很会走路。他经常从家中出去,在周围乡村一连漫游数日,偶然获得各种当地的传言,看到种种大众场面与人物。他父亲常为其漫游的爱好烦恼,摇着头说这孩子将来只能当个小贩。长大些后他成了一个很好的猎人,把不少时间用来打猎射击。野外运动使他得以进入最为荒野、人迹罕至的地方,这样他便了解到许多当地的见闻,并在后来写进了作品里。

他说,他最初来到卡特琳湖是少年的时候,那次他外出打猎。那座岛子——他让它成了"湖上夫人"[1]富于浪漫传奇的住处——当时由一个老头和他老婆"驻守"着。他们的房里是空的;他们把钥匙放在门下,出去捕鱼了。那是一个宁静的住处,但后来成为走私犯常去的地方,直到最后他们被查出来。

在以后几年里,司各特开始将这种本地的见闻用文学方式讲述出来时,重访了许多他早年漫游过的场面,并努力获取到使尚为少年的他着迷、易于流失的残存传说和歌谣。他说在为《边疆歌谣集》收集材料时,他常从一座村舍走到另一座村舍,请老妇们把知道的全都复述给他听,即使两句也行。然后他将这些支离破碎的材料组合起来,

---

[1] 亚瑟王传说中的人物之一,也是司各特的一部作品的名字。

从而让许多优秀典型的古老歌谣、传说得以流传。

我遗憾地说，对于我们参观德赖伯尔修道院的情况自己记得不多。它位于巴肯（Buchan）伯爵的土地上。这座宗教建筑只是一片废墟，有着丰富的中世纪的遗物；不过特别让司各特感兴趣的，是其中有他们的祖坟和祖先的墓碑。它们属于伯爵——他被人描述成一个性格古怪的贵族——的地产，受到他的干预，为此司各特似乎感到懊恼。不过，这位贵族对那些坟墓的遗迹倒是非常重视，并且已经表示出一种强烈的期待，即某一天有幸让司各特埋葬在那里，将其墓碑增添到其余的墓碑之中——他打算要让它与"北方的大诗人"相称，但这个未来的恭维又根本不为恭维的对象[1]所欣赏。有一次我和司各特愉快地去阿伯茨福德附近散步，他的管家威廉·莱德劳先生陪同我们。这是一位司各特尤其看重的绅士。他生来是个有能力的人，受过良好教育，头脑里有着各种丰富的信息，并且他也道德高尚。后来他遇到不幸，生活变得艰难起来，司各特便让他管理自己的家。他住在阿伯茨福德上方的山坡上的一座小农场里，司各特把他当成一个珍贵可信的朋友而非侍从。

因下着雨，司各特由一个名叫托明·伯迪的侍从照顾，他替司各特拿着彩格呢披风，此人值得特别提说一下。索菲娅·司各特常把他称为父亲的大维齐尔[2]，并有趣地讲述说，一天傍晚她挽住父亲的胳膊时他俩切磋起来——他们经常会就与耕作相关的问题进行切磋。伯迪固执己见，他们本来会对于在房产周围将做的事争论很久，最后司各

---

[1] 指司各特。
[2] 伊斯兰教国家元老、高官。

特厌倦了,意欲放弃自己的立场和理由,大声说:"唔,唔,汤姆[1],你说怎样就怎样吧。"

然而,过了一段时间伯迪出现在客厅门口,说:"我一直在仔细考虑这事,总之,我认为我会接受大人您的建议。"

说到这件关于司各特的逸事时,他开心地笑起来。"我与汤姆,"他说,"就像一个年老的地主和一个受宠的仆人——地主对仆人十分纵容,直到他确实变得忍无可忍。""这不行!"老地主激动地叫道,"咱们再也不能一起生活了——必须分开。""大人到底打算去哪里呢?"对方回答。

此外,我还想再说说伯迪——他是个坚信幽灵、术士和老妇们讲的各种传说的人。他也信奉宗教,同时在自己的虔诚中也融合进去了一点苏格兰人的骄傲。因为,尽管他的工资每年才不过二十英镑,但他却设法花费7英镑买一本家用《圣经》。不错,他在世上足足有一百英镑,被同伴们看作是个有钱人。

我们于早上散步时在一座小房前停下,它是庄园里的一个农民的房屋。司各特走访的目的是要查看一件曾在罗马人的营地里挖到的遗物,如果我没记错的话,他说那是一把钳子。农民的妻子把它拿出来,她是个显得红润健康的妇人,司各特称她埃利。他站在那儿把遗物翻来覆去地看着,一边半严肃半幽默地评说,农舍里的人围聚在他身边,个个都时而插一下话,此刻我又想起了蒙克巴斯里那个独特的人物,仿佛看见古物研究者和一些幽默诙谐的人当中的那个名人,正在眼前对没有文化、不信宗教的邻居滔滔不绝地讲着。

---

[1] 昵称。

司各特一这样说到本地的古物，亲切地谈到本地的传说和迷信，就总是有一种巧妙与从容的幽默流动在其言谈的深处，并显露于他脸上，好像他在拿这个话题开玩笑。我似乎觉得他并不相信自己的热情，有意取笑自己的幽默和特性；但与此同时，他眼里那富有诗意的目光，又总显露出他确实对它们非常欣赏，颇感兴趣。"遗憾的是，"他说，"古物研究者们一般都是冷冰冰的，而他们面对的东西都充满了历史与诗意的联想、栩栩如生的细节、离奇英勇的特征，以及各种奇特陈旧的礼仪。他们总是在最为罕有的材料中探索诗歌，但却完全不知道把它们转化成诗。瞧，往日的每一件残片在一定程度上都有自身的故事，或者使人约略看到它那个时代所特有的某种境况和习俗，并因此使人产生想象。"

就我自己而言，我从未遇到过如此令人快乐的古物研究者，无论在其著述还是谈话中。那种易于融合在司各特的研究里的从容自如、略带酸味的幽默，在我看来赋予了它们一种特别而非凡的意味。不过实际上，对于与自己有关的任何事他似乎都不很在乎。他的天才很容易表现出来，以致他意识不到其巨大的力量，并且也不看重那些使别人的努力与辛劳相形见绌、富有机智的玩笑。

这天早上我们再次漫步爬上诗人谷，并走过亨特利岸和亨特利林，只见银色的瀑布与花楸和白桦的垂枝一起垂悬而下，纤细优美的树木给苏格兰的绿林和小溪增添了光彩。石南花——它遍布于光秃的大小山上，为苏格兰的风景编织起精密的衣裳——给周围增添上柔和丰富的色彩。我们爬上山谷时，眼前出现了一片片景色。有着一座座高塔的梅尔罗斯隐修院坐落在下面。那边是艾尔登山、科登娄维斯、特威德、盖拉河以及附近所有历史上有名的地点，整个景色变化多样，既有灿烂的阳光又有巨大的阵雨。

司各特照常在前面领路,他跛着脚颇有活力、心情愉快地一路走去,同时讲述一些边疆的诗歌和故事。在我们漫步的过程中,有两三次下起毛毛雨,我想将不能再漫步了,可同伴们却继续满不在乎地朝前走去,仿佛天气一直是晴朗的。最后,我问是否找个躲雨的地方更好些。"确实,"司各特说,"我没记起你不习惯我们苏格兰的雨雾。这是一种仿佛爱哭泣的气候,总在下雨。然而我们是这雨雾的孩子,一点不在乎阴云的哭泣,正如一个男人不在乎歇斯底里的老婆的哭泣一样。自然,你不习惯在早上的漫步中浑身湿透,所以我们还是在堤岸这儿躲一躲,等雨雾过去。"他在一片矮树林下面坐下,让乔治把格子呢拿来,然后他转向我说:"来,像老歌唱的那样到我的格子呢下躲一躲。"于是他让我紧靠在他身旁,把一部分格子呢裹在我身上,如他所说受到他的庇护。我们这样紧靠在一起时,他指着峡谷对面的一个洞,说那是一个老灰獾似的人住的山洞,在这坏天气里他无疑舒舒服服地躲在里面。

有时他看见"老灰獾"站在洞口,像个待在小屋门口的隐士,或拨弄珠子喃喃祈祷,或念着经文。他对这个老隐士颇有敬意,不忍打扰他。他是诗人托马斯的某种继承者,或许还是从仙境回来的托马斯本人呢,只是还受着仙境的魔力影响。某个偶然的事让他们把话题转到了诗人霍格[1]身上,坐在旁边的管家莱德劳也加入到谈话中。霍格曾是一个替他父亲干活的牧羊人,莱德劳讲了许多有关他的趣闻逸事,可我现在什么也不记得了。莱德劳还是个男孩时他们常一起放羊,这

---

[1] 霍格(1770—1835),牧羊人出身的苏格兰诗人。

时霍格便会把他当初努力构想的诗吟诵出来。晚上,莱德劳在农舍里舒适地躺到床上后,可怜的霍格便会回到山腰上田野里的牧羊人的小屋内,在那儿一连躺好几小时,他望着天上的星星作诗,次日再把诗复述给同伴听。

司各特说到霍格时言辞热情,并从他优美的诗"克尔梅尼"中复述了几节,对它们给予应有的高度赞扬。他还讲了霍格及其出版商布莱克伍德的一些趣闻逸事,后者当时正在书目学方面取得重要地位——从此他便开始享受着这个地位。

霍格在他的一首诗里——我想是《太阳的朝拜者》吧——涉足了一点玄学上的东西,他像自己的男主人公一样进入阴云之中。已经开始影响文艺批评的布莱克伍德坚决地与他展开了争论,说对于某段朦胧模糊的诗节有必要删除或者加以说明。但霍格坚持不予改变。

"可是,老兄,"布莱克伍德说,"我不明白你这节的意思。""听我说,老兄,"霍格不耐烦地回答,"我自己也并不总是明白我的意思。"有许多玄学诗人,也像诚实的霍格陷入同样的困惑中。

司各特答应在我拜访期间,邀请那位牧羊人到阿伯茨福德;根据所得知的有关他的风格特点和言谈举止,以及我从其作品里获得的巨大喜悦,我预料与他相见将会令人非常满意。

然而,司各特因情况有变未能履行承诺,我离开苏格兰时也没见到苏格兰的这位最富有独创性和民族性格的人物,这让我大为遗憾。

雨停之后我们继续漫步,直至走到山中一片美丽的水边,如果我没记错的话它叫考德谢尔湖。司各特很为自己疆土内的这片小地中海骄傲,希望我没有太让美国的一片片大湖所宠坏,以致不能够欣赏它。他提出带我到湖中去,那儿的景观不错,为此我们登上一只小船——

那是他的邻居萨默维尔勋爵放到湖上的。我正要上船时,注意到一只凳上面题有"搜索2号"几个大字。我稍停片刻,大声重复着这些文字,极力回想我曾经听到或读到的它所暗示的什么。"噢,"司各特说,"它只是萨默维尔某种毫无意义的东西而已——快上船吧!"不一会儿,《古物研究者》中与"搜索1号"有关的情景闪现在我头脑里。"哈!我记起来啦,"我说,笑笑后坐下了,但以后再没有提到这事。

我们在湖中愉快地划着船,看到美丽可爱的风景。然而根据司各特的说法,与湖水有关的最有趣的,是有一头水牛模样的怪物经常出没,它生活在深深的水里,时而来到旱地上,并发出剧烈吼叫,震得地动山摇。这个故事自古以来就在附近一带流传着。有个在世的男人声称他见过水牛,许多天真的邻居们也都相信他。"我无意反驳这个传说,"司各特说道,"我乐意让那片湖里有鱼、兽或禽——凡是邻居们认为适合有的都行。这些老妇人的传说成为苏格兰的一种财富,它属于这一片片土地,并与之共存。我们的溪流和湖水就像德国的河流和水池,里面的水巫应有尽有,而我也喜欢这种两栖怪物。"

* * * * *

我们上岸后,司各特继续讲了很多事,里面包含着有关奇异生物的独特趣闻;苏格兰人喜欢让原野中的溪流和湖水拥有这些生物,而那些溪流和湖水会出现在大山里幽暗、孤寂的地方。他将一个个趣闻与欧洲北国类似的迷信相比较。但是他说苏格兰在如下方面胜过所有其余国家:由于它那特有的景色,朦胧而壮美的气候,狂热、阴郁的历史事件,它所给人的想象是放纵而生动的;它的人民具有不同宗族,有着地方情感、观念和偏见;他们的方言独具特色,各种各样奇异独特的看法融合于其中;他们的山民们过着隐居生活;田园中的人们习惯于孤寂的日子，他们的时间大多在僻静的山坡上度过；他们传统的歌谣，让世界上古老的故事无不存在于每一块岩石和每一条溪流，世世代代地流传下来。他说，苏格兰人的头脑富有诗意和很强的常识，正是后者的力量使前者变得不朽和兴盛。那是一片肥沃顽强的土壤，一旦诗歌的种子落到里面就会深深地扎下根，结出丰硕的果实。"你永远无法将这些流行的传说、歌谣和迷信从苏格兰铲出。"他说。"与其说人们相信它们，不如说喜欢。它们属于自己所喜爱的本土的山丘和溪流，属于为之骄傲的祖先的历史。"

"我们许多穷苦的乡下人围坐在炉火一角（它通常十分宽敞）度过漫长、阴暗而沉闷的冬夜，倾听某个老妇或游荡的乞丐讲述世界上关于妖怪和巫士的古老故事，或者关于袭击、劫掠以及边疆冲突的故事，或者唱出某首歌谣——它充满了那些斗士的名字，它们像号角声一样唤起一个真正的苏格兰人的热血——看到这样的情景你会高兴的。这些传说和歌谣长期以来纯粹通过口传，从父亲到儿子或从祖母到孙子流传至今，成了穷苦农民的一种'世袭财产'，要想从他们身上夺去是很难的，因为他们没有流动图书馆提供虚构的著作将其取代。"

我并不声称精确地转述了司各特说的话，而只是根据不足的记录和模糊的记忆，尽可能讲出了司各特的主要意思。然而我始终意识到，他那丰富多彩、意味深长的东西自己远远没有传达出来。

他接着谈到经常出现在苏格兰的传说中的精灵和鬼怪。"不过，"他说，"我们的精灵虽然身穿绿色衣服，月光下在堤岸、树林和小溪附近欢跳，但它们并不像英格兰的小矮人那样快乐，而是更具有巫师的特性，玩弄一些恶作剧。小时候，我总是满怀渴望地看着那些据说经常有精灵出现的绿色山丘,有时感到仿佛想要在它们身边躺下睡觉,然后被带到仙境去;只是我不喜欢偶尔对客人玩弄的某些恶作剧。"

司各特此刻形象生动、十分有趣地讲述了一个曾流行于附近的小故事,它说的是塞尔扣克一个诚实的自由民,他于皮特罗山上干活时在一座"仙女丘"上睡着了。醒来时他擦擦眼睛,惊讶地盯住四周,因为自己正处在一座大城市的集市里,许多人在他身旁发出嘈杂的声音,他一个人都不认识。最后他向一个旁观者搭话,问对方此地的名字。"听我说,朋友,"对方回答,"你不是在格拉斯哥[1]中心吗?还要问它的名字?"可怜的人大吃一惊,不愿意相信自己的耳朵和眼睛。他坚持说,半小时前他还躺在塞尔扣克附近的皮特罗山上睡觉。他几乎被人当成疯子,幸运的是忽然有个塞尔扣克的人走过,他认识此人,便负责照管他,将其带回到自己本土去了。但是他在这儿不可能生活得更好,他突然说到自己睡着时被从皮特罗迅速带到了格拉斯哥。人们最终得知了此事的真相。原来他在皮特罗山上干活时,有人发现他的外衣搁在"仙女丘"附近,失去的帽子则被人在拉纳克塔的风标上发现。所以事情一清二楚了:就在他睡着的时候,他被精灵们抬着穿越空中,他的帽子也一路让风给吹走了。

我只是根据一份不足的记录简单讲述了这个小故事,而司各特在给他的一首诗的注解中讲述得略有区别。不过在叙述之中,他给了这些逸事趣闻以从容不迫、令人可喜的幽默,以温和亲切,并且他那浓眉之下显露出会意的目光——他讲述时总是伴随着这种目

---

[1] 苏格兰西南部克莱德河上的一个城市。

光——一件件逸事正是从这一切中获得了主要的趣味。那天用餐时莱德劳先生和他妻子也在,还有一个陪伴他们的女性朋友。这位朋友是个非常明智可敬的人,大约中等年纪,司各特对她特别关心和客气。这顿饭吃得极为开心,因为来的人显然都是这家的贵客,觉得自己在这儿受到重视。

他们走后,司各特满怀热情地谈到他们。"我想让你看到,"他说,"我们某些真正杰出的普通苏格兰人——不是高雅的绅士和女士,这样的人你处处可以遇见,他们也无处不在。一个民族的特性不是从其高雅的人身上看出来的。"

接着他对陪伴莱德劳夫妇的女士给予了特别的称赞。他说,她是个贫穷的乡村牧师的女儿,牧师死时欠下债务,使她成为一个穷苦的孤儿。由于她受过普通的良好教育,因此她随即创办了一所幼儿学校,不久即拥有许多学生,她也挣到一份不错的生活费。然而这还不是她的主要目的,她首先关心的是付清父亲的债务,以免让人说坏话或怀有恶意,使他的名声受到影响。

凭借苏格兰人的节俭,并且有孝敬与自尊作后盾,她做到了这一点,尽管十分艰难;她让自己吃尽苦头。她并不满足于此,遇到某些情况她还不收一些邻居孩子的学费,他们曾在她父亲困难时帮助过他,后来便陷入了贫穷。"总之,"司各特补充道,"她是个优秀传统的苏格兰姑娘。我更喜欢她,而非许多我所认识的高雅女士——那些最为高雅的女士我认识不少呢。"

*****

不过,现在该结束这篇散漫的叙述了。几天日子照我所努力描述的那样度过,我几乎不断与司各特进行着亲密而快乐的谈话。仿佛我

阿伯茨福德之行

得以与莎士比亚有了交流,因为我面对的是他的一个同胞,如果说他们的天赋并不相等。每晚我就寝时,脑子里都充满了当天那些可喜的回忆,而每天早晨起床时我都确信将会得到新的快乐。日子就这样过去了,我会总是回顾它们的,因为它们也是我人生中最幸福的日子;当时我就意识到自己的幸福。在阿伯茨福德我唯一忧愁的时刻就是离别,但我期待着不久会再去,所以得到了安慰。我答应过去高地旅行之后会再到特威德河岸度过几天,那时司各特打算邀请诗人霍格见我一面。我友好地告别了司各特全家,对他们每个人我都非常喜欢。如果说我没有详细讲述他们的某些特征,分别说出他们的逸事趣闻,那是由于我认为他们让神圣的家庭生活保护起来。相反,司各特是属于历史的。然而当他陪我步行走向他房地产以内的一扇小门时,我不禁表示出自己在他家中所有过的喜悦,并对刚离开的几个年轻人加以热情赞扬。我永远忘不了他的回答。"他们都有善良的心,"他说,"这是人获得幸福的关键。他们互相爱着,可怜的人,而这是家庭生活的一切。我能对你给予的最好希望,朋友,"他补充道,把一只手搁在我的肩头上,"就是你回国后能把婚结了,将来身边有一群孩子。假如你幸福,他们会分享你的幸福,否则他们会给你安慰。"

此时我们到达了小门边,他忽然停下,握住我的手。"我不愿说再见,"他说,"那总是一个让人痛苦的词;我愿说再来吧。你去过高地旅行后,请到这儿来,再给我几天时间——不过你随时乐意都可以来的,你总会发现阿伯茨福德向你敞开着,衷心地欢迎你。"

* * * * *

我就这样以粗陋的方式讲述了自己主要的回忆,介绍了我逗留在阿伯茨福德时的一些情况;我感到羞愧,因为对于本来如此丰富多彩的细节，我却讲得贫乏散漫、枯燥乏味。我在那儿度过的几天里，司各特都兴致很好。从一大早到用正餐时他都同我一起漫步，带我四处去看看；从用餐时直到很晚了，他和我进行着社交谈话。他没给自己留下任何时间，似乎唯一的工作就是款待我。可我对于他差不多完全是个陌生人，他素不相识，只是我写过一本没啥用的书，几年前曾经让他觉得有趣而已。但这就是司各特——他好像无事可做，而只是把时间和关注慷慨地给予身边的人，并与之谈话。很难想象他找到什么时间，写出源源不断出版的一本本书，这类书无不需要认真去阅读和研究。我总发现他过得悠闲自在，随意地消遣娱乐着，正如在我拜访时那样；此外他没别的事做。他难得拒绝一个娱乐聚会或远足打猎，很少以自己的事为借口推掉别人的事。在我拜访期间，我听说先前他就有过一些客人，他们一定占用了他多日；我因此有机会了解到他随后一段时间的日常生活。我离开阿伯茨福德没多久朋友威尔基来了，他要为司各特一家画一幅画。他发现房子里全是客人。司各特的所有时间都用来去周围乡村骑马、驾车了，或者在家里进行社交谈话。"整个那段时间，"威尔基对我说，"我都不敢擅自请司各特先生坐着让我画，我看见他一刻不空。我等着客人离去，可是一个人刚走另一个又来了，这样一直持续了几天，而他对每一批客人都全力以赴地接待。最后都走光了，我们也安静下来。然而我想，司各特先生现在要把自己埋在书本和报纸里了，不得不夺回失去的时间，所以我这时请他坐着让我画像是不行的。负责管理他房产的莱德劳走进屋，司各特把身子转向他——我是这么想的——同他商议起事情来。'莱德劳，'他说，'明天早上咱们过河去，把狗也带上——我想有个地方咱们能发现一只野兔。'

"总之,"威尔基补充道,"我发现他想到的只是娱乐消遣,而不是什么正事,好像他在世上没别的事做。所以我也就不再担心打扰他了。"

司各特的谈话坦率、真诚和生动,富有表现力。在我拜访期间,他讲述各种逸事传奇时显得幽默而非严肃,我听说他通常都这样。在社交中他喜欢开玩笑,或者有一点幽默,并怀着美好的善意发出欢笑。他谈话不是为了做样子、装门面,而是出于精神愉快、记忆丰富和想象得力。他在叙述方面有着天生的禀赋,他的叙述和描绘毫不费力,而且极其栩栩如生。他会将情景像一幅画似的展现在你眼前。他用恰当的方言或特殊的词语讲述对话,用其著作中所表现出的精神和巧妙的语言对人物的面貌或特征加以描述。的确,他的谈话使我不断想到他的小说。我觉得自己和他在一起的整个时间里,他所谈的话足以写出一本本书,并且这些书是最让人惬意的。

他不仅是一位健谈的人,而且也是一位不错的听众,重视别人说的任何事,无论他们的地位或资格怎样微不足道;他们的谈话中所包含的任何要点,他都很快表示理解。他并不把一切东西妄称为自己的,而是相当谦逊,毫不装模作样,全身心地与大家一道投入当时的事务或娱乐中,或者我差不多已说出的傻事中。似乎没有什么人所关心的事,所怀有的想法和意见,所具有的情趣或乐趣,会不值得他参与。他与那些偶然相识的人完全成为朋友,他们甚至一时忘了他的社会地位高出许多;只是在一切都过去时他们才回忆起来并感到惊讶——与他们关系如此亲密的人竟是司各特呀,而正是在与他的交往中他们觉得非常轻松自在。眼见他谈到所有文学方面的同时代人时颇有雅量,令人高兴;他引用他们作品中写得好的地方,而这也包括那些被认为在文学或政治上与他有分歧的人。有人认为,杰弗里[1]在他的一篇评论中曾表现出愤怒,但司各特仍然给予他高度热情的赞扬——无论他是个作家还是常人。

他在谈话中所表现出的幽默,就像在作品中的一样温和,毫无讽刺意味。他对错误和不足很敏感,但他用宽容的目光看待不好的人性,欣赏好的和令人愉快的,容忍薄弱的,可怜邪恶的。正是这种仁慈的精神,使司各特的整个作品中所具有的幽默有了一种温和的气度。他拿同伴们的缺点和错误开玩笑,从许多奇异独特的角度把它们展示出来,不过他那仁慈宽容的天性不允许他成为一位讽刺作家。在他所有的谈话中,也正如在他所有的作品中一样,我记不起有任何讽刺嘲笑之处。

这便是我对司各特所画的一幅素描,正如我在他私人生活中所看到的一样——不只是在此说到的那次拜访,也包括随后数年里我与他偶然的交往。至于他在公共场合表现出的特性和优点,全世界的人都可以作出判断。在四分之一世纪里,他的著作已将其特性和优点与整个文明世界的思想以及所关心的事融为一体,并对他生活的那个时代产生出巨大影响。可有哪一个人产生过比他更为良好有益的影响呢?有谁在回顾自己的大部分生活时,没有发现是司各特的天才给予了他快乐,缓解了他的忧虑,使他孤独中的悲哀得到安慰?有谁还不把他的著作视为一座纯粹能给人带来欢乐的宝库,一座需要时去求助的军火库,以便找到武器击退生活中的邪恶与忧伤?就我自己而言,遇到沮丧的时候,我曾为出自他手笔的一部新作的公告欢呼,把它看作是

---

[1] 杰弗里(1773—1850),文学评论家,苏格兰法官。

我将必然获得欢乐的保证；我期待过它，像荒漠里的旅行者期待着远处的一块绿地，确信自己将在那儿得到安慰，身体得到恢复。在我过去的生活中，他对我不少时光产生了多么大的影响，他的作品有时仍然使我享受到欢乐而不受世人的约束；想到这些，我便赞美将自己命运安排在他这个时代的命运之星，我因而为他所表现出的天才感到欢乐喜悦。我觉得这是我从文学生涯中得到的最大好处之一，我因此得以与这样一位具有可贵精神品质的人物亲切交流。为了对他所给予的友谊表示感激，对他死后的名声表示崇敬，我在此为他献上一块卑微的石碑；我相信不久会有更具才能的双手献上别的石碑，将我的高高堆起来。

纽斯特德寺

关于纽斯特德寺的历史

我在已故拜伦[1]的祖传宅第逗留了三周，写下几篇札记；在把它们奉献给读者之前，我想应该先简要讲讲与其历史有关的一些细节。在那些奇异独特、富于传奇的现存建筑中，有的杰出非凡，而纽斯特德寺即为其中之一；它们半是城堡半是寺院，至今仍然是英国古时候的纪念性建筑。寺院周围也充满了浪漫传奇。它位于舍伍德森林[2]中央，罗宾汉[3]及其反叛者们经常出没于此，他们在古代歌谣和幼儿故事中十分有名。的确，舍伍德森林已经名存实亡，这一大片土地曾经是那么僻静阴凉，现在变成了一个开阔而欢快的地方，开垦出一些庄园和农场，一座座村子使其富有生机。

纽斯特德大概过去在这一带是最有影响的寺院，它支配着粗野的林中居民的良知；最初它是一座小寺，于12世纪后期由亨利二世[4]修

---

1 拜伦(1788—1824)，英国著名诗人，有作品《唐璜》和《恰尔德·哈罗尔德游记》等。
2 舍伍德森林，英格兰诺丁汉郡林地，原皇家猎场。
3 12世纪英国民间传说中以勇敢、具有骑士品质和劫富济贫而闻名的绿林好汉。
4 亨利二世（1133—1189），英格兰国王。他曾企图控制教会，遭到坎特伯雷大主教贝克特反对。

纽斯特德寺

建——当时他通过建造一些神祠和寺院,并采取其他显得虔诚的行为,力求为杀害贝克特作出补偿。这座小寺是奉献给上帝和圣母马丽亚的,由圣奥古斯丁律修会修士居住着。这些人起初有着简朴节制的生活方式和堪称模范的行为,但他们似乎逐渐产生出弊病陋习来,将许多富丽的庙宇玷污。因为在其档案中,有文件表明修士们普遍作风恶劣,淫荡纵欲。在亨利三世[1]统治期间一座座寺院瓦解,纽斯特德寺则经历了突变,它连同邻近的帕培威克庄园及教区长管区被给予约翰·拜伦爵士,他是曼彻斯特和罗奇代尔的管事,舍伍德森林的陆军中尉。在关于该寺院的传说及其许多鬼怪故事里,这个古老家族中的知名人物十分突出,有了"大胡子小约翰·拜伦爵士"这一离奇而生动的称呼。他将此座神圣的建筑改造成城堡般的住所,使其成为自己最爱居住的地方,成为林中的别墅。

拜伦家族后来被授予男爵头衔,因拥有各种财产变得富有起来,他们在纽斯特德过着高贵的生活,雇用了不少随从。而这座骄傲的寺院则经历了当时的变迁,拜伦在他的一首诗中,分别将它描绘成贵族们痛饮的场所和发生内乱的地方:

听,大厅伴随着音乐回响,
它在奇异的军乐声中震荡!
武士傲然地统治下的先锋们,
在城墙内把饰有纹章的旗帜高高摇晃。

---

[1] 亨利三世(1207—1272),英格兰国王。

远处换岗的哨兵传来低沉声音，
盛宴中的欢笑，闪亮武器的碰撞，
嘟嘟的喇叭，刺耳的锣鼓，
与越来越剧烈的警报同欢共唱。

  大约在18世纪中期，寺院被转到另一个有名的人手里，他在有关寺院的虚幻的传说里与大胡子小约翰爵士同样出众。他便是诗人的叔祖，在寺院那些喜爱闲谈的编年史者当中，被人熟知为"邪恶的拜伦"。他被说成是个性情暴躁、报复心强的人，因不加克制而发生过一件事，从而改变了他整个的名声和生活，在一定程度上使寺院的命运受到影响。在他附近住着亲戚查沃斯先生，此人拥有安斯利宅第。1765年他俩都在伦敦，曾住在蓓尔美尔街[1]"斯塔－加特旅店"的一间屋里，当时两人争吵起来。拜伦坚持当场单独决斗解决。于是他们在黯淡的烛光下没有副手便开始了决斗；虽然查沃斯先生是个极其老练的击剑手，但他却受了致命伤。他在奄奄一息时讲出了决斗的具体情况，使验尸官的陪审团[2]作出故意杀人的裁决。拜伦被送到伦敦塔[3]，后来在贵族院受审，最终被判决犯杀人罪。

  那以后他回到了寺院，成天关在屋里，对自己的耻辱念念不忘。他变得越来越阴沉忧郁、离奇古怪，而且时时发怒，举止反复无常，成了乡下人在惊讶和诽谤中谈论的话题。再疯狂或荒谬的传言一般人

---

[1] 伦敦的一条以俱乐部多著称的街道。
[2] 在审讯中协助验尸官对死者的身份和死因作出裁定。
[3] 曾先后用作王宫和监狱。

都会相信。像自己的继承者诗人一样,他被指责犯有各种狂妄邪恶的行为。据说他走到哪里都带着武器,好像一被触犯就要杀人。一次,有个附近的绅士要和他共餐,据说有一双手枪与刀叉一起端端正正地放在桌上,仿佛它们是餐桌上的部分常用器具,就餐时或许用得着。另有一个传言说,由于马车夫不听吩咐,他一怒之下当场开枪把对方打死,并将尸体抛进拜伦夫人坐的马车里,自己爬上驾驶位子赶马车。或许发生过一些区区小事吧,不过这些传言无疑将它们夸大了。但是这个不幸者反复无常的脾性使妻子离开了他,他最终让孤独包围起来,这一点却是肯定的。他为子嗣的婚姻感到不满,对其表现出根深蒂固的怨恨。由于他无法断绝对寺院财产的继承权,因为那是通过限定继承人遗传给他的,所以他尽可能地毁坏它,这样等到接手时它也许仅仅成了一片废墟。为此他让寺院陷入失修状况,让它的一切荒废下去,并将房产内所有的木材砍掉,将一片片古老的舍伍德森林伐倒,使得寺院完全丧失了古时的荣耀。儿子过早的死亡,阻止了他那种变态的报复行为;他的余生是在毁损荒废的大厅里度过的,他成了一个沮丧的厌恶人类者,在自己遗弃的地方陷入忧思。他那反复无常的性情使他无法与整个邻近的人交往,一段时间他几乎连用人也没有。他厌恶人类,与所有人都不和,在这样的情绪下他开始喂养蟋蟀;因此后来寺院到处是蟋蟀,它们单调的乐音在夜里让寂寞的大厅更加寂寞。传说中又说,他死的时候蟋蟀似乎明白它们失去了自己的恩人和保护人,因为它们全都准备好,成群结队朝着各个方向穿过庭院和走廊,最后离开了寺院。

1798 年,"老勋爵"或"可恶的拜伦勋爵"——两种称呼都为人们所知——去世，寺院转到诗人手中。他那时才十一岁，与母亲一起在苏格兰过着卑微的生活。不久他们来到英格兰接手寺院。对于诗人最初到达自己祖先土地上一事，摩尔作了一个简单而引人注目的描述。[1]

他们到达了纽斯特德的通行收费处，看见寺院的林子延伸出来迎接他们；这时拜伦夫人假装不知道这里，问收费亭的女人那片地方是谁的。对方告诉她，它的主人拜伦老爷几个月前去世了。"继承人是谁呢？"骄傲而快乐的母亲问。"他们说，"老妇人回答，"是一个住在阿伯丁郡的小男孩。""这就是他，为他祝福吧！"他母亲大声说，再也控制不住自己，转过去高兴地亲吻坐在她膝盖上的小主人。[2]

拜伦小时候，寺院被出租给格雷·德·鲁森勋爵，不过诗人在哈罗[3]镇休假期间偶尔去看它，当时他和母亲寄宿在诺丁汉郡的住处。眼前这个租客对待寺院比先前的老主人好不了多少。所以1808年秋拜伦去那儿居住时，它已经给毁损了。下面这些他所写的诗句，可以让人多少想象到它的状况：

> 穿过你的墙垛，纽斯特德，低沉的风在呼啸，
> 你，我祖先们的厅堂，已在衰掉；
> 在你一度微笑的花园，铁杉与蓟

---

[1] 指托马斯·摩尔1835年写的《拜伦传》中的内容。
[2] 见摩尔著《拜伦传》。——原注
[3] 位于伦敦西北面。

纽斯特德寺

将曾经在路上盛开的玫瑰阻挠。

身披盔甲的男爵自豪地投入战场,
他们带领你的部属从欧洲打到巴基斯坦平原之上,
种种盾牌如今已成唯一可悲的遗物,
伴随着每一阵风发出阵阵声响。[1]

在另一首诗中,他表达了接手祖传宅第时所感到的忧伤:

纽斯特德!你经历了怎样可悲的变化场面,
张着大口的拱门预示着你必将腐朽衰变:
一个高贵的家族最年轻的后人,
此时将你衰败的塔楼掌握在手边。

他审视着你那些显得灰暗的高塔,
你的拱顶——封建时代的死者长眠在那,
你的回廊——冬天的雨水从中流过,
这些——这些他看在眼里并且流泪啦。

然而他更喜欢你而非镀金的殿宇,
或者虚荣的伟人那些花哨的洞穴;

---

[1] 见《告别纽斯特德寺院之诗》。——原注

> 他流连于你潮湿多苔的墓地，
> 从不为命运的意志发出抱怨的低语。[1]

　　拜伦并没有足够钱财对寺院进行大修，也无法把它维护得像在先辈们手里那样。他修复了一些房间，以便给母亲提供一个舒适的住处；另外他为自己装修出一间奇特的书房，在那些书籍、半身像和其余藏书设备当中，有两副远古的修士的头骨，它们分别在一只古老的十字架两边龇牙咧嘴。纽斯特德经过这样维修后，他的一位快乐的同伴给它作了一幅画，此画现在已被完全遗弃。

　　"回廊有两层，周围是各种单人房间和小屋，它们虽然没人居住，而且那种状况也不适合居住，但把它们弄来住人并不难。许多最早的房间仍然用着，其中有一间很不错的石厅。至于寺院的礼拜堂，现在只剩下一端了。有着一长排屋子的古老厨房，如今成为一堆废物。有一间极好的屋子从寺院通向新式居住区，它长七十英尺宽二十三英尺；不过除了目前的主人最近装修过的部分外，它处处显示出被人忽略、腐朽衰败的迹象。"[2]

　　即使这样的修复也只考虑到暂时的利益，房顶仍处于毁损状况，雨水不久便渗入拜伦修复和装饰过的屋子，几年后使其变得几乎和寺院其余的部分一样荒废。

　　但他仍然为这座毁损的古老建筑骄傲。正是那种阴郁凄凉、毁

---

[1] 见《纽斯特德寺挽歌》。——原注
[2] 引自已故查尔斯·斯金纳·马修斯先生的信。——原注

纽斯特德寺

损失修的状况,才使他产生出富有诗意的想象,并且让他喜欢上忧思与庄严,而这一切无不在他的作品中表现出来。"不管发生什么,"他在一封信里说,"我和纽斯特德都会同甘共苦。我如今已住在这里。我把心与它紧紧相连,无论现在还是将来,任何压力都不会使我把继承下来的丝毫东西拿去交换。我心中怀着骄傲,它将使我能够克服各种困难:即便我能用纽斯特德寺换取国内最好的财产,我也会予以拒绝。"

然而,他只是断断续续地住在寺院,并不稳定。他偶尔去那儿度过一些时间,有时独自看书学习,而闲散无事、毫无顾忌的时候更多些;他不时与年轻快乐的同伴们肆意狂欢,采取种种疯狂任性的举动。住在里面的这些喧闹的人绝不会给寺院带来好处,他们有时在回廊上表演僧侣生活的哑剧,有时将堂堂正正的屋子变成练拳击和单棒的训练室,还在大厅里打手枪。附近的乡下人对这个新来者的狂妄行为大惑不解,正如他们对房子的"老主人"更加阴郁的脾性大惑不解一样;他们开始认为那种疯狂是拜伦家族与生俱来的,要么就是某颗不利的命运之星在支配着寺院。

尽管拜伦如此意味深长地表示他对寺院怀有偏爱,有着世袭的感情,但他仍将这座祖传房产卖掉了,当时的具体情况无须详说。有幸的是,房子卖到一位多少有些诗歌气质的人手里,他对拜伦钦佩有加。他就是怀尔德曼上校(当时是少校),曾是诗人一个学校的同学,在哈罗时也曾与诗人同在一个年级。他后来在半岛战争和滑铁卢战役中超凡出众;拜伦放弃自己的家族财产时深感安慰,知道拥有它的人能够使其衰败的荣耀恢复,对于他诗中描写的那些纪念性建筑和纪念物,对方也会予以尊重和保护。[1]

拜伦相信怀尔德曼上校对房屋有着不错的感情和品位,结果证明他是对的。他眼光明智,出手大方,使得这座古老而浪漫的建筑从废墟中站立起来,完全恢复了昔日庙宇的壮观气派;并且他修造了一些附属建筑,其风格非常协调。周围又种植起果园和树林,湖水和鱼塘被清理,花园从"铁杉和蓟"中救出,从而恢复了它们原有的淳朴与尊严。

寺院周围的农田也得以彻底完善,此外又用石头修建了新的农舍,它们独特而舒适,具有古老的英国农庄的风味。世袭的佃户安然地住在父辈的房子里,受到极其周到的待遇。总之,所有这些都让人有幸看到一个多么慷慨慈善的房东。

---

[1] 如下这封写于房产转让时的信,从未发表过:
"亲爱的怀尔德曼先生:

汉森先生正值返回前夕,因此对于你十分友好的来信,我只能向你略表谢意。对于保护好我家族的任何标记——它们仍然存在于纽斯特德——并于现在或将来都让你为种种类似之事操心,我感到抱歉,因为我的要求给你带来不便。你想要我那幅肖像,这让我高兴,不过它不值你花费心思和钱财跑这一趟;但请你相信,等有人再为我画出一幅肖像时你首先就能得到,它似乎才值得你收藏。

我相信,属于你的纽斯特德将依然如此,它会目睹你的快乐,正如我确信你会让侍从们同样快乐一样。至于我自己,你可以肯定无论在哈罗读四年级、五年级还是六年级,或者是在以后生活的变迁之中,我都将始终不无敬重地记得自己的老同学——我的同学和朋友,并且不无敬意地称赞你这位英勇的军人——在财富上有着一切优势,并且有着快乐生活的青春魅力,将自己贡献给了更加高尚的事业,并将在对国家怀有的敬意与赞美中获得报偿。

你永远真诚而亲切的　拜伦
1818 年 11 月 18 日于威尼斯
——原注

然而，最让寺院的游人对眼前的拥有者感兴趣的，在于他那令人可敬的关心——他正是以这样的关心对拜伦家族的纪念性建筑和遗物，以及任何与诗人的记忆有关的东西，予以保护和修复。他已经在这座悠久的建筑上花费了八万英镑，并且工作仍在继续；诗人在与它作忧伤的告别时所微微表达的希望，纽斯特德是有希望实现的——

> 你那有幸出现的阳光，
> 可能使你焕发出正午的光芒；
> 你的岁月仍然会像过去一样灿烂，
> 祝愿你的未来像昔日一样辉煌。

到达纽斯特德寺

巴霍罗宅第是德贝郡的一座历史悠久的家族大宅，在那儿，我按照本地美好古老的方式度过了一个欢快的圣诞节，然后动身前往纽斯特德寺好客的主人那里，与他一起度过我余下的假期。我坐马车赶了十七英里，一路穿过令人惬意的乡村——有一部分属于舍伍德森林传说中有名的地区——然后到达纽斯特德园林的大门。园林的外表绝非壮观，一度装点着它的优良古树已被拜伦那个任性的前辈砍伐。

进入大门，驿递马车[1]缓慢地沿一条沙路驶去，两边是光秃的斜坡；路渐渐伸向下面平缓多荫的山谷，从前那些保养完好的僧侣就喜欢舒适地住在那里。我们在此顺着一条坡路绕过园墙一角，恰好来到

---

[1] 一种四轮车厢式马车，一般供 2~4 人乘坐。

古老的寺院正面，它隐藏于山谷之中，前面是一大片美丽的水。灰暗的寺院并不规则，显得混杂不一，这与拜伦的描述是吻合的："它曾经是一座古老的寺院，如今成了一座更加古老的宅第，具有富贵罕见、丰富多彩的哥特式建筑特征。"寺院一端由城堡形的塔楼固守，表明它有过令人难忘的战斗日子；另一端则保持原有的寺庙特征。一座毁坏的礼拜堂——其侧面是一片阴森的树林——仍然矗立着整个正面。的确，人们曾经常出入的门口已长满杂草；巨大的尖顶窗一度装着彩色玻璃，光彩耀眼，但如今却爬满了常春藤。不过那副古老的修道院十字架，仍在礼拜堂的尖塔上勇敢地经受着岁月与风暴的考验；在它下面，用灰石雕刻着圣母马利亚和圣婴塑像[1]，它们在壁龛中仍然完好无损，使寺院呈现出神圣的外表。[2]

一群乌鸦——它们栖息在邻近的树林中——此时正在毁损的建筑上空盘旋，并在时刻有风的突出物上面站稳，在驿递马车从下面辘辘驶过时，它们用好奇的眼光俯瞰着，发出呱呱的叫声。

寺院的管家是一位极其礼貌的人，他身穿黑色衣服，在门口接待我们。我们在这儿还遇见了拜伦的一样遗物，即一只纽芬兰的黑白色大狗，它从希腊一路陪伴诗人的遗体回到故乡。[3]它是名狗博兹温的后代，继承了其高贵的品性。它也是寺院里的一位受到珍爱的居住者，游人无不对其表示敬意，给予爱抚。我们前面有管家引路，后面

---

1 即指那幅著名的"圣母像"。
2 见《唐璜》 第三章："在更高处的壁龛里面，戴着桂冠的圣母马利亚独自一人，她神圣的怀中抱着圣婴；她环顾四周；在身边一切都被毁损之时，不知何故她得以幸免：她使下面的世间似乎变成神圣之地。"——原注
3 拜伦病逝于1824年，他的心葬于希腊，遗体运回故乡安葬。

纽斯特德寺

有狗跟随——它协助着尽主人之谊——穿过了一条又长又矮的拱形走廊;此走廊由巨大的尖端拱门支撑,颇像大教堂的地穴,属于寺院的底层。

我们由此爬上一段石梯,其顶端有两扇折叠门,通过它我们进入一条环绕寺院内侧的宽阔通道。通道的一扇扇窗户朝向一个长有绿草的四方庭院,形成寺院空旷的中心区。正中间有一座高大奇特的喷泉,像寺院主体一样用灰石建造,拜伦对此作了很好的描写:

庭院当中正在喷水的是一座哥特式喷泉,
它十分匀称,不过有奇特的雕刻装点,
一张张怪异的脸像化装舞会里的人们,
也许这儿是个妖怪,那儿是个圣贤:
泉水从狰狞的大理石嘴里喷涌出现,
它闪耀着流入水池,并让小小的水流
犹如人们徒然的荣耀和更加徒然的烦恼,
消耗在成千个水泡里面。[1]

方庭四周是低矮的拱状回廊,有一道道哥特式拱门,它曾经是僧侣们隐蔽的过道;我们此时经过的通道即位于这些回廊上方,人在里面每走一步,空空的拱门似乎都会发出回响。至今,一切都带有庙宇那种庄严的神气。不过到达走廊一角,沿阴暗的长廊一眼瞥去,你会瞧见两尊黑黑的塑像——它们一动不动地靠墙而立,身穿紧扣的金属

---

[1] 见《唐璜》第三章。——原注

盔甲，手握盾牌，剑已出鞘。它们似乎是寺院在骑士时代的两个幽灵。管家在这儿推开一扇折叠门，随即将我们带入一间高大宽敞的厅堂，它与我们刚才穿过的奇异昏暗的屋子形成鲜明对比。它装饰优美，墙上悬挂着一幅幅画像，不过某种原始的建筑结构保存了下来，与现代装饰融为一体。有过去的石柱窗扉以及深陷的弓形窗。高高的天花板上有雕刻和嵌板的木制品，同样得到精心修复，种种独特的哥特式图案也按照古老的风格描画、修饰。

在这儿，也有属于寺院前后不同时期的图画，它们是一些肖像，其代表的人物在整个拜伦家族中产生过重要影响。在厅堂上端的门口上方，是"大胡子小约翰·拜伦爵士"的暗淡的哥特式肖像，他冷冷地从画布上俯视下面；另一端则是"地方守护神"[1]——即高尚的诗人——的白色大理石半身像，它十分显著地竖立在底座上面。

这屋子的整个外观和风格，更多地表现出宫殿的而非寺院的特征；窗外景色不错，有美丽的树林、平坦的绿地和银色的水面。窗户下面是个小花园，它用石栏围着，石栏上有一些显得壮观的孔雀，它们在阳光下展示着羽毛。前面的草地上，有一些色彩鲜艳的雄野鸡和长得丰满的山鹑，以及敏捷的水鸡，它们几乎处在极其安然的状态下吃着食。这便是人们初到寺院时出现在眼前的各种东西；而我发现，其内部与诗人所描写的完全相符：

> 大宅本身宽阔而古老，
> 　它比别处保存的房屋更像寺庙；

---

[1] 原文为拉丁语。

纽斯特德寺

回廊、小屋和食堂仍然稳定可靠;
仍然完好无损的精致的小礼拜堂,
一度将这地方点缀得很好;
其余的已经改造、更换或取消,
它们更多地体现的
是行乞修士而非寺庙修士[1]之道。

大大的厅堂,长长的走廊,宽宽的屋子,
绝非在艺术上结合得十分合理,
它们也许会让一位鉴赏家惊讶;但当组合成整体,
虽然局部并不规则统一,
却给人留下非同一般的记忆,
至少对于这样的人:他们的眼睛长在心里。

对于院内的生活情景我无意揭示;我逗留在这座热情好客的地方时曾参加过一些欢庆,对此我也无意描述。我只想将寺院本身,以及与拜伦的记忆有关的人和情况,呈现在读者面前。

因此,对于亲切而优秀的男女主人所给予我的接待,我不拟详述,也不拟让读者了解住在院内的文雅之人——我在厅堂里曾见到他们。我将立即与读者一起来到安排给我的房间,是管家极尽恭敬地把我领到这里的。

这是一套相当不错的房间,位于回廊庭院和寺中花园之间,窗户

---

[1] 前者(friar)生活在世人中间,后者(monk)生活在寺庙里。

面向花园。整套屋子就像昔日的贵宾室,在寺院受到忽视的日子里一度衰败下去,所以在拜伦那个时候它处于毁损的状况。从此以后它恢复了昔日的光彩,我住的房间就可作为一例。它高大对称,墙体下端用古老的橡木板镶嵌,上端挂着法国哥白林挂毯,上面描绘有东方人狩猎的场面,其人物与实际的一般大小,神态色彩栩栩如生。

家具显得古朴、尊贵而厚重。一张张高背椅上有奇特的雕刻,并且饰以刺绣。用色彩暗淡的橡木做的大衣橱,打磨得十分光亮,镶饰着彩色树林风景图。一架龙床又大又高,只能从活动的梯级爬上去;高高的华盖由大柱支撑,每角都有一簇深红色的羽饰,富贵的深红色缎子床帘有一些宽大显著的折痕。梳妆台上竖立着一块古旧的厚玻璃镜,几百年来,也许一个个美人曾从中将她们的可爱之处凝视、打扮。房间地面铺着有方格斑纹的橡木板,因上了蜡看起来很光亮,其中一部分铺着土耳其地毯。中间是一张厚重的橡木桌,也上过蜡,打磨得像玻璃一样光滑,并摆设了一张发香的红木写字桌。

一点暗淡的光线从哥特式石柱窗照进屋里,一部分被深红色床帘挡住,一部分被花园里的树木遮蔽。这种变得幽暗的光,使屋内显示出更加庄严古老的模样。

有两幅肖像悬挂在门的上方,它们与屋里的场面保持协调。肖像上的人穿着古老的凡·戴克[1]画中人物常有的服饰。其中一位是骑士,从前或许住过这间屋子;另一位是女士,她手里拿着一副黑色的丝绒面罩,也许曾经就在我已描述的那面镜前为爱情的俘虏打扮呢。

然而,在这套装饰富贵、十分独特的屋子里,最为出奇的遗物是

---

[1] 凡·戴克(1599—1641),英国佛兰德斯画家,以贵族肖像画著称。

一台很大的镶板壁炉架，其上刻着高浮雕，有一些壁龛或小室，它们当中都有一尊人的半身像，几乎完全从墙体上突出来。有些人像身着古代的哥特式服饰，最引人注目的是个女子，邻近的壁龛里有个凶猛的撒拉逊人[1]严密地注视着她。

寺院里有一些神秘的东西，这镶板便是其中之一，它像埃及的象形文字一样引起人们广泛思索。有人认为它表现的是在"圣地"[2]的一次冒险经历，雕像中的女子，被家族里某个十字军战士从严密注视她的包头巾的土耳其人身边救出。在寺院其他地方也有类似的镶板，其中无不可见那个基督徒女子和她的撒拉逊保护人或情人，这就给了人们的推想以有力证据。在这些雕刻品底部饰有拜伦家族的徽章。然而，我无意对自己的房间或与之有关的秘密再作描述，把读者留在这里。由于读者将和我于寺院里度过几天，所以我们可以在空闲时对这座古老的建筑仔细观察，从而对它的内部及其周围均有所了解。

寺 中 花 园

到达寺院之后，我次日便早早起床。日光明亮地在窗帘之间窥视，我把它们拉开，注视着哥特式窗户外面的景色，它与古老寺院内部的特征彼此协调。这便是年代久远的寺中花园，不过已经改变，以便适应不同的时间和所有者的趣味。一边是多荫的墙壁和小径，以及宽阔的露台和高大的树林；另一边，在灰暗的如庙宇般的角落下面——这儿长满了常春藤，顶部有一副十字架——是一块法国式小花园，它有

---

1 阿拉伯人的古称。
2 《圣经》中的巴勒斯坦地区。

着整齐匀称的花盆、铺上沙砾的道路和壮观的石栏。

  早晨的美景和宁静,吸引着我早早地出去散步。因为独自欣赏这样的古老地方不无惬意,你可以纵情于富有诗意的思考,编织起轻盈透明的想象,而不受任何干扰。所以我很快穿好衣服,从贵宾室走下一小段楼梯,进入回廊之上的长廊,沿着它来到较远一端的门口。我由此到了户外,再往下通过另一段石梯,到达曾经是寺院小礼拜堂的中心区。

  然而,这座神圣的建筑只留下了哥特式正面,它有着较深的入口和巨大的尖顶窗,这已如上所述。其中殿、边墙、唱诗班席位以及圣器室,全都不复存在。我的头上是开阔的天空,脚下是修剪平坦的草地。砾石路道和灌木丛取代了一座座多荫的小岛,雄伟的树木了取代了众多圆柱。

> 绿草在这儿渗出浑浊的露珠,
> 窒息生命的泥土像潮湿的棺罩,
> 神父们曾带着神圣的名望出现于此,
> 只是要抬高虔诚的声音祈祷。
> 蝙蝠在这儿舞动着翅膀,
> 不久黄昏展开其阴影警告,
> 唱诗班常将其晚祷融为一体,
> 或者向圣母马利亚早祷。[1]

---

[1] 出自拜伦的诗《纽斯特德寺挽歌》。

纽斯特德寺

然而此时并没有僧侣的早祷,有的只是礼拜堂坍毁的四壁回响起无数乌鸦的叫声;它们在暗淡的树林里展翅盘旋,正准备早晨出去飞翔。我沿着宁静的小路漫步走去,路边长着灌木丛,孤独的水鸡时时从我行走的路上迅速穿过,躲进灌木丛中。我从小路走上一条抬高的宽道,行乞修士们曾经很喜欢在上面行走;它沿着将寺中花园围住的、历史悠久的石墙,将整个古老的花园环绕。花园中间有一口僧侣的鱼池,一片长方形的水域像镜子似的,深深镶嵌在倾斜的绿草岸边。在明净的鱼池中央,倒映着邻近那片暗淡的树林,这是花园最重要的特色之一。林子有个险恶的名字叫"魔鬼林",在附近不过享有可疑的名声而已。"邪恶的拜伦"最初居住于寺院时种下了它,那会儿他尚未与查沃斯先生进行殊死决斗。由于他有着某种异国的、古典的趣味,所以他在林子每端竖起森林神或农牧神的铅雕。这些雕像也像关于老勋爵的任何东西一样,受到人们的怀疑和毁谤——在他后半生中,他都被这样的阴影笼罩着。乡下人对异国神话及其森林之神一无所知,恐怖地看着这些偶像,只见它们长出角和偶蹄来,具有恶魔般的特征。他们大概认为这些东西是那个阴郁而孤僻的厌恶人类者和有名的凶手秘密崇拜的什么对象,并且将它们称为"老勋爵的魔鬼"。

我进入这片神秘的林子深处。这儿有一座座颇受诋毁的古老雕像,它们被遮挡在高大的落叶松下面,其上长出潮湿的绿霉。这些有蹄有角的奇异雕像竖立在阴郁的林中,使得头脑简单、怀有迷信的自耕农们感到困惑,这并不令人吃惊。富裕的人有着许多趣味和怪想,他们在未受教育的人眼里一定有神经错乱的味道。

然而我之所以被这片林子吸引,是因为有一些更加感人的记忆。它曾是已故拜伦最喜欢去的地方之一。拜伦不再拥有寺院后,曾来向它作最后道别,并在妹妹的陪同下于林中度过一些时间,还将他们的名字刻在树皮上,以此作为最后的纪念。

在这最后的告别中,他注视着周围的东西——对于他的自尊,以及他青少年的回忆,它们都显得亲切珍贵,但因财力有限他无法继续拥有它们——他因此感到不安,此种心情,从他几年后写给妹妹的一封书信体诗文里即可得知:

> 我确实曾让你想起那座老宅旁边
> 已不再属于我的、亲切的湖水。
> 莱曼是公正的;但别以为我会抛弃
> 更亲切的岸边所留下的美好记忆:
> 在那个或者你让这些消失在眼中之前,
> 时间老人必定于我记忆中留下悲惨的浩劫。
> 虽然,像所有我喜爱的东西一样,
> 它们永远顺从了别人,或者相隔遥远。
> 我有时几乎觉得像快乐的童年,
> 与树林、花儿和小溪相伴。
> 它们的确让我想起从前的居住之地,
> 那时我年轻的头脑尚未奉献给书本;
> 它们仿佛来自很久以前,
> 将自己的面貌融入我的心里。
> 我甚至有时以为看见了一些
> 喜爱的生动逼真之物——但没一样像你。

纽斯特德寺

我在林中搜寻了一会儿,终于找到拜伦留下微弱的纪念的那棵树。那是一棵形状奇特的榆树,从同一根部生出两根树干,经过并肩生长之后将树枝融为一体。无疑,他选择了它来象征妹妹和自己。"拜伦"和"奥古斯塔"仍然可见。两个名字先前被深深地刻进树皮,但树的自然生长渐渐使得它们模糊不清,再过几年,外人就找不到这个记录兄弟般情感的东西了。离开林子后,我继续沿宽阔的斜坡漫步,俯瞰着一度是寺中菜园的地方。僧侣的鲁塘就我下面,那是一口黯淡的水池,上方悬垂着阴郁的柏树,有一只孤独的水鸡在里面游来游去。

再往前走一点,可从斜坡上俯瞰到寺院南边壮观的景色。那儿有花园,围栏用石头筑成,一只只孔雀十分华贵;也有草坪,其中可见到一些野鸡和山鹑;再过去是纽斯特德平静的山谷。在远处的草坪边缘矗立着拜伦的另一纪念物,那是他幼年时第一次到寺院便种下的一棵橡树。他生来有一种迷信的感觉,将自己的命运与这棵树的命运联系在一起。"我的命运将与它同行。"他说。数年过去了,其中有不少在闲散放荡中度过。他回到寺院时成了一个青年,还算不上成年人,不过他觉得自己的恶习和蠢行不是他那样的年龄所具有的。他发现自己那棵具有象征意义的橡树被杂草和荆棘阻塞,从中获得启示。

年幼的橡树啊,当我深深地把你种进地里,
我就希望你的日子比我的长远,
你那些黯淡的树枝会舞动着身影,
你的树干上也让常春藤爬满。

幼年时,受到长辈赞扬我骄傲地将你种下,

而这就是我所怀有的希望。
长辈们已经离去，我用泪水浇灌你的树身——
你在杂草当中仍然让人看到衰亡。

我靠着斜坡上的石头围栏，一边注视纽斯特德的山谷，它那一片片银色水波在早上的阳光里闪闪发光。时值安息日上午，此刻对于眼前的景色似乎总有一种神圣的影响，大概因为这是一个宁静的日子，平日各种各样的劳作都停止了。我沉思着这柔和美丽的风景，以及人们反复无常的命运——暴躁的脾性迫使他们离开这宁静的天堂，去与世间的激情与危险抗争——此时，教堂悦耳的钟声从几英里远的村庄悄然穿过山谷。这天早上的每一情景和声音，似乎都有意唤起我对可怜的拜伦的感人回忆。钟声从村庄的哈克纳尔－托卡德教堂的尖塔传来，而在它下面即埋葬着他的遗体！

后来我曾去参观他的坟墓。它在一座古老灰暗的乡村教堂以内，教堂因有数百年历史而令人崇敬。他被埋葬于主廊末端的路道之下。一线光透过哥特式彩色玻璃窗照到那儿，在旁边的墙上有一块牌匾，表明这就是拜伦家族的墓地。诗人曾怀着任性固执的意愿，要与自己忠实的狗葬在一起，要葬在纽斯特德寺的花园里亲手竖起的墓碑下。他的遗嘱执行者们显示出更佳的判断与情感，将其遗体运送到家族的墓地，把他安葬在母亲和其他亲人当中。在这儿，

经过生活的阵阵狂热之后，他安然入睡。
国内的怨恨，国外的征伐，
什么都再也与他没有牵连！

纽斯特德寺

不过就在几年以前,他处于一阵忧郁厌恶的时候曾经写下自己的意愿,而他的临终时刻几乎让其得以实现:

岁月,迟早将无梦的睡眠带来,
让死者得以湮没无闻,平静安详!
愿你用无力的双翅
轻轻挥动在我临终的床上!

那儿不要有任何朋友或后嗣哭泣,
也不希望有假装的吹奏。
不要有头发凌乱的少女,
感觉或装出礼貌性的悲愁。

让我静静地进入土地之中,
不要有多管闲事的哀悼者在旁行进;
我不愿毁坏任何快乐的时刻,
也不愿流一滴眼泪让友谊震惊。

他在异国的土地上,在陌生的人们当中死去,身旁没有一个亲人替他合上眼睛。然而他死时并非无人哀悼。尽管他有那一切错误与过失、激情与任性,但仍有卑微的侍从对他满怀忠诚。其中有个贫穷的希腊人,他一直把拜伦的遗体护送到英国,再到墓地。我听说举行葬礼的时候,他始终怀着极大痛苦站在教堂的长凳旁,似乎要与主人的遗体一起入墓——一个能让人产生出此种忠诚的品性,必定是慷慨而仁慈的。

首 耕 周 一

舍伍德森林仍然保留着古昔不少奇风异俗与假日游戏。我到达寺院一两天后，正在回廊里漫步之时，便听见乡村音乐的声音，还不时从这座房屋里面传来一阵欢笑声。随即管家走来，告诉我仆役房间里有一群乡村少年在作"首耕周一"[1]的滑稽表演，并邀请我去看看。我欣然答应，因为对这些遗留下来的流行习俗有点好奇。表演某个古老的哥特式游戏，仆役的房间是个恰当的地方。这是一间宽大的屋子，在僧侣盛行之时曾用作寺院的食堂。一排大柱纵向穿过中央，并由此建起哥特式尖拱，将低矮的拱状天花板支撑。这儿有一群乡下人，其服饰多少表现出关于流行遗风的书中所描写的风格。有个人穿着糙面厚呢，头部用熊皮包裹，一只铃子在他身后摆来摆去，一动就叮当作响。他就是小丑，大概是古老的森林之神的传统代表吧。其余的人则用丝带装饰，并配备有木剑。队长吟诵着关于圣乔治[2]和魔鬼撒旦的古老歌谣，长期以来它都流传于乡下人当中。队员们也同他一起吟诵并毫不做作地进行表演，而小丑则做出各种滑稽动作来。

随后出场的是一群莫里斯舞[3]者，他们身穿鲜艳的服饰，系着丝

---

1 "首耕周一"，指1月6日显现节后的第一个星期一，旧时英格兰许多地区作为首耕日庆祝。
2 圣乔治，英格兰守护神。
3 莫里斯舞，英国的一种传统民间舞蹈。

带和鹰铃。这支演出队伍里有罗宾汉和梅德·玛丽安[1]，后者由一个嘴上无毛的男孩扮演；还有别西卜 Beelzebub[2]，他手持扫帚，妻子贝茜在一旁——她是个好吵架的老泼妇。这些粗糙的表演便是"首耕周一"这个古俗长期遗留下来的东西，此时一队队乡下人穿着奇特的服装，配以管乐器和小鼓，把所谓的"蠢犁"从一座房子拖到另一座房子，同时吟唱歌谣并表演滑稽动作，由此获得酬劳，受到欢呼。

但是这些古时的遗俗并非只流行于"令人欢快的舍伍德森林"。在特伦特河[3]北部的不少郡都可见到，它那条不朽的河流似乎成了原始习俗的边界。在最近的圣诞节期间，我曾逗留于德贝郡和约克郡[4]郊区的巴波罗宅第，目睹了许多这个快乐季节所特有的乡村欢庆，它们被只有城市生活经验的人轻率地称为陈腐的东西。我看见圣诞节大原木在圣诞节前夕放入火中，盛满美酒的酒碗在人们手里传来传去。我听见邻近村庄的唱诗班歌手在窗下唱出圣诞节颂歌，按照远古的习俗，他们午夜时要在古宅外绕着表演。我们还看到哑剧演员和滑稽演员，他们演出圣乔治和魔鬼撒旦的故事，吟唱歌谣，表演传统对话，以及有名的"小木马"幕间短剧——这些全都在前厅和仆役房间由乡下人演出，他们从前代人身上将种种习俗与韵文继承下来。顶部放有迷迭香的猪头，于圣诞节的欢乐之中占据着显要位置。在节日宴会上，从村里来的欢乐歌手和吟游诗人用一支支传统的歌曲款待大家。剑舞

---

1 梅德·玛丽安，英国五朔节游戏和莫利斯舞中的女王角色，传说中侠盗罗宾汉的情人。
2 别西卜，《圣经》中的鬼王。
3 特伦特河，位于英格兰中部。
4 约克郡，英格兰原郡名。

中古老的出征游戏——它是从罗马人时代传下来的——由一群小伙子在大宅的庭院里作出色表演,他们个个身子柔和,动作优雅;我得知,圣诞节假日期间他们要在各个村庄和乡间宅第巡回演出。我逗留于附近时便看到这些乡村的表演和仪式,我之所以对它们详加说明,是因为人们认为我前面的文字中讲到的、有关假日习俗的逸闻趣事,与已经彻底消失的习俗有关。居住在城里的评论家们,对仍然流行于偏远乡村的原始习俗与节庆知之甚微。

实际上,跨过特伦特河时你便似乎回到了古时。在舍伍德森林的一座座村子里,我们置身于似乎是不当之处不祥的地方。那些长满绿苔的村舍,用灰暗石头筑起的低矮房屋,村子的每个末端竖起的哥特式十字架,以及位于中央的高大的五朔节花柱[1],让我们在想象中回到了往昔的世纪,一切无不具有奇特而古老的风貌。

在这座寺院的地产上的租户也带有原始特性。有的家族已经在此租用农田近三百年之久。尽管他们的房屋开始腐朽,并且一切无不呈现出拜伦时代那种整体的荒废与无序,但无论什么都不能将它们从本土上根除。我高兴地说,怀尔德曼上校已让这些极其忠诚的家族受到特别关照。他在租金上给他们以优惠,对他们的农舍进行维修甚至重建,让几乎进入纯粹的乡村劳动者阶级的家庭,在自耕农们当中再次抬起头来。

我参观了其中一座修复的建筑,它不久前只是一堆废墟,如今成了很好的住宅。住在里面的是一对年轻夫妇。好心的女人相当骄傲地带我们去看房子各处,因其舒适安逸和受人尊敬而深感喜悦。随着住

---

[1] 五朔节花柱,饰有飘带的柱子,五朔节时人们持飘带围此柱舞蹈。

房的改善，我得知她丈夫的地位也高起来，如今在乡下的邻居们当中都知道他有了"年轻乡绅"这样的称呼。

老　仆

像纽斯特德寺这样古老陈旧、显得神秘的房子，总是让人萦绕着有关僧侣的、封建的和诗意的联想；在这样一座房子里，见到某个干瘪的丑老婆还是个奖赏呢，她在这儿度过了漫长的生活，所以成为其命运和兴衰的活编年史。南尼·史密斯就是这样一个人，她是一位可敬的老妇，年近七旬，长期在拜伦家当女管家。寺院以及属于它的范围组成了她的世界，她对这个世界以外的东西一无所知，不过在它以内，她则表现出天生的机灵与老派的真诚。拜伦卖掉寺院后，她的职业也随之终结，但她仍然在这儿迟迟不去；像猫一样有着对本土的依恋。她放弃了舒适的管家房间，在一座"岩石房"里住下来，它不过是附近的一些小室，系从采石场陡峭的墙体中开凿而成，那儿离寺院不远。从天然的岩石中开凿出的三间小室，构成了她的住处。她简单而舒适地将其布置出来。她的儿子威廉在附近干活，给她以帮助；她始终保持着快乐的面貌和独立的精神。人们于闲谈中曾对她说威廉应该结婚，带个年轻老婆回来帮助她，照顾她。"不，不，"南尼尖刻地回答，"在我的家里不需要任何女主人。"在这儿，人们对于惯常事物的喜爱竟然至此——可怜的南尼的房子只是岩石里的一个洞而已！怀尔德曼上校接手寺院后，发现南尼·史密斯住的地方如此简陋。他怀着特有的积极的仁慈之心，立即把威廉安排在他地产内的一个小农场里，在那儿南尼·史密斯晚年有了舒适的住房。儿子的条件改善使她产生自豪,她欣喜地说他现在成了农场上的人,受到的尊重远比做劳工时多。附近有个农民甚至极力要把他和自己妹妹配成一对,可南尼·史密斯已变得苛求起来,予以干涉。她说那姑娘年龄太大,不适合她儿子,此外她也看不出他还需要什么老婆。

"不,"威廉说,"我并不太想娶那个村姑;但假如上校和他夫人希望我娶,我是愿意的。他们对我这么好,我想自己有义务让他们高兴。"然而,上校和他夫人认为,让诚实的威廉所怀有的感激受到如此严肃检验是不恰当的。怀尔德曼上校发现,另有一个单调地生活在这里的可敬的人,那便是老乔·默里,他至少在此生活了六十年。大约上世纪[1]中期,他跟随"老勋爵"来到这儿时仅仅是个小伙子,直到老勋爵死前他都没离开过。乔年幼的时候曾在船上做过侍者,因此总自以为多少是个水手,负责湖上所有的游船,尽管后来他荣升为男管家。老拜伦在自己最后的日子里与世隔绝,只把仆人乔·默里留在身边——女管家贝蒂·哈兹塔弗除外,她因过分左右拜伦的生活而出名,在乡下人当中被取笑地称为"贝蒂夫人"。

已故拜伦接手寺院时,乔·默里也作为固定人员随同转交过来。他在寺院里恢复了男管家的职位,又是湖上的游船队长;他那坚定忠诚的獒所具有的品性赢得了拜伦,他甚至与纽芬兰狗一样受到拜伦喜爱。用餐的时候,拜伦常常斟满一杯上等的马德拉白葡萄酒递给站在身后的乔。事实上,拜伦在寺中花园里修建不朽的墓地时,他是打算为自己、乔·默里和狗修的,后两者将埋在他两边。博兹温不久后死去,被正式安葬,墓碑的一边刻着有名的碑文。后来拜

---

[1] 这里指18世纪。

伦去了希腊。在他离开期间，有一位乔·默里带着参观墓地的绅士说："瞧，老兄，大约二十年后你会躺在这儿。""我不晓得，先生。"乔粗声大气地回答，"如果我确信阁下会回到这儿，我是很愿意的，可我不喜欢单独和狗在一起。"

乔·默里的衣着总是极尽整洁，他对自己的容貌也非常注意，有着相当令人可敬的外表。他的一幅肖像仍然挂在寺院里，从中看出他是个年轻健壮的人，戴一顶淡黄色假发，身穿蓝色制服和浅黄色背心，手里拿着一支烟管。他履行一切职责时极尽忠实，公正得不容置疑，显得礼貌有加；但假如我们相信与他同时代的女管家南尼·史密斯（她和他一起左右着这个家）的话，那么他在小小的品行方面是很散漫的，在仆役房间的桌旁带着大伙用餐时经常唱些放纵污秽的歌，或者坐在傍晚的炉火旁喝啤酒、抽烟。在他年少的时候，英国的乡绅们正处于兴旺时期，乔显然从他们当中获得了寻欢作乐的念头。南尼·史密斯反感他那些粗俗的歌，但由于对她本人无伤害，所以她默默地忍受着。最后，见他竟在一个年仅十六岁的少女面前唱，她忍无可忍了，把他教训得耳朵嗡嗡地响，随后她突然离开睡觉去了。据她说，这个教训似乎使乔十分震惊，次日早晨他告诉她自己夜里做了个可怕的梦：一位福音传教士拿着一部很大的荷兰语版的《圣经》，将印有文字的部分对着他，片刻后又推到他面前。此时南尼·史密斯开始对这种情景作出解释，从中读出很好的教谕，并推论出严厉的警告；乔因此变得非常严肃，不再唱了，并且读了一个月的好书。可是南尼接着说，那以后他旧病复发，变得和以前一样糟糕，继续唱放纵污秽的歌，直到死的那一天为止。

怀尔德曼上校成为寺院的主人时，发现乔·默里虽然已年过八旬，但仍然精力旺盛，于是让他继续担任男管家。老人对立即进行的大修感到欣喜，他不无自豪地预料，有一天寺院将从废墟之上恢复其光彩，一道道大门将装备上链条等成套东西，一间间厅堂会再度回响起欢快好客的声音。

然而最与乔的自豪与雄心有关的，是上校计划要将寺院古老的食堂改变成仆役房间，那是一个由哥特式圆柱支撑的拱顶大房间。乔期待在这儿的仆人餐桌顶端带着大家吃烤肉，让哥特式拱顶响起四处震荡的、喝了不少酒后唱出的小调，它们让小心谨慎的南尼·史密斯感到恐怖。可时光很快消逝，他很担心这座房子在他有生之年修复不了。他急于加快修复的进度，经常早早地起床，打响铃子叫醒工人。尽管年事已高，但他仍然在寒冷的天气里穿着少量衣服出去砍柴火。他这样拿健康冒险，受到怀尔德曼上校善意的反对，因为其他人可以替他干活。

"老爷，"健壮的老人说，"这是我的空气浴，我这样反而更好些。"

不幸的是，一天早上他这么干活时，有块碎片飞起来弄伤了他一只眼。眼睛发炎并失明，后来另一只也看不见了。可怜的乔渐渐消瘦下去，越来越忧郁。怀尔德曼上校亲切地逗他高兴。"嗨，嗨，老兄，"上校说，"开心些吧，你在仆役房间会享有自己的位置。"

"不，不行，先生。"他回答，"我先前确实希望活到看见它——我承认自己曾自豪地期待着，不过现在一切都过去了——我不久要回家了！"没过多久他便离开人世，活到八十六岁高龄，其中在寺院里就做了七十年真诚忠实的仆人。怀尔德曼上校把他体面地安葬在哈克纳尔-托卡德教堂，在拜伦的墓穴附近。

寺院里的迷信

我听说了一些有关拜伦这位往日的女管家的逸事,很想去拜访她。因此我同怀尔德曼上校骑马来到她儿子威廉的小屋,她就住在这里;我发现她坐在炉边,一只爱猫蹲在她肩膀上,在她耳边喵喵地叫着。南尼·史密斯是个高大好看的女人,守旧传统的乡村主妇,她将古老的观念、偏见和极其有限的信息与天生的良好判断结合在一起。她喜欢闲聊寺院和拜伦的情况,不久便说起一系列逸闻趣事来,尽管它们大多普通简单,只适合于在女管家的屋子和仆役房间里讲讲。她似乎对拜伦怀有不错的记忆,虽然他的某些怪异行为显然使她大为不解,尤其是他采取种种办法阻止长胖。他用各种方式让自己出汗。有时他要在温水里躺很长时间,有时他会穿着厚重的大衣爬上公园里的一座座小山。"对这个可怜的年轻人[1]真是太苦啦,"南尼补充说,"他的脚那么瘸[2]。"

他吃得很少,膳食也不好,那些东西南尼似乎不屑一顾——什么肉饭[3]、通心面和松糕之类的。

有报道说他在寺院里过着放纵的生活,又说他从伦敦带回了情人,但她予以否认。"他大部分时间都躺在沙发上看书。有时一些年轻的绅士和他在一起,他们疯狂地相互恶作剧一番,但也就是年轻绅士们可能做出的事而已,啥伤害都没有。"

---

[1] 拜伦去世时年仅三十六岁。
[2] 拜伦生下时,一只脚就带有残疾——这使他在年轻时极为敏感,由此给他带来莫大的痛苦。
[3] 肉饭,由大米加鱼或肉及调料煮成。

"不错，"她补充说，"他曾经带了一个漂亮的男孩作男侍，女仆们说是个女孩。就我而言，我什么都不知道。可怜的人，他的脚那么瘸，无法经常和男人们一起出去。他唯一得到的安慰就是和姑娘们待上一会儿，然而女仆们非常嫉妒，特别是其中有一个极为气愤。她名叫露西，深受拜伦的宠爱和注意，于是她产生了一些奢望。有个眼睛斜视的男人为她算命，她给了他两先令六便士。他告诉她要高昂起头，显得高贵的样子，因为她将遇到美好的事情。因此，"南尼补充说，"这个可怜的家伙一心梦想成为夫人，成为寺院的女主人。她还对我保证说，假如她有这样的运气，她将会成为我的好朋友。哎呀！露西根本就没遇到她梦想的好运，不过也比我想的好些。她如今已结婚了，在沃里克[1]开了一家旅馆。"

南尼·史密斯见我们十分专心地听她说话，便继续闲聊。"有一次，"她说，"拜伦想到以前僧侣们曾在寺院里埋下不少钱，他只有让人将寺院内铺砌的石板挖开才行。他们挖呀挖，可只发现了全是尸骨的石棺。然后他非要把其中一口棺材放到大厅的一端，这样仆人们夜里就不敢去那儿。有几个头骨被弄干净后装在框架内放到他屋子里。我晚上常不得不去那间屋关窗，假如我看它们一眼，它们就好像全都对我龇牙咧嘴地笑——我想人的头骨总是如此吧。我说不准，不过我很高兴离开了屋子。

"有个时候（说到这一点现在仍然如此），人们曾大谈寺院里有幽灵出没的事。守门人的老婆说，她看见两个幽灵就站在小教堂对面的回廊内某个暗处，还有一个幽灵在老爷花园里的那口井旁。然后有个

---

[1] 英国英格兰中部沃里克郡城市。

小姐,她是拜伦的表妹,当时留在寺院内,她睡的屋子在大钟旁边。她告诉我有天晚上她躺在床上时,看见一个身穿白衣的女人从屋子一边的墙里走出来,之后消失在另一边的墙里。

"拜伦有一天对我说,'南尼,他们胡说了些什么幽灵的事,好像真有过这样的东西。我在寺院里可从没见到任何这种东西,我保证你也没见过。'你明白,他这么做全是要把我的话引出来,不过我啥也没说,只是摇摇头。然而,他们说老爷确实看见过什么。那是在大厅里——是某种毛茸茸的黑家伙,他说是魔鬼。

"就我来说,南尼·史密斯接着说道,"这样的事我从没见过——可我曾经听到了什么。有天傍晚我在长廊末端擦着小餐室的地板,当时天已黑了;我虽然随时期待着被叫去吃茶点,但还是希望把手里的活干完。突然间我听见大厅里传来重重的脚步声,听起来像马蹄声一样。我拿起灯去看看是什么。我听见脚步声从大厅的末端传到中间的壁炉,在那儿停下,可我啥也看不见。我回去干活,一会儿后又听见同样的杂音。我又拿起灯过去,脚步声像先前一样停止了,我还是什么都看不见。我又回去干活,这时第三次听到脚步声。于是我没拿灯走进了大厅,可脚步声同样就在大厅中间的壁炉边停止了。我觉得很奇怪,不过还是回去继续干活。干完后我拿起灯穿过大厅,因为去厨房要从那儿经过。我没再听见脚步声,也不再想此事,就在我走到大厅的末端时我忽然发现门锁着;然后,在门的一边我看见了石棺,里面放着从寺院内挖出来的人头骨和其他骨头。"

这时南尼停下来。我问她是否认为那些神秘的脚步声与棺材里的尸骨有关,她摇摇头,但不愿说话表态。我们随后便离开了好心的老妇,她所讲的故事成了我们骑马回去时的话题。显然她对听到的东西没说假话，只是某个声音的奇特效果把她给欺骗了。在这种并不规则的大建筑里，会传出一些颇有欺骗性的杂音。一座座拱形回廊和起回音的大厅使得脚步声久久不去，并且产生回响。远处大门的吱嘎声和砰砰作响的关门声，一阵风刮过树林进入小教堂毁坏的拱形结构的声音，晚上无不有着奇特的欺骗作用。怀尔德曼上校根据自己的经历举出了一个这样的例子。他在这座寺院住下不久，就在一个月夜听见什么声音，好像有一辆马车正从远处经过。他打开窗子探出身去看看。然后又好像是大铁碾在碎石路和地坪上滚动，可什么也看不到。次日早上他看见花匠时，便问对方怎么夜里很晚了还在干活。花匠说根本没人干活，那个铁碾被锁得好好的。花匠被叫去查看一下，他回来时一脸惊讶的样子。铁碾在夜里被移动了，可他断言说任何凡人的手都不可能移动它。

"瞧，"上校和善幽默地回答，"我很高兴发现有个棕仙[1]在替我干活。"

拜伦相信或声称相信这些与寺院有关的、带有迷信的故事，这对于它们的传布起到了很大作用。许多人认为他的头脑沾染上迷信，这种内在的弱点有增无减，因为他的很多时光都是在孤独中度过，在寺院一个个空荡荡的大厅和回廊里度过——它处于严重毁损、令人忧郁的状况——并面对其先前住户的头骨和肖像苦苦沉思。我倒是宁愿认为，他从这些超自然的主题中发现了富有诗意的乐趣，他在想象中乐于让这座阴郁而浪漫的建筑充满各种虚无的居住者。在黄昏和月光不同的影响下这座大宅所呈现的面貌，云块和阳光对其厅堂、长廊与回

---

1 相传夜间替人干家务活的勤劳善良的小精灵或妖怪。

纽斯特德寺

廊所产生的作用，必然足以在居住者们的头脑中引起各种想象——对于有诗意或迷信倾向的人而言尤其如此。我已经提到了寺院的某些虚构的访客，然而拜伦最为重视的莫过于妖僧。它夜里穿行于回廊，有时在寺院的其他地方让人瞥见。据说它的出现预示着寺院主人会有什么不幸降临。拜伦自称说在他与米尔班克小姐订下倒霉的婚约前约一个月，他曾见过它。

他在如下的诗歌中具体表明了这个传说，将妖僧描述成寺院往昔的一个居住者，它晚上凭借兄弟会的权力像幽灵那样拥有着寺院。然而在其余传说中，他被描述成为了赎罪注定要在此游荡的一个僧侣。不过来看看诗歌吧——

注意啊！注意！这个黑衣修士，
他坐在诺曼人的石头之旁，
于午夜的空气里低声祈祷，
并且讲述着往日的许多时光。
当阿蒙德维尔这个山中之王
使诺曼人的教堂遭到掠夺，
并将僧侣们一个个驱逐出去，
有个僧侣却不愿被赶出教堂。

山中之王势力强大，
他带着亨利王赐予的权力，
他手中持剑，还有火把以便照亮墙壁，
假如僧侣们说不就要把教堂夷为平地。

可有个僧侣却留了下来,没人追踪也没戴镣铐,
构成他的似乎不是肉体,
有人看见他在门廊,在教堂,
虽然他被人发现全都在夜里。

无论是好是坏,
都并非由我断言。
他依然日日夜夜
待在阿蒙德维尔的房前。
据说他待在君王的婚床之旁,
在新婚的前夕一掠而过。
他们信以为真,相信来到自己的临终床边,
——但却并不感到心酸。

当某个子女出生,有人听见他哀叹,
当什么东西于苍白的月光下面
降临于那个古老的家族,
他便从一个厅堂走到另一个厅堂。
你可追踪到他的形体,却看不到他的脸,
因为它让蒙头斗篷给遮挡。
不过他的眼睛可从褶痕间看见,
它们仿佛是一个灵魂彼此隔断。

注意啊!注意!这个黑衣修士,

纽斯特德寺

他仍然有着自己的影响,
因为无论俗人是谁,
他都是教堂的继承人。
阿蒙德维尔虽然白天称王,
但这个僧侣却在夜里称王,
任何美酒都无法让一位封臣
认为那个僧侣的权力并不恰当。

他穿过大厅时什么也别对他说,
而他也不会和你说话。
他穿着黑黑的长袍匆匆走过,
就像露水越过草坪。
那么多谢这位黑衣修士吧,
无论好歹上天都会保佑他,
不管他祈祷的是什么,
都让咱们为他的灵魂祈祷呀。

这便是妖僧的故事,由于有古老的传说和拜伦的诗歌的影响,它已完全在寺院中扎根,并且有可能与这座古老寺院永远共存。各种各样的游客或以为或自称看见了他,拜伦有个叫莎莉·帕金思小姐的表妹,据说甚至根据记忆画了一幅僧侣的素描。至于寺院里的仆人,种种带有迷信的想象让他们着了魔似的。在他们看来,一条条长廊和一座座哥特式大厅——其中挂着一幅幅古代的肖像,一个个人物身披盔甲、显得阴沉——无不是鬼魂出没的地方。他们甚至害怕单独睡觉,几乎不愿夜里冒险去远处做任何事,除非成双成对地去。

即使我住的那间华贵的屋子,也受到盛行于寺院的各种神奇影响,据说"大胡子小约翰·拜伦爵士"经常出没于此。这位家族名人的古老肖像显得阴沉忧郁,它悬挂在大厅的门口上方,听说他半夜偶尔会从相框里下来,绕着一间间堂皇的屋子走动。而且,他的造访不只局限于晚上,因为有个小姐几年后参观寺院时,声称说她在大白天经过我已描述的那间屋的门口时——它当时半开着——她看见了小约翰·拜伦爵士坐在壁炉旁,正读着一本用黑体字印刷的大书。有些人根据这一情况认为,约翰·拜伦爵士的故事也许在一定程度上与已提到的、壁炉台上的神秘雕像有关,不过这并没得到寺院最可信的古文物研究者们的认同。

就我而言,一旦我得知了与自己居室相关的美妙奇特的故事和迷信,它就成了我想象的王国。我夜里躺在床上,凝视着那些神秘的板面油画——上面的哥特骑士、信仰基督教的贵妇人和异教情人,像雕塑人物一样注视我——这时我就编织起上千个有关它们的想象。挂毯上的那些不同寻常的人物,也由于我想象的作用而几乎变得栩栩如生起来;凡·戴克[1]画的骑士和女士的肖像带着苍白的面容从墙上往下看着,其目不转睛的注视和默不作声的陪伴差不多产生出一种幽灵般的效果。

因为在昏暗的光线里死者的肖像

---

[1] 凡·戴克(1599—1641),佛兰德斯画家,曾任宫廷画师。作品尤以贵族肖像画著称。

显露出某种阴森、凄凉与恐惧。
他们隐密的面容仍然波动在画布之上。
他们的目光像梦幻一般向我们投来,
犹如某个黑暗的洞中的晶石,
不过在他们朦胧的目光里却包含着死亡。

我就这样经常想象出虚构的故事,让周围的东西蒙上了理想的趣味和重要意义,直到最后当寺院的钟声敲响午夜12点时,我几乎看见大胡子小约翰·拜伦爵士大步走进屋子,他胳膊下夹着书,在神秘的壁炉台坐了下来。

安斯利宅第

安斯利宅第离纽斯特德寺大约三英里远,与其土地相邻,它便是查沃斯家族古老的家宅。拜伦与查沃斯两个家族就像他们的地产一样,从前彼此相连,直到他们的两个代表人物之间展开致命的决斗为止。然而这种一时存在的世仇,由于两颗年轻的心所怀有的恋情而有了消除的可能。当拜伦还是个男孩时,他便注意到了美丽的姑娘玛丽·安·查沃斯,她是安斯利家唯一的女继承人。拜伦对女性的魅力十分敏感——这几乎在童年时就表现出来——所以差不多立即迷恋上了她。据他的一位传记作家说,他们的恋情最初似乎是相互的、隐密的。查沃斯小姐的父亲当时还在世,或许多少怀有一些家仇,因为据悉拜伦与小姐的会面是秘密进行的,地点就在从她父亲的土地通向纽斯特德的土地的大门旁边。

然而他俩那时都很年幼，这些会面不可能被人视为有任何重要意义：从年龄上说他们还只是孩子，不过正如拜伦自称的那样，他的感情超越了自己的年龄。

后来有六个星期他同母亲一起在诺丁汉[1]度假，使得这种早年怀有的情感熊熊燃烧起来。这时查沃斯小姐的父亲已离世，她和母亲住在古老的安斯利宅第。拜伦小时候纽斯特德曾租给格雷·德·鲁思勋爵，不过这位小主人在寺院里总是一个受欢迎客人。他每次总要在那儿度过几天，并由此经常去安斯利宅第。他的拜访受到查沃斯小姐的母亲鼓励，她并没有丝毫家仇，大概还不无得意地看待那段恋情——它也许会消除昔日的分歧，将彼此相邻的两家联结在一起。

六周的假期像梦幻一般在安斯利美丽的花丛中度过。拜伦刚满十五岁，玛丽·查沃斯比他大两岁。不过正如我所说，他的感情超越了自己的年龄，他对她所怀有的柔情深厚而热烈。这些早年的爱情，像未经压榨的头等葡萄，是喷涌而出的最为甜蜜、强烈的情感；尽管在随后数年里它们可能被其余的恋情替代[2]，但是他会不断地想起它们，在心中留下美好的记忆。

他对于查沃斯小姐的爱，用拜伦自己的话说，是"他生活里最浪漫时期的浪漫事件"；我想我们可以从他整个作品中追寻到这一感情的影响，它时时显现出来，像某个潜在的主旋律贯穿一支复杂的乐曲，用一系列四处弥漫的悦耳音乐将一切连接起来。

在以后的岁月里，他多么温柔而悲哀地回忆起这些感情——那段

---

[1] 英格兰中部城市，诺丁汉郡首府。
[2] 拜伦生活浪漫，恋爱事件不少。

纽斯特德寺

热烈而天真的恋情在他那童蒙的胸中将它们唤醒，他说这些感情在人生的交往中要么丧失，要么变得坚定。

> 对更美好的事物和日子予以热爱；
> 带着无限希望，对所谓的世道与世界
> 怀有的无知非同一般；
> 从一瞥中获得的真爱时刻，
> 比未来所有的骄傲或赞扬更令人愉快；
> 它们将男性的气概点燃，但无法进入
> 处于自我生存状态的那个胸怀，
> 只有另一个人的心中才是它所属的地带。

是否对方真正回应了他的爱恋，无法确定。拜伦有时的讲话让人觉得他得到了她亲切的回应，但有时他又承认，她从未让他有理由相信她爱过他。无论如何，很可能最初时她心中有过某种颤动。她正值敏感的年龄，尚未产生别的恋情；而爱恋她的人虽然在年龄上还是个男孩，但在智力上已是个男人，在想象上是个诗人，并且那张脸蛋非常漂亮。

这次短暂的浪漫事件随六周的假期告终。拜伦对查沃斯小姐满怀依恋地回到学校，如果他确实在她心中留下过任何印象，那也太微弱了，无法经受住彼此分离的考验。她处于一个女孩即将成为女人的年龄，将自己带有男孩子气的情人们远远抛在后面。正当拜伦继续在学校念书时，她已融入社会，并遇到一位名叫马斯特斯的绅士，据说他有着非同寻常的男人之美。有人说她第一次是在安斯利宅第的顶部看见他的，当时他带着猎犬手持号角正骑马冲过园林，一队追狐的人跟随在后面；她让他那副神气以及令人钦佩的马术给打动了。有了这些不错的条件，他向她求婚并且被接受；等拜伦再次见到她时，他沮丧地得知她已经与别人订婚。

拜伦心中怀着骄傲——他在这方面总是很突出——控制着自己的感情，表现得沉着镇静。在谈到她将要举行的婚礼时，他甚至假装说得很平静的样子。"下次我见到你的时候，"他说，"我想你就成了查沃斯太太吧。"（因为她将保留自己的姓氏）她回答说，"我希望如此。"

在我对所参观到的、上述年轻人的浪漫故事的现场予以描写前，我事先讲述了这些简短的细节。我了解到安斯利宅第大门紧闭，疏于照管，几乎处于荒废状态，因为马斯特斯先生很少去那儿，他和家人住在诺丁汉附近。在怀尔德曼上校的陪同下，我骑马前往宅第，纽芬兰大犬博兹温紧跟在后。我们于骑马的途中，参观了一个在我讲述的爱情故事里值得纪念的地点。那便是查沃斯小姐结婚前，与拜伦作离别会面的现场。只见高地上长长的山脊向着纽斯特德谷延伸而去，像岬一般伸入湖中，以前那儿覆盖着一片美丽的树林，是与邻近乡村相接的某种地标。拜伦在他的诗《梦》里面，对这片树林和岬一般的地方作了生动描述，并对他自己以及他做男孩时所崇拜的可爱偶像，作了优美细腻的描写——

> 我看见两个人好像是青年，
>
> 他们站在小山之上——那是一座青山，
>
> 它的坡度十分平缓，
>
> 仿佛它由长长的山脊形成的海岬，

纽斯特德寺

只是没有海水冲刷它的根基,
不过这儿的风景生机盎然,
有人的住所,还有树林与麦田。
它们一个个四处分散,
缭绕的烟雾从乡村屋顶上升起。
山上覆盖着奇特的树冠,
它们稳固地形成圆形阵列,
所依靠的是人的行为而非自然:
那两人一个是少女一个是少男,
他们注视着——一个注视整个下面,
那儿像她一样美丽——可男孩注视的却是少女。
两人都白皙,一个还好看,
两人都年轻,但也并非是同年:
少女像地平线边可爱的月亮,
已经到了女人的边缘;
而男孩却少了一点岁月,
不过他的心已远远超越年龄,
在他眼里世上只有一张可爱的脸蛋,
它面对着他,光辉灿烂。

我站在这因难忘的会面而变得神圣的地点。"生机盎然的风景"展现在我身下,那对恋人就曾经在这儿注视着它。纽斯特德温和的山谷丰富多彩,有树林、麦田、村庄的尖顶、闪亮的水波,以及远处那座悠久的寺院的高塔与尖峰。然而树冠没有了。诗人对它产生的关注,他将它与当初对玛丽·查沃斯的爱恋联系在一起的浪漫之举，惹恼了她易怒的丈夫；另一个人用迷恋的诗句给他妻子带来的充满诗意的声望，使他难以忍受。那片有名的树林就在他的地产以内，他一气之下让人将它夷为平地。我参观时只能看见树根了，不过凡是富有诗意的朝拜者都会对将其砍倒的人加以诅咒。

从山上下去，我们不久进入一度是安斯利园的地方，骑着马穿行于古老悠久、饱经风暴的橡树和榆树当中，只见树干上爬满常春藤，树枝中间筑有一个个白嘴鸦的窝巢。一条驿道穿过园林，我们经过它来到安斯利宅第的门楼。这是一座老砖房，内战期间或许用作宅第的前哨或外堡，那时每位绅士的房子都容易成为要塞。墙壁里仍然可以见到枪眼，不过平静的常春藤已爬满墙边，并且爬上了房顶，几乎将前面的古钟遮挡，它仍然显现出自己衰败的时光。一条拱道穿过门楼中央，这儿有一些露在外面的铁栅门，其上雕刻有花饰。由于门是打开的，我们便进入一个铺上砾石的庭院，它用灌木和古花盆装点起来，中央有一口用石头修建的已经毁损的喷泉。整个入口处类似于一座法国的古堡。庭院一边是一排简陋的屋子，此时没有人住，不过仍可见到那个猎狐乡绅的踪迹；因为那些屋子被好好地收拾起来，猎人们打猎回来后可以在里面休息一下。

在庭院的下端，就在门楼对面便是宅第本身。这是一座并不规则整齐的建筑，在各个时代有过风格各异的修补；它有山墙端、石栏，以及大烟囱，它们像扶壁一样从墙中伸出。宅第的整个前面长满常绿树。前门的门廊很厚重扎实，我们敲门要求进去。大门牢牢地堵着，我们的敲门声在荒废空荡的厅堂里回响。一切无不显示出废弃的样子。不过片刻之后，有个孤独地居住在里面的人从宅第较远一角应声走来。

纽斯特德寺

这是个显得不错的老妇,她从远处的一扇边门出现,似乎是一位居住在这座古老宅第里的可敬的人。事实上她随同宅第一起变老。她说她叫南尼·马斯登,假如活到次年8月她就七十一了;她的大半生都是在这座宅第里度过的,自从这家人迁到诺丁汉去后,她便留下来照看房子。由于最近诺丁汉发生暴乱,这期间主人的宅第曾遭到暴徒洗劫,所以房子的前面被小心谨慎地堵塞着。为了预防有人对宅第怀有任何类似的企图,她才使其处于这种防卫状态,尽管我颇认为整个的驻守者也就是她和一个老弱的花匠而已。"在这座古老的房子里生活了这么久,"我说,"你一定很依恋它吧。""唉,先生!"她回答。"我岁数大了,在安斯利林有自己的屋子,家具也不缺;我开始觉得想回去住在自己家里了。"

这个身材小巧的可敬老妇看管着要塞般的宅第,在她的带领下我们穿过她走出的那扇边门,不久发现我们来到一个宽敞但有些阴郁的大厅,这儿一部分光线从正方形石窗照进来,窗户上爬满常春藤。周围一切都显露出一位老派乡绅的宅第所具有的风貌。大厅中央有一张台球桌,四周墙上可见悬挂着赛马、猎犬和宠物狗的画像,它们与这个家中的人像不加区分地挂在一起。楼梯从大厅通向各个房间。老妇领我们在一间屋里看到两件浅黄色短上衣,一双骑士时代的古旧的长筒靴,另有一些在英国古老的家宅里常常见到的遗物。然而这些东西有着特殊的价值,因为身材小巧的好心老妇让我们相信它们是罗宾汉的。我们置身于那个有名的绿林好汉曾经大显威风的地方,虽然对于他拥有这些珍贵遗物的权利不该由我们否定,但我们或许可以提出异议:这儿展现的衣物所属的年代远在他那个年代之后。然而凡是舍伍德森林的古物,都易于让人们联想到罗宾汉和他手下的那些人。

我们在大宅里四处漫步时,我们的四脚随从博兹温悠闲地跟在后面,它仿佛在巡视周围的房屋。我转身叱责它闯进来,不过年老的女管家一旦明白它是拜伦的狗时,便似乎对它产生了同情。"不,不,"她大声说,"让它来吧,它想去哪儿都行,这儿欢迎它。啊,哎哟!要是它住在这里我会好好照顾它的——它会啥也不缺。瞧呀!"她继续说,一边抚摸它,"谁会想到我竟然在安斯利宅第见到了拜伦的狗呢!"

"那么我想,"我说,"你记得拜伦的什么事吧,那时他常到这儿来?""啊,上帝保佑他!"她大声说道,"我当然记得!他经常骑马来这里,每次待上三天,就睡在那间显得阴郁的屋子里。啊!可怜的人!他深深地迷恋上了我年轻的女主人,常和她在花园里和平台上散步,好像就是喜欢她走过的地方。他常把她称为他安斯利明亮的晨星。"

我感到,这富有诗意的美丽语句让我激动。"你好像喜欢回忆起拜伦。"我说。

"哦,先生!为啥不呢!他来这里时总是对我非常好。瞧,瞧,人们说他和小姐没能结婚真是遗憾。她母亲本来是喜欢的。他总是个受欢迎的客人,有人认为他娶了她会很不错,可结果并没有那样!他离开上学去了,然后马斯特斯先生看到了她,于是事情就自然发生啦。"

这位淳朴的人现在把我们带到查沃斯小姐特别喜欢的起居室里,其窗子下面有个让她很开心的小花园。拜伦常坐在这间屋内听她弹唱,怀着一个苦恋的男孩那种热烈的、几乎是痛苦的情感注视着她。对于自己心中的偶像崇拜,他本人给我们展现出了一幅充满热情的画面:

他的呼吸和生活全在她身上。
她是他的声音,他虽没和她说话,
但却为她的话语所颤动。
她是他的视觉,因为他的目光将她跟随,
见她之所见,让一切都有了色彩。
他已不再独自生活,她是他的生命,
是他思想之河的海洋,
让所有东西都被终止。
她的每个声调与触摸,都会使他的血液起落,
他的脸颊发生着剧烈变化,
他的心可不知道为何如此痛苦。

有一支叫《玛丽·安》的威尔士歌曲,由于和她同名,他便与她联系起来,常常让她一遍又一遍地唱给他听。

这间屋像宅第所有其他的部分一样,呈现出悲哀和被人忽略的模样。窗子下面的花盆在玛丽·查沃斯的亲手照料下一度鲜花盛开,但如今长满了杂草。那台钢琴曾经让她弹得响遍四方,使她年轻情人的心为之颤动,可现在已弦松走调。

我们继续在荒废的屋子四处漫步,它们大小形状各异,并无什么高雅的装饰。有的悬挂着家族的肖像,老妇指出其中一幅便是查沃斯先生的,他让"邪恶的拜伦勋爵"致于死命。

这些看似阴郁的肖像,在年轻诗人初次来到大宅时对他的想象产生了极大影响。它们从墙上盯着下面时,他认为是在对他怒目而视,仿佛它们由于他祖先的决斗而对他心怀怨恨。他甚至把这当作是自己

不在大宅睡觉的一个理由——虽然或许是开玩笑——他声称害怕它们夜里从相框中下来缠住他。

他在《唐璜》[1]中的一节诗里表达了这样一种心情：

> 阴沉的骑士和画中的圣徒
> 好像生活在月球之上。
> 你前后转身，朝向脚步发出的微弱回响，
> 声音仿佛从坟墓中醒来，
> 一个个影子奇怪又狂妄，
> 它们开始在相框里活动，现出严肃的面庞，
> 似乎问你怎么竟敢在此守夜，
> 这儿只是死者睡觉的地方。

也并非只是年轻的诗人想象奇特。这座宅第像大多英国古宅一样——其昏暗的长廊和荒废的房间里悬挂着古老的家族肖像——本身就有着与死者的苍白纪念相联系的幽灵故事。我们这位心地淳朴的向导在一位小姐的肖像前停下，她年轻时是个美人，在最为妩媚漂亮的时候曾住在大宅里。她的故事中有着某种神秘或悲哀的东西。她英年早逝，但很长一段时间都像幽灵般出没于这座古宅，使得仆人们大为惊慌，让不时前来参观的人感到不安，好不容易她那烦乱困惑的灵魂才被魔法镇住，得以平息。我们从大宅后面出去，进入花园，拜伦与

---

[1] 《唐璜》，19世纪浪漫主义诗人拜伦的代表作，通过主人公唐璜在西班牙、希腊、土耳其、俄国和英国等不同国家的生活经历展现了19世纪初欧洲的现实生活。

查沃斯小姐就常在这儿一起悠然漫步。花园呈现出古老的法国风格。有一条长长的平台走道，两边是厚重的大石栏和饰有雕刻的坟冢，上面长满了常春藤和常绿树。平台一边是没人照管的灌木林，一片高大的树林里居住着一群珍贵的白嘴鸦。从平台上下去有一大段阶梯，通往一座布置得井井有条的花园。宅第的后面俯视着花园，留下了几百年来风吹雨打的痕迹；它那些用石头支撑的窗户和墙上的古日晷，让人回想起从前的时光。

这座幽闭宁静的花园，一度是爱情与浪漫的小小的世外桃源，如今完全变得黯淡荒凉；但即便在它衰败之时也是漂亮的。它这被人忽略、显得荒凉的模样，与两个情人的命运是一致的，他们在年轻美丽、充满生机的时候曾漫步于此。花园也像他们年轻的心一样，走向了荒废与毁灭。

我们回到大宅，此时参观了一间建于门廊或大门入口上方的屋子。它处于毁损状态，天花板已脱落，地板也已走样。然而，这是一间因富有诗意的联想而变得有趣的屋。它被认为是拜伦在《梦》这首诗里提到的小教堂，他在其中描绘了得知玛丽·查沃斯订婚之后自己离开安斯利的情景——

> 那儿是一座古老的宅第，
> 墙前有一匹骏马身着盛装。
> 在昔日的小教堂里，
> 站着一位我说到的男孩。
> 他孤单而苍白，来回走动。
> 不久他坐下，拿起一支笔，

写下我猜测不到的字句。
然后他双手捧住低垂的头,
仿佛抽搐似的摇着,随即站起,
用牙齿和颤抖的手撕碎写的东西,
但是他没有流下眼泪。
他让自己镇定,表情平静。
这时他所爱的小姐再次走进。
她显得安然,面带微笑,
不过她明白他爱着自己,
因为她很快知道
她的身影给他的心留下阴影,
她看到他难过,
但她并没看到全部。
他站起身,淡淡地、轻轻地抓住她的手。
重要的时刻从他脸上掠过,
一些无法形容的思想显露踪迹,
然后又像出现那样渐渐消失。
他放下握住的手,慢慢返回,
但是并没向她告别,
他们分手时都面带笑意:
他走出了古宅厚重的大门,
骑上骏马沿路而去,
从此再没在那古老的门槛上把脚提起。

拜伦在他的一篇日记中，对自己这样离开小教堂后的心情作了描述。他来到一座小山顶上——这儿可以最后远望一眼安斯利宅第——他勒住马，既痛苦又深情地回头凝视那片遮住大宅的树林，想到可爱的人儿就住在那里；直至他对她充满了柔情蜜意。但他最终再次深信她绝不会成为自己的人，这时他忽然从沉思中醒悟过来，用马刺踢着马向前冲去，好像要在飞奔中把思绪抛在身后。

然而，尽管在前面引用的诗节中有他所作的声明，但他确实又经过了安斯利宅第"古老的门槛"。不过那是在几年以后，这时他已长成大男人，经历了种种欢乐与激情的考验，并且受到过其他漂亮女人的影响。查沃斯小姐也做了妻子和母亲，她丈夫请他去安斯利宅第吃饭。于是他就在曾经充满自己柔情的地方，遇见了早年崇拜的对象——正如他说，她的微笑一度让这儿成为他的天空。这片地方几乎没有变化。他此时就在那间屋内，往日他曾经常在这里入迷地听着她那富有魅力的声音。乐器和音乐也是一样的。花园仍然在窗子下面，还有那些他陶醉在富于青春活力的爱里时和她一起走过的路。他置身于这些温柔的回忆里，周围的每样东西都被视为在复苏着，他少年时代的柔情觉得意外，不过他沉着镇静，能够将其控制。可他的坚定注定要进一步经受考验。正当他坐在自己暗自迷恋的人身旁，心中颤动着所有这些回忆时，她幼小的女儿被抱进屋里。看见孩子他吃了一惊，她打消了他最后的一丝残梦；他后来承认，此时克制住自己的感情是最为严峻的事。

他的此次安斯利宅第之行既充满柔情蜜意，又痛苦难堪，两种感情在胸中发生剧烈碰撞，这在他随即写的诗中作了动人的描绘；诗虽然不是直呼其名写给她的，但显然意在让安斯利宅第的那位漂亮女人

欧美见闻录

看到,让她铭记在心:

啊!你是幸福的,我感到
我也应该和你一样——
对你的幸福我的心仍然满怀热情,
——它总是处于这种状况。

为你的丈夫祝福,虽然看见他更好的命运,
会带来一些痛苦:
不过让痛苦过去吧——啊!我会多么恨他,
他不爱你了——假如!

晚些时候我看见你可爱的孩子,
感到会破碎了——我嫉妒的心;
但是当毫无意识的婴孩露出微笑,
我便给她以亲吻——为了她母亲。

我亲吻她,克制住叹息,
从她脸上可以看到她父亲的脸面;
不过她却长着母亲的眼睛,
我全部的爱就在那里出现。

别了,玛丽!我必须离去:
你幸福之时我没有怨气;

纽斯特德寺

可是我绝不能待在你的身旁:
那样我的心不久会再次属于你。

我认为那个时刻,我认为那个自尊,
已最终扑灭我少年的火焰,
直到我坐在你身旁才知道,
我的心除了爱一切依然。

然而我是平静的:我知道那一时刻,
我的心会在你面前颤动;
但是现在颤动是一种罪恶——
我们相见,一根神经都未曾抖动。

我看见你注视着我的面庞,
但没在我脸上见到任何迷茫:
你只能在那儿发现一种情感,
那便是平静中的忧郁与绝望。

去吧!去吧!我早年的梦幻,
记忆永远不要醒来才对:
啊!忘川[1]那寓言中的小溪在哪里?
我愚蠢的心平静些吧,否则会破碎。

---

1 希腊和罗马神话中冥府的河流之一,饮其水者会忘掉过去。

他提到,这种早期情感的复苏以及那些令人忧愁的联想——它们遍布于纽斯特德附近的景色当中,而他身处英格兰时必然经常前往那里——是他第一次去欧洲大陆的主要原因:

男人被赶出伊甸园时,
在门旁有片刻逗留,
每一场面都使他想起消失的时光,
让他对自己未来的命运予以诅咒。

但在穿越遥远地方的时刻,
他学会了承受悲哀,
对于其余的岁月他只是叹息一声,
并在更加忙碌的场面中将安慰找来。

这么看来,玛丽,我必须如此,
我再也不能看到你的美丽,
因为当流连在你身边之时,
我会为过去知道的一切叹息。

在随后的 6 月他便通过海路出发远游了,此次出行后来成为他那不朽诗歌的主题。玛丽·查沃斯的形象正如他在少年时所见所爱的那样,跟随着他到了海岸,这在他上船前夕写给她的热情洋溢的诗中展现出来——

纽斯特德寺

结束了——帆船在大风中摇荡,
把雪白雪白的帆张开;
风在弯弯的桅杆上发出呼啸,
清风的高处传来的歌声多么响亮;
我必须离开这片土地,
因为只有一个人在我爱的胸膛。

我将跨越卷起白沫的海洋,
寻找一个国外的家园;
在忘记一张虚假的美丽面容之前,
我永远找不到安身的地方;
我无法回避自己忧郁的思绪,
不过永远爱吧,只有一个人在我爱的胸膛。

想到每个早年的情景,
想到我们的现在和过去的时光,
温柔的心就会被悲哀所淹没——
不过,哎呀!我的心经受住了打击,
但仍跳个不停,像最初时那样,
它真正爱的只在一个人身上。

那个被深爱着的人会是谁,
普通的眼睛看不出她的模样,
那个早年的爱情为何被取消,

你最知道，我最清楚；
不过天底下的人很少爱得这么长久，
并且爱只存在于一个人身上。

我也已经试过让另一人束缚，
或许她看起来魅力完全相当；
我本来愿意给她以同样的爱情，
但某种不可征服的魔力
禁止我流血的心胸另有所爱，
它允许我的爱只存在于一个人身上。

久久地看上一眼就会给我安慰，
我在最后的告别中向你祝福；
但我不希望你那双眼睛
为漂洋过海的他流下悲伤；
他的家庭、希望和青春都已离去，
但他仍然爱着，爱只存在于一个人身上。

在安斯利宅第这次痛苦的会面，极大地恢复了他早年的强烈情感，给他的记忆留下特别深刻的印象，似乎在他"穿越遥远地方"之后仍然存在——他把那里视为某种遗忘性的解药。那次事件两年多以后——此时他已完成有名的远游——他再次住进了纽斯特德寺；由于这儿与安斯利宅第邻近，整个情景又栩栩如生地出现于他面前，他在写给一位朋友的书信体诗中这样回忆道——

纽斯特德寺

我看见我的新娘成为别人的新娘,
看见她就坐在他的身旁,
看见她怀中的婴儿
显露出的微笑像母亲的那样,
那微笑我和她年少时曾经有过,
它温柔而完美,和她的孩子相像:
我看见她那不屑一顾的眼睛
在问我是否没感到心中的悲伤。

我的角色表现得完好无比,
我让脸颊把心儿藏起,
对她冷淡的目光作出回应,
但此刻我仍觉得成了那个女人的奴隶;
我好像随意地吻了婴儿,
他本来应该是我的后裔,
哎呀!我在每次爱抚之中,
显露出时光并没减少我的爱意。

"大约这个时候,"穆尔[1]在他为拜伦写的自传中说,"一位他所爱恋的真正对象使他受到巨大打击,他为此深感痛苦,并予以表达;于是他就虚构的'热娜'写了一些诗。"与此同时他为失去几位最早的

---

[1] 指托马斯·穆尔(1779—1852),爱尔兰诗人、讽刺作家、作曲家。拜伦和雪莱的朋友。

也是最亲密的朋友悲哀,他们是他快乐的学生时代的同伴。现在再说说穆尔那优美的语言吧,他怀着一位真正诗人所具有的那种亲人般的、令人感动的同情写道:"所有这些关于年轻的和死去的朋友之回忆,在他心中与她的偶像融合在一起;她虽然活着,但在她看来就像朋友们那样失去了一般,使得他通常感到悲喜交加,并将这种情感在诗中予以表露……他那既悲又喜的情感在记忆与想象中融为一体,从而产生出某个理想的对象——她将记忆与想象最好的特征结合起来,他因而创作出最为忧伤也最为温柔的情诗;我们从中发现了超越现实的真情所具有的一切深度与强度。"

一种早年产生的、天真不幸的情感,无论对于男人多么痛苦,对于诗人却是有着永恒的好处。它是一口源泉,不乏既甜蜜又辛酸的想象,既微妙又温柔的感情,既庄严又高尚的思想;它隐藏于内心深处,使其在世界的凋零衰败中保持青绿;它偶尔奔涌而出,时时让人想起年轻时候的一切活力、天真与热情。拜伦意识到这个效果,有意对早年的感情所留下的记忆,以及所有与之有关的安斯利宅第的一个个场面,加以珍惜和思考。正是这种记忆,使得他的内心与某些最为高尚正直的品质保持一致,并让他最优秀的作品具有了难以形容的优美与悲怆。

我就这样追寻着这个小小的爱情故事的踪迹,止不住要将它们联系贯穿起来,因为这些踪迹时而出现在拜伦的各个诗节里。他后来去了东方漫游,时间和距离已使他"早年的浪漫"缓和下去,几乎变成愉快而温柔的梦的记忆;这期间他听到了自己梦中人儿的一些传闻,其中说到她仍然住在父亲的宅第里,身处安斯利天然的凉亭,周围是一些精神焕发、十分优雅的家人;可她仍然暗自感到极度忧郁——

她住在家里，
住在千里之外的父母家里，
身边有渐渐长大的婴儿，
还有家中漂亮的子女们，可是看呀！
她的脸上现出一丝忧郁，
那是内心冲突留下的不变的阴影；
她的眼睛不安地低垂，
仿佛充满了没有流出的泪水。

一时间，少年时被埋没的柔情以及伴随它产生的焦躁不安的希望，似乎在他胸中复活；他闪现出一个念头，觉得他的想象也许与她心中的悲哀有关——但这想法一旦形成他就几乎立即打消了。

她能有何悲哀？——她得到了所爱的一切，
而把她爱得如此深切的他并不在那里，
用错误的希望或恶劣的意愿
或不幸地压抑的感情困扰她纯洁的思想。
她能有何悲哀？——她并不爱他，
并没给他自认为被爱的理由，
他也不可能成为折磨她的部分原因
——一种往日的幽灵。

她悲哀的原因在纽斯特德和安斯利一带成为乡下人议论的话题。它完全与拜伦的想法没有任何联系，而倒是与某个人无情任性的行为有关——她曾有一个神圣的要求,希望得到他的慈爱与感情。家中令人懊恼的事长期暗暗折磨着她的心,最终影响了她的才智,使得这颗"安斯利明亮的晨星"永远黯然失色。

> 他所爱的女人,唉!
> 仿佛让病态的灵魂改变;
> 她的心智已游离到居所之外,
> 她的眼睛丧失了自身的光彩,
> 而她的表情也不再属于这个世界;
> 她成了想象之王国的女王:
> 不过她的思想将杂乱的东西混在一起;
> 别人看来无法理解或觉察的模样,
> 她却十分熟悉。
> 世人把这称为发狂。

尽管时间流逝,地点改变,并且拜伦在各国也遇到了一系列激动人心的美妙情景,但他少年时的爱所经历过的平静、亲切的场面,似乎对他的记忆有着神奇的影响;而玛丽·查沃斯的形象似乎像某种超自然的东西突然闯入他心中。在他与米尔班克小姐结婚之时便出现了这样的情况。安斯利宅第及其所有让人充满柔情的联想,像某种幻影一般浮现在他的脑海中——即便在圣坛上,在他发出婚誓之际。他凭借某种魅力和感情对此进行了描述,让我们对其真实性毫不怀疑。

纽斯特德寺

一种变化来到我梦中的灵魂上边。
漫游者回来了。我看见他同温柔的新娘
站在圣坛之前。
她容貌美丽,但可不是那张
成为他少年时的星光的面孔。
即便他站在圣坛之上,他的眼前
也出现了那张完全一样的脸面;
不停的颤动在这古老的教堂里,
震荡着他孤寂的心灵。然后,
好像就在此刻,他的脸上
隐隐显露出一丝说不出的思绪,
之后它们像来时一样消失;
他静静地站在那儿,嘴里说着恰当的誓言,
可他并没听见自己的话语;
一切东西在他周围旋转:他看不见
眼前的东西,也看不见应有的东西,
不过那座古老的房子,他所习惯的大宅,
以及记忆中的房间、地点、
日子、时刻、阳光、还有树荫,
一切与那个地点和时刻有关的东西,
以及成为他命运女神的她,
全都返回并置身于他和光之间:
这个时候它们在那儿有何相干?

拜伦的婚姻史众所周知，用不着在此讲述。伴随着它产生的错误、羞辱和怨恨，使他初恋的记忆受到了额外的影响；假如他成功地追求到了安斯利可爱的女继承人，他们两个的命运或许更加有幸，这一想法使他深受痛苦。他结婚很久以后有过一部稿子，其中偶然提到查沃斯小姐时把她称为"我的 M.A.C."[1]。"哎呀！"他突然激动不安地大声说，"干吗要说我的？我俩的结合或许可以消除世仇——我们的祖先们曾经为此流血牺牲；可以将宽广富饶的土地连接起来；至少可以将两个在年龄上并非不般配的人的心连接起来——然而——然而——然而结果怎样呢？"

关于安斯利宅第以及与之相关的富有诗意的主题已说了不少。我感到，似乎自己可以在其毁损的小教堂、寂静的大厅和被忽略的花园里流连数小时，直到周围完全成为一个理想的世界。不过时间很快到了黄昏，傍晚给周围投下越来越深的令人忧愁的阴影。因此我们告别年老可敬的女管家，对她的礼貌服务表示了一点酬劳和许多感谢，之后我们便骑上马返回纽斯特德寺。

湖　水

大宅前有一片清澈的湖水，
它宽广、透明又很深，
一条河流给它以清新的水源，
它温和地让水进入更平静的地段：
野禽偎依在灌木丛和莎草里，

---

[1] 查沃斯小姐的英文缩写。

纽斯特德寺

> 它们于水中的床上孵卵:
> 树林倾斜着向湖岸延伸,
> 其绿色的容貌始终对着流水一面。

昔日僧侣们曾将一条小河拦住,形成一片片美丽的水域,上面的诗便是拜伦对其中一片湖水的描写。他白天经常来此游泳并驾驶帆船,享受自己特别喜欢的休闲活动。那个"可恶的老勋爵"在他企图对乡村景色进行毁坏时,将湖边曾有的树林全部砍伐。拜伦长大成人后努力使其恢复,他所种植的美丽年轻的树林如今很快在水边长起来,覆盖于寺院对面的山腰之上。怀尔德曼上校给这片茂盛的角落取了一个恰当的名字——"诗人角"。

凡是与寺院内外有关的传说和言论这湖水都有所继承。它是一片小小的"地中海","可恶的老勋爵"常在湖中满足自己与海有关的趣味和滑稽念头。他在岸边建起模仿的城堡和要塞,在水上组织起模仿的舰队,常常开展模拟海战。他那些残存的防御小工事仍然引来游人们好奇的询问。他有过种种异常举动,其中之一便是用车子将一只大船从海岸运来放到湖中。乡下人看见船这样行进在旱地上,不无惊讶。他们想起了那位平民百姓有名的预言者希普顿大妈[1]说的话,即任何时候只要载着帚石楠的船经过舍伍德森林,纽斯特德就会从拜伦家族中失去。憎恨老勋爵的乡下人迫切想证实这个预言。帚石楠在诺丁汉的方言中就是欧古楠。在命中注定的船经过时人们给它装满了那种植物,因此它满载着石楠到达纽斯特德。不过关于这片湖水,最重

---

[1] 希普顿大妈(1488—1561),英国传说中的人物,以善于预言闻名。

要的故事讲述的是据说埋藏在它底部的宝物，它们或许产生于某件真正发生过的事。有一次曾从湖的深处捞起一只用黄铜铸造的大鹰，它两翅展开，站在用同样金属铸造的基座或架子上。它无疑曾在寺院小教堂里被用作讲台或读经台，以便放上一本对开本的《圣经》或祈祷书。

这件神圣的遗物被送到一个铜匠那里清洁，这当中他发现基座是空的，由几块部件构成。他将这些部件上的螺丝拧开，取出一些与寺院有关的羊皮纸契约和契据，上面有爱德华三世[1]和亨利八世[2]的封印；僧侣们就这样将其密封并最终沉入湖里，以便将来某一天证实他们对于这片领域拥有的权利。

在这样发现的羊皮卷中，有一卷不太雅观地显露出寺院的僧侣所过的某种生活。他们得到允许在某几个月里可以放纵一下，无论犯下什么罪过事先都保证要给予充分宽恕；其中特别提到几件最为恶劣和淫荡的事，提到他们在肉欲上容易出现的软弱。在仔细查看舍伍德森林地区有关僧侣生活的这些证据后，我们对于罗宾汉及其"不法之徒"的那种正义的愤怒，对于寺院里那些圆滑的好色者们，就不再感到惊讶意外了：

对于耕地的农夫，

我从不把他们伤到，

在林里跟随鹰、狗的猎人，

---

[1] 爱德华三世（1312—1377），英格兰国王，1327—1377年在位。
[2] 亨利八世（1491—1547），英格兰国王，1509—1547年在位。

纽斯特德寺

我也从不动刀。

我怨恨的主要是僧侣,
这些日子他们称王称霸;
我主要抢劫的
还是胆大妄为的僧侣呀。

——罗宾汉古谣

这只黄铜鹰已被转交到索撒尔教区与牧师会主持的教堂,那里离纽斯特德约二十英里;如今在高坛[1]中央也许仍可见到它,它上面仿佛很久前就放置了一部厚重的《圣经》。至于它里面的文件,怀尔德曼上校小心翼翼将它们与他的其余契约等珍藏起来,放在一口用非常不错的专利锁锁好的铁箱里,使得它们与某种魔法几乎没有两样。

正如我已暗示的,这只黄铜遗物捞起来之后,僧侣们遗弃寺院时抛在湖底的财宝之事便引起了种种传说。大家最喜欢的故事是,那儿有一口装满金子、宝石、圣杯和十字架的大铁箱。而且,在湖水异常浅的时候还有人见过它。它的每端都有一些大铁环,但所有要把它搬走的企图都徒劳无益。要么是它里面的金子太沉重了,要么更有可能的是,它由一种通常在隐藏的珍宝上面所施过的魔法保护着。因此它至今留在湖底。人们希望,有一天眼前这位可敬的业主会发现它。

---

[1] 教堂圣坛旁供祭司及唱诗班用。

罗宾汉与舍伍德森林

在纽斯特德寺时，我颇喜欢骑马去附近溜达，仔细研究欢快的舍伍德森林，并游览罗宾汉经常出现的地方。这片古老森林里的遗物寥寥无几，并且四处分散，但对于一度像强盗控制着它的那位英勇的"不法之徒"，这个地方几乎没有一座山丘或山谷、悬崖或洞穴、井水或源泉不让人想起他。就连纽斯特德这片地产上的某些居住者的名字，例如比尔达尔和哈兹塔夫[1]，听起来都仿佛像过去那帮"不法之徒"中某些强壮勇猛的人的后代。在我小时候，有一本最早时期出版的书引起了我的想象，那是一部罗宾汉歌谣集，书中"饰有木刻画"；我用整个假期的零花钱从一个年老的苏格兰小贩手里买下了它。我多么贪婪地读着这本书，又是怎样凝视着它那一幅幅粗糙的木刻画啊！一时间我的头脑里充满了"欢快的舍伍德森林"的种种画面，以及勇敢的森林居民的壮举与狂喜。罗宾汉、小约翰、塔克修士[2]和他们那些刚强的同伴，成了我富有传奇的英雄。

当我就置身于这片遐迩闻名的森林中心时，上述早年的感情在某种程度上得以复苏；正如我前面说的，我怀着一种孩子般的喜悦，去追寻这片古老的舍伍德森林及其骑士精神留下的一切踪迹。最初我是在怀尔德上校和他夫人的陪同下，骑马去作与古迹有关的漫游，她带领我去参观林里一个个毁损的纪念物。其中有一个正好位于纽斯特德园门口的前面，它以"朝圣者橡树"的名字在整个这一带为人所知。

---

1 原文分别为 Beardall 和 Hardstaff。前一词由 Bear（熊，鲁莽汉）和 dall（野大白羊）组成，后一词由 Hard（强壮的）和 staff（人员）组成。
2 小约翰，罗宾汉的主要副官。塔克修士，罗宾汉的牧师兼管家。

纽斯特德寺

这是一棵历史悠久的大树,将道路遮挡了很宽的面积。到了某些假日,附近的乡下人便聚集在它的树荫下庆祝自己的乡村节日。这一习俗从父到子已经传了几代,最终橡树获得了某种神圣的名声。

然而,在"老拜伦勋爵"眼里没有任何东西是神圣的,他对纽斯特德的大小林子进行毁坏时,也注定要让这棵传说中的树被砍伐。幸运的是,诺丁汉那些好心的人听说了他们喜爱的橡树面临危险,急忙把它赎了回来,使其免遭毁灭。诗人来到寺院时,他们把它作为礼物送给他,这棵"朝圣者橡树"有可能在以后许多代里继续成为乡下人的聚集之地。

从这棵高大壮观、历史悠久的树旁,我们继续在林中探索,寻找另一棵更加古老但却长得不那么好的橡树。我们骑了两三英里远——后面一段路穿过开阔的荒地,这儿一度被森林覆盖,但现在却光秃无趣——来到所说的树前。这便是"雷文谢德[1]橡树",是古老的舍伍德森林最后的幸存物之一,它显然曾经在这片森林里高昂着头。如今它只是成了一堆残骸,岁月使其出现裂痕,闪电使其遭到摧毁;它孤零零地伫立在光秃的荒地上,宛如沙漠上的一根毁坏的柱子。

这地方如今光秃又荒凉,
而它曾是一片茂盛美丽的森林,
那时荒芜的峡谷长满杂树,
同时居住着雄赤鹿与雌马鹿。
孤独的橡树是否能说出

---

[1] 雷文谢德,当地一个村子的名字。

> 最初的小山谷发生的变化,
> 那时它还是一有微风就舞动的幼枝,
> 如今变得灰暗而固执。
> 它是否能说出树荫多么浓密,
> 那是上千条交织的树枝所形成。
> 我置身于树荫,心想它会说
> 大牡鹿中午的时候趴在那里,
> 而优良的雌鹿、牝鹿、赤鹿和野兔,
> 都蹦跳着穿过生机勃勃的绿林。

离"雷文谢德橡树"不远有个名为罗宾汉棚的小洞穴。它位于一座小山正面,是从褐色的毛石中开掘而成,当时还曾拼命想开凿出柱子和拱道。里面有两处像壁龛似的地方,据说是用作那位勇敢的"不法之徒"的马厩的。在被警察紧追时他就退避到此处,它是个连同伙都不知道的秘密地点。这个洞穴由一棵橡树和桤木挡住,即便如今也难以发现,而在当年森林茂密的时候它就被彻底隐蔽起来了。

在我们骑马的路上,有很大一片地方虽然荒凉孤寂但却不无惬意。我们沿着弯曲的路下去,一时间置身于多岩的小山谷中,顺着蜿蜒的溪流和僻静的水池前行,胆怯的水鸟经常出现在这儿。我们经过了一片林地边缘,它尽管更像是现代人种植的,但却被视为古老森林无可非议的后代,通常让人称为"舍伍德森林的苏格兰佬"。我们骑马穿过这些宁静幽僻的地方时,松鸡和野鸡时而突然展翅高飞,野兔也会从我们面前一下跑掉。

纽斯特德寺

我们就这样骑马四处寻找一处处大众喜爱的古迹,其中之一便是来到岩石众多的峭壁,它称为"柯克比峭壁",位于"罗宾汉山"的边缘。我在此把马留在峭壁脚下,从崎岖的峭壁边爬上去,坐在一个称为"罗宾汉椅"的岩石壁龛里。它宽广地俯瞰着纽斯特德谷,据说那个勇敢的"不法之徒"当年即坐在这里监视下面的道路,观察商人、主教和其他有钱的旅行者,随时准备像鹰一样从巢里向他们扑去。

然后我从峭壁上下去,重新骑上马,沿着狭小的所谓的"强盗路"继续前行了一两英里;这条路蜿蜒着进入山里,两边是陡峭的岩石,它通向一个在峭壁上开凿出的人造洞穴,其门和窗也都是从原生石头中开凿而成。它取名为"塔克修士屋",或称隐士住所;根据传说,那个天性快活的隐士常在此同自己的强盗同伙们大肆饮酒,寻欢作乐。

这些便是古老的舍伍德森林及其有名的"自耕农"们所留下的某些遗迹,后者我曾在纽斯特德附近参观过。可敬的牧师——他在寺院担任专职教士——见我热心于事物的原由,便告诉我在约十英里远处有一大片古老的森林仍然存在。他说那里曾有许多生长了数百年的不错的老橡树,但现在已经毁损,变成了"鹿头状";就是说它们的上部枝条已光秃枯萎,像鹿角一样伸出来。其树干也是空的,里面有不少乌鸦和寒鸦,它们把这些橡树当成了巢穴。在漫长的夏日傍晚这位牧师时时骑马来到林子,于黄昏里漫步在青绿的小路上和一棵棵历史悠久的树下,以此为乐。

牧师的描述使我迫切想参观古老的舍伍德森林留下的遗迹,他也热情地主动提出给我引路,陪我前往。因此一天早上我们便骑马出发作这样一次森林之行。我们穿过一片地方，约翰王[1]一度将它作为狩猎场，其废址至今仍然可见。当时整个附近一带都是广阔的皇家森林，或所称的自由猎取地；因为约翰王仇视一个个园林、小猎物繁殖场和其他围场——猎物被围在里面供贵族和神职人员私人享用与娱乐。

在此处一座平缓的小山顶部，伫立着另一棵纪念碑似的树，它下面曾是一片广阔的森林；在我看来，它使周围显得特别有趣。这便是"议会树"，这么称它是为了纪念约翰王在其树荫下召开的类似集会。六百多年过去了，这棵曾经茂盛的大树已仅仅成为一堆废物；不过就像古老的雕塑那巨大的躯干一样，这棵残缺的树干所显示出的宏伟证明它在辉煌之时曾是什么样子。我凝视着它腐朽的遗骸，不停地想象当时一定出现在其树荫下的情景——这阳光明媚的山上全是尚武的和喜欢狩猎的皇室成员，场面好不壮观；一处处丝绸大帐篷和武士帐篷将山顶装点，王旗、男爵旗和骑士旗在微风下飘扬；神职人员、朝臣和身披盔甲的骑士云集在君王周围，远处是身穿绿衣的森林居民以及所有乡村的、狩猎的队伍，他们准备着侍候君王在林中狩猎。

> 上千个诸侯聚集在四周，
> 他们带着战马、猎鹰、号角和猎犬；
> 森林看守员在丛林中悄悄行走，
> 用鹰狩猎的人随时把鹰拿在手头；
> 森林居民们身着绿林服装，
> 个个用皮带牵着凶猛的灰狗。

---

[1] 约翰王（1167—1216），中世纪英国的一位颇有争议的君王。

纽斯特德寺

这些便是一时出现在我想象中的幻景，它使得眼前这片寂静的地方充满了昔日空洞的影子。然而幻想是短暂的。君王、朝臣、身披盔甲的武士，身穿绿衣、带着号角和猎鹰猎狗的森林居民，无不再次变得湮没无闻；我醒悟过来，看见这一度激动人心、体现着人的强大威力的场面，如今所唯一留下的东西——一棵衰败的橡树和一个传说。

"我们就是一个个梦想构成的东西！"[1]

再往前骑了几英里路，我们终于来到舍伍德悠久不朽的林荫。我在此高兴地发现自己身处一片地道的野林，这儿的植物原始自然，在这个人口密集、高度耕种的国家很难见到。它使我想起了祖国的原始森林。我骑马穿过一条条天然的小径和一片片绿林，其地上长满杂草，高大美丽的桦树投下阴影。然而最让我感兴趣的，是注视着周围古老巨大的橡树，它们是一些纪念碑似的古树，是舍伍德森林的元老。的确，它们都已破损空洞，生满苔藓，"叶茂的荣耀"几乎丧失。不过正如腐朽的高塔一样，它们在衰败中也是庄严高贵、生动别致的，即便在毁损之中也显示出昔日的辉煌。

我注视着这些曾经是"欢乐的舍伍德"留下的遗迹，头脑里开始产生了少年时所想象的情景，罗宾汉和他的人似乎就站在我眼前。

他身穿红色衣服，
而他的人都穿着绿衣；
全世界任何地方的场景

---

[1] 引自莎士比亚的戏剧《暴风骤雨》。

也无法与这相比。

哎呀,看见他们排列成行,
那是个多么英勇豪侠的场面;
每人手里拿着一把上等大刀,
外加一支不错的紫杉弓箭。

  罗宾汉的号角似乎在森林里回响。我仿佛看见这些森林的骑士,他们半是猎人半是强盗,成群结队穿过远处的林地,或者在树下举行盛宴和狂欢。我小时候,歌谣里的所有场景曾使我感到喜悦,我正要这样让它们浮现于眼前时,忽然远处传来樵夫砍伐的声音,把我从白日梦中惊醒。
  声音所引起的不祥恐惧很快得到证实。我没骑多远便来到一片开阔的地方,这儿正在进行着毁坏。一些古老悠久的橡树倒在我周围,它们曾经是这片森林高大庄严的君王;不少樵夫正在砍劈另一棵大树,使得它摇摇欲坠。
  唉!这片古老的舍伍德森林已落入一个高贵的农场主手里,他是个现代的功利主义者,对于诗歌或森林美景毫无情感。不久这壮丽的森林将被夷为平地,它那青绿的林地将变成牧羊场,一座座富有传奇的凉亭将被萝卜地取代,"欢乐的舍伍德"也将只存在于歌谣和传说中。
  "啊,古时那些富有诗意的迷信!"我想着。"它们让每一片树林显得神圣庄严,让每一棵树都有了保护神或林中女神,让凡是干扰这些置身于浓荫中的树神的人面临灾难的威胁。唉!现代人有着这些卑

纽斯特德寺

鄙的倾向,他们把一切东西转变成金钱,把这片曾经是我们度假的星球般的地方仅仅变成了"工作日的世界"。

我错综复杂的想象开始逃离,我感到格格不入,于是怀着与进入这片林子时截然不同的心情离开了,默默地骑马前行,直到来到一个平缓的高处;此时晚钟的声音从远处的村子乘着微风穿过荒野。我停下来倾听。

"这不过是曼斯菲尔德的晚钟。"我的同伴说。

"曼斯菲尔德!"在附近这片历史上有名的地方,这是又一个富有传奇的名字,它引起了我最初那些令人愉快的联想。我立即想起有关君王和"曼斯菲尔德的磨坊主"的有名的古歌,于是这晚钟的声音再次使我心情惬意起来。

再往前一点,我们又来到留下过罗宾汉遗迹的地方。这便是"泉水谷",他正是在此与那个剃光头发的壮汉塔克修士相遇——修士成了某种神圣的斗士,有时戴着头盔有时又身穿蒙头斗篷[1]:

> 身穿僧袍的僧侣
> 把"泉水谷"保护了七年有余,
> 任何君主、骑士或伯爵
> 以前都无法让他屈曲。

那条壕沟仍然可见,据说它曾将那位快活善战的僧侣的堡垒围住。他和罗宾汉在这里让自己的力量与英勇受到严峻考验,它纪念着那场

---

[1] 天主教隐修士所穿的服饰。

冲突，这冲突从那天 10 点钟持续到下午 4 点，最后通过友好的谈判结束。至于"身穿僧袍的僧侣"凭借剑与战壕所展示出的勇猛顽强的武艺，请注意，难道它们最终没在古老的歌谣和《艾凡赫》[1]这本神奇的书中记录下来吗？

我们骑马穿过这些在"不法之徒"的故事中有名的地方时，傍晚很快来临，夜色越来越浓。我们沿路前行，眼前的景色似乎笼罩着忧愁，因为我们要经过阴暗的林子，穿过荒凉的石南，一路都孤寂偏僻；这儿有一些险恶的名字，英国的乡下人常常以此让本来阴郁的地方更加阴郁。"窃贼林""凶手石"和"女巫角"所产生的恐怖在这渐渐阴暗的傍晚总会遇到，它们威胁着要在我们途中带来非同寻常的危险。然而，我们有幸安然无恙地经过了这些凶险的地点并到达纽斯特德寺门口，对这次绿林突袭深感满意。

乌 鸦 屋

我逗留寺院期间，最初住在一间堂皇古老的屋里，小约翰·拜伦爵士的幽魂常出没于此；后来我便换到这座古宅远角的一个住处，它紧邻坍毁的小礼拜堂。这屋在我眼里更为有趣，因为拜伦住在寺院时它曾是他的卧室。家具原封未动。他睡过的床就在这儿，那是他从大学里带回来的。其镀金的柱子顶部饰有小宝冠，表明他有着贵族的情感。这里还有他大学时用过的沙发。墙上是一些他最喜欢的老乔·默里和颇不一般的朋友——拳击手杰克逊——的肖像，以及他就读的哈

---

1 《艾凡赫》是司各特最出名的一部小说，也是他描写中世纪生活的历史小说中最优秀的一部。

罗中学和剑桥大学的图片。这间寝室被称为乌鸦屋,因为它邻近乌鸦们栖息的地方,自从很久很久以前它就占据了小礼拜堂附近那片幽暗的树林。我住在此屋期间,这群可敬的乌鸦让我有了不少可资思考的东西。早晨我常听见它们逐个醒来,好像在彼此叫醒似的。片刻后整个乌鸦群都骚动了。有的在树顶上站稳并摆动身子,有的停留在教堂的尖塔上,或者盘旋于空中,它们的叫声不断回响于坍毁的墙体中。在早上的前段时间里,它们就这样在自己群居的地方及其附近闲荡着,当显然都到齐后它们便开始清点,决意排成飞行的长队,无不前前后后飞到远处去劫掠一番。它们会飞行数英里寻找食物,整天在外,只偶尔某个侦察员会飞回来,仿佛要弄确实一切正常。傍晚时则可见到所有乌鸦,它们像远方的一团乌云一样飞回。它们好像发出呱呱的叫声,高高地盘旋于寺院上空,先排列出种种队形后才飞落下来;然后它们在树顶不停地叫着,直至渐渐入睡。

在寺院里人们注意到,乌鸦们尽管整周出去掠食,但礼拜天却待在这座古老的建筑周围,仿佛它们把对于这一天的敬重,从古时的会友即僧侣们那儿继承下来。的确,一个信仰灵魂转生的人,会容易将这些貌似粗野的鸟想象为古代僧侣们肉体化了的幽灵,这些幽灵仍然盘旋于其神圣的住所之上。

我不喜欢打破任何流行的和富有诗意的信念,因此对于纽斯特德寺的乌鸦是否对安息日有着神秘的敬重,我无意质疑。不过就在我逗留于乌鸦屋期间,我确实发现它们在一个明媚的礼拜天早上,采取了某种明目张胆的骚扰与劫掠。

除了从乌鸦栖息的地方时时传来叫声外,邻近的废墟中还常有一种不同的声音传到我远处的房间。礼拜堂前面的大尖顶窗正好与房间的墙体毗连，对于夜里从它那儿传出的神秘声音拜伦曾作了很好描述：

吹过浮雕细工的风时而大声时而疯狂，
猫头鹰常常将赞歌高唱，
而唱诗班的人默不作声地躺着，
他们的哈利路亚[1]被扑灭，像火一样。

不过在月亮高挂之时，
风从天上某处由远而至，
并且响起神奇而悦耳的怪声，
——它被驱赶着穿过大拱，时高时低。
有人认为不过是瀑布从遥远的地方
向夜风发出的回音，
在传出合唱声的古老墙上
变得和谐一致。

其余的声音保持着原样，
它们也许形成于衰败之中，
带着富有魅力的声音给了这阴暗的废墟力量。
声音掠过树顶或高塔，平静而忧伤；
其原因我不得而知，也无法解答，

---

[1] 哈利路亚，赞美上帝用语。

纽斯特德寺

但事实上我听见了——或许一次已足够分量。

寻求浪漫传奇的旅行者,从来没有像我这么幸运的。事实上我还在寺院另一间鬼魂萦绕的屋里住过,因为拜伦曾说,在这屋里他不止一次于午夜时被某个神秘的访客打扰。一个形状怪异的黑东西会坐在他床上,瞪着双眼看他一会儿后便离开消失了。据说有一对新婚夫妻曾在此屋度蜜月,也是这个奇怪的幽灵扰乱过他们的睡眠。

我注意到,乌鸦屋是通过一段螺旋石梯上去的,仿佛从寺院上方阴暗的长廊进入角楼,那是"妖僧"午夜散步的通道之一。的确,他在这偏僻孤寂的屋里所产生的想象——其中掺杂了寺院种种飘浮不定的迷信——我们无疑要归功于《唐璜》中所描写的鬼怪情景:

夜晚虽然寒冷但是却晴朗,
于是他大打开寝室的门走出屋子,
步入色彩昏暗的走廊;
这儿装饰着价值不菲的旧画,时间很长,
画中有骑士与贵妇,英勇又高雅,
因为高贵的人无疑就应该这样。

此时只是传来他发出回响的哀叹,
或者忧愁地穿过古屋的脚步声音;
忽然他听见,或以为听见,
附近有个超自然的东西——或是一只老鼠,
它玩着的地方是那幅挂毯,

其轻微的咬啮会让很多人不安。

可那不是老鼠,瞧,是一位僧侣,
他穿着黑黑的僧侣服戴着珠玉,
时而出现在月光里时而从阴影中消失;
他脚步沉重但却悄无声息,
他的衣服只发出轻微的声音,
他像影子一般移动,犹如怪异的修女,
不过他走得缓慢,当经过唐璜的时候,
他边走边用明亮的目光向对方盯去。

唐璜惊呆了,他曾经听说
在这些古屋中有着此类幽灵,
不过他像许多人一样认为里面
有的只是这种地方所展现出的传言——
它们在现存的迷信造币厂铸造出来,
这工厂让幽灵像金币一般流传,
它们像被比作纸张的金币难以看见。
他看到了吗?或者那只是一种蒸气呢?

那个东西一次、两次、三次经过了他,
它来自空中、地下、天上或别处;
唐璜目不转睛地将它盯住,
但却无言以对或移动一下;

不过它像雕塑般立在那里:他摸着对方的头发,
头发如蛇一样缠绕在脸上;
他的舌头极力要说话,
但却不能问问那可敬的人需要啥。

第三次停留了更久之后,
那影子消失——但是去了哪里?
走廊长长,至此没有任何充分理由
认为它的离去不同寻常:
门有许多,按照物理学的要求,
无论高矮的身躯都可进出;
可是唐璜却无法讲述
那幽灵似乎是从哪扇门溜走。

他不知自己站了多久,好像有一个时代,
他软弱无力地在期待,
两眼紧盯住那影子最初显现之处:
然后他渐渐恢复了活力,
本来会将一切像梦一般打消。
可他无法醒来;他确实以为自己正醒来,
并终于回到寝室,
力气已经有一半被剪裁。

如前所说,拜伦是否真受制于那些转嫁给他的充满迷信的想象,或者他只是让其在仆人和家眷中流传并以此自娱，是难以确定的。但不管口头上还是书信中，他无疑都从不犹豫地表示相信有超常的东西出现。如果这是他的弱点，那么乌鸦屋便是产生这些幻觉的绝好地方。我夜里醒着躺在床上时，曾听到各种神秘的呼呼声从邻近的废墟中传来。还有远方的脚步声，以及寺院远处的关门声，会沿着走廊与螺旋梯发出回响。事实上，有一次我正是被寝室门口一种怪声惊醒。我一下把门打开，只见一个"两眼发光、黑色怪异"的形体站在我面前。然而事实上，它既非幽灵又非妖怪，而是我的朋友博兹温，即那只纽芬兰大狗；它已像朋友一般喜欢上我，时时找到我的屋子来。即使忠实可靠的博兹温的出没来访，我们都可将有关"妖僧"的某些神秘故事归结到上面去。

白衣小女人

有个早上我和怀尔德曼上校骑马在寺院的地域内溜达，发现来到一小片所能想象出的最为漂亮的野林中。先前我们一路穿过灌木丛生、岩石众多的山谷，此时蜿蜒行进在桦树谷，置身于美丽的榆树和山毛榉里。一条清澈的小溪闪闪发光，它犹如迷宫一般弯曲迂回，一次次从我们的路上穿过，所以看起来这林子流淌着许多小溪似的。怀尔德曼上校说，这片林地显得偏僻孤寂，富有传奇，它那迷宫般的溪水时常出现，这使他想起那个水中女仙[1]的德国小童话，其中记录着一位娶到水中水仙的骑士的冒险经历。当他骑马带着新娘穿过她出生的林子时，每一条小溪都声称她是自己亲戚，有说是她哥哥的，有说是她

---

1 水中女仙，据称是一位女水仙，她能通过与凡人结婚并为他生育小孩而获得灵魂。

叔父的，还有说是她表弟的。我们一边骑马前行，一边不无趣味地将这个富于想象的故事运用到周围迷人的景色中，直至我们来到一座用玄武石修建的低矮农舍；它年代久远，位于寂寞僻远的峡谷里的溪水边上，掩映在古老的树林中。我听说它叫韦尔-米尔农舍。有个现实生活中的小故事与这座乡村住宅相关，某些情况我当场得知，其余的我则在逗留寺院期间都收集到了。

就在怀尔德曼上校买下纽斯特德的房地产不久，他来这儿看了一下，以便计划维修改造。那是一个傍晚，他在建筑师的陪同下四处漫步，穿过了小林地；其非同一般的特征打动了他，然后他第一次将它比作水中女仙的那片幽灵出没的林子。就在他这样说时，有个小小的、穿着白衣的女人身影一言不语地掠过，或者她确实好像没有注意到他们。她过去时你几乎听不到脚步声，她的身躯在黄昏里也模糊不清。

"这个仙女或精灵的身材真好啊！"怀尔德曼上校大声说，"在这样的时刻这样的地点出现这样的离奇东西，一个诗人或富于浪漫的作家真可以好好创作一番了！"

他开始庆贺自己，因为在他这片幽灵出没的林里居住了个精灵；他朝前走几步，忽然发现路上有个白色饰物，显然是从刚过去的那个身影上落下去的。

"唔，"他说，"毕竟这既非精灵又非仙女，而是有血有肉的人，一个女人。"他继续往前走，来到经过寺院前面的老磨坊的路旁。磨坊的人待在门口。他停下来，问是否寺院来过客人，但他们回答说没有。

"有人路过这儿吗？"

"没有，先生。"

"这就怪啦!我确实遇见一个穿白衣的女人,她一定是从这条路上过去的。"

"哦,先生,你说的是白衣小女人吧——啊,是的,她刚才从这儿过去了。"

"白衣小女人!请问白衣小女人是谁?"

"唉,先生,谁都不知道。她住在韦尔-米尔农舍,就在下面的林子边。她每天早上来寺院,整整一天都待在附近,晚上才离开。她不和任何人说话,我们对她怀有戒心,因为搞不懂她。"

这时怀尔德曼上校断定,那是某个请来给寺院作画的专业的或业余的艺术家,于是他不再想此事。他去了伦敦一段时间。这期间他新婚的妹妹和丈夫来寺院度蜜月。而白衣小女人仍然住在幽灵出没的树林边的韦尔-米尔农舍,继续每天去寺院。她总是穿着同样的衣服,即一件白色长裙,里面穿着黑色的小胸衣;她另外戴了一顶白帽,短小的面纱将脸上部遮住。她生性腼腆、孤寂、沉静,不和任何人说话、交友,只是拜伦的那只纽芬兰狗除外。她抚摸它,时时给它带去吃的东西,因此和它结下了友谊,在孤独的散步中有它做伴。她避开所有的陌生人,漫步在园中僻静地方。有时她在拜伦刻上名字的那棵树旁坐上几小时,或者坐在他竖立于寺院废墟中的纪念碑旁。她有时读书,有时在一块随身携带的小石板上用铅笔写东西,不过大多数时间都陷入某种沉思。附近的人对她逐渐习惯了,让她平平静静地四处漫步。后来他们发现她之所以有怪异孤僻的习惯,主要由于她不幸既聋又哑。但人们仍然对她多少存有戒心,因为大家普遍认为她的脑子不很正常。

寺院里的仆人们将这一切情况告诉了怀尔德曼上校的妹妹,在他们当中白衣小女人成了经常谈论的话题。由于寺院及其周围是个幽灵出没的地方,所以一个被视为受到精神幻觉影响的这类神秘访客,自然会在不习惯于此地的人心中引起敬畏。一天怀尔德曼的妹妹正沿着花园平台散步,突然注意到白衣小女人朝她走来,她一时惊讶不安,转身跑进了房子。一天又一天过去了,再也没见到那个奇特的人。怀尔德曼上校终于回到寺院,妹妹向他提到自己在花园里遇见的人和吓得跑掉的事。这使他想起自己在仙女林中与白衣小女人的奇遇,惊讶地发现她仍然神秘地游荡在寺院周围。这个秘密不久有了解释。

上校一回到寺院就收到白衣小女人写的信,字迹非常细致优雅,语言讲究,甚至意味深长。她注意到怀尔德曼上校的妹妹一看见自己在花园里散步就突然离去,为此感到震惊,并为自己使得他的家人惊慌觉得苦恼。她解释说自己为何长期以来经常去寺院,原来她对拜伦的天才怀有一种异常狂热的崇拜,颇喜欢独自经常去他曾经居住过的地方。她暗示由于自己有残疾,因此与所有人断绝了一切社交往来;她还暗示说自己生活孤寂,丧失了不少东西。最后她希望他不会剥夺自己唯一的安慰,即允许她时时参观寺院,并在那些走道和花园中漫步。

怀尔德曼上校对她作了进一步了解,发现她很受所寄宿的那座农舍的人喜欢,因为她举止文雅、温和、天真。在家时她大部分时间都在一间小起居室里读书写作。上校立即去农舍拜访了她。她接待他时有些窘迫不安,不过他表现得坦率有礼,不久她就变得自在一些了。她已不再年轻,显得脸色发白,神情紧张,身材瘦小,显然身体器官多有欠缺,因为除了聋哑外她的视力也不好。她从网格拎包里取出一块小石板，他们即通过它来交流，在上面写下问答的话。她读写时眼睛总是离得很近。

除了身体上的欠缺外她还过于敏感，几乎成为病态。她并非生来就又聋又哑，而是在一次生病后丧失了听力，随后说话也变得口齿不清。她生活中显然有诸多波折和不幸。她也显而易见没有家人或朋友，是个孤独凄凉的人，由于残疾而与社会隔绝。

"我总是生活在陌生人中间，"她说，"即使在本土上我也仿佛处在世界上最遥远的地方。所有人都把我看作陌生人和外人，谁也不愿承认与我有任何联系。我似乎不属于人类。"

这便是怀尔德曼上校在谈话当中所能讲出的情况，它们使得他对于这个可怜的狂热者很感兴趣。他自己对拜伦也是个忠诚的赞赏者，因此对于拜伦的一位狂热的崇拜者不无同情；他请她再去寺院，保证此座建筑及其所属场地总是向她敞开的。

白衣小女人这时又每天在僧侣园中漫步了，并时时坐在纪念碑旁。然而她很腼腆羞怯，显然担心打扰别人。如果有人在花园中散步，她便会避开走到最偏僻的地方去。她悄然穿行在树林灌木丛中，人们只是瞥见她像个幽灵。在这些孤独的漫步中，她的许多感情和想象都写进了诗歌——先是记录在写字板上，晚上回到农舍时再抄写到纸上。有些诗此时就在我面前，它们写得非常和谐融洽，不过主要在于热切地表明了她那奇特而狂热的崇拜——她几乎就是这样来崇拜拜伦的天才的，或者说凭借想象对他的浪漫形象加以崇拜的。这里作一些摘录也许并非不受欢迎。如下摘自她写给拜伦的一首长诗：

你用什么可怕的魔力支配大脑，

纽斯特德寺

我们不得而知;
我们洋溢着无法说明的情感,
难以解释它们由何处至此。

难以说明的还有激情所流露的喜爱,
以及燃烧的年轻的心胸;
灵魂表现出更加崇高的敬意,
并向你的英名鞠躬。

我们常常有着缪斯[1]的本领,
证明具有歌唱的能力,
不过更悦耳的音调也唤醒不了
只属于你诗歌的刺激。

这一点——并且远远更多——我们为你证明,
证明某种东西的名声更加神圣至善,
而不只是最初的爱中所包含的纯粹梦想,
或友谊的更为崇高的火焰。

某种神圣的东西——啊!那是什么,
唯有你的思考能够述说,
那样的快乐多么甜蜜,又多么深厚,

---

[1] 缪斯,掌管文艺、音乐、天文等的女神。

以致我们担心将它的魅力打破。

这种异常而浪漫的迷恋——确实可以这么说——完全是精神上的和理想化的，因为正如她在另一首诗中所说，她从未见过拜伦。在她眼里，他只是头脑中的一个幽灵。

我从未欣赏过你一眼，
我的肉眼从未看见你的身影，
虽然你热情出现在我的想象之中
在充满喜悦的梦里将我欢迎。

欢迎我，就像欢迎神圣的先知
——犹如某个光芒四射的访客忽然出现；
此时上天的旋律回响在他耳旁，
将他的灵魂包围在狂喜里面。

她那富有诗意的漫步与沉思并不局限于寺院及其所属地方，而是延伸到整个与拜伦留下的记忆有关的附近，其中包括安斯利宅第的小树林与花园，拜伦对于查沃斯小姐的初恋正是由此产生。她在所写的一首诗中提到曾于安斯利园的赫威特山看见某个"窈窕的身影"——它坐在一辆由乳白色的马拉着的车里，马车从山脚下经过；原来那就是拜伦在查沃斯小姐婚后与她的难忘会面中，所见到的"特别可爱的孩子"。这可爱的孩子如今成了个妙龄女郎，她似乎对眼前这位奇异的访客的特点与故事知道一些，对她怀着温和的同情之心。白衣小女人在写给她的诗中，以动人的言辞表达了她对这种善意的感受。"那个亲切而有趣的小姐，"她说，"对于这些简单诗歌的不幸作者表现出的仁慈谦逊，将铭刻在充满感激的记忆中，直到此时那使得有一颗心——它太敏感，也太少遇到这样的好意——充满活力的灿烂火花永远熄灭。"

与此同时，不时来见她的怀尔德曼上校对这个陌生人的故事又了解到一些细节，发现在她的不幸中除了孤独凄凉外还很贫穷。她叫索菲娅·海特，父亲是个乡村书贩，不过父母几年前已去世。他们死后哥哥成了她唯一的依靠，他每年分给她一点父亲留下的财产，这笔财产掌握在他手中。她哥哥是个商船船长，举家迁移到美国，几乎将她孤零零地留在世上；因为她除了在英国有个表哥外别无亲戚，而她对这个表哥差不多一无所知。一段时间她还能定期收到年金，可遗憾的是她哥哥死在西印度群岛，把自己的事情弄得一团糟；几起商业索赔也使得他的财产面临危险，它们威胁着要将一切吞没。在这些惨重的情况下她的年金突然停止。她极力让成为寡妇的嫂子继续支付，或者说明一下哥哥的事情怎样，但是徒劳无益。过去3年里她一直写信，至此未收到任何回信，若非英国的表哥每个季度给她一点钱，她便会陷入最为贫穷不幸的可怕之中。

怀尔德曼上校怀着特有的仁慈得知了她所遇到的麻烦。他看出她是个既无助又缺少保护的人，因患有残疾和对世界无知而无法通过起诉获得正当权利。他从她那里得到她在美国的亲戚的地址，以及她哥哥的商业客户的地址。他答应通过自己在利物浦的代理人，对她哥哥的事情进行调查，并把她可能写的信转交出去，确保它们送到收信人手中。

在某些微小希望的鼓舞下,白衣小女人继续漫步在寺院及其周围。她举止温和腼腆,这更增添了怀尔德曼夫人已经对她怀有的兴趣。夫人以其惯常的友好善意结识了她,给她以自信。夫人邀请她去寺院,无微不至地予以关心;看见她很喜欢读书,夫人便把自己有的任何书籍都借给她。她借了几本,尤其是沃尔特·司各特爵士的著作,但不久便归还。拜伦的作品似乎才是她唯一喜欢研究的,在没有读它们时她就极力对他的天才加以思考。她的热情把她包围在一个理想的世界,她在这个世界中走动和生存,仿佛置身于梦里,时时忘却在她凡人的状态中将其困扰的现实悲哀。

然而,她的一首充满激情的诗却显得十分忧郁,它预示着她自己的死亡;而由于她身体柔弱,残疾越来越严重,这是很有可能的。诗前有如下一段话:

"写于克罗霍特山上的一棵树下,我希望
将来葬于此地(如果我会死在纽斯特德)。"

我在这里引用几节她写给拜伦的诗:

当你站在这棵树下的时候,
当你脚旁的泥土被紧压,
想想吧,这儿就是那个流浪者的骨灰——
你会说,好好地安息吧!

能够给予指引和保护,是的,拜伦!

纽斯特德寺

甚至会给六翼天使增添极大快乐哟——
你那时也许是神圣的受其托管之人——
而这样的荣耀现在都留给了我啦。

如果下面的悲哀可以向上发出恳求,
恳求原谅我脆弱的心犯下的错误,
我会飞向"崇高的世界",在那儿
留下的爱构成了天堂的极乐之处。

啊,无论我灵魂的新家
被分配在天堂的任何地点,
我都会怀着六翼天使的爱看你,
直到你也高飞上来与上帝相见。

在这儿,在这棵孤独的树下——
在你的脚踩过的地下我的骨灰将长眠不起,
——这些景色对你曾是多么亲切,
流浪的人会在此休憩!

正当她陷入沉思并写出一首首富有激情的诗时,拜伦过早去世的消息传到纽斯特德。这位卑微而热情的崇拜者如何得到此消息的,我无法确定。她的生活太不起眼,太孤寂了,无法提供较多的个人逸事趣闻;不过在她抒发感情的诗中有几首写得支离破碎,显然她承受着巨大的不安。

如下这首十四行诗写得最为连贯协调,也最好地描绘出她特有的心境。

啊,你去了——不过你先前对我是什么呀?
我从未见过你——从未听到你的声响,
但我的灵魂似乎要与你缔结信约。

罗马的吟游诗人已在歌唱幸福的天堂,
灵魂来到大地之前就逗留在那个地方。
无疑在那儿我的灵魂认识了你,拜伦!
你的形象像往日的梦幻将我萦绕,
它将自己置身于我的胸膛。
它是我灵魂的灵魂,充满了天地万物。
因为我只生活在那个理想的世界,
我的沉思中不乏明媚的幻想。

你在那个世界中是一位真正的君主,
从来没有哪个世间的国君统治王国时,
有你统治心灵的诗歌的力量那么又大又强。

考虑到所有这儿举出的情况,不难看出这种极度的兴奋和对某个对象独有的思考——它们作用于高度敏感的肌体——对引起称为偏执狂的精神错乱不无危险。这个可怜的小女人意识到自己危险的处境,并在下面写给怀尔德曼上校的信中暗暗提到此事;就人们所预料的种种不幸而言,它显示出人的大脑能够想象出的一种最为可悲的画面。

"很久以来,"她说,"我就十分敏感地觉得自己的神经官能在衰退,我认为这无疑预示了那个自己非常恐惧地料想到的可怕灾难。有个怪念头早就困扰着我的头脑,即斯威夫特[1]那令人畏惧的命运会降临到我头上。我极其担心的不是一般的精神错乱,情况更加糟糕,那就是变得彻底痴呆!

"啊,先生!想想吧,这样的念头一定让我多么痛苦,在我处于悲哀之中时却指望不到一个世间的朋友保护——面临这样的情景我总会产生可耻的羞辱。可是我不敢仔细去想:这会使我如此担心、想起来非常可怕的事情变得更加严重。然而由于人们有时对我表现出的举止,以及我随后反思的自己的行为,我不禁想到那种疾病的症状已经显而易见了。"

五个月过去了,但是她写的信——怀尔德曼上校转到了与她哥哥的事务有联系的美国——却未得到回复。而上校的调查也同样毫无结果。她的心中这时似乎更加忧郁沮丧。她开始谈到离开纽斯特德去伦敦,隐隐希望通过某种合法程序对已故哥哥的遗嘱予以查明并要求强制执行,从而获得救济或赔偿。可是过了数周,她才有了足够决心离开这片富有诗意魅力的地方。那时她写了许多朴实的诗,如下几节即选自其中,它们以普通的韵律表达了折磨着她心灵的忧愁:

---

[1] 乔纳森·斯威夫特(1667—1745),英国著名的讽刺作家。

别了,纽斯特德,你那些被岁月撕裂的高塔,
再也见不到这流浪者满怀欢喜的目光;
她将不再漫游穿过你的道路和凉亭,
于傍晚沉思的时刻也不会在你的回廊中冥想。

啊,我将怎样离开你,你的山丘和山谷,
——当陷入忧思,虽然忧思并非没有福气;
我是个孤独的流浪者,唉!流浪在这些寂寞的谷中,
我希望,徒劳地希望,这样的流浪会得到休憩。

不过休憩的地方很远——在死亡的黑暗之谷,
我这个凄凉地被遗弃的人将独自把它找到;
从此抱怨是徒劳无益的,命运已经
在生命的早晨将所能带来的一切安慰夺掉。

难道人不是从出生时就注定四处流浪,
被狂风吹着走过世上沉闷阴郁的荒野。
在他的路上如果开出某朵快乐的小花,
它也会被撕碎,散落一地是片片花叶。

她最终选定了离开的日子。就在走的前一天她去寺院向它告别。她漫步于这儿的每个地点,在对于拜伦的记忆有着特别联系的各处停下,或者流连徘徊。她在那座纪念碑脚下坐了很久,她常将其称为"我的圣坛"。她找到怀尔德曼夫人,把一个密封的包放到对方手里,并

恳求等她走后再打开。之后她满怀深情地离开了夫人，满含痛苦的眼泪告别寺院。

傍晚回到屋里后，怀尔德曼夫人便迫不及待地想看看这个非凡异常的人留下的东西。她打开小包，发现里面有许多即兴诗，字迹非常优雅细致，它们显然是白衣小女人在孤独的漫步中所思考的成果，对此我在前面已作了摘录。另有一封长信，它哀婉动人，意味深长，富有真情实感，用忧郁而痛苦的色调描绘出她特殊的状况和异常的心境。"上一次，"她说，"我很高兴在花园里见到你，你问我为什么离开纽斯特德。我说处境迫使我这样做，这时我觉得自己注意到你的面容和举止都显得担忧，若不是我无法用口头表达出来，我真会受到鼓舞当时就把情况说清楚。"

然后她详细确切地讲述了自己的经济状况，似乎她生活的整个依靠就是表哥每年给她的十三英镑补贴；而他给这点钱也是出于自尊，以免让亲戚去依赖教区。在两年时间里她有过其他来源，使这点钱增加到二十三英镑；不过去年钱又缩减到最初那么多，并且给得很勉强，以致她没有把握会一季度一季度地付下去。钱不止一次由于某些微不足道的借口给扣留了，她一直担心会完全取消。

"至此我极不情愿地把自己不幸的处境暴露出来，"她说，"不过我先前认为你期望知道更多东西；我担心怀尔德曼上校由于受到表象的欺骗，会认为我并非处于吃了上顿没下顿的状况，认为调查的事搁上几周或几月都无关紧要。上校应该彻底知道我究竟处于怎样的状况，这对于此事取得成功绝对必要——他可以向任何打算引起关注的、有身份的人作出正确陈述，我想如果他们本身不是美国人，也与那儿有些联系，通过他们我的朋友便会相信我的真实困境——假如他们声称怀疑的话，我想他们会的。不可能说得再清楚一些了。要详细具体说明我不幸陷入的难堪局面——我极度的困境——会很丢脸。把一切暴露出来，也容易让人作出某种推断，而我希望自己不要太缺少敏感和天生的自尊，以致容忍别人那样去想。夫人，原谅我这样添麻烦，我根本没权力这么做，即不得不依赖于怀尔德曼上校的仁慈，恳求他为了我竭尽全力去做，因为这是我现在唯一的办法。不过别因为我如此屈服于极度的贫困就很鄙视我；这不是生活之爱，相信我这不是的，也并非我一心要保留它。我不能说，"有些东西让我觉得世界是亲切可爱的，"因为在这世上没有一样东西让我想多在这儿待一小时——即使我能在坟墓中得到在世间得不到的休息和安宁——我担心在这儿自己无法得到它们了。"

在前面摘录的信的末尾，她更加彻底地暗示出心中的忧郁沮丧，让人看到一个精神病态的可悲例子；她置身于忧伤与灾难里面，徒劳地从宗教信仰中寻求美好的安慰。

"我的生活至此被延长了，"她说，"常常超过我所以为的命中注定的期限，这让我惊讶。我的处境是极端危急、令人绝望的，或者如果可能的话，比目前更糟糕；此时上帝便常会出其不意地干预，将我从似乎不可避免的厄运中救出来。我并非特别提到最近的情况或最近几年，因为我从小就是上帝的孩子，既然如此，为何我现在要不相信他的关爱呢？我并非不信任他，也并非信任他。对于未来我毫不担忧，毫不着急，也毫不关心。但这不是信任上帝，不是唯一有权要求得到他保佑的那种信任。我明白这种漠不关心应该受到责备，并且不仅如此，因为它影响着漫长的未来。它几乎厌恶地与光明的前途背道而驰，而宗教为了给可怜的人以安慰和支持，总是让其呈现在大家面前；自己几乎是崇拜的母亲,早年也教育我要充满希望和乐观地向前看。可是对于我它们给予不了任何安慰。这倒不是我怀疑宗教所灌输的神圣真理。我不能怀疑,虽然我承认自己有时极力这样做,因为我不再希望它所向我们确保的永恒。我现在唯一的希望就是休憩和安宁——没有止境的休憩。'希望休憩,却感受不到这是休憩[1]',但我不能欺骗自己,希望命中将会得到这样的休憩。我觉得有一种内在的迹象——它比推理或信仰所能给予的任何论证更为有力——表明我心中有着不朽的东西,它并非起源于'山谷中的泥土'。怀着这个信念(但并没有让可怕的未来呈现光明的希望),

> 我不敢看坟墓那边一眼,
> 也不能希望它之前的平安。

"此种不幸的心境,夫人,我相信一定会引起你同情。也许这是因为——至少部分因为——我所过的可以说是孤独的生活,即使我生活于社会当中,加入到社会里面。因为由于身患残疾,心灵相通的美好交流被彻底剥夺了,那种精确细致的谈话给人以亲切的安慰。任何时候我与周围的人短暂的交流不能称为谈话,那不是心灵相通;即使环境允许我与有地位和教养的人交往——他们并没不屑于让我进入其社交圈,不过这种情况确实少有——他们也无法通过一切慷慨的努力,从我忧郁的灵魂中引诱出喜欢隐藏在那儿的思想,即便在早年的时候;也无法让我产生勇气,试图让他们向我表露心迹。然而在高雅

---

[1] 引自拜伦的诗。

生活的所有乐趣中——在我的想象里它们常常是光辉灿烂的——没有一种让我满怀热情地渴望得到,不像思想上令人惬意的交流,那是在社交中心胸开明的人所能获得的极大乐趣。可我知道这注定是不会让我得到的——

不过我天生就是这样。

"自从我丧失听力后,我就一直不能开口说话了。然而,夫人,这我用不着告诉你。你最初赐我一面时,很快就发现我在这方面特别不幸。你从我的举止中发觉,任何让我谈话的企图都白费——否则,或许你不会不屑于时时安慰我这个孤独的流浪者。我看见你在路上,有时想象着你似乎想鼓励我朝你迎上去。我的想象太容易用这些美好的幻觉来欺骗自己,假如它使我在此错误地产生了极其放肆的念头,原谅我。你一定已注意到,我通常都极力避开你和怀尔德曼上校。那是为了让你们宽宏大量的心免受痛苦——目睹你们无法减轻的不幸的痛苦。于是我仿佛与整个人类社会隔绝,被迫生活在一个我自己的世界里;而与我的世界中的人一起时,我当然懂得如何与他们交流了。不过虽然我喜欢孤独,也从不缺少使我的想象变得有趣的东西,但过于陷入孤独了则必然会对大脑造成不良影响——当它完全从自身内部寻求资源时,便会不可避免地于忧郁沮丧中产生腐蚀人心的想法,这些想法会折磨着人的精神,有时最终会变得愤世嫉俗——特别是那些身体欠缺或早年不幸的人,易于感到悲哀,看到人性黑暗的一面。我陷入忧思不是也有原因吗?我命中极度孤独,仅仅这点就会使我这样一个人的生活成为诅咒:我天性中充满了热情洋溢的社会情感,但却没有一个表达情感的对象;我在世上无亲无友可以求助,让自己不会被人蔑视、无礼和侮辱——遭受遗弃的我经常面临这些情况。"

我已从这封信中作了长段的摘录,并且不禁想要再摘录一些,它们描述了她与纽斯特德有关的情感。

"允许我,夫人,再次请求你和怀尔德曼上校接受我所承认并且不会经常重复的这些事,因为你们对一个无礼的陌生人有着空前的仁慈。我知道,自己不该如此经常利用你们极其善良的天性。在你们的同伴逗留于寺院期间我不该去花园的,可是我知道在他们离开前我一定早就走了,所以禁不住想放纵一下,因为你们如此慷慨地允许我继续在那儿漫步;不过这样的漫步现在结束了。我已向每个可爱有趣的地点作了最后告别,永远不希望再见到它们了,除非允许我的游魂重访它们。然而,啊!假如上帝竟然让我又能够维持生计,在某种程度上有了体面,并且你们又给我提供一间普通的小屋,那么我会多么高兴回来,重新开始这种令人愉快的漫步。不过尽管纽斯特德在我眼里是可爱的,但在目前这种不幸的状况下我绝不会再来了,除非我至少有足够的办法让自己不被人蔑视。我觉得纽斯特德多么多么亲切可爱,我对它的迷恋多么不可战胜,对此我要提供一个很令人信服的证据。在提出请你们接受与此信附在一起的、微不足道的东西时,我希望你们相信我绝非想要取悦你们。我不敢指望让你们想到它们是你们自己花园的产物,其中大部分是在那儿写的,是我坐在'我的圣坛'脚旁在小小的写字板上写下的。我过去和现在都无法阻止这一真诚的渴望:即把这个让我在那儿享受了许多幸福时光的纪念物留下来。啊!别拒绝它们,夫人。让它们留在你身边吧,假如能承蒙你仔细读读就好了，读的时候如果可能的话，克制住我知道你也会自然露出的微笑——此时你回忆起那个可怜人的模样，她曾敢于将整个头脑用来思考超越人类美德的东西。然而，虽然这种献身在有些人看来会显得可笑，但我得说，如果我对那位高尚的人所怀有的情感能够得到恰当赏识，那么我相信人们会发现，它们所具有的品质即使由他产生出来也不会丢脸……

"我现在要最后、最后看一眼这些景色，它们太深深地留在我的记忆中，无论如何都永远无法将其抹去。啊，夫人！我所忍受的痛苦也许你决不会明白也无法产生——我不得不让自己与这个世上所包含的、对于我既亲切又神圣的一切分离；在世上我能希望获得安宁或安慰的唯一地点。祝愿这个世界所能给予的每个幸福伴随着你，或者，祝愿你在一个没有真正幸福可以给予的世界的隐蔽之处，长久地享受着自己天堂的乐趣。现在我要走了——啊，假如我敢于希望在你享受这些令人喜悦的景色时，偶尔想到一下那个不幸的流浪者，我将得到多么大的安慰——假如我敢于沉迷于其中的话。如果你此时能看见我的心，我就根本用不着让你相信我所怀有的、充满敬意的感激，以及满怀深情的珍重——我这颗心一定会永远怀念你们。"

对于怀尔德曼夫人那颗敏感的心来说，这封信的效果更容易意会而非言传。她的第一冲动就是给无家可归的人一个家，让她住在构成她世间天堂的景色当中。她把自己的希望告诉了上校，它们在他慷慨的心中立即产生回应。事情当场决定下来，即在一座新农舍里为白衣小女人布置出一个房间，为她能在纽斯特德舒适、永久地生活下去作好一切安排。怀尔德曼夫人怀着敏捷的仁慈之心，睡觉前给穷困的陌生人写了如下这封信：

纽斯特德寺

纽斯特德寺，1825年9月20日，星期二晚。

我今晚回到卧室后打开了你的信，看后迫不及待地向你表达它给我和上校引起的强烈兴趣，因为信中详细讲述了你特殊的处境，并且语言细腻——让我补充一下——也很优雅。我迫切想让这封短信在你离开前送到你手中；假如为你的食宿所作的任何安排使你没必要作出此行，我确实会感到高兴。上校请我让你相信他会竭尽全力调查你委托他的事情；如果你此时还留在这儿，或者短暂外出后会回来，我相信我们彼此会设法变得更加熟悉，让你相信我所感到的兴趣，以及从想方设法让你舒适快乐中获得的真正满足。现在我只需另外感谢你随信送来那小包东西，我得承认你的信完全把我给吸引住了，因此还没来得及专心读读附随的诗。相信我，亲爱的女士，我对你怀着诚挚美好的祝愿。

你真诚的
路易莎·怀尔德曼

次日一早她就让一个仆人带着信赶到韦尔-米尔农场，可他带回消息说白衣小女人在他赶到前，已经在农夫的妻子陪同下坐二轮马车去了诺丁汉，以便乘坐前往伦敦的四轮大马车。怀尔德曼夫人吩咐他立即骑马火速赶去，在大马车出发前把信送到她手中。

这个带去好消息的人快马加鞭飞快赶到诺丁汉。在他进入城镇时，大街上有一群人挡住了他。他勒住马，让它静静穿过人群。人们从左右让开，他看到有个人躺在人行道上——原来正是白衣小女人的尸体！

农夫的妻子似乎在到达城镇并从马车上下去后，离开了白衣小女人去办一件事,而白衣女人则继续走向马车站售票处。在穿过一条街时一辆二轮马车飞速驶来。车夫大声喊她,但耳聋的她根本听不见他的声音或马车的辘辘声。随即她被马撞翻在地,车轮从她身上碾过,她甚至没呻吟一下就给轧死了。

(完)